STRAVAGANZA

La cité des étoiles

L'auteur

Mary Hoffman a grandi à Londres où elle a étudié la linguistique. Elle a fait paraître en 1975 son premier livre *White Magic* avant de se consacrer à l'édition jeunesse. Elle a publié près de quatre-vingts livres dont la fameuse série *Stravaganza* qui a été nommée dans le « People Choice Award 2004 ». Elle continue aujourd'hui son métier d'écrivain tout en suivant des cours d'italien et écrit pour *Armadillo*, un magazine destiné à la jeunesse.

Du même auteur

STRAVAGANZA

La cité des masques

STRAVAGANZA

La cité des étoiles

Mary Hoffman

Traduit de l'anglais par Jean Esch

POCKET JEUNESSE

Titre original :
Stravaganza
City of Stars

Publié pour la première fois en 2003
par Bloomsbury Publishing Plc, Londres.

REMERCIEMENTS

Merci à mes consultants italiens, Edgardo Zaghini du Young Book Trust et Carla Poesio de Florence. Merci également à Graziella Rossi pour son aide et sa gentillesse, à Roberto Filiani pour ses e-mails réguliers sur le Palio, à Reuben Wright pour sa compagnie sur le Campo en juillet, à Frances Hardinge et à Saint Galgano pour une promenade inattendue dans les bois, et pour la libellule noire, ainsi qu'à Eilen Walker pour ses informations supplémentaires sur la course du mois d'août. Le livre d'Alan Dundes et d'Allessandro Falassi, *La Terra in Piazza*, fut un précieux ouvrage de référence. Merci enfin au Professore Luigi Bernabei de Santa Chiara, à Giuliana et Giorgio Citterio de Podere Vignali qui m'ont offert le décor idéal pour créer la Remora du XVIe siècle.

Loi n° 49 956 du 16 juillet 1949 sur les publications
destinées à la jeunesse : novembre 2006.

ISBN 2-266-15914-3

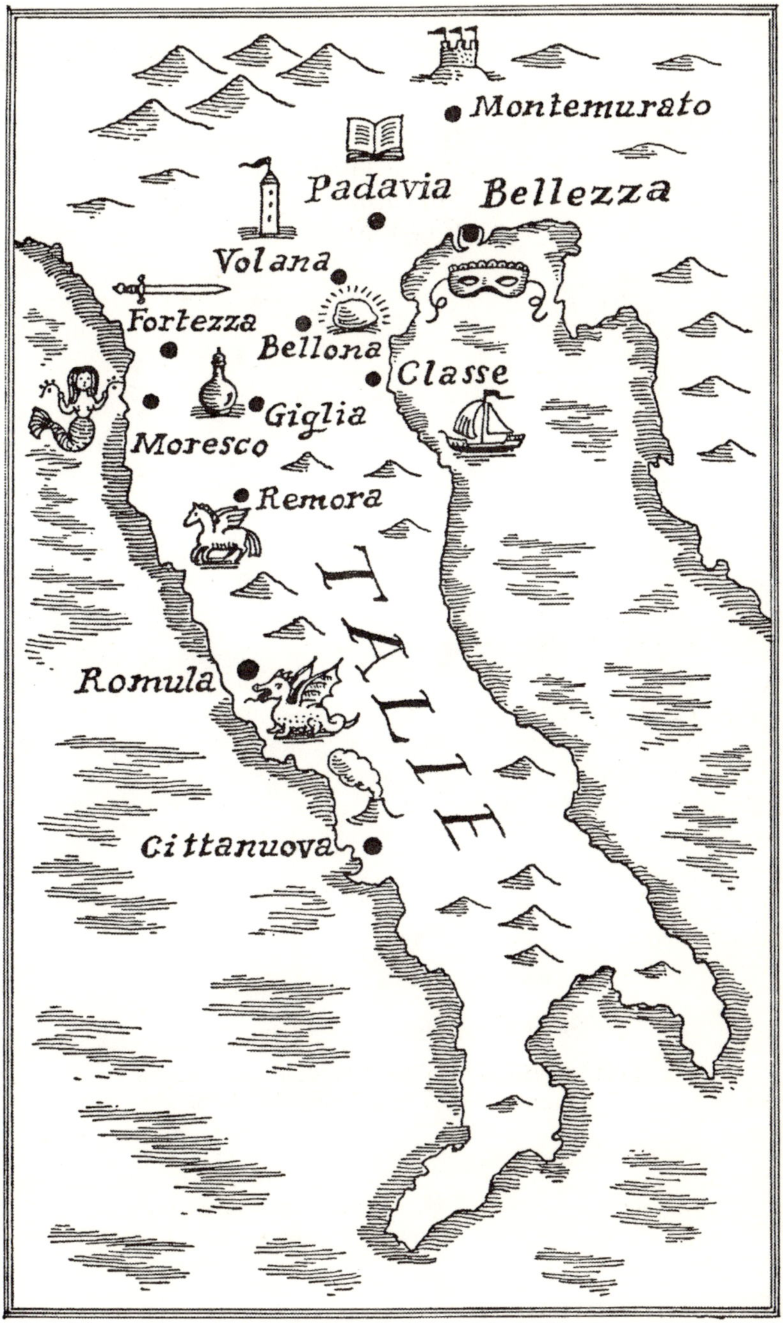

Montemurato
Padavia
Bellezza
Volana
Fortezza
Bellona
Classe
Giglia
Moresco
Remora
TALIE
Romula
Cittanuova

Pour Bexy, étoile de la cité.

« Des traités et des alliances ont été conclus, susceptibles d'empêcher la victoire du meilleur cheval. Car il ne s'agit pas d'une course ordinaire. C'est une guerre. Et si la victoire ne peut être acquise par la vitesse et la force, elle doit être achetée ou volée. »

William Heywood, *Palio and Ponte*, 1904

« ... Un bruit de bronze
tombe de la tour ; le defilé s'ébranle...
Le présent s'efface
et la ligne d'arrivée est là : au-delà de la forêt de fanions, par-dessus le carillon dans l'air déchaîné, invisible aux yeux de l'homme... »

Eugenio Montale, *Palio*, 1939

« Nella vastità della casa mi aggiravo come in un bosco incantato. Bosco senza draghi nascoti, pieno di liete meraviglie. »

Giuseppe Tomasi di Lampedusa,
Ricordi d'infanzia, 1955

(« Dans l'immense étendue du palais j'errais comme dans une forêt enchantée. Une forêt sans dragons cachés, remplie de merveilles joyeuses. »)

PROLOGUE

Le cheval volant

Depuis plusieurs jours, Cesare ne quittait presque plus l'écurie. Sa jument préférée, Starlight, était pleine, et tant qu'elle n'avait pas mis bas, il se devait de rester près d'elle. Il allait jusqu'à dormir sur la paille dans la stalle voisine ; résultat, ses cheveux châtains viraient au blond à cause de la poussière et ses vêtements le grattaient.

Après avoir avalé son dîner avec un lance-pierre pour retourner à l'écurie en quatrième vitesse, il pansa la jument grise en sifflotant entre ses dents. La crinière de Starlight était argentée au crépuscule et, quand Cesare la peigna, la jument le rabroua en soufflant à travers ses naseaux. Elle s'agitait dans sa stalle.

La famille de Cesare vivait non loin de l'écurie du Bélier car le père, Paolo, était Maître d'écurie du Douzième du Bélier. Il avait confié à son fils la responsabilité de veiller sur Starlight et Cesare voulait se montrer digne de cette mission.

— C'est pour bientôt, ma beauté, lui murmura-t-il, et la jument hennit comme si elle acquiesçait, hochant sa tête blanche dans la pénombre de l'écurie.

Les autres chevaux s'agitaient, eux aussi. Ils avaient tous du sang arabe et étaient très nerveux. Le Bélier ne s'intéressait qu'aux chevaux de course. Dans la stalle située en face,

Arcangelo, un jeune hongre alezan, tressaillit dans son sommeil et remua les oreilles ; sans doute rêvait-il d'une victoire.

Cesare se coucha sur la paille pour dormir et lui aussi fit des rêves de victoire. Il rêvait de la même chose, jour et nuit : monter le cheval du Bélier lors de la Course des Étoiles et la remporter.

Un petit chat gris se frotta contre la porte de l'écurie et s'approcha à pas feutrés de Cesare. Il se nicha dans le creux de son bras et se mit à ronronner.

Un peu avant minuit, du bruit se fit entendre à l'intérieur de l'écurie. Starlight ne tenait plus en place. Cesare se réveilla et sentit aussitôt la présence de son père. C'était agaçant, à force. Paolo savait toujours quand on avait besoin de lui, et où. Il avait apporté une torche. Il la coinça dans une applique installée en hauteur afin que d'éventuelles étincelles ne mettent pas le feu à la paille. Cesare se leva d'un bond, délogeant sans le vouloir le chat qui alla faire sa toilette un peu plus loin.

Dans la lumière dansante de la torche, le père et le fils s'occupèrent de la jument avec douceur. Elle était arrivée à terme. L'opération se déroula sans problème ; ce n'était pas la première fois qu'elle mettait bas. Mais quand le poulain glissa dans les mains de Cesare, celui-ci eut un mouvement de recul comme s'il s'était brûlé.

— Qu'y a-t-il ? chuchota Paolo.

On aurait dit que l'écurie elle-même retenait son souffle.

— Je ne sais pas, répondit Cesare. Tu ne sens rien ? Ce poulain a quelque chose de différent. Quand je l'ai pris, j'ai ressenti un choc... comme un éclair dans le ciel.

Starlight tourna sa jolie tête pour lécher sa progéniture. C'était une pouliche. Sa robe était d'un noir profond, aussi dense que la nuit au-dehors, où les cloches de l'église sonnaient minuit. Elle se leva d'un pas hésitant, cherchant à l'aveuglette le lait de sa mère, comme n'importe quel nouveau-né.

La porte de l'écurie, laissée entrouverte par Paolo, s'ouvrit en grand sous l'effet d'une bourrasque. Un rayon de lune vint frapper la stalle. Cesare ne put retenir un cri. Dans l'éclat argenté de la lune et la lueur dorée de la torche, la pouliche qui venait de naître ressemblait à une créature mythique.

Le petit animal aux longues jambes fines, occupé à téter sa mère, séchait rapidement dans l'air doux de la nuit. Avec sa robe d'un noir brillant, on devinait qu'il deviendrait un excellent cheval de course. Mais ce n'était pas tout. Alors qu'il testait ses muscles tout neufs et prenait de l'assurance sur ses jambes grêles, il fit jouer ses épaules et de son dos jaillirent deux ailes noires et luisantes, de la taille de celles d'un jeune cygne !

— *Dia !* s'exclama Paolo. C'est arrivé ! À nous ! Ici, dans le Bélier, un cheval ailé est né !

Même le chat gris s'approcha pour voir de plus près. Et Cesare remarqua soudain que tous les autres chevaux, y compris Arcangelo, étaient réveillés et regardaient la pouliche. Un sentiment violent s'empara de lui. Il ne savait pas s'il devait pousser des cris de joie ou fondre en larmes. Il savait seulement qu'une chose magnifique venait de se produire et que désormais sa vie ne serait plus jamais la même.

CHAPITRE PREMIER

Familles

Le cheval ailé était recouvert d'une fine couche de poussière. Il se trouvait dans un coin de la vitrine encombrée d'une petite boutique d'antiquités et Georgia le contemplait chaque jour en revenant de l'école depuis qu'il avait fait son apparition. Elle avait économisé presque assez d'argent pour payer le prix indiqué sur la minuscule étiquette blanche fixée autour du cou de l'animal.

Il lui avait fallu du temps pour rassembler cette somme car la majeure partie de son argent de poche servait à payer ses leçons d'équitation au centre équestre, une fois tous les quinze jours seulement.

— Pourquoi faut-il qu'elle ait un passe-temps aussi coûteux ? avait grommelé Ralph, son beau-père, en s'adressant à sa mère quand ils avaient dû lui acheter une bombe et des jodhpurs. Elle pourrait s'intéresser aux mêmes choses que toutes les filles de son âge !

— Parce que tu crois que ça revient moins cher ? avait rétorqué la mère de Georgia d'un ton moqueur, prenant pour une fois la défense de sa fille. Estime-toi heureux qu'elle ne réclame pas de nouveaux vêtements toutes les semaines, ou du maquillage, ou un téléphone portable... Et puis, elle les paye elle-même, ses cours d'équitation.

Deux ans auparavant, Ralph avait épousé Maura et apporté dans ses bagages son fils Russell. En pensant à ce dernier, Georgia sentit sa bouche devenir sèche et ses paumes moites. Vite, il fallait se concentrer sur le cheval ailé.

Si on pouvait réellement trouver un cheval ailé, ce serait si facile alors de s'envoler sur son dos et de partir pour toujours. Georgia ferma les yeux et s'imagina sur un cheval, passant du pas au trot, du trot au galop et du galop au triple galop et... oui, pourquoi pas à la vitesse supérieure ? Comme une voiture qui passe la cinquième sur l'autoroute, en douceur : les battements d'ailes feraient décoller le cheval et son cavalier et ils s'élèveraient dans le ciel, là où plus personne ne pourrait les rattraper.

Des petits coups frappés à la vitre lui firent ouvrir les yeux. Un visage avec des cheveux gris et des lunettes la regardait et une main lui faisait signe d'entrer. Georgia reconnut le propriétaire de la boutique – M. Goldsmith, si le nom à demi effacé sur la vitrine était bien le sien. Elle poussa la porte.

Paolo savait que la pouliche noire devait quitter la ville le plus tôt possible. Si la nouvelle de cette naissance miraculeuse se répandait, l'animal susciterait la convoitise des malfaiteurs. Quelle chance formidable que cela soit arrivé dans leur quartier ! C'était de bon augure pour la Course des Étoiles de cet été, mais Paolo était catégorique : il fallait impérativement garder le secret.

— On ne pourra pas l'inscrire pour la course, dit-il à Cesare. Jamais on ne nous laissera bénéficier d'un tel avantage.

— De toute façon, elle sera encore trop jeune, répondit Cesare.

— Pas sûr. On dit que ces chevaux ailés ne sont pas comme les autres. Ils ne grandissent pas au même rythme.

Le père et le fils montèrent la garde jusqu'à l'aube ; ils frottèrent la pouliche et la jument avec de la paille, leur préparèrent une litière propre et leur donnèrent de l'eau fraîche. Quelques heures seulement après sa naissance, la pouliche noire semblait déjà robuste et mature, mais tous les chevaux étaient comme ça. D'ailleurs, cela faisait partie des nombreuses choses que Cesare aimait chez eux ; cette façon qu'ils avaient, à peine nés, de se lever pour commencer à vivre. Contrairement à ses frères et sœurs, se disait-il, qui avaient besoin de toute l'attention de leur mère et qui mettaient un temps fou à devenir de véritables personnes.

Il préférait mille fois rester à l'écurie avec son père, dans l'odeur tiède des chevaux, plutôt que d'être enfermé à l'intérieur de la maison surpeuplée toujours envahie de linge en train de sécher et de pots de semoule pour bébé en train de chauffer. Et c'était aussi le seul endroit où il pouvait inciter son père à parler, à évoquer les miracles comme celui du cheval ailé.

— Une chose pareille est assez rare à Remora, reprit Paolo. Elle se produit une fois par siècle environ. C'est le premier que je vois... Et dire que ça s'est passé dans notre Douzième ! (Il jubilait.) C'est la plus belle chose qui soit arrivée au Bélier depuis que je suis né.

— Mais *comment* cela a-t-il été possible ? demanda Cesare. On connaît l'étalon. C'est toi qui as fait couvrir Starlight par ce cheval de Santa Fina, Alessandro. Il n'a rien de spécial, non ? Il est magnifique, bien sûr, et il a déjà remporté la Stellata, mais c'est un cheval ordinaire, sans ailes.

— Ça ne marche pas comme ça, répondit Paolo.

Il observa son fils d'un air songeur et choisit avec soin ses mots.

Il est impossible de prévoir la naissance d'un cheval ailé en étudiant le pedigree de ses géniteurs. Ce phénomène survient durant des périodes d'instabilité, comme maintenant, et c'est un bon présage pour le Douzième où le cheval est né. Mais la gloire n'est pas garantie pour autant. Et ce peut être dangereux.

Ils décidèrent d'emmener la jument et sa pouliche le lendemain soir. Il serait moins risqué de les conduire à Santa Fina dans l'obscurité. Roderigo, le propriétaire d'Alessandro, était un homme digne de confiance et, là-bas, la pouliche pourrait grandir en secret. Si son existence était connue, les rivaux du Bélier, particulièrement les Douzièmes des Jumeaux et de la Dame, remueraient ciel et terre pour la capturer et priver le Bélier de cet heureux présage. Mieux valait la présenter au public une fois passée la course de cette année.

— Comment on va l'appeler ? demanda Cesare.

— Merla, répondit son père d'un ton ferme. Merle. Puisse-t-elle voler loin et haut.

La boutique de M. Goldsmith était l'endroit le plus en désordre et le plus fascinant que Georgia ait jamais vu : un véritable capharnaüm de meubles, de bibelots, de vêtements, d'armes, de livres, de bijoux et de couverts entassés pêle-mêle. Et c'était encore plus fouillis derrière le comptoir, où un porte-parapluie en cuivre contenait deux épées, un tromblon, une ombrelle en soie verte et une paire de béquilles. Le fauteuil de M. Goldsmith était coincé entre des piles branlantes de partitions musicales et d'ouvrages reliés en cuir. Il observait Georgia de l'intérieur de cette forteresse.

— Visiblement, il y a quelque chose dans ma vitrine qui te plaît beaucoup, dit-il. Ça fait des jours que je te vois t'arrêter devant ma boutique, à peu près à la même heure. Alors, qu'est-ce qui te tracasse ? Tu n'as pas assez d'argent ? Allez, parle, mon garçon !

Georgia se sentit rougir. Elle avait toujours le même problème. La faute à ses cheveux très courts, et au fait qu'elle restait plate comme une limande. C'était un vrai cauchemar à l'école, où les autres filles étaient généreusement pourvues. Elle avait pris l'habitude de marcher penchée en avant et de porter des pulls amples. Et depuis peu, elle avait adopté cette image de garçon manqué, comme une excuse, comme si elle *ne voulait pas* avoir l'air féminine. D'où la coupe de cheveux. Et l'anneau d'argent au sourcil droit.

M. Goldsmith la dévisageait avec perplexité.

— C'est le cheval, avoua Georgia. Celui avec des ailes.

— Ah ! fit-il en hochant la tête. Ma petite beauté étrusque. Une copie, probablement. Provenant sans doute de la boutique d'un musée en Italie.

— Vous ne savez pas d'où il vient ?

Georgia était étonnée.

— Disons que je n'en suis pas certain. Tu vois, les choses arrivent ici en empruntant des chemins très divers. Je crois que ce cheval appartenait à une vieille dame qui habitait dans Waverley Road. Pour toute famille, elle n'avait qu'une petite-nièce qui s'est empressée de vendre et d'empocher l'argent. Elle m'a apporté des cartons pleins de babioles. Mais aucun meuble, hélas. Un marchand était déjà sur le coup. Il y avait quand même une très jolie paire de chandeliers en argent dont j'ai tiré un bon prix.

Georgia se souvenait des chandeliers. Elle les avait remarqués dans la vitrine le jour où le cheval ailé était apparu. Elle ne rentrait jamais directement à la maison après l'école ; elle flânait, léchait les vitrines et faisait de grands détours car elle ne voulait pas se retrouver seule avec Russell avant que sa mère revienne du travail.

— Il est beau, dit-elle pour chasser le garçon de ses pensées. Il semble très ancien.

— Hé, tu n'es pas un garçon, hein ? s'exclama soudain M. Goldsmith. (Il rougit à son tour.) Désolé. Je ne m'y retrouve plus avec toutes vos modes de jeunes.

— C'est pas grave, dit Georgia. J'aurais dû rectifier aussitôt. Je m'appelle Georgia O'Grady. Je vais au collège Barnsbury de Waverley Road. Je crois que je connais la maison dont vous parlez.

Le vieil homme lui tendit la main.

— Mortimer Goldsmith. Maintenant que les présentations sont faites, sortons ce cheval de la vitrine.

Il attrapa le petit cheval noir et le déposa dans la paume de Georgia. Il était chaud, à cause du soleil qui tapait à travers la vitre, et on aurait dit qu'il était vivant. Georgia tira un mouchoir en papier de sa poche pour l'épousseter.

— Combien d'argent as-tu ? demanda M. Goldsmith.

Quand Georgia lui répondit qu'il lui manquait deux livres par rapport au prix indiqué sur l'étiquette, il lui reprit le cheval et commença à l'emballer avec soin.

— Cela fera l'affaire, dit-il.

À cet instant, Georgia sentit qu'elle avait trouvé un ami.

Lorsqu'elle rentra à la maison, Russell était déjà là, mais comme il écoutait un disque de heavy metal à fond dans sa chambre, Georgia put se faufiler jusqu'à la sienne sans se faire remarquer. Une fois à l'abri, elle verrouilla sa porte et laissa échapper un soupir de soulagement. C'était le moment le plus délicat de la journée. Chaque fois que Russell était à la maison, elle ne savait jamais si elle réussirait à atteindre le sanctuaire de sa chambre avant qu'il s'aperçoive de sa présence et commence à la harceler.

Le lundi, ça allait car il jouait au foot après l'école, et le mardi, Georgia prenait des cours particuliers de maths. Le vendredi, elle avait sa leçon de violon. Mais il restait le mercredi et le jeudi, avec deux heures de battement entre la fin des cours et le retour de leurs parents respectifs.

Russell avait deux ans de plus et deux classes d'avance sur elle au collège Barnsbury. Dès leur première rencontre, ils s'étaient détestés. « Si tu crois que je vais laisser ta saleté de mère mettre le grappin sur mon père, tu te goures », lui avait-il murmuré.

Sauf qu'il n'avait pas pu empêcher son père d'épouser Maura et n'avait pas eu son mot à dire quand les parents avaient vendu leurs appartements pour acheter une maison en commun. Le fait que Georgia et Russell soient quasiment enfants uniques n'avait pas arrangé les choses. Russell avait une sœur aînée, beaucoup plus âgée, qui était partie vivre avec sa mère quand celle-ci les avait quittés, Ralph et lui. Depuis ce jour, il avait toujours cru que ce serait son père et lui contre le monde entier.

En définitive, c'était juste lui contre Georgia. Il tolérait Maura car grâce à elle son père était généralement de meilleure humeur que quand il vivait seul. Mais il lui en voulait d'avoir brisé leur duo, et comme il ne pouvait pas se permettre d'être méchant avec elle, il se défoulait sur Georgia.

Cette dernière aurait aimé avoir un véritable grand frère. Elle en avait eu un petit, qui était mort peu après sa naissance. Ensuite, son père avait fichu le camp. Georgia était très jeune à l'époque et elle ne se souvenait très bien ni de l'un ni de l'autre. Elle avait gardé le vague souvenir de sa mère toujours en train de pleurer. Un beau jour, Maura avait séché ses larmes et dit : « Ça suffit. Il va falloir qu'on apprenne à se débrouiller toutes les deux. »

Et c'était ce qu'elles avaient fait, jusqu'à l'arrivée de Ralph. Georgia n'avait rien contre lui. Il aimait Maura, et quand il était bien luné, il pouvait se montrer très drôle. Mais il était trop préoccupé par l'argent. Et surtout, il avait amené Russell avec lui.

Georgia déballa le petit cheval ailé et le posa sur sa commode. Puis elle s'installa devant son ordinateur et tapa le mot « Étrusque » dans un moteur de recherche, suivi de « cheval volant ».

L'ordinateur lui indiqua 987 réponses correspondantes. En spécialiste d'Internet qu'elle était, Georgia ne regarda que les cent premières. Parmi les plus intéressantes, il y avait un site américain qui montrait la reproduction d'un magnifique bibelot en bronze, proposé trois ans plus tôt dans une vente aux enchères, et qui n'avait pas trouvé d'acquéreur. Il mesurait environ six centimètres et ressemblait à celui que Georgia venait d'acheter, sauf qu'il était estimé entre 2 000 et 3 000 dollars minimum, beaucoup plus que la somme qu'elle avait déboursée.

Sur un autre site, on décrivait un vase en bronze découvert à Monteleone (elle ignorait où ça se trouvait), sur lequel était peint un char tiré par des chevaux ailés. Il n'y avait pas de photo, mais Georgia l'imaginait assez bien.

Dans le Douzième des Jumeaux, Riccardo, le Maître d'écurie, attendait un illustre visiteur : Niccolo, duc de Giglia et chef de la puissante famille Chimici. Celui-ci logeait chez son frère cadet, Ferdinando, qui était à la fois pape et prince de Remora. Bien que Remora soit officiellement la capitale de la République grandissante des Chimici, le véritable pouvoir se situait au nord, à Giglia, où résidaient le duc et ses héritiers.

Niccolo, arrière-petit-fils du fondateur de la dynastie des Chimici, avait cinq enfants encore en vie, dont quatre fils, et c'était à coup sûr l'homme le plus ambitieux de toute la Talie. Sous son autorité, les Chimici avaient étendu leur réseau d'influence à l'ensemble des grandes villes du nord du pays et ils dirigeaient désormais la plupart d'entre elles. Seule l'exaspérante cité-État de Bellezza, au large de la côte nord-est, continuait à refuser toute alliance avec le duc et sa famille. Mais, là aussi, Niccolo avait un plan.

Ici, à Remora, il était en terrain conquis. En parcourant les quelques centaines de mètres qui séparaient le palais papal des écuries du Douzième des Jumeaux, il dut s'arrêter une bonne dizaine de fois pour échanger des politesses avec de riches marchands ou accepter les hommages de citoyens plus modestes désireux de lui baiser la main. Niccolo arriva aux écuries de fort bonne humeur.

Riccardo, le Maître d'écurie, débordait de fierté. Le pape lui avait rendu visite la veille, et il recevait aujourd'hui le duc de Giglia, l'homme le plus riche de Talie, qui venait examiner les chevaux. Riccardo garda le plus beau spécimen pour la fin.

— Monseigneur, voici le cheval que nous ferons courir pour la Stellata.

Niccolo observa le fougueux cheval bai qui gonflait les naseaux et esquissait des ruades dans sa stalle. De sa main gantée, il caressa le chanfrein de l'animal en lui parlant d'un ton apaisant, puis il se tourna vers le Maître d'écurie.

— D'où viendra la concurrence, cette année ?

— Vous savez bien, monseigneur, que dans cette ville les

gens ne parlent pas volontiers de leurs chevaux, répondit Riccardo, un peu nerveux.

Niccolo di Chimici posa sur lui un regard froid.

— Vous êtes payé pour vous occuper des chevaux, mais aussi pour percer ce genre de secrets, n'est-ce pas ?

— Oui, monseigneur. Et ce sera beaucoup plus facile maintenant que j'ai un nouveau palefrenier. Il m'a été spécialement recommandé par le neveu de Monseigneur, l'ambassadeur en poste à Bellezza. Le signor Rinaldo m'a dit que cet homme lui avait rendu un fier service et qu'il avait la réputation de découvrir les secrets.

Niccolo sourit. Il avait entendu parler, en effet, du service rendu par cet homme à Bellezza. S'il s'agissait bien du même, il avait débarrassé la ville d'un des plus farouches opposants à la famille Chimici. Et même si Rinaldo, le neveu du duc, n'avait pas réussi à remplacer la Duchessa par une dirigeante fantoche, nul doute que la nouvelle souveraine, une vulgaire petite gamine, se laisserait manipuler beaucoup plus facilement.

— Est-ce qu'il connaît quelque chose aux chevaux ?

Ce fut la seule question qu'il posa au Maître d'écurie.

★

Gaetano di Chimici était nerveux. Il était resté dans le palais papal de son oncle pendant que son père visitait la ville et il se demandait ce qu'il faisait là. Il aurait préféré mille fois être à Giglia pour poursuivre ses études à l'université. En outre, il avait de plus en plus l'impression que son père nourrissait des projets secrets.

Gaetano poussa un soupir. Ce n'était pas facile d'appartenir à la famille la plus importante de Talie. Son père se trouvait au cœur d'innombrables complots ; il manigançait sans cesse pour devenir plus riche, plus puissant encore. Mais Gaetano ne s'intéressait pas à toutes ces manœuvres. Ce qu'il voulait, c'était qu'on le laisse en compagnie de ses livres et de ses amis qui, comme lui, se passionnaient pour la peinture, la sculpture et la musique ; il n'avait aucune envie de se trouver entraîné dans des plans destinés à financer des guerres entre diverses factions de la ville ou à forger des alliances avec des maisons de commerce ou d'autres familles princières.

Les choses auraient pu être différentes s'il avait été parmi les aînés, mais ils étaient les plus jeunes, lui et son petit frère Falco. Hélas, ce pauvre Falco ne comptait pas vraiment, malgré l'amour que lui portaient Gaetano et toute la famille. Fabrizio, le fils aîné, hériterait du duché de Giglia. Carlo deviendrait prince de Remora, étant donné que l'oncle Ferdinando, en tant que pape, n'avait pas d'enfants. Beatrice serait sans doute mariée à un des cousins, Alfonso peut-être, et elle deviendrait duchesse de Volana, maintenant que l'oncle Fabrizio était mort.

Alors, que lui restait-il ? Pendant un moment, il avait pensé que son père avait l'intention de lui faire épouser une de ses cousines, la sœur d'Alfonso par exemple, Caterina. Enfant, Gaetano était très proche d'une autre cousine, Francesca, dont le père était prince de Bellone, mais, dernièrement, il avait eu vent d'une rumeur selon laquelle on l'avait mariée à un vieil homme de Bellezza, pour de vulgaires raisons dynastiques.

Gaetano secoua la tête. Quelle famille ! Maintenant, il redoutait que le nouveau projet de son père ne concerne l'Église. L'oncle Ferdinando n'était pas immortel et Niccolo avait sans doute décidé qui serait son successeur. Carlo avait clairement fait savoir qu'il ne voulait pas entrer dans les ordres ; il ne restait donc que Gaetano.

— Eh bien, non ! déclara-t-il. L'Église doit être une vocation, pas une désignation politique. Pourquoi est-ce qu'on ne me laisse pas à mes études ?

Il connaissait la réponse. Tous les Chimici devaient œuvrer dans l'intérêt de la dynastie, y compris les femmes, qui se préparaient à épouser les hommes choisis par le chef de famille. Leur avis et leurs préférences n'entraient pas en ligne de compte. Il en allait de même pour les fils. « Reçois cette principauté, épouse cette princesse, assure la charge d'ambassadeur dans cette ville, sois ordonné cardinal... » C'était la même chose.

Gaetano se demandait s'il pourrait être le premier Chimici, depuis cinq générations, à dire non.

La famille ! Pourquoi n'y avait-il pas d'autre façon de vivre ensemble ? se demandait Georgia. Les dîners à la maison étaient toujours tendus et elle ne comprenait pas pour quelle raison sa mère s'obstinait. Mais Maura, qui exerçait le métier d'assistante sociale, était farouchement opposée à ce qu'on grignote ou mange sur ses genoux devant la télé.

« C'est le seul moment de la journée où on peut se réunir autour de la même table comme une vraie famille et parler de nos vies respectives », disait-elle.

Sauf qu'il y avait deux problèmes, pensait Georgia. Un, ils n'étaient pas, et ne seraient jamais, une vraie famille. Même si, un jour, elle considérait Ralph comme un père, jamais elle n'accepterait Russell comme un frère. Deux, Maura était nulle en cuisine. Ralph ne valait pas mieux et, très souvent, le sacro-saint repas familial se composait d'une pizza surgelée ou de *fish and chips* achetés au coin de la rue.

Pour Maura, ça ne changeait rien. Pas de télé ni de radio, Georgia et Russell devaient mettre la table, avec couteaux et fourchettes, même quand il s'agissait d'un plat fait pour être mangé avec les doigts. Et tous les quatre se retrouvaient face à face pour vingt minutes de torture et d'indigestion.

La conversation se limitait aux questions posées par les adultes et aux réponses fournies par les adolescents. Georgia et Russell ne s'adressaient pas la parole. D'ailleurs, avait constaté Georgia, ils ne se parlaient jamais en présence de leurs parents.

En revanche, quand ils se retrouvaient seuls – une situation qu'elle évitait le plus possible –, Russell se montrait beaucoup plus communicatif. C'était l'exemple même du petit tyran. Parfois, Georgia aurait aimé qu'il soit moins intelligent et un peu plus brute épaisse. Car, s'il l'avait frappée, cela aurait facilité les choses, d'une certaine manière ; si elle avait pu montrer à sa mère qu'elle avait des bleus sur le corps, il n'aurait pas pu continuer en toute impunité.

Mais Russell pratiquait le harcèlement haineux, qui ne laissait aucune trace et la faisait trembler intérieurement. Il s'emparait de ses peurs et de ses angoisses les plus profondes et les exposait en pleine lumière ; il les éclairait avec le projecteur violent de ses sarcasmes.

« Mocheté » était l'épithète la plus gentille qu'il lui réservait. Il analysait en détail son absence de charme, son manque de féminité, son obsession pour les chevaux. « On sait bien ce que ça signifie, pas vrai ? Un substitut sexuel ! Cette force virile entre tes cuisses. Toutes les fanas de chevaux sont des vieilles filles et des mochetés, comme toi. »

Le venin jaillissait à jet continu de sa bouche et Georgia restait sans défense. Évidemment, elle en avait parlé à sa mère, plusieurs fois ; elle l'avait même dit à Ralph un jour. Mais l'un et l'autre lui répondaient qu'elle exagérait ; il était normal de se faire taquiner par un grand frère, elle était trop sensible. Après cela, Russell redoublait de cruauté, il se moquait de sa lâcheté car elle était allée se réfugier dans les jupes de sa mère.

Georgia se repliait de plus en plus sur elle-même pour masquer sa vulnérabilité, elle rentrait la tête dans les épaules et s'exprimait par monosyllabes, incapable de comprendre pourquoi elle inspirait une telle haine à quelqu'un avec qui elle n'avait pas choisi de vivre. Après tout, elle avait autant de raisons – ou aussi peu – de le haïr.

Le jour où le cheval ailé entra dans sa vie se termina très mal. Bien qu'elle ait réussi à éviter Russell après l'école, elle découvrit avec effroi au cours du repas (hachis Parmentier et petits pois surgelés) que Maura et Ralph avaient décidé d'aller au cinéma ce soir-là. Cela leur arrivait environ une fois par mois et, comme ils n'aimaient que les films d'art et essai en noir et blanc, ils avaient renoncé à demander à Georgia et à Russell de les accompagner. Et à leur âge, quinze et dix-sept ans, pas question de faire appel à une baby-sitter pour leur tenir compagnie.

Georgia fonça dans sa chambre avant même que les adultes aient franchi le seuil de la maison. Très vite, elle se plongea dans son devoir de biologie. Hélas, au bout d'un moment, son organisme la trahit : il fallait qu'elle aille aux toilettes.

Russell était dans le couloir. Affalé devant la porte de la salle de bains, imposant et menaçant. Georgia savait qu'il était capable de lui barrer le chemin jusqu'à ce qu'elle fasse dans sa culotte. Cela lui fournirait de formidables munitions pour l'humilier une fois de plus. Elle envisageait déjà de foncer dans les petites toilettes attenantes à la chambre de Maura et de Ralph quand Russell ôta enfin sa lourde carcasse de devant la porte. Elle arriva juste à temps.

Quand elle ressortit de la salle de bains, il était toujours là, et il la suivit jusqu'à sa chambre. Elle ne fut pas assez rapide pour lui claquer la porte au nez. Maintenant, elle était coincée avec lui, en attendant qu'il consente à s'en aller : un de ses pires cauchemars. Il resta muet pendant un moment et, soudain, Georgia vit sa chambre avec les yeux de Russell. Cette chambre ne ressemblait pas à celles des autres filles de quinze ans : il n'y avait pas de posters de pop stars ou de vedettes de la télé aux murs, ni même un beau footballeur.

En fait, il n'y avait qu'une vieille photo miteuse d'Everest Milton prise lors de l'exposition du Cheval de l'année, où sa mère l'avait emmenée quand elle avait sept ans. Et un tableau encadré représentant un cheval noir et un cheval blanc galopant le long d'une rivière tumultueuse. Georgia savait que ce n'était pas une très bonne peinture, mais elle l'aimait quand même. Le petit cheval ailé était posé sur sa commode.

— Tu sais que tu es sacrément arriérée, dit Russell. Les filles de ton âge ont laissé tomber ces histoires de chevaux depuis longtemps. Sauf les pauvres cageots du haras. Et c'est toutes des gouines.

Georgia ne put se retenir.

— Tu n'es jamais allé au haras, tu ne connais pas les gens qui sont là-bas !

C'était toujours une erreur de défier Russell. Il émit un rire désagréable.

— Tu parles ! Je parie que c'est pour ça que tu y es scotchée ! Je suis sûr qu'elles ont commencé à te draguer. Pas étonnant. Aucun garçon ne voudrait s'intéresser à toi. À moins d'être bourré ou d'avoir fait un pari avec ses potes.

Il se promenait à travers la chambre, prenant ici et là des objets qu'il reposait n'importe comment. Georgia recula centimètre par centimètre, jusqu'à ce qu'elle se retrouve contre la commode, dissimulant ainsi le cheval ailé. Il faudrait qu'elle pense à le cacher ; il était trop précieux pour que Russell s'en empare.

— D'ailleurs, c'est pas une mauvaise idée, reprit celui-ci. Pourquoi tu filerais pas du fric à un de mes potes pour qu'il te saute ? C'est mieux que le cheval, je t'assure.

Georgia serra les dents. Une fureur incontrôlable montait en elle. Elle avait envie de se jeter sur Russell et de le rouer de coups, tout en sachant qu'elle paraîtrait ridicule : il était trop fort pour elle.

C'est alors que le téléphone sonna et il alla répondre. Elle l'entendit parler de ce ton décontracté, super cool et sympa qu'il adoptait avec ses copains. Georgia se rua sur la porte de sa chambre et tira le verrou. Ses mains tremblaient. Impossible de retourner dans la salle de bains pour se brosser les dents. Tant pis pour la plaque dentaire.

Cesare emporta son déjeuner à l'écurie pour remplacer Paolo qui montait la garde. Il caressa le chanfrein de Merla et s'adressa à sa mère d'un ton apaisant.

— Ne t'en fais pas, lui dit-il. Vous serez bientôt à l'abri toutes les deux. Personne ne te prendra ta pouliche.

Il s'assit par terre et étendit ses jambes sur la paille. Le chat gris émergea de nulle part et grimpa sur ses genoux en ronronnant. Il fourra sa petite tête triangulaire dans la main qui tenait le pain et le fromage.

Couchée sur le dos dans le noir, Georgia sentait les larmes couler aux coins de ses yeux et glisser dans ses oreilles. Elle serrait le cheval ailé dans sa main. Jamais elle n'avait été aussi malheureuse. Même quand son petit frère était mort, quand son père avait disparu et quand sa mère pleurait du matin au soir, Georgia n'avait pas été triste. C'était encore une enfant à l'époque et elle s'inquiétait surtout de savoir s'il y aurait du gâteau au goûter et comment baptiser la nouvelle poupée que sa maman lui avait offerte à la naissance de Ben.

Maintenant, sa vie était devenue un cauchemar. Elle n'avait presque pas d'amies à l'école ; la plupart des filles qu'elle avait connues en primaire semblaient être passées à autre chose. Une seule fille était susceptible de devenir une véritable amie : une nouvelle prénommée Alice. Russell avait raison sur un point : Georgia était une attardée, socialement. Elle ne cherchait jamais à se faire inviter dans les fêtes et elle savait que les plus branchés de sa classe allaient dans les pubs et les boîtes le samedi soir, des endroits où elle n'aurait jamais mis les pieds. Même avec du maquillage, une minijupe, des talons aiguilles et un haut qui laissait voir son nombril. Dans l'obscurité de sa chambre, Georgia esquissa un sourire en imaginant la scène.

À la maison, sa vie s'apparentait à une succession de stratagèmes destinés à éviter Russell. Mais garder ses distances ne suffisait plus ; il la cherchait activement, il n'était heureux que lorsqu'il la tourmentait. Ça ne pouvait pas continuer ainsi. Si sa mère refusait de l'aider, elle serait obligée de fuir.

Georgia s'endormit avec la figurine du cheval volant dans la main, rêvant d'un endroit où les chevaux avaient des ailes et où elle pourrait échapper à ses ennuis pour toujours.

Cesare s'était assoupi. Ce fut le chat qui le réveilla. Celui-ci se raidit sur ses genoux. Il se redressa d'un bond, les poils hérissés, et émit un feulement.

Cesare vit aussitôt ce qui avait provoqué cette réaction. Un garçon était tapi dans un coin, les yeux écarquillés de terreur. Cesare se leva prestement, stupéfait. Il ne croyait pas qu'un ennemi du Bélier enverrait quelqu'un pour enlever Merla, et surtout pas un gamin maigrelet qui ressemblait à un lapin effrayé. Peut-être était-ce un espion ?

Cesare s'avança, les poings levés.

— Qu'est-ce que tu veux ? demanda-t-il d'un ton hargneux. Tu n'as rien à faire ici. Dégage !

Georgia ne comprenait rien ; elle voyait juste qu'elle était dans une écurie. Seules la chaleur et l'odeur familière, réconfortante, des chevaux l'empêchaient de hurler. Elle ignorait comment elle avait atterri là et qui était ce garçon furieux aux cheveux châtains. On aurait dit qu'il se mettait devant elle pour l'empêcher de voir quelque chose derrière lui. Sa position lui rappelait la sienne quand elle avait dissimulé le cheval à Russell. Lentement, elle desserra les doigts.

Le garçon étouffa une exclamation. Quand il s'avança pour mieux voir, Georgia découvrit derrière lui une créature miraculeuse qui aurait pu servir de modèle au cheval qu'elle tenait dans la main. Une magnifique pouliche noire comme du charbon, avec deux petites ailes duveteuses repliées dans le dos.

CHAPITRE 2

Une nouvelle Stravagante

Les deux personnages présents dans l'écurie étaient pétrifiés ; l'un et l'autre regardaient fixement un cheval ailé. Cesare se détendit quelque peu. Cet étrange garçon, qui ne paraissait guère menaçant, était totalement hébété face à la pouliche noire. Mais alors, pourquoi tenait-il dans sa main une reproduction de cet animal ?

— Hé, où t'as trouvé ça ? lança Cesare.

— Je suis où ? demanda Georgia en même temps.

Cette question était si surprenante que Cesare en oublia la sienne. Il observa de plus près le jeune garçon. Il était très bizarre. À commencer par ses vêtements, taillés dans une belle étoffe comme seuls en portaient les riches marchands de Remora. Sauf qu'ils étaient informes et amples, sans aucune élégance, aucun raffinement ; on aurait dit qu'ils avaient été assemblés par de misérables paysans. Malgré cela, il avait de précieux bijoux en argent aux oreilles, comme un jeune prince, et dans le sourcil... une chose que Cesare n'avait jamais vue en Talie. Tout cela était fort mystérieux. D'autant que ce garçon ne savait pas où il se trouvait.

— Comment es-tu arrivé jusqu'ici, si tu ne sais pas où tu es ? interrogea Cesare.

Georgia secoua la tête.

— Je ne sais pas. J'étais dans mon lit, chez moi à Londres, et soudain, je me retrouve dans cette écurie. Mais ce n'est pas l'écurie où j'ai l'habitude d'aller. Et je ne connais pas ces chevaux, surtout celui-ci. Il est magnifique !

Cesare sentit qu'il avait affaire à un passionné, comme lui. Il laissa Georgia s'approcher de la pouliche. Cet étrange garçon qui aimait les chevaux ne risquait pas de lui faire du mal, se disait-il.

— Pourtant, tu tiens sa statuette dans la main, fit-il remarquer. Ça ne peut pas être une coïncidence : tu débarques au Douzième du Bélier quelques heures après sa naissance. Tu savais forcément qu'il était là.

— Non, répondit Georgia. Comment j'aurais pu le savoir ? Les chevaux ailés, ça n'existe pas. C'est impossible.

— À Remora, ça existe, déclara Cesare avec fierté. (Il ne pouvait pas s'empêcher de fanfaronner.) Ça arrive une fois par siècle environ... et cette fois, c'est le Bélier qui a eu cet honneur.

— Je suis désolée, je ne comprends pas... C'est quoi, le Bélier ?

— Tu n'es pas de Remora ?

— Non. Je te l'ai dit : je vis à Londres, à Islington plus précisément.

Devant le regard vide de Cesare, elle ajouta :

— En Angleterre. Tu vois ? L'Europe, la planète Terre, le système solaire, l'univers...

— En Anglia ? dit le garçon. Là, tu es en Talie. À Remora, la ville la plus importante. Comment as-tu pu arriver jusqu'ici sans le savoir ?

Cesare scruta l'étrange garçon pour deviner s'il mentait. C'est alors qu'il remarqua les yeux gonflés et les traces laissées par les larmes, et il eut honte de lui. Ce pauvre garçon était affreusement triste, pour une raison inconnue. Il n'avait qu'un ou deux ans de moins que lui, mais Cesare ne se souvenait pas d'avoir été malheureux au point de pleurer ainsi.

— Quelque chose ne va pas ? demanda-t-il d'un ton maladroit. Quelqu'un t'a fait du mal ?

Soudain, les souvenirs submergèrent Georgia : les persécutions de Russell, le sentiment d'être prise au piège dans sa propre chambre, l'envie de s'évader dans un monde où les chevaux volaient. Peut-être qu'elle se retrouvait projetée à l'époque et à l'endroit où vivaient les Étrusques ? Comment s'appelait ce pays... l'Étrurie ? Non, ce garçon avait parlé de Remora, en Talie ! Elle n'avait jamais entendu ces noms. Elle ferma les yeux. Peut-être aurait-il disparu quand elle les rouvrirait, en même temps que cette pouliche miraculeuse et cette écurie ?

Au lieu de ça, un homme imposant aux cheveux gris – le père du garçon, à coup sûr, étant donné leur ressemblance – fit son entrée dans l'écurie et regarda Georgia d'un air stupéfait.

— Qui est-ce ? demanda-t-il d'un ton brusque, mais sans méchanceté.

— Je ne sais pas, répondit Cesare avec sincérité. Il a surgi là... tout à coup...

— Je m'appelle Georgia O'Grady, déclara la jeune fille.

— Georgio Gredi... dit l'homme, et Georgia comprit qu'on l'avait prise pour un garçon, une fois de plus.

Trop tard pour rectifier l'erreur.

— Paolo Montalbano, Maître d'écurie du Douzième du Bélier, annonça l'homme d'un ton solennel. Je crois que tu as déjà fait la connaissance de mon fils, Cesare. Maintenant, explique-nous ce que tu fais ici.

★

Dans une autre écurie de la ville, à environ un kilomètre de là, on présentait des chevaux à un nouveau palefrenier.

— Et celui-ci, dit Riccardo, c'est Benvenuto. On l'a sélectionné pour la Stellata.

Le nouveau palefrenier promena un regard approbateur sur le cheval bai. Il le gratta entre les oreilles. Il aimait évoluer au milieu des animaux. Quand il se trouvait à Bellezza, il avait souffert de ne pas pouvoir monter à cheval, cela lui semblait contre nature. En vérité, il se réjouissait de tourner le dos à cette cité affectée et outrancière, avec son mode de vie sophistiqué et ce culte insensé que ses habitants vouaient à leur souveraine.

Enrico ne voulait plus entendre parler des femmes ; il préférait mille fois la compagnie des chevaux. L'unique relation sérieuse de sa vie s'était transformée en désastre : sa fiancée avait disparu dans des circonstances mystérieuses ; il la soupçonnait d'avoir pris la fuite en compagnie d'un autre homme. Heureusement, le père de la jeune femme avait versé la moitié de la dot à Enrico, et son ancien employeur, Rinaldo di Chimici, l'avait grassement rétribué pour les services qu'il avait rendus à Bellezza. En fait, Enrico n'avait pas besoin de ce travail de palefrenier à Remora.

Mais il avait l'espionnage dans le sang. Et il se rapprochait du cœur de la famille Chimici. Son nouveau patron n'était autre que le pape, l'oncle de Rinaldo, membre de la branche aînée de la famille. En vérité, la tâche d'Enrico, prétendument engagé pour travailler dans les écuries des Jumeaux, était de veiller à ce que leur cheval remporte la Stellata, par tous les moyens possibles.

— *Siamo a cavallo*, dit-il à voix basse à Benvenuto. C'est dans le sac.

Le cheval répondit par un petit hennissement.

★

C'est à peu près au milieu du récit de Georgia que les Montalbani, père et fils, s'aperçurent que l'intrus était une fille.

— Pourquoi tu t'habilles comme un garçon ? demanda Paolo.

Georgia regarda son pantalon de jogging gris et son T-shirt ample – sa tenue habituelle pour dormir – et haussa les épaules.

— C'est ce que portent les garçons et les filles, là d'où je viens.

— Les filles portent des pantalons ? s'exclama Cesare, qui n'en revenait pas. Et elles se coupent les cheveux de cette façon ?

— Non, pas toutes, reconnut Georgia en passant sa main dans ses mèches hérissées. Mais elles portent toutes des pantalons. Des jeans, généralement, dans la journée ; et le soir, des caleçons longs ou des bas de jogging.

Soudain, une pensée lui traversa l'esprit.

— Ce n'est pas la nuit ici, hein ?

En guise de réponse, Paolo ouvrit grand la porte et une lumière éclatante inonda l'écurie. Le chat s'éloigna d'un pas nonchalant et entreprit de se laver les oreilles au soleil. Soudain, Cesare laissa échapper un hoquet de stupeur. Georgia vit que le père et le fils la regardaient d'un air hébété.

— Quoi, encore ? demanda-t-elle, gênée.

Cesare désigna le sol derrière elle.

— Tu n'as pas d'ombre, dit-il.

★

Après sa visite de politesse à l'écurie des Jumeaux, Niccolo di Chimici traversa la ville pour se rendre au Douzième de la Dame. Sa route le conduisit dans la Strada delle Stelle, qui allait de la Porte du Soleil, au nord, à la Porte de la Lune, au sud. C'était une artère importante, assez large pour permettre à deux voitures à cheval de se croiser. À mi-chemin, au centre de la ville presque circulaire, s'étendait le Campo delle Stelle, l'immense place ronde, divisée en quatorze sections, où se déroulait chaque année la Course des Étoiles.

Niccolo s'arrêta à l'orée de la place pour contempler l'animation qui régnait sur le Campo. Au milieu se dressait la fontaine, avec son parapet de pierre qui offrait la meilleure vue sur la course. De la fontaine surgissait une grande et fine colonne, entourée de poissons crachant de l'eau et de nymphes de marbre tenant des vasques. À son sommet, une statue représentait la lionne sauvage allaitant Remus, fondateur de la ville, et son frère jumeau, Romulus, qui était parti un peu plus au sud pour fonder la cité rivale de Romula.

Les maisons qui entouraient le Campo et le vaste palais papal où résidait Ferdinando, le frère de Niccolo, possédaient d'élégants balcons qui surplombaient la piste. Dans quelques semaines, tous seraient parés des couleurs du Douzième que soutenait leur propriétaire : blanc et rose pour les Jumeaux sur le balcon papal ; vert et violet pour la Dame, rouge et jaune pour le Bélier... Niccolo ne put s'empêcher de serrer les dents en pensant au Bélier.

— Un rafraîchissement, monseigneur ? proposa un marchand ambulant qui s'approchait du duc avec une chope remplie de citronnade glacée.

C'était une intervention bienvenue. Après avoir bu une grande gorgée, Niccolo jeta quelques pièces d'argent à l'homme, sans doute beaucoup trop. Puis il se demanda s'il n'avait pas été imprudent. Habituellement, il ne mangeait et ne buvait rien en dehors des palais familiaux, où des goûteurs vérifiaient qu'il n'y avait pas de poison dans ce qu'il avalait. Avec l'âge, il devenait négligent. Aujourd'hui, il avait eu de la chance : ce n'était qu'une boisson à base de citron.

Niccolo traversa le Campo et pénétra dans un des étroits passages qui conduisaient à la rue principale du Douzième de la Dame.

— Encore une marque d'imprudence, murmura-t-il en jetant un coup d'œil par-dessus son épaule.

Heureusement, aucun assassin ne le suivait et le duc continua son chemin dans la Via della Donna jusqu'à la grande Piazza. Il se sentait plus chez lui dans le Douzième de la Dame que n'importe où ailleurs à Remora. Il avait prêté serment d'allégeance à Giglia, de même que chaque Douzième faisait allégeance à l'une des cités-États qui composaient le pays. On retrouvait donc une petite partie de la Ville des Fleurs dans la Ville des Étoiles. Niccolo parierait sur le cheval de la Dame, même si la maison de son frère encourageait celui des Jumeaux. Leur Benvenuto était un joli cheval. Il était temps que Niccolo visite les écuries de la Dame pour voir quelle monture avaient choisie les siens.

★

Paolo faisait couler dans la bouche de Georgia le reste de la bière du déjeuner de Cesare. Elle avait blêmi tout à coup et s'était laissée tomber sur la paille en découvrant qu'elle n'avait pas d'ombre.

— Qu'est-ce que ça signifie ? demanda-t-elle. Que je ne suis pas vraiment ici ?

— Oui, d'une certaine façon, répondit Paolo. C'est le signe que tu es une Stravagante.

Cela ne voulait rien dire pour Georgia, mais elle vit Cesare esquisser ce qui ressemblait à un signe de croix, comme si on lui avait annoncé qu'elle était une sorcière ou l'envoyée du diable.

— Qu'est-ce qu'on va faire ? demanda-t-il. On ne peut pas la livrer aux autorités.

— Certainement pas ! déclara Paolo. On va contacter un autre Stravagante.

— Comment ? demanda Cesare, très inquiet. Ce ne sont pas des magiciens puissants et dangereux dans des endroits comme Bellone ?

— Non, pas toujours, répondit son père avec un sourire. Moi, par exemple... j'en suis un.

Ce fut au tour de Cesare de s'effondrer sur la paille.

Georgia ne savait pas ce qu'était un Stravagante, ni comment cet homme à la forte carrure pouvait en être un et elle aussi, d'autant que, de toute évidence, il possédait une ombre, lui. Mais elle voyait bien que cette révélation était un choc terrible pour Cesare.

— Il était temps que tu le saches, ajouta Paolo. Voilà un petit moment déjà que je songeais à te le dire. Deux de mes frères seront ici, en ville, demain ou après-demain, et ils nous diront ce qu'il faut faire au sujet de la jeune Georgia. En attendant, nous devons lui trouver des vêtements plus discrets.

Il se tourna vers Georgia.

— À cause de tes cheveux, je crains que tu ne sois obligée de t'habiller en garçon. Et il vaut mieux que tu continues à t'appeler Giorgio pendant que tu es ici.

— Pas de problème, répondit-elle aussitôt.

Elle n'osait même pas imaginer ce que portaient les filles dans cet endroit d'une autre époque où elle avait échoué sans savoir comment. Des guimpes, peut-être, ou des corsets.

Sur ordre de son père, Cesare partit chercher des habits pour Georgia et celle-ci en profita pour observer de plus près la pouliche ailée. Elle montra la statuette à Paolo.

— C'est étrange, n'est-ce pas ? dit-elle. Elle a sûrement un rapport avec ma présence ici.

— En effet, confirma Paolo. Il s'agit d'un talisman. Tous les Stravaganti en ont un. C'est en quelque sorte la clé qui permet de voyager d'un monde à l'autre. Si j'étais toi, je le cacherais. Surtout ici, à Remora. Cette ville est le fief des Chimici et ceux-ci s'intéressent beaucoup à la stravagation.

— Pardonnez-moi, dit Georgia. Vous allez me trouver bien ignorante. Mais pourriez-vous revenir un peu en arrière, s'il vous plaît ? Je ne sais pas ce qu'est la... stravagation, le rapport avec ma présence ici et qui sont ces Kimiki machin chose. Au fait, combien de temps je vais rester ici ? Ma mère va être folle d'inquiétude si elle ne me voit pas demain matin... (Elle s'interrompit.) À moins que ce soit déjà le matin là-bas ?

Paolo secoua la tête.

— Je ne connais pas les réponses à toutes ces questions. Mais je vais te dire ce que je sais et ce que je devine. Les Stravaganti sont une confrérie de savants disséminés dans les cités-États de Talie. À Remora, je suis le seul. C'est une vocation dangereuse, alors je dissimule mes activités en exerçant le métier de Maître d'écurie. Ma famille elle-même ignore que je suis un Stravagante... du moins, elle l'ignorait jusqu'à ce que je l'avoue à Cesare.

— Il semblait horrifié. Pourquoi est-ce si dangereux ?

— Le premier Stravagante est venu de ton monde dans le nôtre de manière accidentelle, expliqua Paolo. C'est lui qui a fondé la confrérie. Il venait de ce que tu appelles Angleterre et que l'on nomme Anglia. C'était un philosophe naturel, un alchimiste comme on les appelle. Il a atterri ici à la suite d'une explosion survenue dans son laboratoire, un accident alchimique.

— Quel était son nom ? demanda Georgia, en se promettant mentalement de faire une recherche sur Internet.

— William Dethridge. Du moins, tel était son nom à

l'époque. Il est arrivé il y a vingt-cinq ans, quand les Chimici commençaient à resserrer leur emprise sur le pays. Depuis, il apprend à des Taliens à se servir de talismans qu'il a apportés de son monde pour qu'ils puissent s'y rendre eux aussi. Et ces gens ont emporté des talismans de Talie dans ton Angleterre pour permettre à d'autres voyageurs d'effectuer le trajet entre ton monde et le nôtre.

— Des talismans ? répéta Georgia. Comme mon cheval ailé, vous voulez dire ? Il vient de Talie ?

— Oui, répondit Paolo. C'est moi-même qui l'ai emporté.

Georgia secoua la tête ; elle n'en revenait pas.

— Vous êtes allé en Angleterre ? demanda-t-elle d'un ton incrédule. Dans mon monde ? Quand ? Et comment ? M. Goldsmith m'a vendu ce cheval dans sa boutique d'antiquités. Il m'a dit qu'il venait de chez une vieille dame qui habitait dans Waverley Road.

— Il y a quelques mois, la situation était critique entre les Chimici et les Stravaganti. (Paolo passa ses mains dans ses cheveux gris, l'air anxieux.) Il y a tant de choses à t'expliquer, à te faire comprendre. Une nouvelle arrivée comme la tienne, c'est comme la naissance d'un agneau au milieu des loups, surtout que tu as été amenée au beau milieu d'un des fiefs des Chimici.

— Vous n'arrêtez pas de parler de ces gens, fit remarquer Georgia. Qui sont-ils et pourquoi représentent-ils une menace pour les... Stravaganti ?

— C'est une famille extrêmement puissante, la plus puissante de Talie. Les membres du clan Chimici sont ducs ou princes dans la plupart des cités-États de la Talie du Nord. Là où ils n'exercent pas un pouvoir direct, ils ont conclu des alliances avec les dirigeants. Ici, à Remora, autrefois capitale du Grand Empire Réman, le pape, qui est aussi notre prince, est le deuxième fils de l'actuelle génération de Chimici. Ils sont fabuleusement riches et leur ambition n'a pas de limites. Leur but est de gouverner la Talie entière. Ils ont bien réussi dans le nord, à une seule exception, et maintenant ils portent leur attention sur Romula et Cittanuova au sud. Une fois que les douze cités-États auront rejoint leur République, tu peux être sûre que celle-ci deviendra un Royaume. Et tu devines aisément de quelle dynastie sera issu le premier roi.

Paolo regarda Georgia comme s'il attendait une réponse.

— Les Chimici ? proposa-t-elle d'une voix timide. Je suis navrée, je ne vois toujours pas le rapport avec moi. Je ne connais rien à la politique et la vôtre semble si éloignée de la nôtre. À quel siècle vivez-vous ?

— Au cinquecento, dit Paolo. Au XVIe siècle, si tu préfères. Je sais que toi, tu viens de quatre cents ans plus tard, au moins.

— Il ne manquait plus que ça, commenta Georgia en fronçant les sourcils. Votre Talie ressemble à une version de notre Italie, à en juger par tous ces noms. Pourtant, je comprends ce que vous me dites, alors que je n'ai jamais appris l'italien.

— Les Stravaganti comprennent le langage du pays dans lequel ils se rendent, expliqua Paolo.

— Et pourquoi est-ce que vous avez plusieurs centaines d'années de retard... par rapport à moi, je veux dire ? Pardonnez-moi, il y a trop de choses qui m'échappent. Vous dites que j'ai été amenée ici, mais pourquoi ? Je ne suis qu'une enfant, encore plus jeune que Cesare. En quoi puis-je aider les Stravaganti face à une famille riche et puissante ? Je ne pourrais même pas affronter un seul de ses membres.

À cet instant, Cesare revint en courant, les bras chargés de vêtements.

— Désolé d'avoir été si long, dit-il, essoufflé. Il y avait un visiteur dans la maison. Je l'ai convaincu de boire un verre de vin avec Teresa, mais il faut faire disparaître Georgia. Et pas seulement elle. Il veut voir les chevaux.

— Qui est-ce ? demandèrent en chœur Georgia et Paolo.

— Le duc Niccolo. Niccolo di Chimici est dans notre cuisine. Et il sera ici d'un instant à l'autre !

CHAPITRE 3

Une cité divisée

Le duc Niccolo avait été impressionné par Zarina, la monture qu'avait choisie le Douzième de la Dame pour participer à la course. C'était une jument de trois ans à la robe brune, pleine de fougue, prête à tout donner lors de la Stellata. Mais quelque chose le tracassait au sujet du Douzième du Bélier et il avait décidé, sur un coup de tête, d'aller visiter leur écurie.

Alors que la Dame était associée à la ville de Giglia et les Jumeaux à Remora, le Douzième du Bélier avait prêté allégeance à Bellezza et le duc tenait particulièrement à ce que leur cheval fasse piètre figure durant la course. Cependant, pas question de laisser transparaître ses sentiments. Pour ces humbles palefreniers, c'était un honneur de recevoir la visite du duc de Giglia et il se montra fort courtois, comme il convenait à un aristocrate de se conduire avec des êtres inférieurs.

De fait, le Maître d'écurie et son fils semblèrent sensibles à cet honneur. Rendus nerveux par la présence du duc dans leur écurie, ils étaient impatients et fiers de lui présenter leur cheval vedette, les pauvres imbéciles. S'ils avaient eu un peu de jugeote, ils lui auraient fait croire qu'ils monteraient un autre animal. Leur Arcangelo était un sacré cheval !

— Splendide ! Splendide ! commenta le duc avec enthousiasme, jouant à la perfection son rôle de protecteur affable.

La Dame aura fort à faire pour le battre, mais nous avons un très bon cheval, nous aussi.

— Il y a encore du temps, monseigneur, répondit Paolo. Il peut se passer beaucoup de choses d'ici le jour de la course, et même pendant.

— C'est exact, acquiesça le duc.

Il était fatigué et impatient de retrouver le confort du palais papal. Alors qu'il se dirigeait vers la sortie de l'écurie, il s'arrêta pour regarder la jument grise avec son petit. Celui-ci était sous une couverture.

— Qu'a-t-il donc ? s'enquit le duc.

— Oh, une légère fièvre, monseigneur, répliqua Paolo. Nous faisons très attention car il est né la nuit dernière.

Niccolo hocha la tête.

— Il vaut mieux être prudent.

Il esquissa un vague geste de la main avant de sortir et prit soin de se baisser car sa tête touchait presque le haut de l'encadrement de la porte. Paolo l'accompagna. Dès que les deux hommes eurent disparu, un énorme éternuement explosa au-dessus de la tête de Cesare qui gravit en un clin d'œil l'échelle conduisant au grenier à foin.

Georgia avait assisté à la scène à travers un interstice du plancher.

— Une chance que tu n'aies pas éternué quand le duc était là ! s'écria le garçon, et tous les deux pouffèrent.

La tête grisonnante de Paolo apparut par l'ouverture de la trappe.

— La voie est libre, annonça-t-il. Mais c'était moins une. Plus vite on conduira Merla à Santa Fina, mieux ça vaudra.

— On va l'emmener loin d'ici, avec Starlight, expliqua Cesare à Georgia. Mon père pense que c'est plus sûr. Les autres Douzièmes seraient jaloux s'ils savaient ce qui s'est passé ici, et ils pourraient tenter de l'enlever.

Georgia avait enfilé les vêtements de garçon. Cesare et elle avaient presque la même taille. Soit il était petit pour son âge, soit les Taliens n'étaient pas aussi grands que leurs descendants du XXIe siècle. Paolo la jaugea d'un œil critique.

— Tu ressembles plus à une habitante de Remora maintenant, commenta-t-il. Mais les gens risquent d'être choqués de voir des bijoux en argent avec ces vêtements de palefrenier.

— Je ne suis pas une habitante de Remora, répondit la jeune fille. Je ne comprends toujours rien à votre ville, ni à cette course qui semble si importante. Et vous n'avez pas terminé votre explication sur les Stravaganti.

— On aura le temps d'en reparler, intervint Paolo. Pour le moment, tu dois apprendre à t'orienter. Si ta stravagation ressemble à celle de ton prédécesseur, tu devras retourner chez toi à la tombée de la nuit. Cela te laisse encore quelques heures. Cesare va te faire visiter la ville. En chemin, il te parlera de la Stellata.

★

Dans l'intimité de son palais, le pape ôta avec précaution sa chape de brocart d'argent. Vêtu de sa soutane en soie rose, il offrait un spectacle impressionnant, même s'il était moins grand que son frère, le duc. Et moins ambitieux que lui, aussi. Ferdinando aimait la belle vie, les bons vins et les mets raffinés, son lit moelleux et les manuscrits rares de sa bibliothèque. Avoir une épouse et une famille ne l'intéressait pas. Si les feux de la passion s'étaient allumés brièvement dans sa jeunesse, il préférait désormais boire un verre de vin rouge de Bellezza et parler de théologie avec ses cardinaux, plutôt que de faire l'effort de rendre une femme heureuse.

Les seules femmes qu'il fréquentait étaient ses belles-sœurs et ses nièces. Les Chimici étaient une famille à forte dominante masculine. L'unique chose qui préoccupait Ferdinando dans ce domaine, c'était sa succession. Son deuxième neveu, Carlo, deviendrait prince de Remora, mais qui serait pape après lui ? Il était inconcevable qu'une telle fonction puisse revenir à une personne étrangère à la famille. Il avait espéré que la visite de son troisième neveu, Gaetano, présageait d'un intérêt pour l'Église, mais jusqu'à présent, le garçon se montrait plutôt maussade et mal à l'aise entre les murs du palais.

Et ce malaise rejaillissait sur Ferdinando. La plupart du temps, il parvenait à oublier qu'il n'était qu'un homme de paille, une marionnette manipulée par son frère aîné, plus rusé et plus brutal. C'était Niccolo qui avait eu l'idée de le faire entrer dans les ordres, et c'était grâce à son argent que Ferdinando avait rapidement gravi tous les échelons pour devenir cardinal, et enfin pape. Il ne pouvait s'empêcher de frissonner en repensant à quel point son prédécesseur, Augustus II, était mort de manière opportune. Mais c'était un vieillard. Ferdinando s'empressa de le chasser de ses pensées.

Être prince de la plus grande ville du pays et chef de l'Église lui assurait le confort, le luxe même, et le respect. Du moins, en apparence. Quand il marchait dans la rue, les gens s'agenouillaient sur son passage. Il ne pouvait cependant toujours ignorer qu'il ne ressemblait pas aux papes du passé, quand l'Empire Réman était à son apogée. Le regard clair et franc du jeune Gaetano avait su le lui rappeler.

— Le dîner est servi, Votre Sainteté, annonça son serviteur.

Ferdinando extirpa son énorme carcasse de son fauteuil et s'avança jusqu'à la table. Ses yeux pétillèrent quand il découvrit les plats et les coupes en argent qui brillaient dans l'éclat des bougies, aussi nombreuses que celles qui éclairaient l'autel du Duomo de Remora. Ils n'étaient que trois – Niccolo, Gaetano et lui-même – à s'asseoir autour de cette nappe blanc immaculé, mais il y avait au moins une douzaine de domestiques pour les servir.

Après un bref bénédicité récité en talique, l'ancienne langue de Remora et de toute la Talie, les trois hommes attaquèrent leur repas. Ferdinando mangeait avec bonheur, savourant chacun de ces plats préparés avec soin. Niccolo mangeait peu et buvait beaucoup. Gaetano dévorait tout ce qui se trouvait devant lui, tout en s'efforçant de conserver ses bonnes manières, comme s'il avait trimé dans les champs depuis l'aube au lieu de déambuler dans le palais en se languissant de ses amis et de ses livres.

— Eh bien, comment s'est passée ta journée, cher frère ? demanda Ferdinando.

— Elle a été très bénéfique, répondit Niccolo. J'ai vu ton beau Benvenuto, j'ai rendu visite à ma Zarina et j'ai fait un saut à l'écurie du Bélier.

Ferdinando haussa les sourcils, surpris.

— Ah oui ? Quel cheval présentent-ils, cette année ?

— Un beau hongre alezan baptisé Arcangelo. Un cheval solide et fougueux. À mon avis, ils ont une bonne chance de gagner.

Gaetano émit un bruit ressemblant à un reniflement moqueur, puis il fit semblant d'avoir avalé son vin de travers.

— Tu aurais dû venir avec moi, Gaetano, lui dit son père. Ça t'aurait amusé.

Il était vrai que Gaetano aimait les chevaux, et c'était un des meilleurs cavaliers de la famille. Peut-être était-ce l'effet du vin, mais il sentait se dissiper son ressentiment envers son père et Remora.

— J'aurais peut-être dû, en effet. Avez-vous l'intention de visiter toutes les écuries de la ville ? Dans ce cas, j'aimerais vous accompagner demain.

— Pourquoi pas ? déclara Niccolo. Il est toujours bon de jauger ses adversaires et nous ne voudrions pas que les autres Douzièmes se sentent négligés, n'est-ce pas ?

★

Alors qu'elle marchait dans les rues de Remora, Georgia allait de surprise en surprise. Apprendre de la bouche de Paolo qu'ils vivaient au XVIe siècle, c'était une chose ; flâner dans une ville aux chaussées pavées, sans automobiles, où les rues étaient si étroites que des cordes à linge étaient tendues en travers et où les chats sautaient de toit en toit, c'en était une autre.

Partout dans ce quartier que l'on nommait le Douzième du Bélier, Georgia découvrait des symboles de cet animal. À chaque intersection se dressait une statue de cette bête aux cornes enroulées ; certaines maisons étaient décorées de bannières rouge et jaune frappées d'un bélier fringant portant une couronne en argent ; et, à intervalles réguliers, de petits anneaux en fer étaient plantés dans les murs sous un buste de bélier aux pattes avant dressées.

— C'est quoi, ça ? demanda Georgia en montrant un des anneaux.

— Ça sert à attacher les chevaux, expliqua Cesare. Regarde là-haut.

Georgia leva les yeux. À une dizaine de mètres au-dessus du sol, elle découvrit d'autres anneaux.

— Pour les chevaux ailés, lui glissa Cesare. Il y en a dans tous les Douzièmes, au cas où.

Il la conduisit sur une petite place. Au nord se dressait une église impressionnante et au centre une fontaine, que les rayons du soleil transformaient en un éventail étincelant. L'eau jaillissait de la bouche d'un bélier géant aux cornes d'argent. Tout comme les tridents des tritons qui bordaient le bassin.

— Voici la *Fonte d'Argento*, la fontaine d'argent, expliqua Cesare. Le Bélier est allié à la guilde des orfèvres, ce sont eux qui l'ont décorée. Chaque Douzième est lié à une des guildes de la cité. La Dame, c'est les Peintres, et les Jumeaux, les Banquiers. (Il rit.) Ça pourrait être l'inverse car les Chimici sont des banquiers et Giglia, la ville rattachée à la Dame, est leur siège. Mais ils ont la réputation d'encourager les arts, alors, les peintres, ça leur va aussi.

— Je suis larguée, avoua Georgia. Je croyais que la Dame était une partie de *cette* ville. Comment peut-elle appartenir à une autre ville ?

Ils s'assirent sur la margelle de la fontaine et Cesare lui expliqua patiemment.

— Chaque Douzième de Remora prête allégeance à une des cités-États de Talie. Seul le Douzième des Jumeaux soutient Remora elle-même. La Dame est rattachée à Giglia et le Bélier à Bellezza.

— Comment s'appellent les autres Douzièmes ? Tu ne m'en as cité que trois.

— Le Taureau, le Cancer, la Lionne, la Balance, le Scorpion, le Sagittaire, le Capricorne, le Verseau et les Poissons, récita Cesare en comptant sur ses doigts.

— J'ai compris ! s'exclama Georgia. C'est le zodiaque, les signes astrologiques ! Mais attends voir... Pourquoi la Lionne ? Là d'où je viens, c'est le Lion.

— Seule une lionne pouvait allaiter les jumeaux, répondit Cesare. Tu sais bien, Romulus et Remus.

— Dans mon monde, c'est une louve. Et pourquoi ce Douzième n'est-il pas rattaché à Remora, lui aussi ?

— Lui, c'est Romula.

Georgia secoua la tête. Il lui faudrait un temps fou pour s'y retrouver.

Cesare se leva.

— Viens, allons sur le Campo. Ce sera plus facile pour t'expliquer.

Ils empruntèrent une ruelle très étroite, avant de déboucher sur la place la plus époustouflante qu'ait jamais vue Georgia. Arriver sur le Campo, c'était comme être libéré de prison, comme naître après un long et pénible accouchement. Georgia avait envie de crier à pleins poumons.

La place formait un cercle immense, offert au soleil éclatant, bordé de maisons et de bâtiments majestueux. Au centre, il y avait une fontaine très ouvragée, d'où saillait une fine colonne. Quant au sol, tapissé de briques formant un motif à chevrons, il était divisé en sections de même largeur, délimitées par des lignes droites. On aurait dit une orange coupée horizontalement. Au centre de chaque segment, une étoile était représentée.

— Tu vois, dit Cesare. Douze sections, une pour chaque Douzième. Et le chemin pour pénétrer dans chaque Douzième part de ce segment. Là, on est dans la portion du Bélier.

Georgia compta.

— Il y a quatorze sections, pas douze, objecta-t-elle.

— Les deux autres conduisent à la Strada delle Stelle, expliqua Cesare. C'est une sorte de territoire neutre qui va de la Porte du Soleil à la Porte de la Lune. Regarde, on voit les symboles du Soleil et de la Lune dans ces segments. N'importe qui peut marcher dans cette rue, à n'importe quel moment.

— Ailleurs, ce n'est pas possible ? s'étonna Georgia.

— Ça dépend de ton Douzième. Le Bélier est allié à la Lionne et au Sagittaire, mais il est ennemi avec les Poissons. Les Poissons sont nos voisins, et c'est particulièrement dangereux pour nous de nous y aventurer.

— Comment ils peuvent vous reconnaître ?

— Aux couleurs, répondit Cesare en montrant le foulard qu'il portait autour du cou.

Celui-ci était rouge et jaune, comme les bannières que Georgia avait vues dans les rues du Bélier. Elle en portait un, elle aussi : encore un signe de loyauté. Elle n'en revenait pas. C'était comme les gangs à Los Angeles !

— Vous ne pouvez pas être indépendants ? demanda-t-elle. Ne pas appartenir à un Douzième ?

— Ne pas appartenir à un Douzième ? répéta Cesare, incrédule.

Georgia croyait entendre Russell quand il disait : « Ce truc, je le calcule pas ! », chaque fois qu'il ne comprenait pas quelque chose.

— À Remora, tout le monde naît dans un Douzième, reprit-il. Même quand un enfant vient au monde à l'improviste, alors que sa mère est en visite dans une autre partie de la ville, tu peux être sûre qu'elle est partie en emportant un sac de terre de son Douzième pour le répandre sous le lit, afin que son enfant naisse sur son sol.

Jusqu'à présent, Georgia voyait cette ville comme un rassemblement de supporters de football fanatiques, mais elle commençait à s'apercevoir que ça allait beaucoup plus loin.

— OK, dit-elle pour résumer, on a deux alliés et un ennemi. Et les huit autres ?

— Oh, on peut se promener dans ces Douzièmes sans trop de risques. Ça te dirait d'en visiter un ?

Ils traversèrent en flânant le Campo envahi par les vendeurs ambulants qui proposaient boissons et nourriture, ainsi que des drapeaux et des étendards de toutes les couleurs de l'arc-en-ciel. Georgia repéra les rouge et jaune du Bélier. Elle s'apercevait que les passants portaient un foulard ou un autre symbole de leur appartenance. Les gens les mieux habillés arboraient des rubans de satin.

Bleu et violet, vert et jaune, rouge et noir... Cesare les désignait et les attribuait au Douzième correspondant, sans même avoir besoin de réfléchir : Scorpion, Capricorne, Lionne. Ils passèrent devant un groupe de jeunes hommes portant des rubans rose et bleu. Ceux-ci montrèrent du doigt Georgia et Cesare et se mirent à les railler.

— Vite ! siffla Cesare. Des Poissons !

Il entraîna Georgia dans une ruelle à l'autre bout du Campo, à l'opposé de l'endroit par où ils étaient arrivés.

— On est en territoire Sagittaire. Ils ne nous suivront pas jusqu'ici.

En effet, les Poissons s'enfoncèrent dans une ruelle voisine.

— Ils sont entrés chez les Scorpions, commenta Cesare en tendant l'oreille. C'est un de leurs alliés, évidemment.

— Évidemment, répéta Georgia d'un ton sarcastique.

Cesare lui jeta un regard noir.

— Ce n'est pas un jeu, dit-il. Il faut que tu apprennes ces règles si tu ne veux pas être en danger à Remora.

Georgia remarqua que la disposition du Douzième du Sagittaire ressemblait beaucoup à celle du Bélier. On retrouvait les mêmes statues partout (elles représentaient un centaure avec un arc et des flèches), la même place devant une église, avec une fontaine au milieu. Celle-ci portait le nom de *Fonte Dolorosa*, précisa Cesare. Il adressa un signe de tête à deux garçons qui passaient en arborant les couleurs rouge et mauve et ils lui répondirent par un petit salut de la main.

— Des Sagittaires, murmura-t-il.

— Le Sagittaire est associé à quelle guilde ?

— Celle des cavaliers, répondit le jeune garçon avec un sourire. On a de la chance de les avoir pour alliés, hein ?

— Chaque Douzième possède une écurie ?

Georgia avait soudain le sentiment qu'elle se sentirait à sa place dans cette ville.

— Bien sûr. Chaque Douzième possède son écurie et son Maître d'écurie. Ce sont eux qui sont responsables du cheval qui participe à la Stellata.

— La course dont parlait ton père...

— Oui. La Course des Étoiles. Cette année, on va engager Arcangelo.

— Le grand alezan ? Il est magnifique. J'avoue que ça ne me déplairait pas de le monter. Qui sera le jockey ?

— Moi, j'espère, répondit Cesare modestement, mais Georgia voyait bien qu'il débordait de fierté. La course se déroule sur le Campo, précisa-t-il. Le Campo delle Stelle.

— Hein ? Cette place ronde qu'on vient de traverser ? C'est minuscule ! Je veux dire, c'est une très grande piazza, mais pas assez pour une course de chevaux. Elle dure combien de temps ?

Cesare semblait vexé.

— Au moins une minute et demie.

En voyant son expression, Georgia comprit qu'elle n'était pas censée rire. Cesare ne plaisantait pas. La course qui occupait une telle place dans la vie de cette ville extraordinaire durait moins de temps qu'il en fallait pour envoyer un texto ! Mais si elle avait l'intention de revenir ici, elle devait apprendre à respecter les coutumes locales. Et elle s'apercevait qu'elle avait envie de revenir. Très envie.

Comme s'il lisait dans ses pensées, Cesare leva les yeux vers le ciel :

— Il fera nuit dans une heure. On ferait mieux de retourner au Bélier.

Georgia se redressa en sursaut dans son lit. Elle était en nage et sa mère tambourinait à la porte.

— Dépêche-toi, Georgia ! Tu vas être en retard à l'école ! cria Maura. Je n'aime pas que tu verrouilles ta porte.

« Que s'est-il passé ? » se demanda Georgia, encore groggy. Il lui fallut du temps pour retrouver ses repères dans sa véritable existence. La perspective de passer une journée entière au collège Barnsbury lui paraissait tout bonnement insupportable.

Elle s'était allongée sur un matelas dur dans le grenier à foin de Paolo et s'était endormie en serrant dans sa main la figurine du cheval ailé. La dernière chose dont elle se souvenait, c'était Paolo et Cesare qui se préparaient à conduire Merla en lieu sûr à Santa Fina, mais elle ignorait où se trouvait cet endroit.

— Il faut que je pense à leur poser la question, murmura-t-elle en se dirigeant vers la douche.

Elle s'aperçut alors qu'elle tenait toujours le petit cheval étrusque dans sa main. Elle le fourra en hâte dans la poche de son jogging. Elle ne voulait pas que Russell le voie.

Quelle que soit la signification de cette histoire et où que se trouve la ville équestre de Remora, ce petit cheval ailé était la clé qui lui permettrait d'y retourner.

CHAPITRE 4

Un fantôme

Une voiture attelée s'arrêta devant la maison du Maître d'écurie dans le Douzième du Bélier. Deux passagers en descendirent. L'un d'eux se déplaçait avec raideur. L'autre, beaucoup plus jeune, sauta à terre d'un pas agile et offrit son bras au vieil homme pour que celui-ci s'y appuie. On devinait qu'il y avait entre eux une profonde affection. Le père et le fils, aurait pu dire un observateur. Pourtant, ils ne se ressemblaient pas. Le garçon était mince, avec une masse de cheveux noirs bouclés, portés très longs à la mode talienne et noués lâchement dans la nuque par un ruban violet. Ses vêtements trahissaient la richesse, mais pas l'extravagance.

Le vieil homme, lui, était large d'épaules et d'aspect vigoureux, malgré la raideur de ses membres. Ses cheveux blancs lui conféraient un air distingué ; il aurait pu être professeur d'université, pourtant il avait les mains calleuses de celui qui exerce un travail manuel.

Arrêtés au milieu de cette rue pavée de Remora, dans l'air frais du petit matin, ils regardaient autour d'eux avec une curiosité évidente.

— Encore une autre cité, Luciano, commenta le vieil homme. Et une bien belle cité. Mais que diraient-ils s'ils savaient jusqu'où nous sommes déjà allés !

Le garçon n'eut pas le temps de répondre. La porte de la maison s'ouvrit sur un homme costaud et grisonnant.

— Maestro ! s'exclama-t-il, le regard pétillant. Vous tombez bien ! Je suis heureux de vous voir. Et votre fils aussi.

Les deux hommes s'étreignirent comme des frères, puis le Maître d'écurie prit le jeune garçon dans ses bras épais.

— Il faut que je te présente mon Cesare, vous avez presque le même âge. Entrez ! Entrez tous les deux. Teresa va vous servir un copieux petit déjeuner.

Georgia passa la majeure partie de la journée dans un état second. Quand Russell la traita de camée au petit déjeuner, elle n'y prêta même pas attention. Pour la première fois depuis des années, elle avait une bonne raison de ne plus penser à lui.

Elle avait toujours su, alors même qu'elle se trouvait là-bas, que la cité des étoiles aurait l'aspect d'un rêve une fois qu'elle serait de retour dans son monde. Pourtant, elle savait que ce n'était pas un rêve. Même si elle n'avait pas d'ombre là-bas, elle existait pour de bon ; elle avait bu de la bière, elle avait mangé du pain et des olives avant de s'allonger dans le grenier à foin. Elle avait cru qu'il lui faudrait un temps fou pour s'endormir, surtout en sachant que Cesare et Paolo devaient transporter le cheval ailé et sa mère pendant la nuit.

Elle aurait beaucoup aimé rester pour participer à cette aventure, mais Paolo lui avait expliqué que si elle passait la nuit en Talie, au matin, dans son monde, on retrouverait son corps inconscient.

« Tes parents seraient terrorisés, avait-il dit. Ils penseraient que tu es très malade. Il faut que tu repartes, et c'est ce qui va se passer, dès que tu seras endormie. Du moment que tu tiens ton talisman dans ta main. »

Il avait raison. Que ce soit à cause de la bière ou du fait d'avoir vécu deux journées en une seule, Georgia avait rapidement sombré dans un profond sommeil.

Le réveil, dans sa chambre, avait été difficile. Tout lui paraissait bruyant et agressif : la radio qui crachait les nouvelles et la météo, et même le toaster et la bouilloire qui accomplissaient leurs tâches matinales, et Maura qui s'assurait que chacun avait ce qu'il lui fallait pour la journée. Quand le portable de Ralph sonna, Georgia fit un bond sur sa chaise.

Son monde lui paraissait insignifiant tout à coup : un bric-à-brac d'événements dénués de sens, une débauche d'activités sans but. Georgia s'aperçut que la construction formelle et les nombreuses règles en vigueur à Remora, ainsi que cette obsession pour les chevaux, lui donnaient le sentiment d'être chez elle, bien plus que dans son propre monde.

« C'est ridicule, se dit-elle. Je n'ai passé qu'un après-midi là-bas, et je ne sais même pas si je pourrai y retourner. » Pourtant, elle ne pouvait s'empêcher de repenser aux Douzièmes, au Campo delle Stelle, au cheval ailé, à Cesare. C'était comme si elle était amoureuse, non pas d'une personne, mais d'un lieu. Cette pensée la frappa brutalement. Cesare était un garçon sympathique et beau, de deux ans son aîné. Elle aurait dû être dingue de lui, même si cela aurait été de la folie (autant tomber amoureuse d'un jeune homme sur un tableau de la Renaissance), mais pas du tout.

Elle avait simplement été heureuse de passer un moment avec un garçon qui ne la haïssait pas. C'était ça, avoir un vrai frère, pensa-t-elle. Et pour la première fois, elle osa se dire que tous ses problèmes avec Russell venaient de *lui*, et non d'elle.

Elle passa l'heure du déjeuner à la bibliothèque et se servit de l'ordinateur du collège pour chercher « Talie », « Remora », « Chimici » et « Stellata » sur Internet. En vain. Bien qu'elle ait essayé plusieurs orthographes. Elle abandonna l'ordinateur pour tenter sa chance dans un dictionnaire de mythologie grecque et romaine, où elle apprit que Romulus et Remus étaient les enfants jumeaux de Rhea Silvia et du dieu Mars.

Leur naissance était un secret honteux et leur grand-oncle les avait jetés dans un fleuve, puis il avait volé le royaume de leur grand-père. Après avoir été nourris par une louve (Georgia connaissait cette partie de l'histoire), ils avaient été élevés par des bergers et, devenus adultes, ils avaient retrouvé leurs droits et décidé de bâtir une ville. Mais ils ne purent tomber d'accord sur le choix de l'emplacement et chacun des deux jumeaux érigea sa propre ville. Romulus construisit un muret de quelques centimètres de haut, que Remus enjamba avec mépris. Fou de rage, son frère le tua.

Il y avait un tas d'autres renseignements sur Romulus, y compris ce fait très intéressant : nul ne savait ce qu'il était advenu de son corps après sa mort, c'est pourquoi on en avait fait un dieu. Mais ce qui attira surtout l'attention de Georgia, ce fut une note de bas de page indiquant que les jumeaux s'étaient disputés pour savoir s'ils devaient baptiser leur ville Rome ou Remora. Rivée à son siège, elle était fascinée. Ainsi, en Talie, le combat s'était déroulé à l'envers et Remus avait fondé la ville qu'elle avait visitée, et celle-ci avait pris dans l'histoire de ce pays celle que Rome avait occupée dans l'histoire de l'Italie.

« Cela signifie que Romulus n'a *pas* tué Remus en Talie », se dit-elle.

Après l'école, elle se rendit à la boutique d'antiquités. M. Goldsmith fut ravi de la revoir.

— Déjà ? dit-il. J'espère que tu ne viens pas me rendre le cheval ?

— Non, au contraire, répondit la jeune fille qui avait transféré la figurine dans sa poche de jean. Je l'adore. En fait, je voulais en savoir plus à son sujet.

— Vas-y, pose-moi tes questions, dit M. Goldsmith. Avant cela, je vais nous faire du thé.

— D'accord. Mais je ne peux pas rester longtemps, j'ai ma leçon de violon.

Gaetano et son père faisaient le tour des écuries de Remora. Où qu'ils aillent, les habitants, bien que surpris, se sentaient honorés par cette visite. L'un après l'autre, les Maîtres d'écurie montrèrent leurs chevaux de course ; les gris, les alezans, les bais, les rouans et les pies.

Ils avaient gardé la visite de la Balance pour la fin. C'était délicat. La Dame et la Balance étaient des adversaires. Déjà, la situation avait été un peu tendue dans le Douzième du Taureau : bien que Niccolo et son fils soient les seigneurs de Giglia, la cité de la Dame, ils étaient aussi liés à Remora, et les Jumeaux étaient les ennemis jurés du Taureau. Ces rivalités et ces alliances dataient de plusieurs siècles.

Le Maître d'écurie de la Balance, Giacomo, accueillit le duc Niccolo et le jeune prince assez cordialement. Après tout, même si la Dame était leur ennemi, les Jumeaux comptaient parmi les alliés de la Balance, dont la guilde, curieusement, était celle des chimistes. *Chimici.*

Néanmoins, Giacomo enrageait de voir des rubans vert et violet dans son écurie et il dut puiser dans ses réserves de politesse pour chasser de sa voix toute trace d'agressivité.

— Voici le cheval que nous allons monter pour la Stellata, monseigneur, dit-il du ton le plus neutre possible. Il Corvo.

Gaetano éprouva une affection immédiate pour le cheval noir. Aussi fier et fougueux que les meilleurs chevaux de Remora, il était de toute beauté, avec des courbes puissantes et bien dessinées. Gaetano aurait adoré le monter.

C'était hors de question, évidemment, et le duc mit fin à leur visite dès que les règles de la politesse le lui permirent.

— Et voilà, dit-il à son fils. J'ai fait mon devoir. J'ai visité toutes les écuries. Qu'as-tu pensé de ce dernier cheval ?

— Il est magnifique, répondit Gaetano. Dommage qu'il ne puisse pas gagner.

Niccolo le regarda d'un air surpris.

— Tu te livres à des prophéties, maintenant ? « Il n'y a aucun vainqueur tant que la course n'a pas été courue. » N'est-ce pas ce qu'affirme ce vieux proverbe réman ?

— Si, et c'était peut-être vrai quand on l'a inventé. À l'époque où la Stellata était une course loyale, avant qu'elle soit truquée en faveur de notre famille.

Ils avaient rejoint le Campo et commencé à traverser l'étendue pavée, par automatisme, pour regagner le segment de la

Dame. Le duc de Giglia lui-même ne voulait pas s'attarder plus que nécessaire en territoire ennemi.

Il fronça les sourcils. Ce n'était pas le genre de conversation qu'il voulait tenir en plein jour, surtout aussi près du Douzième de la Balance.

— Allons dans un endroit neutre, souffla-t-il, et il entraîna Gaetano dans la Strada delle Stelle.

Ils marchèrent du côté appartenant au Capricorne et débouchèrent sur une petite place près de la Porte de la Lune, là où se trouvait une minuscule auberge endormie.

— Je suis moins connu par ici, expliqua Niccolo. Nous pourrons parler en paix.

L'aubergiste leur apporta un pichet de vin et une grande assiette de pâtisseries, auxquelles seul Gaetano s'intéressa.

— Visiblement, quelque chose te tracasse, déclara Niccolo en observant son fils. Veux-tu m'en parler ?

— C'est cette ville, répondit Gaetano de manière évasive, la bouche pleine d'une pâtisserie friable. Quelle hypocrisie ! Tout est divisé de manière bien nette, tout fonctionne selon des codes stricts. Et pourtant, dès qu'il est question de cette précieuse course, il n'y a plus aucune règle. Le Douzième qui l'emporte, c'est celui qui peut offrir les plus gros pots-de-vin.

Le duc jeta des regards inquiets autour d'eux. Même en territoire neutre comme ici, il y avait certaines choses qu'il valait mieux dire à voix basse, ou ne pas dire du tout.

— Tu sais combien cette ville croit aux présages et aux malédictions, répondit-il. Si ce n'est pas la Dame ou les Jumeaux qui remportent la course, les gens y verront le signe du déclin de notre pouvoir.

— Ça pourrait aussi bien être le Taureau, le Scorpion ou le Capricorne, répliqua Gaetano. Notre famille gouverne toutes leurs villes alliées. Ou même la Balance, puisque Bellone nous appartient également.

Niccolo soupira. Il était rageant de penser que Remora abritait ces anciennes loyautés féodales en son sein. La tradition selon laquelle chacun des Douzièmes devait prêter allégeance à une des douze cités-États datait de plusieurs siècles, bien avant l'apparition de la dynastie Chimici ; on ne pouvait pas la changer en une nuit. Évidemment, tous les habitants de Remora, quand ils se trouvaient en dehors de leur ville, lui vouaient une loyauté sans faille. Deux citoyens de Remora se rencontrant dans une ville étrangère s'asseyaient à la même table pour boire un verre, même s'ils appartenaient à des Douzièmes rivaux.

Mais à l'intérieur de la cité, une sorte de folie régnait d'un bout à l'autre de l'année, d'une Stellata à l'autre. Et plus particulièrement au cours des semaines qui précédaient et suivaient la course. Plus on approchait du Campo, qui servait de champ de courses, plus les rues devenaient dangereuses. À proximité des quatorze portes de la ville, les gens étaient plus détendus ; c'était là que se trouvaient les écuries. La séparation de la cité circulaire en segments signifiait que chaque Douzième allait en se rétrécissant et se terminait en pointe, comme une lame de couteau visant le cœur du Campo. S'aventurer en dehors des limites de votre Douzième le jour de la Stellata équivalait à un suicide.

C'était un pape qui avait décidé de remodeler la ville en fonction du zodiaque, afin de s'attirer les faveurs d'une population qui s'intéressait bien plus à l'astrologie qu'à la religion. Il avait fallu plusieurs décennies pour rebaptiser les rues et les places, créer les armoiries, les devises et les étendards de chaque Douzième. Entre-temps, ce pape était mort. Mais les habitants avaient mordu au nouveau système. La ville était divisée en douze depuis longtemps, et les loyautés établies de longue date. Le pape suivant, Benedict, n'avait eu qu'à tracer le grand boulevard neutre et le vaste Campo ; les citoyens s'étaient chargés du reste.

Alors, peut-être qu'un autre pape pourrait modifier la ville de nouveau ? Niccolo songeait à son frère installé dans son confortable palais face au segment des Jumeaux sur le Campo delle Stelle. Il pourrait, petit à petit, édicter des lois interdisant toute démonstration excessive de loyauté envers des villes autres que Remora. Niccolo se surprit à plonger son regard dans les yeux de son fils. Un rictus d'agacement parcourut ses traits aristocratiques. Peut-être que l'Église aurait été la meilleure voie pour ce fils instable et gourmand ? Après quelques années, il aurait pu rivaliser avec Ferdinando par son embonpoint.

Le duc savait masquer ses sentiments.

— Pardonne-moi. Je réfléchissais à tes propos.

— Le vrai problème, marmonna Gaetano avec une certaine agressivité, c'est que je ne sais pas pourquoi tu m'as fait venir ici. Il est temps de m'apprendre ce que tu as en tête, tu ne crois pas ?

— Assurément. Que dirais-tu d'épouser la jeune Duchessa de Bellezza ?

— Je ne sais pas grand-chose sur les Étrusques, avoua Mortimer Goldsmith en reposant son élégante tasse de thé. C'est le domaine des archéologues et des anthropologues. Moi, je m'intéresse à l'histoire plus récente. Je connais mieux le style Chippendale et les porcelaines de Sèvres. Encore un peu de thé ?

— Non, merci.

Georgia trouvait à l'Earl Grey une odeur d'after-shave et un goût d'eau de vaisselle.

— C'étaient en quelque sorte les ancêtres des Italiens, non ? demanda-t-elle.

— Oh, oui, sans aucun doute. Quant au reste... Il existe très peu de textes, juste quelques inscriptions.

— Et des figurines de chevaux ailés.

— Oui. Ainsi que des urnes funéraires et d'autres objets. Il y en a une au British Museum, si ma mémoire est bonne. Ou est-ce au Victoria and Albert Museum ? Je suis sûr d'en avoir vu une quelque part.

Georgia avait passé de nombreux dimanches dans ces endroits.

— Non, ce doit être au British Museum, reprit M. Goldsmith. Des figurines provenant d'une urne en bronze, datant à peu près du VIe siècle avant Jésus-Christ. Mais ces chevaux n'étaient pas ailés ; il s'agissait d'une course barbare où les cavaliers montaient à cru.

Georgia se promit d'aller au British Museum pour vérifier et de demander à Paolo si la Stellata se courait à cru.

Elle se leva.

— Je suis désolée, il faut que je parte. Merci pour le thé. Ça m'a fait plaisir de bavarder avec vous.

— Tout le plaisir a été pour moi, répondit M. Goldsmith en s'inclinant de manière guindée. La prochaine fois, il y aura du Darjeeling, ajouta-t-il en voyant que sa jeune visiteuse n'avait presque pas touché à sa tasse. Et des biscuits au chocolat. Je n'ai pas l'habitude de recevoir des jeunes gens.

Georgia dut courir pour ne pas arriver en retard à son cours. Son étui à violon cognait contre sa jambe. Elle n'exécuta pas très bien son morceau d'étude car elle avait beaucoup de mal à se concentrer. Elle avait hâte de rentrer chez elle.

— Je n'arrive pas à y croire ! s'exclama Luciano. Un autre Stravagante ? Déjà ? Il faut en informer Rodolfo. Dottore, avez-vous toujours le miroir à main ?

— Certainement, répondit Dethridge. Il se trouve dans ma sacoche. Mais laissons le signor Paolo nous en dire plus.

— C'est mon fils qui a passé le plus de temps avec elle... Car il s'agit d'une jeune fille, cette fois.

Ils se trouvaient dans le confortable salon de la maison de Paolo et Teresa, à l'ouest de la ville, près de la Porte du Bélier. Les visiteurs avaient eu droit à un petit déjeuner composé de pains frais et de confiture de figues, accompagnés de grands bols de café au lait. Les jeunes enfants jouaient dans le jardin sous la surveillance de Teresa qui nourrissait les poules et ramassait les œufs pour la *frittata* du déjeuner.

Cesare et Luciano, après un premier contact poli mais réservé, avaient commencé à se détendre et à faire connaissance. Et maintenant que Luciano savait que Cesare avait rencontré une autre personne venant de son monde, toute gêne avait disparu. Même si cela lui procurait une étrange sensation. Certes, son monde était *ici* maintenant, mais il ne pouvait pas oublier qu'il avait été un garçon du XXIe siècle, et l'idée qu'il allait peut-être voir un ancien contemporain était extrêmement troublante. D'ailleurs, le Pr Dethridge, son père adoptif, qui avait quitté ce même monde bien des siècles plus tôt, semblait troublé, lui aussi.

— Elle va revenir ? demanda Luciano.

— Je suis sûr que oui, si elle le peut, répondit Cesare. Elle était fascinée par le cheval ailé.

Cette réponse fit naître de nouvelles questions, et les cavaliers du Bélier durent raconter à leurs visiteurs la naissance de la pouliche noire, la visite du duc Niccolo et leur expédition nocturne à Santa Fina pour cacher Merla et sa mère.

— Il me déplaît fort que pareil individu soit dans cette ville, déclara le Pr Dethridge. Ce duc complote quelque chose, j'en jurerais.

— Officiellement, il est venu rendre visite à son frère le pape, dit Paolo. Mais il en profite pour aller examiner les chevaux de ses rivaux.

— Tout ça, c'est de l'esbroufe, non ? s'écria Luciano. Rodolfo nous a expliqué que la course était truquée, de façon à faire gagner un des favoris de la famille Chimici.

— Oui, c'est en général ce qui se passe, admit Paolo. Pourtant ce n'est pas tous les jours qu'un cheval ailé naît dans cette ville. J'espère que ce sera synonyme de victoire pour le Bélier.

★

— La Duchessa de Bellezza ? répéta Gaetano sous l'effet de la surprise. Pour quoi faire ?

Son père soupira.

— On aura du mal à faire de toi un diplomate. « Pourquoi ? », demandes-tu. Pour que tu deviennes duc, évidemment, et pour que tu fasses entrer Bellezza dans le rang.

— Dans la famille, tu veux dire, rectifia Gaetano qui cherchait à gagner du temps.

Cependant il ne détestait pas cette idée. En tant que duc de Bellezza, il aurait le temps de se consacrer aux plaisirs de la lecture et de la musique.

— Comment est-elle ? demanda-t-il.

— Très jolie, répondit son père d'un ton sec. Et aussi facile à manipuler que Zarina, je pense.

Il fallut quelques instants à Gaetano pour se souvenir que Zarina était la fougueuse jument grise de la Dame.

Le dîner se composa de *fish and chips* et de glace. Habituellement, c'était le menu préféré de Georgia car Maura et Ralph ne pouvaient pas le rater. Mais ce soir, elle n'avait pas faim. Elle avait hâte de terminer ses devoirs pour pouvoir se coucher tôt. Même Russell la laissait indifférente.

— Des devoirs un vendredi soir ? Tu es de plus en plus débile, ma pauvre !

Ce fut la seule pique qu'il trouva à lui lancer.

Elle se garda bien de lui rappeler que le samedi elle montait à cheval. Elle préférait garder la tête baissée et ne pas attirer l'attention. La soirée traînait en longueur. Les maths, l'anglais, le français, puis enfin au lit. Hélas, une fois couchée, pas moyen de s'endormir. Elle avait le petit cheval ailé dans sa poche de jogging et une vision très nette du grenier à foin de Remora dans sa tête ; malgré cela, le sommeil se dérobait. Peut-être parce qu'elle était trop impatiente de se retrouver là-bas. À moins que ce ne soit à cause du heavy metal de Russell qui hurlait dans la pièce voisine.

— Par pitié ! suppliait-elle de toutes ses forces. Laissez-moi partir dans la Cité des Étoiles !

Luciano faisait les cent pas dans la pièce.

— Je parie que c'est lié à la visite d'Arianna dans cette ville, dit-il. Rodolfo pensait qu'on m'avait fait venir à Bellezza pour sauver la précédente Duchessa. Alors, peut-être qu'on a fait appel à cette fille de mon monde à cause d'un complot visant Arianna. Vous savez que c'est pour cette raison que nous sommes ici, parce qu'elle a été invitée à assister à la Stellata ?

— Oui, nous sommes censés en apprendre le plus possible sur cette cité, confirma Dethridge. Ainsi que sur le comportement et les manières de ses habitants durant cette course d'une importance capitale.

— Je parie que le duc manigance quelque chose, ajouta Luciano. S'il est ici en même temps que nous, ça ne peut pas être une coïncidence.

On frappa doucement à la porte. Paolo alla ouvrir, pendant que Luciano continuait à arpenter la pièce.

— Je pense sincèrement que c'est dangereux pour Arianna de venir ici, disait-il. D'après tout ce qu'on sait sur cette ville, c'est un foyer d'infamie ! N'est-ce pas le centre du pouvoir des Chimici ?

Ses pas l'avaient conduit devant la porte. Il demeura bouche bée en voyant la petite silhouette aux cheveux courts, avec l'anneau dans le sourcil.

L'effet produit sur Georgia fut tout aussi spectaculaire. Elle avait reconnu le garçon brun. Quelques heures plus tôt, elle contemplait sa photo chez sa professeur de violon.

— Je t'avais promis deux autres Stravaganti, n'est-ce pas, Georgia ? dit Paolo avec un grand sourire.

— Lucien ! s'exclama la jeune fille, avant de s'évanouir.

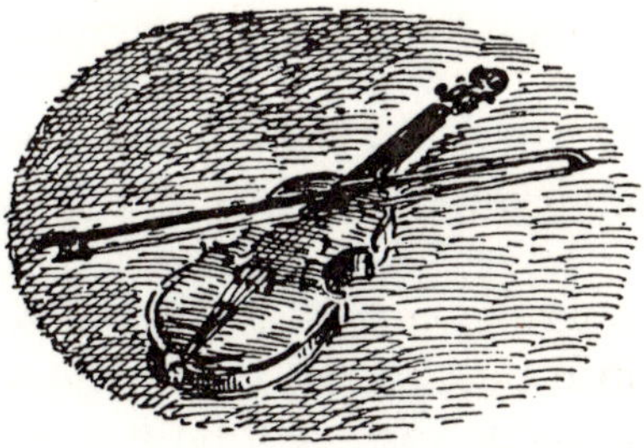

CHAPITRE 5

L'ombre d'un doute

Georgia se réveilla en sursaut dans son lit, à Londres, le cœur battant. Ce n'était pas le matin. La maison était sombre et silencieuse. Georgia nageait en pleine confusion. Rêver d'une ville avec des chevaux qui volent, c'était une chose (même s'il s'avérait qu'il ne s'agissait pas d'un rêve et que cette cité existait bel et bien), mais se retrouver face à quelqu'un de son propre monde, quelqu'un qui était mort par-dessus le marché, alors là, c'était complètement différent.

Couchée dans l'obscurité, elle serrait le cheval ailé dans sa main, attendant que les battements de son cœur ralentissent et que ses pensées s'ordonnent. Une partie d'elle-même brûlait d'envie de retourner aussitôt à Remora, et l'autre partie tremblait de peur. Aucun doute, c'était bien Lucien qu'elle avait vu chez Paolo. Elle n'avait pas pu se tromper, même s'il portait des vêtements taliens du XVIe siècle. Georgia connaissait très bien Lucien Mulholland.

Il était dans la classe du dessus quand elle était entrée au collège Barnsbury, et elle l'avait vu une ou deux fois en allant chez sa mère pour ses leçons de violon après l'école. Ce n'était qu'en classe de troisième qu'elle avait commencé à éprouver des sentiments différents pour lui. Russell avait tout faux : elle s'intéressait aux garçons. À *un* garçon, du moins. Mais

Georgia était aussi timide que malheureuse et elle avait développé son image de garçon pour protéger ses sentiments.

Si Lucien avait conscience de ce qu'elle éprouvait pour lui, il ne l'avait jamais montré. Tous les deux jouaient dans l'orchestre de l'école, et Georgia tenait le rôle de second violon, juste derrière Lucien ; une ironie qui n'avait pas échappé à la jeune fille. Dès qu'elle était entrée dans l'orchestre, elle avait eu l'occasion de le voir plus souvent ; ils se retrouvaient chez lui pour répéter. Peu à peu, elle avait découvert qu'il était timide, lui aussi. Il n'avait pas de petite amie, c'était déjà ça.

Juste au moment où Georgia espérait qu'ils pourraient devenir amis, et qu'un jour, peut-être, Lucien éprouverait des sentiments semblables aux siens, il était tombé malade. Couchée dans son lit, dans le noir, Georgia revivait la souffrance de l'année passée, quand elle avait découvert que Lucien était gravement malade, quand il avait dû manquer l'école pendant des semaines pour suivre une chimiothérapie, quand il avait perdu ses beaux cheveux. Sa mère avait cessé de donner des leçons et Georgia n'avait plus eu de nouvelles, à part celles qu'elle réussissait à glaner grâce à la machine à rumeurs du collège.

L'été dernier, pendant quelques semaines, elle avait cru que l'état de Lucien s'était amélioré et qu'il reviendrait à la rentrée, guéri. Elle l'avait même revu quand elle avait repris ses leçons de violon. Il paraissait plus âgé et un peu distant, pas inamical, juste préoccupé. Elle avait pris la décision de lui avouer qu'il lui plaisait beaucoup, mais de terribles nouvelles avaient détruit tous ses plans : Lucien était à l'hôpital, Lucien était dans le coma, Lucien était mort.

Elle avait assisté à l'enterrement comme un zombie, incapable de croire qu'elle ne reverrait plus jamais le seul garçon qu'elle avait jamais aimé. C'était seulement en voyant ses parents accablés de chagrin et en entendant la voix de Tom, le meilleur ami de Lucien, se briser pendant qu'il lisait un poème, qu'elle avait compris qu'il était parti pour toujours.

Et voilà qu'elle le revoyait en Talie, aussi magnifique et bien portant que lorsqu'il était assis devant elle dans l'orchestre et qu'elle regardait ses cheveux bouclés sur le col de sa chemise. Qu'est-ce que ça voulait dire ? Elle en venait à se demander si la Talie n'était pas un monde imaginaire créé par son inconscient pour lui permettre de s'évader. Des chevaux ailés, et maintenant la résurrection d'un garçon qu'elle avait aimé passionnément... c'était si symbolique !

Que faire ? Revoir Lucien serait douloureux (une simple vision fugitive l'en avait convaincue). Pourtant, comment renoncer à retourner là-bas ? Georgia contempla le petit cheval noir dans sa main. La façon dont il était entré dans sa vie avait forcément une signification. Elle avait forcément quelque chose à faire en Talie ; sinon, elle n'aurait pas accompli ce « voyage ». Lucien avait-il vécu la même expérience ? Que faisait-il là-bas ? Y avait-il un lien avec sa mort ?

Georgia était terrorisée. Durant son court séjour à Remora, elle avait été dans la peau d'une spectatrice qui assiste de manière passive à une pièce. Puis voir Lucien, ç'avait été comme si on la traînait sur la scène pour participer à l'action. Désormais, si elle retournait en Talie, elle devrait jouer un rôle actif dans le drame qui s'y déroulait. Et elle comprenait maintenant à quel point c'était dangereux.

Le chaos régnait dans la maison de Paolo. Luciano était devenu pâle comme un linge, Cesare était terrorisé ; quant à Paolo et à Dethridge, ils demeuraient hébétés.

— Tu la connais ? s'enquit Paolo.

Luciano eut juste le temps de répondre par l'affirmative, avant que Georgia revienne à elle.

Lui seul comprenait ce qui s'était passé. Il conduisit la jeune fille vers un siège et demanda à Paolo de lui apporter à boire. En silence, Georgia avala quelques gorgées de vin rouge âpre ; elle profitait de cette délicieuse sensation : quelqu'un la bichonnait et, pour la première fois, Lucien s'intéressait à elle !

Elle était un peu dans les vapes. Pourquoi était-elle revenue dans cette même scène qu'elle avait quittée précipitamment ?

Elle avait mis des heures à se rendormir, et comme le lui avait expliqué Paolo : pour stravanganter, il fallait qu'elle s'endorme, en tenant le talisman dans sa main et en pensant très fort à Remora. C'était beaucoup plus facile au début de la nuit, avant la frayeur provoquée par la réapparition de Lucien.

Pourtant, elle était de retour en Talie, et c'était comme si quelqu'un avait appuyé sur un bouton « Pause » : la scène était restée figée au moment où elle était partie.

— Si tu stravagantes deux fois durant le même jour ou la même nuit, expliquait Luciano, tu te retrouves en Talie quelques secondes seulement après l'avoir quittée.

— Mais pourquoi a-t-elle disparu ? demanda Cesare en regardant Georgia d'un air méfiant comme s'il se trouvait face à un fantôme.

— Je crois qu'elle s'est évanouie en me voyant. Et elle devait tenir son talisman dans sa main. Si on perd connaissance en Talie alors qu'on tient le talisman, même si on ne pense pas à sa maison à ce moment-là, on se retrouve dans son monde d'origine. C'est une sorte de réglage par défaut.

Il s'adressait directement à Georgia maintenant, et celle-ci hocha la tête. Oui, c'était logique, se disait-elle, d'une certaine façon.

— Georgia vient de la même partie de notre monde que moi, reprit Luciano. On allait à la même école. Elle savait que j'étais mort. Alors, on peut dire qu'elle a vu un fantôme.

Georgia hocha la tête encore une fois, incapable de parler pour l'instant.

— Je peux voir ton talisman ? lui demanda Luciano avec gentillesse.

Elle ouvrit la main droite. Elle avait serré si fort le petit cheval dans sa paume que les ailes avaient laissé des empreintes rouges sur ses doigts.

— On dirait notre Merla, commenta Cesare.

— Au fait, elle est à l'abri ? demanda Georgia. Vous avez réussi à l'emmener ?

— Oui, répondit Paolo. Starlight et elle sont à Santa Fina. On pense que les Chimici ne pourront pas la trouver là-bas.

Même s'il y a toujours un risque. Ils possèdent une résidence d'été à Santa Fina, toutefois ils ne l'utiliseront pas durant leur séjour ici. Et on peut faire confiance à Roderigo.

— Je pourrai aller la voir ? demanda Georgia.

— Bien sûr, dit Paolo. Ce n'est pas très loin ; tu peux faire l'aller et retour en quelques heures.

Luciano lui rendit le petit cheval.

— Garde-le précieusement, dit-il. Les Chimici s'y intéresseraient autant qu'au vrai, je parie.

— Et à la jeune fille aussi, me semble-t-il, ajouta Dethridge.

Il observait les vêtements de palefrenier de Georgia d'un œil perplexe.

— Ici, en Talie, c'est un garçon, expliqua Paolo. Même si, là d'où elle vient, c'est une fille.

— Ah ! fit le vieil homme. Un travestissement. Je comprends. Nous avons recours aux mêmes subterfuges dans nombre de pièces de théâtre.

— Pourquoi est-ce qu'il parle comme ça ? murmura Georgia à Luciano.

Il sourit.

— Tu as remarqué, toi aussi ? C'est parce qu'il vient de l'Angleterre de l'époque élisabéthaine, il y a plus de quatre siècles. Georgia, je te présente le Pr William Dethridge, fondateur de la confrérie des Stravaganti. Ici, en Talie, il se nomme Guglielmo Crinamorte, et c'est un grand homme à Bellezza.

Dethridge s'inclina.

— Et moi, dit Georgia, ici, je m'appelle Giorgio.

— Moi aussi, j'ai été rebaptisé. Je m'appelle Luciano maintenant. Luciano Crinamorte. Le Dottore Crinamorte et son épouse Leonora sont mes parents adoptifs.

Soudain il détourna le regard.

— Il y a un truc que je ne comprends pas, dit Georgia. Je suis une Stravagante d'un autre monde, c'est du moins ce que dit Paolo, et il l'a deviné car je n'ai pas d'ombre. Pourtant, toi et le Pr Dethridge, vous avez une ombre, alors que vous venez du même monde que moi. Même si lui, il vient d'une époque très lointaine. Est-ce que quelqu'un aurait la gentillesse de m'expliquer ?

★

Rinaldo di Chimici était enchanté d'être de retour à Remora. Son séjour à Bellezza avait été plutôt désagréable, voire terrifiant par moments, or il ne brillait pas par son courage. Il avait détesté cette ville avec ses canaux nauséabonds et la gaieté excessive de ses habitants. Sans parler de l'absence de chevaux, tout à fait contre nature. Et surtout, il avait détesté la Duchessa, si intelligente, si belle, et si experte dans le domaine de la diplomatie qu'il avait l'impression, à côté d'elle, d'être un jeune blanc-bec.

Ce qui ne l'avait pas empêché de prendre sa revanche. La formidable Duchessa de Bellezza n'était plus de ce monde, et bien qu'il n'ait pas réussi à la remplacer par un membre de sa famille, sa fille qui avait pris sa succession n'était qu'une enfant, incapable de rivaliser avec le duc Niccolo.

Rinaldo se rendit à l'écurie des Jumeaux. Il ne savait pas trop dans quelle direction allait l'entraîner sa carrière, mais en attendant, son plus cher désir était de s'offrir une chevauchée sur un cheval fougueux.

Depuis la mort de son père, deux ans auparavant, et depuis que son frère aîné, Alfonso, était devenu duc de Volana, Rinaldo était désœuvré et désorienté. Il ne lui restait plus de titre à hériter ni aucune tâche à accomplir, aussi s'était-il rendu à Remora pour s'installer dans une des nombreuses pièces du palais de son oncle Ferdinando, jusqu'à ce que le duc Niccolo l'envoie à Bellezza en qualité d'ambassadeur.

Rinaldo se sentait enfin chez lui ici, dans le Douzième des Jumeaux, comme il s'était toujours senti chez lui dans le château familial lugubre de Volana, à plusieurs kilomètres de Remora, au nord-est. D'ailleurs, il s'y était arrêté en revenant de Bellezza, pour rendre visite à Alfonso et à leur jeune sœur Caterina, mais il avait l'impression de ne plus être à sa place. Son frère était préoccupé par la question de son mariage ; il se demandait si le duc ne lui avait pas trouvé une épouse. Rinaldo était censé se renseigner.

Il s'interrogeait : devait-il suggérer leur cousine Francesca, la postulante malheureuse au poste de Duchessa de Bellezza ? Les Chimici étant très amateurs de mariages consanguins, Niccolo verrait peut-être cette idée d'un œil favorable. Une des missions de Rinaldo à Remora était de pousser l'oncle Ferdinando à annuler le premier mariage de Francesca, une union avec un vieux conseiller municipal de Bellezza, rapidement organisée par Rinaldo afin que Francesca puisse se présenter aux élections et régner sur la cité.

— Bonjour, Excellence, dit le Maître d'écurie des Jumeaux. Je vous ai fait seller Bacio, la jument baie.

— Magnifique ! s'exclama Rinaldo en posant un regard affectueux sur la jument.

C'était son cheval préféré dans l'écurie des Jumeaux. Elle était facile à monter et très belle.

— Elle a l'air en pleine forme, hein ? commenta une voix familière.

Rinaldo tressaillit en découvrant celui qui venait de parler. Enrico ressemblait à une mauvaise odeur dont le jeune ambassadeur ne parvenait pas à se débarrasser depuis Bellezza. Ni l'un ni l'autre n'avaient eu très envie de demeurer dans cette ville après l'assassinat de la Duchessa. Les Chimici et tous ceux qui gravitaient dans leur cercle étaient éminemment suspects après l'explosion, même s'il n'existait aucune preuve contre eux.

Rinaldo n'avait pas pu refuser à Enrico un travail à Remora ; il l'avait donc recommandé à ses deux oncles : au pape en tant que palefrenier expérimenté et à Niccolo en tant qu'espion sans scrupules. Enrico avait exécuté un meurtre de sang-froid, et sans doute plusieurs ; et même si ce crime avait été accompli sur ordre de Rinaldo, ce dernier regardait Enrico avec une sorte de fascination horrifiée, sachant qu'il trancherait avec autant de facilité la gorge de son maître, pour peu qu'on le paye suffisamment.

— Eh bien, comment te traite-t-on ici ? demanda-t-il d'une voix mal assurée, impatient de s'éloigner de cet individu et de chevaucher dans les collines.

— Très bien, répondit Enrico. C'est un vrai plaisir de se retrouver parmi les chevaux. Ils sont plus dignes de confiance que les humains, si vous voyez ce que je veux dire.

Rinaldo voyait parfaitement. Enrico l'avait mauvaise : sa jolie fiancée avait disparu et il s'était mis en tête que son ancien employeur savait quelque chose. Rinaldo n'avait rencontré qu'une seule fois la jeune fille et il ignorait tout de son destin, très différent en réalité de ce qu'imaginait Enrico. L'ambassadeur n'avait pas de temps à consacrer aux jeunes femmes, belles ou pas. Pour lui, c'étaient des êtres d'une autre planète, à l'exception de sa sœur et de ses cousines. Et puis, il ne voulait surtout pas qu'Enrico ait une dent contre lui. Ce garçon pouvait lui faire beaucoup de mal, et pas que physiquement.

— Tant mieux ! Tant mieux ! dit-il. Si tu as besoin de quelque chose, fais-le-moi savoir.

Sur ce, il entraîna Bacio dans la cour, sous le regard sombre d'Enrico.

★

— Par où dois-je commencer ? demanda Luciano.

Cesare, Georgia et lui avaient laissé Paolo et le Pr Dethridge en tête à tête et emprunté la route qui allait vers l'ouest et franchissait l'enceinte de la ville par la Porte du Bélier. Les garçons avaient pour instruction de poursuivre l'éducation de Georgia en lui fournissant des informations sur Remora.

— Comment es-tu arrivé ici, tout d'abord ? demanda la jeune fille.

Ils s'étaient assis sur le muret d'une ferme à la sortie de la ville.

— Aujourd'hui, en voiture à cheval, répondit Luciano avec un sourire. Mais je suppose que ce n'est pas ce que tu veux savoir. Je viens de Bellezza, la ville où j'ai atterri lors de ma première stravagation, en mai dernier. (Son sourire s'évanouit.) C'est là que je vis maintenant.

Les trois jeunes gens demeurèrent silencieux quelques instants. Cesare était impressionné par ce garçon élégant qui avait un an de moins que lui et qui, pourtant, avait déjà vécu tant de choses extraordinaires. Luciano était un Stravagante et Cesare ne savait pas encore très bien ce que ça signifiait. On lui avait dit que Luciano était l'apprenti du Signor Rodolfo, le Stravagante le plus éminent de toute la Talie, et qu'il vivait à Bellezza avec le Dottore Crinamorte, fondateur de la confrérie. Et voilà que ce visiteur d'un autre monde était en plus un ami de cette autre Stravagante, cette fille mystérieuse qui avait une coiffure de garçon et pas d'ombre.

— Il n'existe aucun endroit comme Bellezza dans notre monde, reprit Luciano. Ça ressemble à Venise, sauf que tout ce qui est en or à Venise est en argent à Bellezza. L'or n'a aucune valeur là-bas ; le métal le plus précieux, c'est l'argent. Les gens du monde entier viennent visiter Bellezza, attirés par son incroyable beauté. Dès que je suis arrivé là-bas, je me suis senti en pleine forme. Mes cheveux ont repoussé, j'ai retrouvé des forces, comme avant le cancer.

Il s'interrompit, prit une profonde inspiration et replongea dans son récit.

— Je ne pourrai pas tout te raconter en une seule journée. Sache que j'ai passé plusieurs mois d'apprentissage chez Rodolfo – c'est un homme formidable, très intelligent, un personnage magique – et il m'a appris à être un Stravagante. Il attendait ma venue car il avait déposé mon talisman dans notre monde.

— C'était quoi, ton talisman ? demanda Georgia, intriguée.

Une expression de douleur traversa le visage de Luciano. Georgia voyait bien qu'il ne ressemblait pas au Lucien qu'elle avait connu : il paraissait plus âgé, comme marqué par cette expérience. Il venait de lui dire qu'il n'était plus malade en Talie, et pourtant, il faisait penser à quelqu'un qui, après une grave maladie, s'est rétabli physiquement, mais pas encore mentalement.

— C'était un carnet venant de Bellezza, dit-il. Je ne peux plus m'en servir. (Il se leva et se mit à faire les cent pas devant le muret.) Comme tu peux le voir, j'ai une ombre maintenant. Je suis toujours un Stravagante, mais entre ce monde-ci et le tien. Je n'ai fait le voyage que quelques fois, c'est très difficile pour moi.

— Parce que tu sais ce qui s'est passé dans notre monde... à cause de ta maladie ?

Elle se sentait idiote et indélicate en posant cette question, mais il fallait qu'elle sache.

— Oui, répondit Luciano. Comme tu le sais, dans ton monde, qui n'est plus le mien, je suis mort.

Cesare le regarda avec un mélange d'admiration et d'effroi. Il avait entendu dire, en effet, que Luciano était mort dans son monde d'avant.

— C'est aussi ce qui est arrivé au Pr Dethridge ? demanda Georgia pour dissiper la tension.

— Oui, en un sens. Il a stravaganté à Bellone, sa ville d'accueil en Talie, pour échapper à une condamnation à mort en Angleterre. Par la suite, il a découvert qu'il avait une ombre ici, et il a compris qu'il était mort dans son ancienne vie.

— Pourquoi tu dis que le Dottore parle de façon bizarre ? demanda Cesare à Georgia. Moi, je le trouve normal.

— Pour nous, il fait un peu... démodé, dit Georgia.

Elle se tourna vers Luciano, comme pour quêter une explication. Celui-ci haussa les épaules.

— Est-ce qu'on a l'air normaux à tes yeux ? demanda-t-il à Cesare. On ne parle pas l'italien ni le talien, et pourtant, on comprend tout et on arrive à se faire comprendre.

Georgia tenta une autre approche :

— Que faisais-tu à Bellezza, à part apprendre la stravagation ?

— Tout d'abord, j'ai été choisi par la Duchessa pour devenir gondolier. Ensuite, Rodolfo m'a pris avec lui et j'ai fabriqué des feux d'artifice. J'ai visité les îles, j'ai plongé dans le Grand Canal, je me suis battu avec un assassin, j'ai reçu une grande quantité d'argent, on a lancé un mandat d'arrêt contre moi, je me suis saoulé, j'ai été enlevé, j'ai aidé la nouvelle Duchessa à se faire élire, j'ai dansé avec elle pendant le Carnaval...

Son expression avait changé de nouveau et Georgia sentit son cœur se serrer.

— Quel âge a la nouvelle Duchessa ? demanda-t-elle.

— À peu près le mien. Un mois ou deux de plus.

Georgia reconnaissait ce ton faussement désinvolte. Elle avait employé le même pour demander des nouvelles de Lucien à Vicky Mulholland quand elle allait prendre ses leçons de violon.

— C'est passionnant ! s'exclama Cesare. Tu as vécu tellement plus d'aventures que moi ! Pourtant, j'ai presque un an de plus. Moi je n'ai rien fait, à part monter à cheval et aider mon père. Alors que toi, tu as rencontré la Duchessa de Bellezza... les deux, même ! Ma vie me paraît bien terne en comparaison.

— J'ai l'impression qu'elle ne va pas le rester longtemps, répondit Luciano d'un air grave. Tu ne peux pas être le fils d'un Stravagante dans une des grandes villes dirigées par le clan des Chimici sans courir un danger.

— Je ne savais pas que c'était un Stravagante avant hier, avoua Cesare. Et je ne sais toujours pas ce que ça veut dire.

— Je suis comme toi, dit Georgia. Et moi, je suis censée en être un !

— Un Stravagante, c'est quelqu'un qui voyage entre les mondes, expliqua Luciano. Du moins, entre le monde de Georgia et le nôtre. (En disant cela, il s'était tourné vers Cesare pour bien indiquer qu'il appartenait au même monde que lui et non à celui de la jeune fille.) Le voyage peut s'effectuer dans les deux sens, mais le talisman – l'objet qui aide le Stravagante à faire ce voyage – doit provenir du monde qui n'est pas celui du Stravagante.

— Pourtant tu disais que tu étais retourné dans l'autre monde depuis que... enfin, tu me comprends, s'écria Georgia. Ça veut dire que tu as un talisman qui vient de là-bas maintenant ?

— Oui, répondit Luciano sans entrer dans les détails.

— Pourquoi avez-vous été choisis tous les deux, à votre avis ? demanda Cesare d'une voix timide. Vous devez avoir quelque chose de particulier.

Luciano et Georgia pouffèrent en chœur.

— Absolument pas, en ce qui me concerne, répliqua Luciano.

— Moi non plus, affirma Georgia.

— À moins que...

Songeur, Luciano n'acheva pas sa phrase.

— Quoi ? demanda la jeune fille.

— J'ai eu le temps d'y réfléchir, reprit-il. Et je me suis demandé si mon talisman m'avait trouvé parce que j'étais condamné dans mon monde, quoi qu'il arrive. Même si je me suis retrouvé bloqué ici parce que les Chimici m'ont kidnappé et que je n'ai pas pu rentrer chez moi car je n'avais plus le talisman, je crois que je serais mort, de toute façon. Le cancer était revenu, tu sais.

Georgia hocha la tête.

— Alors, je me demande s'il n'y a pas un lien. Si ce n'est pas dû au fait que j'allais mourir, et si toi... Ça me gêne de te demander ça... Tu es en bonne santé, là-bas dans ton monde ?

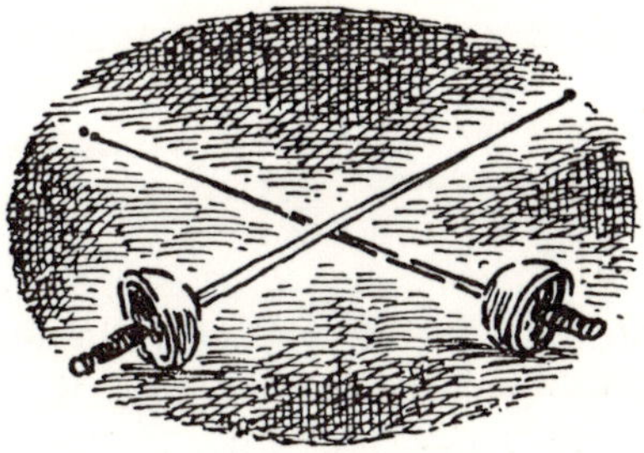

CHAPITRE 6

Le benjamin de la famille

— Tu es sûre que tu ne couves pas quelque chose ? demanda Maura quand Georgia bâilla pour la quatrième fois au cours du petit déjeuner.

— Je t'assure, tout va bien, maman. C'est juste que... je n'ai pas très bien dormi cette nuit.

C'était la vérité. Lucien l'avait d'ailleurs prévenue. « Quand je stravagantais toutes les nuits, j'étais épuisé en revenant chez moi, lui avait-il dit. Mais moi, au moins, j'avais l'excuse de la maladie. »

Georgia pensait avoir réussi à le rassurer (et elle aussi) sur ce point. Elle était certaine de ne souffrir d'aucune maladie grave.

— Peut-être que tu devrais laisser tomber le cheval aujourd'hui, suggéra Russell avec une fausse sollicitude fraternelle.

Georgia lui jeta un regard noir.

— Et toi, peut-être que tu devrais écouter ta musique moins fort le soir, répliqua-t-elle. Ça m'a empêchée de dormir.

— Allons, allons, pas de chamailleries, vous deux, intervint Ralph.

Il ne supportait aucune dispute pendant les repas.

Georgia avait déjà enfilé ses jodhpurs et ses bottes de cavalier. Parfois, quand elle avait de la chance, Ralph ou Maura la conduisaient au haras en voiture, mais c'était loin et ça leur prenait la matinée car ils devaient l'attendre ensuite. Alors, la plupart du temps, elle devait prendre le métro quasiment jusqu'au terminus, puis le bus, avec sa bombe et sa cravache.

Comme ce n'étaient pas des accessoires faciles à cacher, il y avait toujours un petit rigolo qui lui demandait, pendant le trajet : « Il est où, ton cheval ? », avant d'éclater de rire, ravi de sa plaisanterie. Ce jour-là, elle y prêta à peine attention. Elle tint toutefois le compte des railleries, par automatisme. « Seulement trois, se dit-elle en montant dans le bus. Je dois perdre la main. »

L'odeur familière des écuries la projeta aussitôt à Remora, où les chevaux étaient traités presque comme des dieux, même quand ils n'avaient pas d'ailes. Elle avait passé la nuit dernière – ou la journée précédente si on raisonnait en termes taliens – à bavarder avec Lucien et Cesare ; ils avaient parlé de la famille Chimici, de Bellezza, de stravagation et de magie. Elle avait hâte de retourner là-bas pour en savoir plus sur cette course de chevaux qui semblait régir la vie de la cité. Et aussi pour revoir Lucien.

Celui-ci avait conclu leur conversation en lui déconseillant de stravaganter chaque nuit, c'était trop fatigant. Ensuite, il l'avait mise en garde contre l'instabilité de la porte entre leurs deux mondes. Avec Dethridge et le mystérieux Rodolfo, qui était un grand héros aux yeux de Lucien, ils cherchaient des moyens de la stabiliser. De toute façon, même si Georgia restait une semaine sans « voyager », elle s'apercevrait qu'une seule journée s'était écoulée en Talie.

Mais pourrait-elle résister à la moindre occasion de revoir Lucien ? Le bon sens lui disait qu'elle avait autant de chances de devenir sa petite amie que s'il était réellement mort. D'ailleurs, il était réellement mort, dans son monde à elle. Et même si elle stravagantait en Talie et si elle y restait de manière permanente – ce qui n'était pas à l'ordre du jour –, elle savait qu'ils ne seraient jamais autre chose que des amis. En évoquant l'expression de Lucien quand il avait parlé de la jeune Duchessa de Bellezza, Georgia sentit la tristesse l'envahir de nouveau.

La Duchessa se prénommait Arianna, et un secret entourait sa naissance : elle était la fille de la précédente Duchessa et de Rodolfo. Lucien était devenu l'ami d'Arianna bien avant que celle-ci ne connaisse ses origines, quand elle n'était encore qu'une simple jeune fille vivant sur une des îles de la lagune de Bellezza. Quand sa mère avait été assassinée, la vérité avait surgi au grand jour.

— Georgia ! (Une voix l'arracha à ses rêveries.) Tu as l'intention de monter à cheval aujourd'hui ou de rester plantée dans la cour ?

C'était Jane, la femme qui dirigeait le haras. Georgia l'aimait beaucoup.

— Pardon. J'étais à des kilomètres d'ici, dit-elle.

C'était vrai.

Falco di Chimici était seul, exception faite des domestiques. Il pouvait errer à sa guise dans le palais. La résidence d'été des Chimici, située à Santa Fina, à une quinzaine de kilomètres de Remora, était la plus somptueuse de toutes les demeures des ducs de Giglia. Elle avait été construite par le duc Alfonso, deuxième du nom, le grand-père de Falco, trop occupé à gagner de l'argent pour se marier avant l'âge de soixante-cinq ans.

Ce qui ne l'avait pas empêché d'avoir quatre fils ; l'aîné, Niccolo, quand il avait soixante-sept ans, et dix ans plus tard le benjamin, Jacopo, aujourd'hui prince de Bellone. Le duc Alfonso était mort à quatre-vingt-sept ans, laissant à Niccolo le titre de duc quand celui-ci n'avait que vingt ans. L'épouse d'Alfonso, Renata, était beaucoup plus jeune que lui et Falco se souvenait à peine d'elle ; c'était une petite femme aux cheveux blancs et aux yeux pétillants, qui se déplaçait en boitant dans le palais, avec une canne, très fière de ses magnifiques fils et petits-fils.

« Même de moi », se disait Falco en clopinant d'une pièce à l'autre à l'aide de deux béquilles en bois. Mais cette sombre pensée ne lui ressemblait pas : Falco n'aimait pas qu'on s'apitoie sur soi-même.

Il avait été le petit dernier adoré d'une famille riche et influente, et le plus beau garçon de sa lignée. Son père, le duc Niccolo, l'avait tenu dans ses bras quelques minutes seulement après sa naissance et il avait décidé de conquérir de nouveaux royaumes, par la force ou par l'argent, afin que son bel enfant porte un titre digne de lui.

Falco avait trois frères aînés, tous gâtés par la nature, chacun à sa façon. Fabrizio et Carlo étaient beaux et intelligents ; Fabrizio avait tout pour devenir l'héritier de son père car il s'intéressait à la politique et à la diplomatie, et il passait plusieurs heures chaque jour enfermé avec le duc. Carlo avait davantage la bosse des affaires, comme le fondateur de la famille. Enfant déjà, quand il construisait des châteaux avec des morceaux de bois, il voulait faire payer ses frères qui souhaitaient s'en servir pour jouer avec leurs soldats.

Mais le frère que préférait Falco était Gaetano, le plus proche de lui par l'âge. Gaetano n'était pas beau du tout ; il était même assez laid avec son gros nez et sa bouche tordue. Il était censé ressembler à leur grand-père Alfonso, celui qui avait fait construire le palais de Santa Fina. Cependant Gaetano surpassait ses frères en intelligence ; les bibliothèques de Santa Fina et du palais papal le fascinaient.

C'était également celui avec qui on s'amusait le plus. Gaetano savait monter à cheval, manier l'épée et inventer des jeux formidables. Les heures les plus heureuses de son enfance, Falco les avait passées à Santa Fina avec Gaetano qui imaginait pour lui des histoires de chevaliers, de fantômes, de trésors cachés, de secrets de famille, de testaments et de cartes dissimulés. Parfois, Beatrice, leur sœur aînée, se laissait convaincre de jouer les jeunes éplorées ou les guerrières, mais, très souvent, c'était Falco lui-même, avec ses traits fins et ses grands yeux sombres, qui devait se laisser envelopper de mousseline ou de brocart pour incarner les rôles féminins.

Il préférait les histoires où il y avait des combats à l'épée. Son frère et lui avaient commencé avec des armes en bois, puis ils étaient passés aux fleurets mouchetés quand Falco avait dix ans. Ils se battaient en duel dans les escaliers du palais, s'affrontaient sous les énormes lustres de la salle de bal et leur image se reflétait à l'infini dans les miroirs qui recouvraient les murs. Ils portaient et paraient des attaques même dans les cuisines, renversant des casseroles et faisant sursauter les servantes. Bien que Gaetano ait quatre ans de plus que son petit frère, ils étaient aussi doués l'un que l'autre, et, immanquablement, ils finissaient par éclater de rire en même temps, à bout de souffle.

Cette époque heureuse avait hélas pris fin deux ans plus tôt, quand Gaetano avait fêté son quinzième anniversaire. Il devait se rendre à l'université de Giglia ; le précepteur des deux garçons, Ignazio, n'aurait plus qu'un seul élève. Malgré cela, ils auraient pu passer encore de longs étés ensemble, continuer leurs duels à l'épée et leurs aventures imaginaires. S'il n'y avait pas eu l'accident de Falco.

Il y repensait alors qu'il montait en grimaçant de douleur un de ces grands escaliers qu'il gravissait d'un pas si léger autrefois. Ayant atteint la loggia voûtée qui dominait l'entrée principale du palais, il prit appui sur le parapet, hors d'haleine, et contempla la campagne.

On ne voyait pas les écuries d'ici et Falco s'en réjouissait. Il n'était pas remonté à cheval depuis l'accident, il n'avait pas voulu, il n'était même pas certain d'en être capable. Il ne supportait pas l'humiliation de devoir être hissé tant bien que mal en selle alors qu'il grimpait d'un bond sur le dos de sa monture jadis. Falco avait sa fierté.

Gaetano avait reçu un nouveau cheval pour son quinzième anniversaire, un hongre gris très nerveux baptisé Caino. Falco avait supplié son frère pour qu'il le laisse chevaucher cet animal, mais Gaetano avait refusé. « Il est trop grand pour toi, Falconcino. Attends d'être plus vieux. »

Les adultes avaient ri et Falco avait bouillonné intérieurement. C'était la première fois qu'on lui refusait quelque chose sous prétexte qu'il était trop petit ou trop jeune.

Falco attendit la fin du grand repas d'anniversaire. Tout le monde buvait et mangeait, à l'exception de Falco qui était trop en colère. Quand la table fut débarrassée, les convives se dispersèrent dans les différentes pièces situées aux étages supérieurs, plus frais, pour faire la sieste. Gaetano lui-même alla somnoler au-dessus de ses manuscrits dans la bibliothèque.

Falco, lui, se rendit aux écuries et sella Caino. C'était de la folie. Les palefreniers étaient partis déjeuner, les chevaux étaient assoupis dans la chaleur du début d'après-midi et le hongre gris ne connaissait pas ce jeune garçon qui l'emmenait dehors. Malgré tout, il se laissa monter, se contentant de plaquer les oreilles en arrière ; il semblait rassuré par les mains expertes du cavalier.

Caino n'avait pas envie de trotter sous le soleil de plomb et, très vite, il devint irritable. Il fit des petits bonds de côté pour éviter les pierres, il ralentit à un pas d'enterrement et lorsque Falco l'éperonna, il partit au galop sans prévenir et traversa les champs à la vitesse du vent. Falco redoutait la fureur de Gaetano s'il poussait trop sa nouvelle monture. Curieusement, il ne tremblait pas pour lui-même.

Soudain, Caino vit un grand mur se dresser sur son chemin et il se ramassa sur ses postérieurs pour le franchir. Il faillit réussir. Hélas, un oiseau s'envola et le surprit au moment crucial. Il tomba à la renverse, écrasant son cavalier.

Une demi-heure seulement s'écoula avant qu'un garçon d'écurie remarque la disparition du hongre. Le chef palefrenier alerta Niccolo, mécontent d'être tiré de sa sieste.

— Ce garçon est idiot de monter son cheval sous cette chaleur, grommela le duc. Je suppose qu'il était trop impatient d'essayer son cadeau.

— Non, monseigneur, répondit le palefrenier. Votre valet m'a dit que maître Gaetano était dans la bibliothèque. »

On mit plusieurs heures pour les retrouver. À ce moment-là, le cheval était mort, les yeux révulsés, sa belle tête maculée de sang et d'écume. La nuque brisée. Il fallut cinq hommes pour le soulever afin de dégager le garçon. Parmi eux se trouvait le duc, désespéré, qui insista pour transporter dans ses bras le corps flasque de son plus jeune fils jusqu'au palazzo. Falco respirait à peine.

On avait envoyé un messager chercher le médecin à Santa Fina. Celui-ci trouva le garçon dans un état effroyable. Trois jours durant, Falco fut entre la vie et la mort. Puis, le quatrième jour, son esprit réintégra son corps brisé. Débuta alors une nouvelle vie, faite de souffrance.

Ses côtes cassées, ses plaies et ses hématomes guérirent avec le temps, même s'il conserverait une cicatrice à la joue. Mais sa jambe droite était en miettes et tout le savoir-faire du médecin avec ses attelles et ses bandages ne put lui rendre son agilité et la légèreté de sa démarche. Il avait fallu deux ans à Falco pour réussir à marcher avec des béquilles, et aujourd'hui encore, chaque pas était un supplice. Appuyé contre le parapet, Falco repensa à l'angoisse qu'avaient connue ses parents. Sa mère avait été emportée par la fièvre un an auparavant, imposant un nouveau fardeau de douleur à Falco. Son père l'aimait toujours, il le savait, mais c'était un amour qu'il ne pourrait jamais accepter totalement ; Falco avait trop honte de son corps estropié.

Dévasté par la culpabilité, Gaetano osait à peine regarder son frère ; il ne pouvait s'empêcher de penser que l'accident n'aurait jamais eu lieu s'il n'avait pas refusé la requête de Falco. Ce dernier ne lui en voulait pas, les autres non plus. Falco savait qu'il ne devait s'en prendre qu'à lui-même. De son côté, il ne pouvait se pardonner la mort du magnifique cheval et il avait le sentiment que ses blessures étaient méritées. Parfois, il se disait que la perte de la compagnie de Gaetano était un châtiment supplémentaire, le plus dur de tous.

« Où est Gaetano ? » se demanda-t-il.

Comme par magie, un cavalier apparut soudain sur la route poussiéreuse venant de Remora. Falco reconnut immédiatement Gaetano : personne ne se tenait à cheval comme lui. Jadis, il aurait couru jusqu'à l'entrée de la propriété pour serrer son frère dans ses bras. Aujourd'hui, il ne le pouvait plus, même s'il en avait envie. Alors, il resta où il était, à se demander pour quelle raison son frère semblait si pressé.

Georgia se sentit beaucoup mieux une fois en selle. La fatigue avait cédé la place à l'exaltation. Elle était jeune, en bonne santé, et ce soir, elle allait revoir Lucien ! Au besoin, elle pourrait passer son dimanche au lit. Même le visage ricanant de Russell qui l'attendait à la maison ne parvenait pas à gâter sa bonne humeur.

Dès son retour, elle se fit couler un bain très chaud avec du produit moussant au jojoba. Elle entendait Russell ronchonner derrière la porte, mais cela faisait partie des règles immuables établies par Maura : Georgia devait se baigner après sa séance d'équitation. Elle resta allongée dans l'eau jusqu'à ce que celle-ci refroidisse, puis elle ajouta de l'eau chaude, rêvant à Remora.

Soudain, elle s'aperçut qu'elle était en train de s'assoupir. Très vite, elle sortit de la baignoire et se sécha. Elle enfila son peignoir par-dessus ses sous-vêtements et jeta ses jodhpurs dans le panier à linge sale, après avoir récupéré le petit cheval ailé dans la poche. Elle l'avait enveloppé de plastique à bulles. Certes, ce n'était pas très prudent de l'avoir gardé sur elle pour faire du cheval, mais elle ne voulait pas s'en séparer. Surtout avec Russell qui traînait dans la maison.

Gaetano gravit les marches en marbre deux par deux. Le domestique posté à l'entrée lui avait indiqué où se trouvait Falco. Sans hésiter, il courut vers son frère et le prit dans ses bras, pour la première fois depuis deux ans.

— Mon frère ! Il fallait que je te voie. Père veut que je me marie.

Falco était ému. C'était comme autrefois, quand les deux frères se confiaient leurs secrets. À son tour, il étreignit affectueusement Gaetano, avant d'observer son visage inquiet.

— Qui est l'heureuse élue ? demanda-t-il. Tu ne sembles pas très emballé.

— La question n'est pas là, je m'en fiche, répondit Gaetano sur un ton amer qui contredisait ses paroles. J'ai toujours su que je n'aurais pas mon mot à dire dans l'affaire. Mais j'avais commencé à croire que Père voulait me faire entrer dans les ordres.

— Tu es déçu ? s'étonna Falco.

— Non, non, répondit Gaetano en faisant les cent pas sur la loggia. Tu ne comprends pas. Il ne s'agit pas que de moi. Apparemment, Père a décidé que ce serait *toi*, le prochain pape dans la famille !

Falco n'en revenait pas. Son esprit vif comprit très vite, comme son frère avant lui. Il n'était plus le beau Falco, le benjamin, fait pour porter une couronne ou épouser l'héritière d'une famille princière de Talie. Aucune femme ne le regarderait désormais ; on pouvait donc l'expédier dans les ordres car les prêtres ne se mariaient pas. Il vieillirait sans jamais avoir connu le contact d'une femme autre que sa mère ou sa sœur. Quand l'oncle Ferdinando mourrait, Falco aurait l'âge d'être nommé cardinal. Par la suite, l'élection serait truquée et il deviendrait pape.

Si Falco aimait beaucoup son père, il ne se faisait aucune illusion à son sujet. Niccolo arrangerait tout et si jamais il mourait avant Ferdinando, il aurait fait en sorte que son successeur, Fabrizio, exécute son plan. Falco avait le sentiment qu'on avait tracé son avenir à sa place, alors qu'il n'avait que treize ans. Et une partie infime de son esprit l'acceptait. Il pourrait devenir un grand érudit, écrire des traités de philosophie, devenir expert en vins fins. Il s'y voyait déjà. Mais il n'était encore qu'un jeune garçon, et même s'il était intelligent, il n'avait pas encore accepté de renoncer à la vie.

Gaetano, lui, semblait effondré.

— Je ne peux le laisser te faire ça, déclara-t-il. Nous devons trouver une autre solution. La personne que je suis censé épouser, la nouvelle Duchessa de Bellezza, n'est encore qu'une fillette, plus jeune que moi. Père m'a montré son portrait ; elle est très jolie.

— Elles sont toujours jolies sur les tableaux, pas vrai ? Tu te souviens de l'histoire de la princesse Rosa Miranda ?

Gaetano sourit. L'histoire de cette princesse avait été une de ses plus belles inventions.

— Écoute-moi, dit-il. Cette Duchessa... Son père et régent est Rodolfo Rossi. Un magicien puissant. Père m'a dit que c'était un Stravagante.

Falco ouvrit de grands yeux.

— Qu'est-ce donc ?

Gaetano hésita.

— Je ne sais pas exactement. En revanche, je sais que Père et les autres sont très impressionnés par ces gens-là. Ils connaissent toutes sortes de secrets, paraît-il. Mais il semble y avoir de l'hostilité entre eux et notre famille. Jamais Père ne solliciterait leur aide.

— Pour quoi faire ?

— Pour toi, répondit Gaetano. Si je dois épouser cette fille, je demanderai à son père de t'aider. Je suis sûr que cet homme possède des dons capables d'améliorer ton état. Comme ça, tu ne serais plus obligé de devenir pape. Tu pourrais faire ce que tu veux.

Les yeux de Falco s'emplirent de larmes. Non pas parce qu'il pensait que ce Stravagante de Bellezza pouvait le guérir ; il n'y croyait pas un seul instant. Mais parce que Gaetano était redevenu son ami.

★

Cette fois, Georgia était attendue dans l'écurie du Bélier. On avait sellé un cheval à son intention. Cesare lui sourit.

— On va voir Merla, annonça-t-il. Veux-tu que je t'aide à te mettre en selle ?

« À monter le jour et la nuit, pensa la jeune fille en hochant la tête, je vais avoir des cuisses comme Schwarzenegger ! »

— Où est Luciano ? demanda-t-elle, alors que Cesare enfourchait son cheval.

— Il nous rejoindra là-bas.

Ils firent avancer leurs chevaux au pas dans la rue pavée jusqu'à la Porte du Bélier. Après l'avoir franchie, ils trottèrent le long du mur d'enceinte de la ville, dépassant la Porte du Taureau, puis celle des Jumeaux, jusqu'à ce qu'ils atteignent la grande artère qui conduisait vers le nord en partant de la Porte du Soleil. Ils pressèrent l'allure à la hauteur du Douzième des Jumeaux, mais une ombre à cheval surgit d'un recoin obscur et leur emboîta le pas. En gardant ses distances, bien évidemment. Enrico était un espion trop habile pour se laisser repérer.

CHAPITRE 7

Une harpe joue à Santa Fina

Santa Fina fut une révélation pour Georgia. Elle croyait que Remora, avec ses étroites rues pavées et ses piazzas soudain illuminées de soleil, était l'endroit le plus époustouflant qu'elle ait jamais vu, mais Santa Fina semblait constituée uniquement d'églises et de tours.

L'église principale, construite sur la place du Marché, lui expliqua Cesare, ressemblait à une forteresse, avec un large escalier menant à l'entrée qu'animait un va-et-vient constant. Prêtres, pèlerins et touristes entraient et sortaient sans cesse. Georgia devinait que cette petite ville perchée au sommet d'une colline était plus ancienne que Remora. « Médiévale » était l'adjectif qui lui venait à l'esprit, et pourtant, Santa Fina ne semblait pas aussi ancienne que le suggérait cet adjectif. « Sans doute parce que je suis au XVIe siècle, se dit-elle. Le Moyen Âge est beaucoup moins lointain. »

— À quoi tu penses ? lui demanda Cesare, alors qu'ils étaient arrêtés sur la place du Marché, au milieu du grouillement de la vie quotidienne de Santa Fina.

— On dirait un décor de film, expliqua Georgia. J'ai du mal à croire que tout ça est réel.

Cesare plissa le front.

— Je ne sais pas de quoi tu parles. Mais je comprends que

ça ne te paraisse pas réel. Santa Fina fait souvent cet effet aux gens.

Ils s'engagèrent dans une rue perpendiculaire et parcoururent au pas un dédale de ruelles pour finalement déboucher à l'extérieur de la ville, du côté ouest, là où s'étendaient de vastes écuries, bien plus imposantes que celle du Douzième du Bélier. Luciano les attendait dans la cour. Il semblait un peu mal à l'aise.

— Je suis venu en voiture à cheval, expliqua-t-il. Je ne sais pas monter.

Il leva un regard admiratif vers Georgia et elle se sentit rougir.

— C'est facile, répondit-elle. Je pourrais t'apprendre.

Luciano eut un petit mouvement de recul ; il semblait affolé par cette idée.

— Euh, non, sans façon. En fait, je n'aime pas trop les chevaux. Ils me font peur.

Cesare pouffa. Il avait au moins cet avantage sur le beau et jeune Stravagante ! Il sauta à terre avec agilité et entraîna Georgia dans les écuries, où il se sentait comme chez lui. Roderigo, le Maître d'écurie de Santa Fina, était un homme imposant et jovial qui accueillit chaleureusement les jeunes gens. Il leur montra où ils pouvaient mettre leurs montures. Dès que les bêtes eurent à manger et à boire, Roderigo fit visiter les lieux à Cesare, Georgia et Luciano. De toute évidence, il était convaincu d'avoir affaire à trois jeunes garçons et le manque d'expérience de Luciano dans le domaine des chevaux l'amusait beaucoup.

— Nous en avons un ici qui ne risque pas de l'effrayer, hein, Cesare ? lança-t-il en donnant une grande tape sur l'épaule de Luciano. Laissons-lui encore quelques semaines et cette pouliche t'emmènera n'importe où. Tu n'auras aucun souci pour sauter les murs et les clôtures. Ensuite, tu pourras passer à une monture plus ordinaire. Un jeune homme comme toi doit avoir un cheval. Sinon, comment veux-tu chevaucher derrière l'attelage de ta bien-aimée ? Ou aller lui chercher des trésors dans des cités lointaines ?

— Je vis à Bellezza, précisa Luciano. Nous n'avons pas de chevaux là-bas.

— Oh, ça explique tout ! s'exclama Roderigo. Quand on arrive à Remora en venant de la Cité des Masques, c'est un peu comme un garçon de ferme qui prend la mer. Il faut un certain temps pour acquérir le pied marin. Ne t'en fais pas, on t'aura appris à monter à cheval avant de te renvoyer chez toi.

Ils passèrent devant la ferme où vivait Roderigo et la contournèrent pour se diriger vers ce qui ressemblait à une vieille grange. Un des palefreniers de Roderigo, assis sur une meule de foin, taillait un morceau de bois avec un couteau.

— Tout va bien, Diego ? lui lança le Maître d'écurie en entrant.

— Rien à signaler, répondit le palefrenier.

Visiblement, il gardait quelque chose, et comme tous ceux qui accomplissaient ce genre de tâche, il s'ennuyait.

À l'intérieur de la grange, il régnait une pénombre poussiéreuse. Un cheval hennit dans un recoin sombre au fond. Georgia s'en approcha. À mesure que ses yeux s'habituaient à l'obscurité, elle commença à distinguer une belle jument gris clair.

— Bonjour, Starlight, dit Cesare avec affection, et la jument rejeta la tête en arrière comme pour lui répondre.

— Elle est splendide, commenta Georgia, qui n'avait guère prêté attention à la jument le soir où elle avait découvert la pouliche ailée.

Luciano lui-même voyait bien que c'était un très bel animal.

— Attends un peu de voir sa pouliche, déclara Roderigo avec fierté. Approche, ma jolie. N'aie pas peur.

Georgia eut l'impression que la jument hésitait ; elle les observait, Luciano et elle, comme pour s'assurer que c'étaient des amis. Quand elle s'écarta sur le côté, Georgia étouffa une exclamation. Certes, Luciano et elle savaient ce qu'ils étaient venus voir, mais c'était une vision stupéfiante malgré tout. Même si pour Georgia ce n'était pas une première. Luciano, lui, n'en croyait pas ses yeux. Il demeura hébété.

La pouliche noire avait déjà des proportions parfaites. Sur son dos était repliée une paire d'ailes d'un noir brillant, une chose qui n'existait que dans les légendes. Cesare était toujours aussi impressionné, lui aussi.

— Comme elle a grandi ! s'exclama-t-il. Père avait raison. Il a dit que les chevaux ailés grandissent plus vite que les autres.

Les ailes s'étaient développées de manière harmonieuse ; les plumes étaient moins duveteuses qu'à la naissance. Sous leurs yeux émerveillés, Merla les déploya, aussi naturellement qu'elle cambrait le cou. C'était un spectacle impressionnant.

— Quand pourra-t-elle voler ? demanda Cesare.

— Bientôt, répondit Roderigo. Mais on ne peut la sortir que la nuit. Il ne faut surtout pas que quelqu'un la voie.

★

— Je t'emmène faire un tour, déclara Gaetano. Tu es resté enfermé trop longtemps dans ce palazzo.

— Comment ? demanda Falco. Je ne peux pas monter à cheval.

Il s'éloigna de quelques pas pour que son frère ne surprenne pas son expression.

— Tu t'assoiras devant moi, affirma Gaetano. Je suis sûr que tu n'as rien contre, hein ? Nous descendrons jusqu'en ville et je nous achèterai des granités.

Falco éprouva soudain le besoin irrésistible de voir autre chose que les murs du vaste palais. Ses espoirs, aussi meurtris que son corps, ressuscitaient malgré lui. Peut-être qu'un jour il mènerait à nouveau une vie normale ? Il pouvait déjà commencer par aller faire un tour avec son grand frère.

— D'accord, acquiesça-t-il, et il fut récompensé par un des immenses sourires tordus de Gaetano.

★

Enrico laissait son cheval avancer tranquillement dans les rues de Santa Fina. Il avait vu l'endroit où les jeunes gens du Bélier avaient tourné et il était convaincu qu'il n'aurait aucun mal à suivre leurs traces. Son cerveau en effervescence ne s'impliquait qu'à moitié dans sa mission du jour. Son travail pour le pape consistait à espionner les rivaux des Jumeaux et il avait décidé de commencer par le Bélier, mais il n'espérait aucun résultat immédiat.

Enrico était un homme consciencieux. Après le Bélier, ennemi des Jumeaux à cause de la rivalité existant entre les villes de Remora et de Bellezza, il enquêterait sur le Douzième du Taureau, adversaire traditionnel des Jumeaux. Puis il verrait ce qu'il pouvait découvrir dans l'écurie de la Balance, toujours à couteaux tirés avec la Dame. Et bien évidemment, il aurait un œil sur le Douzième de la Dame lui-même. Certes, il était payé par le pape et le duc, mais quand on est espion, il est toujours possible de trouver d'autres employeurs et Enrico avait l'habitude de servir plusieurs maîtres.

À Remora, il évoluait dans son élément. Comme son ancien maître, Rinaldo, il n'avait pas aimé son séjour dans une ville sans chevaux. Et il en voulait à cette cité qui lui avait volé sa fiancée. Mais il n'y avait pas que ça. Il aimait la manière dont Remora reposait sur des alliances et des antagonismes anciens. Et il appréciait le savoir-faire utilisé pour truquer la grande course annuelle. C'était le genre de choses dans lequel Enrico excellait lui-même.

Il se retrouva à l'extérieur de la ville, face à de vastes écuries. « Intéressant, se dit-il. Je crois que mon cheval a besoin de se reposer. »

★

Georgia et les deux garçons quittèrent les écuries émerveillés. Ils avaient l'intention de visiter la ville et de revenir voir les chevaux plus tard. Silencieuse, Georgia repensait à ce qu'elle venait de voir et, soudain, sans s'en rendre compte, elle se retrouva sur la place où se dressait l'énorme église.

Elle s'aperçut que Luciano était intrigué par Santa Fina, lui aussi. Ne pouvant emprunter les rues étroites, sa voiture avait contourné la ville en venant de Remora ; il n'avait donc pas pu admirer cette place extraordinaire. Même s'il était devenu un Talien, il ne pouvait s'empêcher de voir Santa Fina avec des yeux du XXIe siècle. La présence de Georgia à ses côtés accentuait ce phénomène ; il voyait maintenant la Talie du point de vue d'un nouveau Stravagante, comme un an plus tôt.

— À quoi penses-tu ? lui demanda Georgia.

— Ça me rappelle Montemurato, l'endroit où j'ai fait la connaissance du Pr Dethridge. Il y a beaucoup de tours comme ici, mais elles sont disposées tout autour de la ville. Il travaillait dans une écurie.

Georgia ignorait tant de choses de la nouvelle vie de Lucien. Elle avait envie de l'interroger sur tous ses aspects, mais elle n'osait pas le faire devant Cesare.

— Vous devriez aller voir l'intérieur de l'église, suggéra celui-ci. Elle est célèbre pour ses peintures.

Les trois jeunes gens gravirent les marches menant à la façade nue. Ils passèrent du soleil éclatant à une obscurité aussi profonde que celle de la grange de Roderigo. Sauf que c'était une obscurité froide, dépourvue de l'odeur tiède des chevaux. Ici, ça sentait l'encens et la seule lumière provenait des cierges allumés près de l'autel.

Quand leurs yeux se furent habitués, ils constatèrent que les murs étaient couverts de peintures. Georgia reconnut quelques scènes de la vie du Christ. Soudain, elle remarqua, sur le côté, une petite chapelle décorée d'autres sujets : Léda et le cygne, Andromède et le serpent de mer... et Pégase volant parmi les nuages. Elle le montra à ses deux compagnons.

Le sol était incrusté d'un motif en marbre circulaire qui évoquait celui du Campo delle Stelle. Les douze signes du zodiaque étaient représentés à la périphérie et le cercle était divisé comme la grande place, sauf qu'il manquait les segments du Soleil et de la Lune.

Tous les trois demeuraient silencieux, un peu impressionnés par l'atmosphère. Ils sortirent dans la fraîcheur du cloître qui entourait un carré d'herbe au centre duquel se dressait une fontaine. Au-delà des murs du cloître, Georgia entendit le son d'une harpe.

★

Le trajet ne fut pas aussi épouvantable que le craignait Falco. Il laissa Gaetano le soulever dans ses bras puissants pour l'installer devant la selle et il s'accrocha à la crinière de l'animal. Sa jambe droite pendait, inutile, dans le vide, mais son genou gauche appuya d'instinct contre le flanc du cheval. Falco enfouit son visage dans les poils drus de la crinière et inspira ; quel bonheur ! Gaetano monta rapidement dans son dos et passa ses bras de chaque côté de Falco pour saisir les rênes. Il avait fixé les béquilles de son frère derrière la selle.

Ils chevauchèrent ainsi, au pas, jusqu'à Santa Fina. La cité bourdonnait d'activité ; les marchands vantaient leurs produits sur la place du Marché, les clients discutaient les prix, des chiens aboyaient, des oiseaux tournoyaient autour des nombreuses tours, des chants s'échappaient de la grande église.

Ils firent le tour de la place et ressortirent à l'autre bout, en passant sous une arche. Jadis, ils avaient beaucoup fréquenté l'endroit vers lequel ils se dirigeaient maintenant : une petite échoppe située derrière l'église, où une femme, la Mandragola, faisait de délicieux granités. Gaetano mit pied à terre et attacha son cheval à un anneau de fer fixé dans le mur. Puis il aida Falco à descendre à son tour et le soutint jusqu'à ce qu'il ait récupéré ses béquilles.

Alors qu'ils étaient assis sur des chaises devant le glacier, mangeant à la cuillère les cristaux d'abricot et de melon glacés, les notes d'une harpe se déversaient dans l'air chaud et immobile.

— Je dois être au paradis, déclara Falco à son frère. J'entends des anges.

★

Enrico prit rapidement ses aises dans les écuries de Rodrigo. Ses yeux furetaient dans tous les sens. Il avait identifié sans peine les montures de ses proies et repéré la voiture à cheval grâce à la cocarde de Bellezza. Sa décontraction et sa connaissance des chevaux étaient certaines de lui valoir l'amitié des palefreniers. C'est seulement quand l'un d'eux s'absenta pour être remplacé par un autre que le sixième sens d'Enrico se déclencha.

« On dirait un changement de guet », pensa-t-il en échangeant quelques paroles avec deux autres palefreniers, et il fit son possible pour se montrer cordial envers le nouveau venu, prénommé Diego.

— La matinée a été dure, l'ami, j'ai l'impression, commenta-t-il. Laisse-moi t'offrir un verre.

★

Sur une petite place derrière le cloître de l'église, un jeune homme assis par terre jouait de la harpe. Ses cheveux noirs et raides tombaient sur ses épaules et il affichait un air d'intense concentration. Il jouait sans partition, au milieu de la petite foule qui s'était rassemblée pour l'écouter, attirée par la pureté de la mélodie. Une jeune femme se tenait à ses côtés, et dès que les échos de la dernière cascade de notes se furent éteints, elle se faufila prestement au milieu des gens en tendant un vieux chapeau en velours vert, très vite alourdi par les pièces d'argent.

Trois jeunes hommes qui se tenaient à la périphérie de la foule, arborant les couleurs rouge et jaune du Bélier de Remora, plongèrent les mains dans leurs poches. De l'autre côté de la place, deux autres, plus richement vêtus, et qui venaient d'arriver, demandèrent à la fille au chapeau si le harpiste voulait bien continuer à jouer. Le plus jeune des deux avait une jambe estropiée et s'appuyait sur des béquilles.

La fille repartit et se pencha vers le joueur de harpe, toujours assis par terre, les yeux fermés, indifférent aux gens qui l'entouraient.

— Aurelio, murmura-t-elle. Veux-tu continuer à jouer ? Il y a là un jeune garçon handicapé qui a envie de t'entendre.

Le harpiste hocha la tête, ouvrit les yeux et posa de nouveau ses mains sur les cordes. Tout le monde sur la petite place se tut, même les deux hommes qui buvaient à la terrasse d'une taverne dans le coin le plus reculé.

Aurelio attaqua un morceau encore plus beau que le précédent. L'auditoire était subjugué. Pour Cesare, cette musique faisait naître des images de victoire ; il se voyait chevauchant Arcangelo et brandissant la bannière de la Stellata sous les applaudissements de son Douzième. Pour Luciano, cette musique ravivait le souvenir de sa mère et des longues soirées de son enfance. Pour Georgia, elle évoquait, de manière douloureuse, un amour à sens unique et des idylles perdues.

Pour Gaetano, elle invoquait une vision de la beauté féminine : un mélange entre sa cousine Francesca et la Duchessa de Bellezza. Quant à Falco, c'était comme s'il avait été transporté vers un monde supérieur ; il se souviendrait de cette journée à jamais. Son frère était revenu auprès de lui, il était remonté à cheval, il avait retrouvé le goût des granités de la Mandragola et maintenant il écoutait les vibrations célestes du paradis. Au bout de deux ans, il recommençait à vivre.

Enrico lui-même n'était pas insensible à cette musique.

— Ça me rappelle ma Giuliana, glissa-t-il à Diego en s'essuyant les yeux avec sa manche de chemise.

Diego se sentait d'humeur sentimentale, lui aussi. Il n'avait pas de fiancée, mais s'il en avait eu une, il aurait pensé à elle à cet instant.

L'envoûtement persista une bonne minute après qu'Aurelio eut cessé de jouer. Cette fois, le chapeau de velours vert récolta encore plus de pièces. Gaetano s'adressa à la jeune femme, qui le conduisit auprès du harpiste, immobile, les bras pendant le long du corps. Comprenant qu'il ne jouerait plus, la plupart des gens se dispersèrent.

Mais les trois représentants du Bélier restèrent, comme hypnotisés.

— C'était sublime ! s'écria Gaetano. J'espère que vous viendrez jouer pour mon oncle. (Il ôta une chevalière de son doigt et la remit au musicien, toujours muet.) Présentez ceci au palais papal de Remora, n'importe quand, et votre compagne et vous serez traités en princes.

Cesare pinça le bras de Luciano.

— Chimici, murmura-t-il.

Le charme était rompu.

— Ou bien, si vous préférez, ajouta Gaetano, venez au palais du duc à Giglia, durant l'été. C'est mon père, il pourrait faire votre réputation.

— Peut-être aimeriez-vous mieux venir à Bellezza, dit Luciano en s'avançant.

Georgia n'en revenait pas. Ce n'était plus le garçon au regard rêveur qu'elle connaissait, mais un riche courtisan, prêt à tenir tête à un membre de la sinistre famille des Chimici.

— La Duchessa serait ravie d'entendre votre musique, j'en suis sûr, reprit-il. Je suis l'apprenti de son père et régent, le sénateur Rossi, et je ne doute pas qu'il approuverait mon invitation.

Le harpiste se leva et la jeune femme lui prit la chevalière. Il était très grand.

— Je vous remercie l'un et l'autre, dit-il. Je ne joue que pour moi. Je me moque de ma réputation et de l'argent.

Cesare regarda ostensiblement le chapeau de velours vert, mais Aurelio ne parut pas y prendre garde. Quand il tourna la tête, les autres s'aperçurent que ses yeux bleu foncé étaient aveugles. Il tendit la main vers la jeune femme qui s'apprêtait à l'entraîner vers l'extrémité de la place. Le regard de Cesare ne lui avait pas échappé et elle posa son index sur ses lèvres.

Georgia comprit alors qu'Aurelio ignorait que la jeune femme (sa sœur ? sa fiancée ?) faisait la quête et celle-ci ne tenait pas à ce qu'il le sache.

— Non, ne partez pas ! s'exclama Gaetano. Je n'avais pas l'intention de vous offenser. Acceptez-vous, au moins, de nous accompagner jusqu'à notre palazzo pour prendre un rafraîchissement ?

Sans dire un mot, Aurelio tourna la tête vers la jeune femme comme s'il attendait de savoir ce qu'elle en pensait.

— Il y a des endroits plus proches pour prendre un rafraîchissement, lança Luciano d'un ton ferme. Je me sentirais très honoré si vous étiez mes invités.

Il ignorait pourquoi il se sentait ainsi attiré par ce musicien, mais il répugnait à le voir partir avec les Chimici.

Gaetano et Luciano se foudroyèrent du regard aux côtés du musicien aveugle et de son assistante. Falco les avait rejoints en clopinant. Avec Georgia et Cesare, les jeunes gens formaient maintenant un petit groupe compact au centre de la place.

— J'aurais plaisir à manger et à boire quelque chose, Raffaella, dit Aurelio.

Raffaella avait transféré les pièces d'argent et la chevalière des Chimici dans une bourse qui pendait à sa taille. Elle fourra le chapeau dans la main d'Aurelio.

— Dans ce cas, répliqua-t-elle, laisse-toi inviter par un de ces aimables messieurs.

— J'aimerais autant qu'ils m'invitent tous les deux. Quand deux concurrents se partagent le même prix, il se peut qu'ils deviennent amis.

Il enfonça son chapeau en velours sur ses cheveux noirs, ignorant l'effet produit par ses paroles.

— Voilà une chose que l'on voit seulement quand un pape meurt, commenta Enrico à l'intention de son nouvel ami.

— Quoi donc ? demanda Diego.

— Trois Béliers et deux représentants de la Dame qui partent ensemble ! Même si, à dire vrai, ils n'en semblent pas ravis.

— C'est le pouvoir de la musique. Mais le Bélier et la Dame ne sont pas ennemis, si ?

Enrico ricana avec mépris.

— On voit bien que tu ne vis pas en ville ! Les Poissons et la Balance sont peut-être leurs ennemis officiels, pourtant Bellezza et la Dame ne se mélangent pas, or ces jeunes gens sont de Bellezza. Le garçon aux cheveux bouclés, je l'ai vu là-bas, de mes propres yeux. La nouvelle Duchessa le compte parmi ses favoris.

Diego ne voulait pas être en reste.

— Eh bien, les hommes de la Dame sont des Chimici ! Ce sont les fils du duc lui-même !

Il fut récompensé en voyant Enrico sursauter.

— Quelle coïncidence ! s'exclama-t-il. Je travaille justement pour le duc. Quel est le nom de ces deux jeunes princes ?

— Ce ne sont pas des vrais princes, du moins pas encore, répondit Diego. En tout cas, ils n'ont pas de principautés. Ce ne sont que des titres honorifiques. Gaetano est étudiant à l'université de Giglia ; quant au pauvre petit Falco... qui sait ce qu'il va devenir maintenant ? Il y a deux ans, le plus bel avenir lui était promis.

— C'est le jeune garçon avec les béquilles ? demanda Enrico. Que lui est-il arrivé ? Si nous commandions un autre verre ?

Un des grands talents d'espion d'Enrico était de savoir à quel moment arrêter de traquer sa proie et faire une pause pour glaner des informations qu'il utiliserait plus tard.

S'il avait pu assister à la scène qui se déroulait à l'intérieur de la taverne située près du musée, il aurait été convaincu d'avoir fait le bon choix. Personne ne parlait. Luciano et Gaetano avaient rivalisé pour commander à manger et à boire et le silence était retombé maintenant qu'ils attendaient d'être servis. Aurelio était assis au milieu du groupe, calme ; sa harpe, enveloppée dans un grand sac, était appuyée contre un mur. Il ne semblait pas avoir conscience de la tension autour de lui.

— J'aimerais savoir qui sont mes hôtes, dit-il. Je ne parle pas de leur rang dans la société, précisa-t-il. Je veux juste connaître leurs noms.

Gaetano se sentit idiot.

— Oui, évidemment, répondit-il. Je suis Gaetano di Chimici et voici mon jeune frère, Falco.

Aurelio tourna la tête vers l'endroit où était assis le garçon.

— C'est toi qui es handicapé, déclara-t-il d'un ton tranquille.

Luciano intervint :

— Et moi, je m'appelle Luciano Crinamorte. Je suis avec mes amis Cesare et... Gior... Giorgio.

— Aurelio Vivoide, se présenta le musicien. Et voici Raffaella. Nous sommes des Manouches.

Tout le monde parut déconcerté, mais Aurelio n'en dit pas plus. Il se contenta d'attendre son repas. C'est alors que Gaetano prit une décision. Il se tourna vers Luciano :

— J'ai cru t'entendre dire que tu travaillais pour le sénateur Rossi ? Est-il exact que c'est un Stravagante ?

Georgia ne put se retenir ; elle en avait assez d'être ignorée.

— Inutile d'aller jusqu'à Bellezza pour en trouver un ! s'exclama-t-elle. Moi aussi, je suis une Stravagante !

CHAPITRE 8

Les Manouches

— Georgia ! s'exclama Luciano, oubliant qu'elle était censée se faire passer pour un garçon tant il était horrifié par cet aveu.

— Ce mot ne doit pas être utilisé à la légère, ajouta Aurelio. Il ne doit même pas être prononcé, sauf en privé, entre amis dignes de confiance. Tu ne me connais pas. Si ce que tu viens de dire est vrai, je pourrais représenter un très grand danger pour toi. Et ces deux jeunes hommes aussi.

Il avait raison. Georgia savait qu'elle avait été plus qu'imprudente. Qui sait quels dangers elle avait pu faire peser sur Luciano et ses amis ? Elle s'en voulait terriblement. Le réconfort vint de là où elle ne l'attendait pas.

— Allons, ne soyez pas trop dur avec lui, dit Gaetano, qui semblait ne pas avoir remarqué le lapsus de Luciano. Je sais que ma famille nourrit une sorte d'inimitié envers ces... ceux que vous avez cités. Mais ça ne me concerne pas. Mon père ne m'en a pas parlé, je ne suis pas assez important pour m'occuper de politique. Si je veux rencontrer un... vous savez quoi, c'est uniquement pour savoir s'ils peuvent aider mon frère.

Luciano se dit alors que Gaetano était peut-être un chouette garçon, bien qu'il appartienne à la famille Chimici. Il le croyait, car, de toute évidence, ce jeune noble avait beaucoup d'affection pour son frère cadet. Falco était un garçon séduisant, visiblement intelligent et très malheureux. Luciano connaissait l'inconvénient de vivre au XVIe siècle : même une famille aussi riche que les Chimici ne pouvait pas guérir leur fils chéri. Et Luciano savait bien ce qu'on ressentait quand on souffrait d'une maladie « incurable ».

Sur ce, des serveurs arrivèrent avec des plateaux chargés de victuailles. Tout le monde avait faim et la discussion s'interrompit pour laisser place aux banalités qui accompagnent un repas pris en commun. Une fois que les appétits furent satisfaits, l'animosité des premiers instants sembla s'être évaporée. Mais Georgia continuait à se morfondre à cause de sa gaffe.

— Parlez-nous des Manouches, dit-elle à Aurelio. Vous avez raison : je ne sais rien de vous. D'ailleurs, il y a un tas de choses sur la Talie que je ne connais pas.

— Pour commencer, nous ne sommes pas Taliens, précisa Aurelio.

Raffaella confirma d'un hochement de tête. Elle ressemblait beaucoup au jeune harpiste. Elle était grande, avec les mêmes longs cheveux noirs, à cette différence près que les siens étaient ornés de rubans colorés, tressés de manière complexe. L'un et l'autre portaient de grands vêtements amples, rapiécés, mais ornés de broderies de soie jadis éclatantes. Ceux de Raffaella étaient même décorés de petits miroirs à l'ourlet et sur les manches. Leurs peaux étaient un peu plus sombres que celles de Cesare et des Chimici ; leurs foulards et leurs tuniques brodées leur donnaient un aspect exotique. Georgia ne l'avait pas remarqué tout d'abord car à ses yeux tous les Taliens paraissaient exotiques, mais Aurelio et Raffaella avaient quelque chose de différent.

— On vient de l'est, dit la jeune femme. Mais nous n'avons pas de pays. Nous voyageons d'un endroit à l'autre. En cela, nous ressemblons à ceux dont nous avons décidé de ne pas prononcer le nom.

— Vous êtes nombreux ? demanda Falco.

— Très nombreux, répondit Aurelio. Aussi nombreux qu'il y a de grains de sable sur la plage.

— Nous ne sommes pas aussi nombreux en Talie, ajouta Raffaella. Nous nous rendons à la Cité des Étoiles. D'autres nous rejoindront au cours des prochaines semaines.

— Pour nous, c'est un lieu de pèlerinage, précisa Aurelio. Il célèbre la vie de notre déesse, même s'il le fait sans le savoir.

— Ça y est, je sais qui vous êtes maintenant ! s'exclama Cesare. On vous appelle des Zinti, les gens du voyage. Vous venez pour la Stellata. Je vous y ai déjà vus.

— Votre course de chevaux ne nous intéresse pas, répliqua Aurelio sans aucune agressivité. Il se trouve qu'elle coïncide avec notre fête, beaucoup plus ancienne, voilà tout. Votre ville n'est pas la seule à célébrer ce jour, mais certains d'entre nous la préfèrent à d'autres cités.

Il tourna son visage vers Georgia.

— Ne t'en fais pas, lui dit-il. La politique de la Talie ou de n'importe quel autre pays ne nous intéresse pas. Ne possédant pas de terres, nous sommes indifférents aux guerres que se livrent certaines personnes pour s'approprier des territoires, même quand de grandes cités sont en jeu. En revanche, en tant que peuple nomade, nous nous intéressons aux autres voyageurs, quels que soient l'endroit et l'époque d'où ils viennent. Au cours de nos voyages, nous rencontrons beaucoup de gens et nous sommes curieux d'écouter ce qu'ils peuvent nous apprendre. Lors de notre dernière halte, Raffaella et moi avons sympathisé avec un individu appartenant à cet ordre mentionné par le signor Gaetano. C'était dans la ville de Bellone et l'homme était un sage érudit.

— Oui, exactement, acquiesça Gaetano. C'est ce que j'ai entendu dire. J'ai aussi grandi en entendant répéter que c'étaient des individus puissants et dangereux, qui détenaient la clé d'un important mystère pouvant aider la Talie, mais qu'ils refusaient de s'en servir dans l'intérêt commun.

Luciano voulut intervenir. Gaetano lui fit signe d'attendre.

— Je sais, je sais, reprit-il. Je ne crois plus à ces accusations. (Il se tourna vers Falco.) Ça me fait de la peine de dire ça, mais je pense que Père a répandu cette rumeur pour pouvoir s'emparer de ce secret. Et je ne pense pas qu'il ait l'intention de s'en servir pour venir en aide au peuple de Talie.

Le silence se fit autour de la table. Le jeune Chimici était remonté dans l'estime de Luciano. Ce dernier comprenait combien ce devait être difficile pour Gaetano d'avouer ainsi ses soupçons. Falco se débattait avec ses propres sentiments, lui aussi : il aimait son père, tout en sachant à quel point Niccolo pouvait se montrer autoritaire. Ne venait-il pas d'apprendre que son avenir avait été décidé par le duc sans que lui-même ait son mot à dire ?

Les émotions qui habitaient Cesare étaient complexes également. Difficile d'être à la fois habitant de Remora et Bélier ; tous les citoyens qui se trouvaient dans ce cas connaissaient ce dilemme de loyauté partagée. Traditionnellement liés à Bellezza, les Béliers se méfiaient des Chimici. Mais c'était la première fois qu'il en rencontrait. D'habitude, les palefreniers, même les fils des prestigieux Maîtres d'écurie, ne fréquentaient pas les enfants des ducs.

Quant à Georgia, elle se sentait dépassée. Elle savait à peine qui étaient les Chimici et pourquoi ils étaient en conflit avec les Stravaganti. Par ailleurs, elle ne savait pas quoi penser de ces mystérieux Manouches. Aurelio affirmait qu'ils ne prenaient pas parti ; était-ce possible ? À Remora, tout le monde semblait si sûr de son appartenance et de sa loyauté.

— Croyez-moi, reprit Gaetano, je n'essaye pas de dénicher des renseignements qui pourraient aider ma famille à fomenter un complot. Une seule chose m'intéresse : le secret du sénateur Rossi pourrait-il aider mon frère ?

Les pensées de Luciano le ramenèrent en arrière, lors de sa première rencontre avec Rodolfo, sur la terrasse aménagée en jardin dans cette maison de Bellezza. « Les Chimici ne veulent aider que les Chimici », avait déclaré le Stravagante. Ils avaient parlé de la famille régnante du nord de la Talie qui voulait utiliser l'art de la stravagation pour découvrir les secrets de la médecine et de la guerre modernes. Sur le coup, leurs desseins avaient semblé beaucoup plus noirs que dans la bouche de ce jeune homme si désireux de soigner son frère.

— Je ne peux pas parler des secrets de Rodolfo, répondit

Luciano. Ne comptez pas sur moi. Toutefois c'est une des personnes les plus intelligentes et les plus puissantes que je connaisse et il sera ici dans quelques semaines. Vous savez que la Duchessa a été invitée à la Stellata ; elle arrivera bientôt avec son régent. Mon père adoptif et moi sommes venus de Bellezza pour visiter le Douzième du Bélier afin de nous assurer qu'ils n'avaient rien à craindre à Remora. Pardonnez-moi de vous rappeler que la mère de la Duchessa a été assassinée dans sa propre ville, nous devons donc redoubler de prudence durant son séjour dans un endroit gouverné par... par ses adversaires.

Gaetano se retint ; il avait besoin de l'aide de ce jeune Bellezzan arrogant.

— Je suis certain que Madame la Duchesse y sera en sécurité, aussi bien que partout ailleurs en Talie, répondit-il avec raideur. Et nous ne sommes pas des adversaires. Nous ignorons tout de l'assassinat de sa mère et nous avons été très choqués comme tous les habitants de ce pays. De fait, mon père m'a chargé d'escorter la Duchessa et je peux vous assurer que je veillerai scrupuleusement à sa sécurité et à son confort.

Luciano n'avait pas été averti de cette disposition et cette idée ne lui plaisait pas trop. Il croyait Gaetano quand celui-ci affirmait tout ignorer de l'assassinat, mais il se demandait comment réagirait ce jeune homme laid, mais sympathique, s'il savait que la Duchessa n'était pas morte, et qu'elle menait une vie confortable à Padavia, d'où elle veillait, à bonne distance, sur sa fille et sur sa cité.

Il se contenta de répondre :

— Dans ce cas, vous aurez l'occasion de rencontrer mon maître. Vous pourrez lui parler de votre frère.

Gaetano ne se satisfit pas de si peu. Il se tourna vers Georgia.

— Et toi ? lui demanda-t-il. Si tu es ce que tu prétends être, si ce n'est pas de la vantardise, tu peux peut-être nous apprendre certaines choses ?

★

Dans le jardin d'une maison cossue située aux abords de Padavia était assise une femme d'un certain âge, bien habillée et impressionnante. Sa robe de satin vert était taillée dans le style bellezzan, et ses cheveux coiffés avec recherche. Elle jouait distraitement avec son collier de rubis en attendant sa visiteuse.

Un domestique grand et roux introduisit une femme dans le jardin. Elle était un peu plus âgée que la première et beaucoup plus grassouillette, avec un air prospère. Les deux femmes s'étreignirent comme de vieilles amies, même si elles ne se connaissaient que depuis un peu plus d'un an.

— Silvia ! s'exclama la visiteuse. Vous êtes toujours aussi ravissante et jeune.

L'autre femme rit.

— C'était ma spécialité, si vous vous souvenez bien. Sauf qu'ici, je suis obligée de me débrouiller seule. Guido, demandez à Susanna de nous apporter des rafraîchissements, s'il vous plaît.

Elles prirent place autour d'une table en pierre disposée sous une treille. Le jardin rempli de fleurs était un endroit paisible qui évoquait un sanctuaire. Les deux femmes en avaient conscience. Elles avaient vécu des expériences à la fois dangereuses et excitantes à Bellezza, et Silvia était maintenant à l'abri. Mais était-elle une survivante ou une exilée ? La visiteuse formula la question à voix haute.

— Il ne vous arrive jamais de vous ennuyer ici ?

— Que voulez-vous dire, Leonora ? répliqua Silvia d'un ton moqueur. J'ai ma broderie et mes bonnes œuvres, et je dois m'occuper de mon potager. J'envisage même d'acheter une oliveraie. Rodolfo ne vous l'a pas dit ? Je suis très occupée.

Son amie fut dispensée de répondre grâce à l'arrivée de Susanna, la servante, qui apportait de la citronnade glacée et des gâteaux. Elle fut suivie de près par Guido, qui prit position près de la porte du jardin. On devinait qu'il ne s'éloignait jamais très longtemps de sa maîtresse.

Les deux femmes parlaient sans gêne devant les domestiques. Susanna servait sa maîtresse depuis de nombreuses années ; quant à Guido, même si la première fois qu'il avait approché Silvia, c'était dans l'intention de la tuer, il était maintenant son esclave dévoué. Elle avait dépensé son propre argent pour soigner le père malade de Guido, bien que ce dernier ait été engagé pour l'assassiner. Le vieil homme était mort il y a un mois, paisiblement, dans son sommeil, mais il n'avait pas manqué de soins ni de réconfort au cours de la dernière année de sa vie.

— Alors, quelles sont les nouvelles de la ville ? demanda Silvia. Comment se débrouille la nouvelle Duchessa ?

— Elle vous fait honneur à tous les deux, déclara Leonora. Et à moi aussi, même si je ne suis que sa tante à titre honorifique.

Silvia hocha la tête, satisfaite.

— Et votre mari, le brave docteur ?

— Il va bien, autant que je sache. Pour le moment, il est reparti pour un de ses voyages, avec Luciano. Quel charmant garçon !

— Et quel réconfort pour vous de pouvoir aimer un enfant à ce stade avancé de votre vie, ajouta Silvia.

Ses paroles venaient du fond du cœur, car elle-même avait perdu sa propre fille pendant quinze ans, avant de la retrouver récemment.

— Je sais que nous ne pourrons jamais remplacer de vrais parents, admit Leonora. Ceux-ci lui manquent énormément. Mais nous l'aimons. J'espère qu'il ne lui arrivera rien à Remora, conclut-elle avec une pointe d'inquiétude dans la voix.

— Je suis sûre que non ! se récria Silvia. Et il veillera à ce qu'il n'arrive à rien à Arianna. Avez-vous l'intention de les rejoindre pour assister à la course ?

— Non, je... (Leonora s'interrompit en voyant briller une étincelle dans l'œil de son amie.) Silvia ! Vous n'envisagez tout de même pas de.... C'est trop dangereux !

— Pourquoi ? Il y aura quatre Stravaganti pour me protéger... Sans parler de Guido.

— La ville grouillera de Chimici ! Vous risquez d'être reconnue !

— Il n'y a aucune raison, s'obstina Silvia en se levant pour marcher de long en large sur la terrasse. Nul ne me reconnaîtra sous mon masque. Vous savez combien de fois je me suis rendue à Bellezza ces derniers mois. S'ils ne m'ont pas reconnue là-bas, ils me reconnaîtront encore moins à Remora.

— L'ambassadeur vous reconnaîtra, lui, j'en suis certaine, affirma Leonora. Et le duc aussi.

— Dans ce cas, il me suffira d'éviter le duc et l'ambassadeur, non ? rétorqua Silvia.

★

Dans une pièce située au dernier étage d'un grand palazzo qui dominait le canal, un homme tout de noir vêtu se tenait face à un miroir. Non par vanité. Ce n'était pas son visage ridé et ses cheveux argentés qu'il voyait devant lui ; c'était le visage beaucoup plus âgé et les cheveux beaucoup plus blancs de son vieil ami et maître, William Dethridge.

— Mes salutations, sieur Rodolphe ! s'exclama Dethridge. Je suis bien aise de voir que votre miroir fonctionne, ici à Remora.

— J'étais absent ces deux derniers jours, expliqua Rodolfo. C'est un soulagement de savoir que vous allez bien. Et le garçon ?

— De même, répondit le vieil Élisabéthain. Mais oyez donc ce que j'ai à vous dire.

Rodolfo s'installa dans son fauteuil pour écouter.

— Le nouveau Stravagante a fait son apparition... Et figurez-vous qu'il s'agit d'une demoiselle.

— Une fille ? s'étonna Rodolfo. Et elle est arrivée chez le signor Paolo ?

— Oui. Par trois fois, déjà. Pour l'heure, elle se trouve avec le fils de celui-ci, un certain Cesare, dans cette bonne ville de Saint-Fyne. Maître Lucien les accompagne.

— Est-elle en sécurité ? A-t-elle conscience des dangers ? Comment s'appelle-t-elle ?

— Elle est en sécurité autant qu'il est possible de l'être dans ce nid de vipères, répondit Dethridge en baissant la voix. Le jeune Cesare et Lucien lui enseignent tout ce qu'ils peuvent sur les périls qui la menacent. Elle se prénomme George, ou quelque chose d'approchant. Le garçon la connaissait déjà.

— Que dit Paolo au sujet de la ville ? Pense-t-il qu'Arianna devrait accepter cette invitation à assister à la course ?

— Il estime que ce serait un affront de sa part de ne pas s'y rendre, et que les Chimici utiliseraient ce prétexte pour agir contre elle.

— Et vous, que pensez-vous ?

— Nous n'avons guère eu le loisir de mener notre enquête. Laissez-nous un peu plus de temps et je vous livrerai mon avis.

— Très bien. Mais je dois répondre rapidement au duc. J'aimerais être à Remora avec vous. Pour rencontrer cette fille.

— À dire vrai, elle ressemble plus à un damoiseau, précisa Dethridge. Un damoiseau qui adore les chevaux.

★

Le petit groupe réuni à Santa Fina rechignait à se séparer. Gaetano voulait que les Manouches l'accompagnent au palais de son oncle, Luciano voulait les ramener chez Paolo et Falco voulait quitter la résidence d'été inoccupée pour suivre son frère et les étrangers en ville.

— Merci, nous ne dormons jamais dans des maisons, répondit Aurelio. Les Manouches couchent à la belle étoile. Toutefois, si vous nous accompagnez pour récupérer notre matériel de couchage, nous voyagerons avec vous jusqu'en ville. C'est notre destination également. Et si nous pouvons camper dans une de vos cours, que ce soit celle du Bélier ou celle du pape, nous nous en contenterons.

Georgia se demandait si Raffaella était aussi attachée que son compagnon à ces préceptes : « Nous autres, les Manouches, on ne fait pas ceci, on ne fait pas cela. » La façon dont elle avait empoché avec discrétion l'argent du récital d'Aurelio n'avait pas échappé à la jeune Stravagante, et celle-ci se disait que Raffaella avait l'esprit le plus pratique des deux.

Entre-temps, Luciano et Gaetano avaient engagé de farouches négociations pour déterminer qui irait où et par quels moyens.

Georgia bâilla. Difficile d'imaginer qu'en ce moment même son « double » dormait dans son lit, là-bas dans le monde d'où elle venait. Dieu merci, elle avait l'habitude de verrouiller la porte de sa chambre. Maura ne supportait pas ça, mais Ralph avait dit : « C'est une adolescente. Souviens-toi comme tu étais à son âge. » Et il avait fait poser un verrou.

Finalement, tout le monde convint de se retrouver aux écuries de Roderigo dans une heure. Pendant ce temps, Gaetano ramènerait Falco à la résidence d'été pour qu'il prenne quelques affaires et informe les domestiques qu'il partait voir son oncle au palais papal. Ensuite, Gaetano déposerait son frère aux écuries pour que Falco puisse prendre place à bord de la voiture de Luciano, plus confortable qu'un cheval. Gaetano partirait devant pour tout organiser avec son oncle.

Les Manouches acceptèrent de voyager avec Luciano, au grand étonnement de Georgia. Elle pensait qu'ils rejetaient toute idée de confort, mais Aurelio avait accepté l'offre sans se faire prier.

★

À mesure qu'Arianna assumait les fonctions de Duchessa, elle avait de plus en plus de respect pour sa mère. C'était une tâche difficile. D'abord, il fallait supporter de se faire habiller par des domestiques et changer de tenue plusieurs fois par jour. Du temps où elle était une fille ordinaire qui vivait sur l'île de Torrone, dans la lagune, elle ne se changeait pas aussi souvent en un mois que maintenant en une seule journée.

En outre, elle devait porter des sous-vêtements sophistiqués avec un tas de dentelles et d'attaches partout, et ce n'était rien comparé aux coiffures qui nécessitaient un tas d'épingles, et parfois même des fleurs ou des bijoux. Au fil des heures, les robes, les coiffures et les masques devenaient plus raffinés et luxueux. Arianna était surtout agacée par les masques, mais maintenant qu'elle avait seize ans, elle aurait été obligée d'en porter un même si elle n'avait pas été la Duchessa.

La liberté qu'elle avait connue quand elle vivait sur son île avait disparu pour toujours. Peu à peu, elle se glissait dans son rôle. Sa démarche était ralentie par les jupons amidonnés et les robes pesantes, et pas question de se vautrer par terre, à cause des corsets qui lui comprimaient la poitrine. Ainsi, la jeune Duchessa avait gagné une réputation de grâce et de dignité, chacun vantait sa beauté, ce qui aurait grandement étonné ceux qui l'avaient connue à l'époque où elle était un garçon manqué.

Tandis qu'elle s'habituait à être restreinte dans ses mouvements, Arianna devait aussi se familiariser avec la diplomatie et la politique. Rodolfo était un professeur exigeant. Qu'importait qu'il soit un père affectueux dont la vie avait été bouleversée quand il avait appris, récemment, qu'il avait une fille. Il occupait également la fonction de régent de Bellezza et il était de son devoir de veiller à ce qu'Arianna soit à la hauteur de la tâche qu'elle avait entreprise.

Cela aussi faisait partie du contrat. Arianna avait accepté de briguer le fauteuil de Duchessa après de longues réflexions et discussions avec sa première famille. Elle croyait qu'elle savait ce qui l'attendait. Mais très souvent au cours des derniers mois, elle s'était demandé si elle aurait accepté d'assumer les fonctions de Duchessa si elle avait eu pleinement conscience de ce que cela impliquait.

Elle comprenait beaucoup mieux sa mère maintenant. Elle imaginait son ennui lorsqu'elle devait présider d'interminables réunions du Conseil et du Sénat, écouter les doléances au cours des audiences qu'elle accordait chaque mois. Elle comprenait son envie de se soustraire à ses nombreuses apparitions publiques en utilisant une doublure – ce à quoi Arianna n'avait jamais pu se résoudre.

Deux mois auparavant, elle avait vécu son premier Mariage avec la Mer. On l'avait plongée dans l'eau sale du canal, jusqu'à ce que les clapotis viennent lécher le haut de ses cuisses. Alors le peuple s'était écrié : « Sposati ! », « Ils sont mariés ! ». Les festivités avaient duré jusqu'à l'aube. Bellezza avait bel et bien fini de porter le deuil de sa regrettée Duchessa et la cité était tombée sous le charme de sa nouvelle souveraine, qui venait d'assurer sa prospérité pour une année supplémentaire. Durant toute la cérémonie, Arianna n'avait cessé de penser au Mariage de l'année précédente, auquel elle avait assisté sur le bateau de pêche de ses frères.

Après cela, elle avait comploté pour faire partie des gondoliers de la cité, puis elle avait passé la nuit recroquevillée sur la loggia de la grande basilique d'argent de la Maddalena. Cette année, elle était apparue sur la même loggia, entre les deux paires de béliers en bronze, pour saluer son peuple massé en bas sur la Piazza, avant de regagner le palazzo voisin où l'attendait un somptueux buffet.

L'an dernier, Arianna avait découvert Luciano sur cette même Piazza, hébété et désorienté. Cette année, il était assis à ses côtés, vêtu de velours et d'argent. L'an dernier, elle croyait que ses parents étaient un simple conservateur de musée et une femme au foyer. Maintenant, elle savait que sa mère était l'ancienne Duchessa et son père l'actuel régent, assis près d'elle au banquet pour la guider à travers le protocole de la cérémonie.

Aujourd'hui, elle avait visité une école pour orphelines, reçu les plaintes de ses sujets pour des problèmes allant d'une altercation à un retard de livraison de farine, en passant par un contrat de mariage entre cousins ; elle avait dîné avec un prince d'Europe de l'Est et reçu l'ambassadeur d'Anglia au sujet des accords commerciaux ; elle avait également assisté à une réunion avec l'amiral de la flotte de Bellezza, qui craignait une agression de la part des pays bordant les côtes orientales de la lagune.

Il était temps maintenant de se laisser déshabiller par ses domestiques pour pouvoir enfin se glisser dans son lit douillet. Sa femme de chambre, Barbara, était en train de lui brosser les cheveux quand on frappa à la porte. C'était Rodolfo.

— Désolé de te déranger, ma chérie, mais nous n'avons pas eu l'occasion de discuter aujourd'hui. Tu sens-tu trop fatiguée pour veiller encore un peu ?

— Non, pas du tout, répondit Arianna en renvoyant sa femme de chambre.

C'était toujours un soulagement de se retrouver seule avec son père, loin des obligations de sa charge.

Il s'assit sur une des petites chaises recouvertes de tapisserie qui avaient appartenu à Silvia. Rodolfo lui rendait visite dans ses appartements en empruntant un passage secret qui partait de son propre palazzo, voisin de celui de la Duchessa. Désormais, ce chemin était encore plus secret, mais il n'était pas condamné. Il pouvait encore servir en cas d'urgence. Rodolfo et sa fille n'oubliaient jamais que Silvia avait failli mourir assassinée, et le fait qu'elle soit toujours en vie et bien portante, à Padavia, ne changeait rien. Une femme avait trouvé la mort lors de cette explosion et le danger entourait la Duchessa, quelle qu'elle soit.

— J'ai deux nouvelles pour toi, annonça Rodolfo, tandis qu'Arianna se brossait les cheveux.

— Tant mieux. L'une d'elles concerne-t-elle Luciano ?

Son père sourit.

— Il se trouve que oui. Le Pr Dethridge m'a contacté aujourd'hui par le biais des miroirs. Ils sont bien arrivés à Remora tous les deux et ils ont déjà connu des aventures.

— Des aventures ? répéta Arianna avec envie. (Puis son visage s'assombrit.) J'espère qu'ils ne sont pas en danger.

— Non, pas plus que n'importe lequel d'entre nous dans un bastion de la famille Chimici. Ce qui m'amène à la deuxième nouvelle, qui te fera moins plaisir, je pense. J'ai reçu aujourd'hui un message du duc Niccolo.

— À propos de la Stellata, je suppose.

Avant de donner leur réponse au pape qui avait invité Arianna à assister à la course, ils avaient attendu que Luciano et Dethridge s'assurent des conditions de sécurité.

— Non, pas cette fois, ma chérie. Le but de ce message était de demander ta main pour le fils du duc. Apparemment, Gaetano di Chimici souhaite t'épouser.

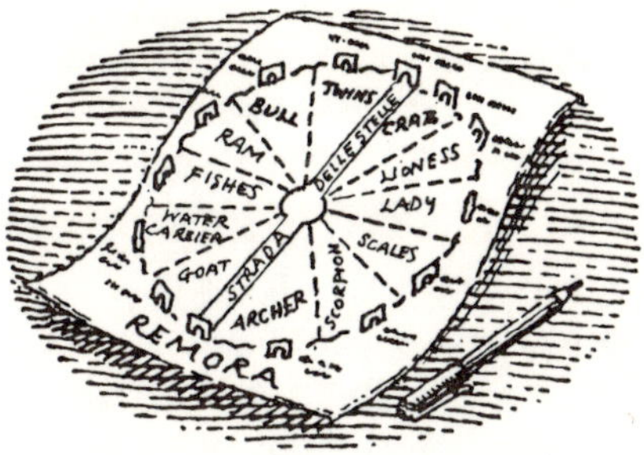

CHAPITRE 9

Écrit dans les étoiles

Ils avaient passé un long moment à Santa Fina, et le temps qu'ils arrivent à Remora, il serait tard. Georgia savait qu'elle devait repartir chez elle dans moins d'une heure. Il avait été décidé que Cesare et elle chevaucheraient en compagnie de Gaetano, et ils voyaient bien que cela déplaisait à Luciano. Ce dernier savait de quoi étaient capables les Chimici, et même s'il commençait à apprécier les deux frères, il estimait qu'il était encore trop tôt pour leur faire confiance. Ils ne savaient pas que Dethridge, le Maître d'écurie et lui étaient des Stravanganti eux aussi, mais Gaetano ne risquait pas d'oublier la remarque malencontreuse de Georgia, et nul doute qu'il tenterait de lui soutirer des informations.

Avant que le petit groupe se sépare devant les écuries, Luciano prit Cesare à part.

— Sois prudent, lui glissa-t-il. Et si jamais Gaetano ramène la conversation sur le sujet des Stravaganti, empêche Georgia d'en dire trop.

Cesare hocha la tête. Pas question de mettre son père en danger.

— Je connais les Chimici, rétorqua-t-il. Fais-moi confiance.

Les trois cavaliers chevauchèrent à vive allure sur la route de Remora. Tous les trois étaient à l'aise sur le dos d'un cheval et ils savouraient la sensation physique que leur procurait cet exercice. Ils n'eurent pas l'occasion de parler jusqu'à ce qu'ils soient obligés d'attendre leur tour pour entrer en ville, par la Porte du Soleil très encombrée. Gaetano arrêta son cheval à côté de celui de Georgia.

— J'aimerais te rendre visite demain. Tu habites dans le Douzième du Bélier, c'est bien ça ?

Georgia avait retenu la leçon : elle se tourna vers Cesare comme pour quêter son avis. Celui-ci haussa les épaules. Il avait été convenu que le jeune noble viendrait voir les Manouches, de toute façon. Certes, Georgia pouvait décider de ne pas être présente à ce moment-là. Mais elle ne pourrait pas l'éviter éternellement, pas si elle souhaitait continuer à revenir dans cette ville. Or c'était son intention.

— En effet, répondit-elle après un silence. Vous nous trouverez, Luciano et moi, au domicile du Maître d'écurie. Mais je ne pense pas pouvoir vous aider.

— Crois-moi, dit Gaetano en se penchant vers la jeune fille pour que Cesare ne l'entende pas. Je ne m'intéresse pas aux secrets de votre confrérie. Je veux juste venir en aide à mon frère.

★

— Il est très laid, hein ? commenta Arianna avec un calme qu'elle était loin d'éprouver.

Elle observait la miniature de Gaetano di Chimici apportée de Remora par l'émissaire du duc.

— Et je parie qu'il est encore plus laid en réalité, ajouta-t-elle. Le peintre de la cour a dû essayer de l'arranger.

Rodolfo la regarda.

— Nous ne prenons pas cette proposition au sérieux, dit-il.

— Que va-t-on faire, alors ? On ne peut pas l'ignorer ni leur faire l'affront d'un refus catégorique.

— Voilà que tu raisonnes en Duchessa, déclara Rodolfo avec un sourire. La situation est délicate, en effet, mais nous trouverons une issue. Ils ont décidé d'envoyer Gaetano ici, afin de t'escorter jusqu'à la Stellata.

Arianna ouvrit de grands yeux.

— Ils veulent que vous ayez la possibilité de faire connaissance, expliqua Rodolfo. Profite de cette occasion.

★

Le duc Niccolo était ravi de revoir son plus jeune fils, et heureux de constater que les deux frères s'étaient réconciliés. Ses deux fils aînés et sa fille étaient à Giglia et Niccolo adorait ses enfants. Il était particulièrement satisfait de Gaetano, qui n'avait émis aucune objection au projet d'alliance avec Bellezza, et voilà qu'il lui ramenait son fils chéri. Niccolo avait espéré que Falco l'accompagnerait au palais papal quand ils avaient quitté Giglia, mais peut-être parce qu'il n'était pas à l'aise avec Gaetano, ou bien parce qu'il aimait les grands espaces et la solitude, il avait insisté pour rester à Santa Fina.

Évidemment, Niccolo aurait pu passer outre aux désirs de Falco ; ce n'était encore qu'un gamin. Seulement, depuis l'accident, le duc était si rongé par le chagrin qu'il accordait à Falco ce qui pouvait lui faire plaisir. Et aujourd'hui, Falco était là, de son plein gré, réconcilié avec son frère et souriant. Niccolo avait le sentiment qu'un long hiver s'achevait enfin, même si le printemps n'apportait aucun espoir d'amélioration concernant l'état de santé de Falco.

— Il faut que vous écoutiez Aurelio, père, disait Gaetano. J'ai essayé de le convaincre de venir ici, mais il ne veut pas jouer pour de l'argent. Je suis sûr qu'il acceptera quand même de donner un petit récital. Vous devez absolument l'entendre ; vous aurez l'impression d'être au paradis.

— C'est exact, père, vous devez l'entendre, renchérit Falco, dont le visage délicat avait rougi de plaisir à l'évocation de ce souvenir. Il joue comme un ange.

— Pardonnez-moi, les garçons ! s'exclama Niccolo en reportant son attention sur la conversation. Qui est ce musicien, dites-vous ?

— Il s'appelle Aurelio, répéta Falco. Sa sœur et lui sont

des Manouches. Ils n'ont pas voulu venir ici car ils ne dorment pas entre quatre murs ni sous un toit. Mais nous pouvons leur rendre visite dans le Douzième du Bélier !

Le Bélier ! Décidément, tout semblait entraîner les pensées de Niccolo dans cette direction. Il avait l'impression, désagréable et tenace, d'avoir oublié quelque chose d'important lors de sa dernière visite là-bas. Il faudrait qu'il charge l'espion de Ferdinando de creuser un peu. En outre, l'existence d'un lien entre le Bélier et les Zinti lui déplaisait. Niccolo n'aimait pas cette tribu. Ils ne se conformaient pas à la philosophie des Chimici : croître et prospérer. Il y avait forcément quelque chose d'anormal chez un peuple qui méprisait les biens matériels et ne possédait pas de terres.

À voix haute, il expliqua :

— Les Zinti doivent être conçus sous les étoiles. Même leurs femmes non mariées ne dorment pas à l'intérieur, au cas où une rencontre fortuite donnerait naissance à un enfant. C'est idiot car en dormant dehors, elles risquent bien plus d'être victimes d'un viol que si elles étaient à l'abri dans une maison.

Falco semblait choqué par ces paroles et Niccolo se demanda si le moment n'était pas venu d'évoquer ses projets concernant son plus jeune fils. Mieux valait pour lui qu'il accepte une vie de célibat avant d'avoir connu la force du désir.

Georgia passa presque tout le dimanche au lit.

— Je vous avais bien dit qu'elle couvait quelque chose, commenta Russell d'un ton méprisant.

— Inutile d'en faire une affaire d'État, déclara Georgia à sa mère. Je ne suis pas malade. J'ai mal dormi, c'est tout. Je vais me coucher avec mes bouquins de classe pour faire mes devoirs.

Calée contre une pile d'oreillers, entourée de ses livres et de ses cahiers, elle passa une bonne partie de la matinée à essayer de dessiner un plan de Remora. Elle commença par tracer un cercle sur son bloc de feuilles avec des lignes, qu'elle coupa en deux de haut en bas. « Strada delle Stelle », écrivit-elle. La Route des Étoiles. Elle plaça la Porte du Soleil au nord et la Porte de la Lune au sud, puis elle dessina un petit cercle au milieu de l'artère centrale pour représenter le Campo qu'elle avait traversé avec Cesare.

Après cela, elle traça des traits d'un bord à l'autre du grand cercle jusqu'à ce qu'il soit divisé en douze segments. Elle savait où se situaient les Douzièmes du Bélier et des Jumeaux, et à quel endroit, grosso modo, ils avaient pénétré dans le Douzième du Sagittaire pour échapper aux Poissons. Mais répartir les autres sections, c'était plus difficile.

Elle marmonna une vieille chanson de son enfance :

Le Bélier, le Taureau, les Jumeaux du ciel
Et à côté du Cancer, le Lion qui étincelle.
La Vierge et la Balance.
Le Scorpion, le Sagittaire et le Capricorne,
L'homme qui transporte l'eau,
Les Poissons aux queues brillantes.

Les seules différences entre les signes du zodiaque de Talie et ceux que connaissait Georgia, c'était le lion qui là-bas était une lionne et les habitants de Remora qui parlaient de la Vierge en disant « la Dame » et qui disaient les Jumeaux pour parler des Gémeaux. Quand elle eut rempli tous les segments, il devint évident que Remora était agencée comme une carte astrologique de l'année, le Douzième du Bélier étant situé au centre gauche, à l'ouest de la cité.

« Je devrais pouvoir m'en souvenir », se dit Georgia. Paolo lui avait expliqué qu'elle ne devait rien apporter avec elle en Talie, à l'exception de son talisman et des vêtements qu'elle portait au moment de la stravagation. À l'arrivée, elle s'était toujours retrouvée avec ses affaires de jeune Talien, par-dessus sa tenue de nuit, comme la première fois qu'elle les avait enfilées.

Elle savait qu'elle ne pourrait pas emporter la carte, mais le fait de l'avoir dessinée la réconfortait. Sur une autre feuille de papier, elle nota tout ce qu'elle savait sur chacun des

Douzièmes. Elle s'aperçut alors qu'il y avait d'énormes trous. Elle en savait plus sur le Bélier que sur tous les autres !

« Leur adversaire, c'est les Poissons, écrivit-elle, et leurs alliés, c'est le Sagittaire et la Lionne. » Soudain, elle comprit pourquoi. Georgia ne croyait pas à l'astrologie, mais elle lisait son horoscope dans le journal chaque jour, comme toute la famille, et sa mère lui avait expliqué que chaque signe du zodiaque était associé à la Terre, au Feu, à l'Eau ou à l'Air. Trois signes pour chaque élément.

« Toi et moi sommes des signes d'Air, avait-elle dit à Georgia. Gémeaux pour toi et Vierge pour moi. »

— Oh, non ! s'exclama Georgia. Je suis Gémeaux... Les Jumeaux ! Je suis liée aux Chimici !

Après un moment de réflexion, elle se dit qu'il y avait forcément une erreur. Même si les habitants de Remora avaient des rapports passionnés avec leurs Douzièmes, ils ne pouvaient pas faire en sorte que leurs enfants naissent toujours sous le signe correspondant.

En revanche, elle avait raison au sujet du système des alliances. Dès qu'elle se fut souvenue que le Bélier, le Lion et le Sagittaire étaient des signes de Feu, il était logique que ces Douzièmes soient alliés. Un petit quart d'heure de travail lui permit de classer les alliés des autres Douzièmes. Pour les adversaires, c'était plus difficile, mais elle se souvint de ce qu'avait dit Cesare au sujet des Jumeaux et de la Dame.

— Votre adversaire est votre opposé, comme le Feu et l'Eau, dit-elle à voix haute. Donc, la Terre et l'Air doivent être les autres opposés. Et votre adversaire semble être l'opposé le plus proche dans la cité : Bélier et Poissons, Taureau et Jumeaux, Cancer et Lionne.

— Hé, tu peux pas la fermer quand tu bosses ! beugla Russell dans le couloir, et il donna un coup de poing dans sa porte en passant.

— Adversaires, siffla Georgia.

Comme elle et Russell, assurément. L'histoire des Douzièmes de Remora s'étendait sur des centaines d'années, alors que Georgia et Russell avaient accumulé assez de haine et de conflits en quatre ans pour rattraper le temps perdu.

« Qui sont mes alliés ? » se demanda Georgia, et la vision de Mortimer Goldsmith avec ses lunettes demi-lune lui apparut. Elle sourit. Elle ne parierait pas sur les chances du vieil antiquaire s'il devait affronter son demi-frère.

Les inimitiés et les alliances à Remora étaient compliquées par cet étrange attachement de chaque Douzième à une autre cité, que Georgia avait du mal à saisir. Comment pouviez-vous vivre dans une ville et prêter allégeance à une autre ? C'était comme vivre à Londres et se considérer comme un habitant de Liverpool. Mais vous pouviez vivre à Londres et soutenir l'équipe de football de Liverpool, ou de Manchester United ou d'Aston Villa, quand on y réfléchissait. Elle se souvint qu'elle avait tout d'abord pensé que les Douzièmes étaient des sortes de clubs de foot rivaux.

Sauf que c'était beaucoup plus sérieux. Elle avait bien vu la peur de Cesare quand les Poissons les avaient pourchassés, et pourtant ce n'était pas un froussard. Et elle avait vu le poignard glissé dans la ceinture de Gaetano. Luciano en avait un, lui aussi, bien que ce soit le garçon le moins agressif qu'elle ait jamais connu. La Talie était un endroit dangereux, à une époque dangereuse, et Remora semblait être la ville la plus dangereuse. Nul doute que la tension allait encore monter durant la Stellata. Malgré cela, Georgia aimait mieux affronter les dangers de la cité talienne que de vivre sous le même toit que Russell.

Les Manouches déplièrent leur matériel de couchage dans la cour principale de l'écurie du Bélier et s'installèrent aussi confortablement que s'ils étaient couchés sur un matelas de plume et non sur des pavés. Teresa, si hospitalière, s'empressa d'aller chercher des oreillers et des couvertures supplémentaires, qui furent acceptés avec politesse mais demeurèrent inutilisés.

Georgia avait disparu dans son grenier à foin juste avant le coucher du soleil, aussi ne vit-elle pas le grand homme aveugle et sa compagne écarter les bras face à l'ouest, en guise d'au revoir, tandis que l'astre rouge disparaissait derrière le mur d'enceinte de la cité. Ils psalmodièrent à voix basse, dans leur langue. Un peu plus tard, toute la maison s'endormit au son des notes suaves qui s'échappaient des cordes de la harpe.

Debout de bonne heure, Cesare vit les deux Manouches, peu de temps après leur réveil, se tourner vers le levant cette fois, dans la direction de la Dame et de la Balance, agenouillés sur le sol, et psalmodier de nouveau comme s'ils accueillaient un voyageur de retour. Cesare ne comprenait pas ce qu'ils disaient ; il remarqua juste que leurs visages trahissaient leur joie. Ils n'employaient jamais le mot « soleil », ils y faisaient référence en parlant du « compagnon de la déesse ». C'étaient des gens étranges, ces Zinti, mais il était très fier de les accueillir dans son Douzième.

Aurelio ne refusa pas de prendre son petit déjeuner à l'intérieur, et Teresa eut à cœur de montrer comment on traitait les invités sous son toit. Elle se réjouissait d'avoir les Manouches à sa table, en plus des visiteurs de Bellezza. Raffaella proposa de l'aider et très vite elle se retrouva en train de donner de la semoule aux petits. Cesare avait trois sœurs plus jeunes que lui et des frères jumeaux, encore bébés, qui rampaient partout, y compris sur les pieds du harpiste aveugle. Celui-ci n'y prêtait pas plus attention que s'il s'agissait des chiens de la maison.

Cesare en récupéra un sous la table et l'installa sur ses genoux. C'était Antonio, le plus téméraire. Le bébé tendit ses bras potelés vers le visage de Cesare en gazouillant de bonheur. Cesare lui sourit. Antonio et les autres enfants n'étaient pas ses véritables frères et sœurs. La mère de Cesare était morte quand il était très jeune et Paolo avait épousé Teresa dix ans auparavant. Arsenio, le deuxième jumeau, se mit à brailler car il était coincé sous une chaise. Teresa se pencha pour le prendre, ce qui provoqua les jérémiades des petites filles qui tendaient les bras vers leur mère depuis un moment déjà. Quelques instants plus tard, tous les enfants hurlaient à tue-tête. Généralement, c'était à ce moment-là que Cesare s'enfuyait à l'écurie.

Aurelio tourna la tête vers l'origine de ce vacarme.

— Voulez-vous que je joue ? proposa-t-il. Ça apaisera peut-être les enfants.

Sans attendre la réponse, Raffaella lui apporta sa harpe et le murmure délicieux des notes envahit bientôt la cuisine, si bien qu'il n'y avait plus de place pour la tristesse. Les jumeaux étaient assis sur les genoux de Paolo, les yeux écarquillés et le pouce dans la bouche ; les fillettes jouaient avec leurs cheveux, blotties dans les bras de Cesare, de Luciano et de Dethridge, et leurs sanglots s'espaçaient. Teresa et Raffaella finirent d'apporter la nourriture. Le calme régnait désormais dans l'écurie du Bélier.

Georgia entendit le son de la harpe dès qu'elle fut de retour dans le grenier à foin. Les derniers sons qu'elle avait entendus avant de sombrer dans le sommeil, à Londres, étaient les martèlements sourds de la batterie et les guitares électriques saturées de la musique qu'écoutait Russell. En vérité, elle ne détestait pas cette musique, mais elle savait que Russell prenait autant plaisir à l'écouter qu'à empêcher sa voisine de dormir. Par contraste, il lui suffisait d'entendre le son de la harpe pour savoir qu'Aurelio jouait pour le simple plaisir de faire de la musique.

Quand Georgia se faufila dans la cuisine, elle eut l'impression que tous les enfants rêvaient. Cesare lui sourit par-dessus la chevelure ébouriffée d'Emilia. Elle lui rendit son sourire. Ces gens formaient une vraie famille. Elle voyait cette pensée mélancolique se refléter dans les yeux de Luciano, qui caressait les boucles de la petite Marta toute potelée. Une expression identique se lisait sur le visage du Dr Dethridge, qui tenait Stella dans ses bras. Une fois de plus, elle se demanda si elle saurait un jour ce qui leur était arrivé et ce à quoi ils avaient dû renoncer pour vivre ici de manière permanente.

La musique s'arrêta et le charme fut brisé, mais il n'y avait plus de pleurs. En voyant Georgia, Paolo se leva et, un jumeau sous chaque bras, alla lui chercher une assiette et une tasse.

— Bonjour, dit Aurelio en s'adressant au vide, près de la chaise de Georgia.

Elle avait du mal à accepter qu'il ne la voyait pas, que ces yeux bleu marine, si limpides, n'envoyaient aucun message à son cerveau.

— Vous avez bien dormi ? demanda-t-elle.

— Excellemment, répondit Aurelio. Comme toujours quand rien ne me sépare de la lune et des étoiles. Et toi ?

Georgia se demanda s'il savait qu'elle avait grimpé dans le grenier à foin pour retourner dans un autre monde. Il semblait savoir certaines choses sur les Stravaganti, mais aurait-il deviné qu'elle en était une si elle ne l'avait pas avoué hier ? Et savait-il qu'il y avait trois autres Stravaganti dans la pièce ?

— Non, pas très bien.

Les jumeaux s'endormirent bientôt sur les genoux de Paolo et les trois fillettes étaient calmes. Les autres savourèrent leur petit déjeuner en silence. Georgia se demandait si elle ne risquait pas de grossir en mangeant des petits pains et de la confiture si tôt après avoir dîné dans son monde. Teresa était une bien meilleure cuisinière que Maura : tout sur la table était frais et fait maison. Georgia avait longuement débattu avec elle-même pour savoir si elle devait stravaganter de nouveau cette nuit car elle ne pourrait pas récupérer en dormant le lundi. Mais elle était attirée par Remora. La vie de famille, simple et joyeuse, du Maître d'écurie, l'écurie, la possibilité de faire du cheval quand elle en avait envie, son amitié grandissante avec Cesare et le fait de revoir Lucien, autant de choses auxquelles elle ne pouvait pas résister. Tant pis pour l'école.

Des coups frappés avec autorité à la porte brisèrent l'harmonie paisible. Paolo déposa les jumeaux dans leur berceau pour aller ouvrir. Le duc de Giglia apparut sur le seuil, accompagné de Gaetano et de Falco. Une grande voiture à cheval, frappée des armoiries de la famille Chimici, attendait derrière eux dans la cour.

— Bonjour, Capitano, dit Niccolo en utilisant le titre qui était celui de Paolo au cours de la semaine de la Stellata.

C'était une marque de faveur. De fait, le duc semblait d'excellente humeur.

— Bonjour également à la charmante maîtresse de maison, ajouta-t-il. Mille pardons de vous imposer de nouveau ma présence en si peu de temps, mais mes fils m'ont parlé de vos visiteurs et j'avais hâte de les rencontrer.

Ses yeux firent le tour de la table. Les Zinti étaient facilement identifiables à leurs vêtements exotiques aux couleurs vives. Il ignora Georgia, la prenant sans doute pour un des nombreux rejetons de Paolo. En revanche, il avait du mal à situer Dethridge et Luciano. Leurs habits indiquaient qu'ils ne faisaient pas partie du personnel de l'écurie.

— Permettez-moi de vous présenter nos invités, déclara Paolo. Sans doute avez-vous été attiré par la musique des Zinti, les Manouches comme ils préfèrent qu'on les appelle : Raffaella et Aurelio Vivoide.

Les deux voyageurs s'inclinèrent devant le duc, qui leur fit signe de se rasseoir.

— Et voici deux autres visiteurs distingués, venus de Bellezza, reprit Paolo d'un ton suave. Le Dottore Guglielmo Crinamorte et son fils Luciano.

Il s'ensuivit un échange de salutations, après quoi le duc présenta ses deux fils à la petite assemblée. Pendant ce temps, son esprit fonctionnait à plein régime : il essayait de deviner quel était le rôle des deux Bellezzans. Leur nom de famille ne lui disait rien, mais il y avait en eux quelque chose qui titillait sa mémoire et, une fois de plus, il eut le sentiment qu'il se passait des choses mystérieuses dans le Douzième du Bélier.

Durant les présentations, Falco, appuyé sur ses béquilles, dévorait des yeux le tableau familial, comme Georgia avant lui. Celle-ci eut un pincement au cœur en voyant sa tristesse si évidente. Il était le descendant des seigneurs de Talie et pourtant sa famille ne pouvait rien pour lui. Elle devinait en outre que les repas dans les palais des Chimici n'étaient pas aussi chaleureux et amicaux.

Falco se déplaça péniblement pour s'asseoir sur un banc à côté d'Aurelio.

— Voulez-vous bien jouer à nouveau ? murmura-t-il. Nous avons tant parlé de vous à notre père.

Aurelio plissa le front et Georgia sentit qu'il allait refuser, mais Raffaella lui glissa quelque chose à l'oreille et il changea d'avis.

— Je ne me rendrai pas dans votre palais, dit-il avec courtoisie à Niccolo. Loin de moi l'intention de vous offenser, mais nous ne sommes pas un peuple de ménestrels. Nous jouons pour notre plaisir. Néanmoins, nous apprécions les amateurs de musique et le fils de Votre Seigneurie en fait partie. Alors, si le signor Paolo le permet, je jouerai dehors, et si vous voulez m'écouter, vous êtes le bienvenu.

Niccolo n'était pas très content, mais il savait qu'il serait inutile d'insister. Les Chimici sortirent donc dans la cour où Cesare et Teresa apportèrent des chaises et des bancs pour tout le monde. Commença alors un récital comme nul n'en avait jamais entendu dans le Douzième du Bélier.

Pendant qu'il se poursuivait, Luciano fit signe à Georgia et à Cesare de le suivre.

— Que pensez-vous des Chimici maintenant ? leur demanda-t-il.

— Ces deux jeunes hommes sont très différents de leur père, je trouve, confia Cesare.

— Je me demande si on peut leur faire confiance, dit Luciano. Ils ont l'air honnête, mais cet homme, le duc Niccolo, c'est lui qui a commandité l'assassinat de la mère d'Arianna, j'en suis sûr. Il a du sang sur les mains !

— Ce ne serait pas la première fois, rétorqua Cesare. Ici, à Remora, on entend souvent ce genre d'histoires.

— Ça ne coûte rien de les présenter à Rodolfo, si ? demanda Georgia. De toute façon, il ne pourra sûrement rien faire pour Falco.

— Je vais te dire une chose, déclara Luciano. Si jamais Rodolfo *peut* faire quelque chose, il ne refusera pas uniquement parce que Falco est un Chimici.

★

Parmi les nombreux passants qui s'arrêtèrent pour écouter le joueur de harpe dans le Douzième du Bélier ce matin-là, nul ne prêta attention à un petit personnage trapu enveloppé dans une cape bleue maculée de taches. Enrico avait naturellement suivi Niccolo et ses fils quand ceux-ci avaient quitté le palais papal ; c'était une excellente occasion de voir d'un peu plus près l'écurie du Bélier. Il se faufila au milieu des auditeurs rassemblés dans la cour et contourna le grand bâtiment avec l'intention d'examiner les chevaux pendant que tout le monde était occupé.

Il colla son œil à un trou dans une des planches. Ils étaient là, les trois jeunes Béliers, en pleine discussion : les deux garçons qu'il avait suivis jusqu'à Santa Fina et un troisième, celui qui se trouvait avec eux sur la place quand ils avaient fait la connaissance du musicien. C'était l'apprenti du sénateur Rodolfo, le garçon de Bellezza que l'espion connaissait bien. Sa présence en ce lieu ravivait en lui des souvenirs désagréables.

Enrico esquissa la Main de la Chance, le signe qu'on faisait sur le front et la poitrine avec les trois doigts du milieu de la main droite. Le signe des Taliens pour chasser le mauvais sort. « *Dia !* » lâcha-t-il dans un souffle, et il se mit à transpirer. Ce garçon avait quelque chose d'étrange et d'inquiétant. Même si Enrico avait eu l'occasion de l'agripper et de constater qu'il était fait de chair et de sang, il y avait en lui quelque chose d'inexplicable. Avant, il n'avait pas d'ombre, et puis, juste au moment où Enrico et son maître allaient prouver que c'était une sorte de monstre, son ombre était apparue. Enrico se souvenait que son ancien employeur, Rinaldo di Chimici, avait paru très intéressé par ce phénomène.

Enrico ne comprenait pas ce que cela signifiait et ça l'agaçait. En tant qu'espion, il était de son devoir d'en savoir plus que n'importe qui sur sa victime, et également sur son employeur si possible. Or Luciano avait contrecarré ses plans. Enrico n'aimait pas l'échec et il n'aimait pas qu'on lui rappelle qu'il avait échoué. Voilà pourquoi il rattachait ce garçon à l'autre mystère qui le tourmentait : qu'était-il advenu de sa fiancée, Giuliana ?

Il éloigna son œil du trou et y colla l'oreille. Les trois jeunes gens parlaient du sénateur Rodolfo. Très intéressant.

Pour quelle raison l'apprenti préféré du sénateur parlait-il de son maître avec deux palefreniers ? Tous les trois semblaient très amis.

— Le duc a pris la sale manie de venir nous rendre visite, j'ai l'impression, pesta l'un d'eux.

— Dieu merci, Merla est à l'abri à Santa Fina, ajouta un autre à la voix plus jeune.

— Il serait très curieux de la voir.

Enrico reconnut la voix de Luciano.

— Il ne nous laisserait pas en paix un seul instant, s'il savait ce qui s'est passé ici, dit le plus âgé des trois.

Enrico se retira ; il en avait assez entendu. Son instinct lui avait soufflé qu'il y avait un secret là-bas, à Santa Fina, et il ne s'était pas trompé. Le moment était venu de rendre une petite visite à son nouvel ami Diego.

CHAPITRE 10

L'histoire de Luciano

Tout le monde fut soulagé de voir le duc Niccolo quitter l'écurie du Bélier. Il voulut que ses fils restent.

— Si cela vous convient, signor Paolo, ajouta-t-il en s'adressant à son hôte qui n'était de toute façon pas en position de refuser.

— Ça ne me plaît guère de voir les rejetons de notre ennemi frayer avec nos jeunes gens, glissa Dethridge à Paolo après le départ du duc.

Celui-ci avait laissé sa voiture à Falco et était reparti en ville à grands pas pour vaquer à ses affaires.

Paolo secoua la tête.

— C'est peut-être bon signe pour l'avenir. Peut-être que nos vieilles inimitiés vont prendre fin. Je n'ai entendu personne dire du mal de ces deux jeunes hommes.

— Ce n'est pas pour autant qu'ils n'obéissent pas aux ordres de leur père, souligna Dethridge. Et je crains qu'ils n'en apprennent plus qu'ils ne devraient au contact de nos damoiseaux.

Les Manouches plièrent leur matériel de couchage et s'apprêtèrent à partir.

— Nous vous remercions pour votre charmante hospitalité, dit Aurelio à Paolo et à Teresa, d'un ton solennel. Nous devons maintenant reprendre notre route. Nous souhaitons rendre visite à de vieux amis en ville.

Tous les deux s'inclinèrent en portant leurs mains jointes à leur front, puis ils ajoutèrent quelques mots dans leur langue, avant de traduire : « Que la paix soit sur votre maison et sur les vôtres. Portez-vous bien et que le chagrin s'abatte sur vos ennemis. »

Sur ce, ils s'en allèrent, tels des oiseaux qui s'envolent vers le sud.

— Ce sont des gens étranges, commenta Teresa. Mais je les aime bien.

— Les Manouches sont toujours les bienvenus ici, dit Paolo. Ils nous rappellent des temps anciens et de meilleures manières.

Le duc avait voulu récompenser Aurelio pour la musique, mais Gaetano lui avait glissé un mot à l'oreille et les pièces d'argent avaient fini, discrètement, dans la main de Raffaella. Georgia était étonnée que le jeune noble ait remarqué, lui aussi, qui tenait les cordons de la bourse dans ce couple. Mais d'abord, était-ce vraiment un couple ? se demanda-t-elle. Les Manouches paraissaient très ouverts dans leurs rapports avec les autres, et pourtant, maintenant qu'ils étaient partis, on avait du mal à les cerner.

Luciano n'était pas surpris que les deux frères Chimici aient choisi de rester ; il savait que Gaetano souhaitait en apprendre davantage sur les Stravaganti. En revanche, il ne savait que penser de cette sorte d'amitié naissante entre les fils de cette puissante famille et les habitants du Bélier.

— Venez donc avec nous, proposa Gaetano. Si ton père est d'accord, Cesare. Nous avons la voiture, c'est plus facile pour mon frère car il peut s'asseoir.

Paolo donna sa permission et les cinq jeunes gens montèrent à bord de la voiture des Chimici avec ses sièges en velours et ses chevaux coiffés de plumets. Pour Luciano, c'était très étrange de voyager ainsi en compagnie de ceux qu'il avait appris à considérer comme ses ennemis. Cesare, lui, vivait dans la crainte et la méfiance des Chimici depuis sa naissance.

Georgia, quant à elle, n'avait pas de telles réserves. Tout le monde en Talie lui avait répété que les Chimici étaient des êtres mauvais et dangereux et, en effet, elle croyait volontiers que le duc était quelqu'un qu'on n'avait pas envie de croiser par une nuit sombre. Mais sous leurs beaux vêtements et leurs manières raffinées, Gaetano et Falco étaient des jeunes garçons comme les autres. Et puis, ils étaient bien plus sympathiques que Russell et ses copains.

— Prenez la route du sud, ordonna Gaetano au cocher.

La voiture emprunta les rues pavées du Bélier, contourna le Campo et bifurqua vers le sud en suivant la large Rue des Étoiles jusqu'à la Porte de la Lune.

Gaetano se pencha en avant pour s'adresser à Georgia.

— Nous avons besoin de ton aide, dit-il, allant droit au but. Si nous n'arrivons pas à soigner mon frère, il sera obligé d'entrer dans les ordres.

Il ne précisa pas d'où viendrait l'obligation, c'était évident.

— Et vous n'en avez pas envie ? demanda Georgia à Falco, afin de tergiverser.

Le jeune garçon semblait pensif.

— Non, pas vraiment, avoua-t-il. Pas si je peux l'éviter. J'aimerais mieux aller à l'université comme mon frère pour découvrir la philosophie, la peinture et la musique.

Georgia essaya d'imaginer à quoi pouvait ressembler une université dans la Talie du XVIe siècle. Falco n'avait pas de fauteuil roulant pour se déplacer ; sans doute que les Taliens ne connaissaient pas leur existence, ni celle des rampes d'accès. S'il n'était pas capable de marcher, il faudrait le porter jusque dans les salles de cours.

— Les Stravaganti peuvent-ils venir en aide à mon frère ? demanda Gaetano. Il a consulté les meilleurs médecins de Talie ; ils ne peuvent rien faire de plus. Seul un savoir-faire supérieur, comme celui que vous possédez, vous autres philosophes naturels, pourrait lui donner une chance de guérir.

Georgia ne comprenait plus. Elle n'était pas philosophe ni rien, et pourtant ce jeune noble la traitait comme une érudite. Elle voulait bien croire que le mystérieux Rodolfo était ce genre de personne, ou bien ce professeur élisabéthain, ou même Paolo, qui possédait une sorte d'autorité naturelle. Peut-être même que Lucien, vu qu'il s'était retrouvé dans un autre monde de manière inexplicable, possédait des pouvoirs remarquables dont elle n'avait jamais deviné l'existence. Mais elle ! Elle n'était qu'une écolière maigrelette, dont le seul pouvoir était de passer d'un monde à un autre. En quoi cela pouvait-il aider ce garçon aux grands yeux noirs et à la jambe brisée ?

Falco la dévisageait. Soudain, il se tourna vers son frère :

— Je ne crois pas qu'elle puisse faire quelque chose pour moi.

— Elle ? s'exclama Gaetano. Ce Stravagante est une femme ?

L'atmosphère, dans la voiture, devint électrique. Luciano vint à la rescousse.

— Elle est obligée de se déguiser quand elle est ici. Nous autres, Stravaganti, préférons rester discrets.

En tout cas, il avait réussi à détourner l'attention de Georgia. Les deux frères le bombardèrent de questions.

— Tu es un Stravagante, toi aussi ? demanda Gaetano. C'est pour ça que tu es l'apprenti du régent !

— Je t'en prie, supplia Falco, si tu sais des choses, fais-les-nous partager. Les Stravaganti sont-ils capables de guérir les corps ?

★

Quand le duc quitta le Bélier, il fut suivi par un homme vêtu d'une cape bleue. Arrivé au Campo delle Stelle, il se retourna d'un mouvement vif pour faire face à son poursuivant. Il se détendit lorsqu'il le reconnut.

— J'ose espérer que tu es plus discret d'habitude, dit le duc Niccolo à Enrico. Sinon, tes talents d'espion laissent à désirer.

— Certainement, monseigneur, répondit Enrico d'un ton mielleux. Je ne cherchais pas à filer Votre Seigneurie. Ce serait bien présomptueux de ma part. Je me contentais de marcher dans vos pas, afin de vous transmettre une nouvelle.

Niccolo haussa un sourcil. Il ne se faisait aucune illusion au sujet d'Enrico ; son neveu lui avait dit tout ce qu'il fallait savoir sur cet homme.

— Le Bélier vous cache un secret, monseigneur.

Enrico avait réussi à éveiller l'intérêt du duc. Celui-ci savait qu'il se tramait quelque chose dans le Bélier.

— Un secret qui les aidera pour la course ? demanda-t-il.

— À coup sûr. Ce secret se trouve à Santa Fina. Je m'y rends de ce pas pour essayer d'en savoir plus.

— Tiens-moi informé. Et si jamais tu as besoin d'aide à Santa Fina, ou d'un endroit pour te cacher, profite de ma résidence d'été. (Il griffonna quelques mots sur un bout de papier.) Tu donneras ceci à mon majordome. Il veillera à ce que tu ne manques de rien.

★

Luciano avait pris une décision.

— Si je vous raconte ce qui m'est arrivé, commença-t-il, vous devez me jurer, tous les deux, de ne rien dire à personne, et surtout pas à votre père.

Il s'ensuivit un court silence, pendant lequel Gaetano se débattit avec ses sentiments filiaux. Les deux frères se regardèrent ; l'un très laid, mais solide et vigoureux ; l'autre très beau, mais estropié. Ils hochèrent la tête en même temps.

— On le jure ! s'écrièrent-ils.

Au grand étonnement des autres, Gaetano fit arrêter la voiture pour qu'ils puissent s'agenouiller devant Luciano et lui tendre leurs poignards. Falco ne pouvait pas vraiment s'agenouiller : il se pencha en avant et plia sa jambe valide, le visage déformé par la douleur.

Les deux frères récitèrent en chœur, d'un ton solennel :

Sur la maison de la Cité des Fleurs
– Puisse sa force ne jamais décliner ni faiblir –
Toujours vraie notre parole demeure.
Prends nos vies si nous devions notre promesse trahir.

Ils insistèrent pour que Luciano attrape les poignards par le manche et fasse une petite entaille à leurs poignets.

« Ils vont devenir frères de sang », pensa Georgia. Mais il ne s'agissait pas de ça. Les deux jeunes nobles tendirent vers Luciano leurs poignets où perlaient quelques gouttes de sang écarlate et lui firent signe d'y apposer ses lèvres. Georgia frémit ; Luciano n'hésita pas un seul instant. Dès qu'il eut avalé le sang des Chimici, Georgia sentit Cesare se détendre à côté d'elle, et elle s'aperçut qu'il était aussi tendu qu'une corde de violon jusqu'alors.

L'ambiance avait changé à l'intérieur de la voiture.

— En route ! ordonna Gaetano en rengainant le poignard que Luciano lui avait rendu.

Le cocher lança les chevaux au galop.

Ils avaient franchi la Porte de la Lune et faisaient route maintenant vers le sud.

Les passagers savaient désormais que les Chimici ne répéteraient à personne ce qu'on leur dirait. Georgia s'aperçut qu'elle allait entendre pour la première fois ce qui était arrivé à Lucien.

Pour elle, il était évident qu'il s'agissait d'une version condensée ; l'histoire était stupéfiante malgré tout.

— J'étais un Stravagante venu d'un autre monde, comme Georgia, déclara Luciano en guise de préambule. Dans cet autre monde, j'étais très malade. Pas de la même manière que Falco. Je souffrais d'une maladie qui progressait de façon lente et dévorait mon corps.

Gaetano hocha la tête.

— Nous connaissons cette maladie. Nous l'appelons « la maladie du Crabe » car elle s'accroche aux organes du corps.

— Quand j'ai commencé à stravaganter ici, reprit Luciano, à Bellezza, plus exactement, dans ma ville, j'ai retrouvé la santé.

Les yeux de Falco s'illuminèrent et Gaetano laissa échapper un petit hoquet.

— Cela veut-il dire que si Falco allait dans ton monde, il serait guéri ?

— Non, je ne pense pas. Peut-être qu'il se sentirait mieux,

mais je doute que ses os brisés se ressoudent. Au mieux, il retrouverait des forces, et les effets bénéfiques disparaîtraient dès son retour.

Il marqua une pause avant de continuer :

— Même si j'étais toujours en bonne santé ici, en Talie, mon état empirait dans mon monde. Puis j'ai été capturé, à Bellezza. Il faut savoir une chose sur la stravagation : il fait nuit dans l'autre monde quand il fait jour ici, en Talie. Si l'un de nous passe la nuit ici, là-bas dans son monde les gens découvrent un corps endormi que rien ne peut réveiller. J'ai réussi à retourner dans mon monde durant ma captivité et j'ai constaté que mon corps semblait plongé dans une sorte de coma... Vous savez, quand quelqu'un respire encore tout en ayant l'air mort ?

— Oui, acquiesça Gaetano. On appelle ça « Morte Vivenda », la mort vivante. Ça arrive parfois après un accident de cheval. Les victimes meurent toujours pour de vrai peu de temps après.

Luciano hocha la tête.

— C'est ce qui m'est arrivé. Au bout d'un moment, mon corps n'a pas pu continuer à respirer seul.

— Alors, tu es mort ? demanda Falco, dont les immenses yeux noirs semblaient dévorer le visage.

Luciano hésita.

— Je viens d'une époque très éloignée dans le futur, expliqua-t-il en choisissant avec soin ses mots. Les médecins peuvent maintenir les gens en vie pendant un certain temps grâce à des machines. Je ne sais pas exactement ce qui m'est arrivé, mais je pense qu'on m'a aidé à respirer de cette façon pendant un moment, et puis, quand les médecins ont estimé que mon cerveau était mort aussi, ils ont éteint les machines.

Cette fois, il y eut un long silence dans la voiture et Georgia s'aperçut qu'elle retenait son souffle. Lucien paraissait anéanti.

— Bref, reprit-il. À un moment donné, j'ai compris que j'étais toujours vivant en Talie, mais mort dans mon monde. Depuis ce jour, il y a presque un an maintenant, je suis un citoyen talien, sous la protection de mon maître le régent, et je vis avec mes parents adoptifs, le Dottore Crinamorte et son épouse.

— Et tu ne peux pas retourner... là-bas ? demanda Falco.

— Pas de manière permanente. Il ne me reste plus que cette vie.

— Et ces médecins... dit Gaetano, focalisé sur ce qui était, à ses yeux, la partie la plus importante de l'histoire... Est-ce qu'ils pourraient aider mon frère ?

— Là encore, je ne sais pas, avoua Luciano. Qu'en penses-tu, Georgia ?

— Je ne suis pas très calée en médecine. Peut-être qu'une opération pourrait l'aider à marcher. Et même si une opération n'est pas possible, il pourrait avoir un fauteuil roulant électrique pour se déplacer plus facilement... (Elle s'interrompit.) Enfin, ça ne sert à rien que je vous parle de tout ça, hein ?

— Pouvez-vous faire venir les médecins ici ? demanda Gaetano.

Luciano et Georgia secouèrent la tête.

— Ils ne seraient pas très utiles, répondit Luciano, même si on pouvait les faire venir.

— Ils auraient besoin de leur matériel, expliqua Georgia. Salle d'opération, électricité, produits anesthésiants, instruments de chirurgie et médicaments.

— Dans ce cas, il n'y a qu'une solution, déclara Falco avec calme. Je dois me rendre là-bas. Vous devez m'aider à stravaganter.

★

Les Maîtres d'écurie de Remora s'étaient réunis pour discuter des pactes qui seraient conclus entre les différents Douzièmes durant la Stellata. C'était une réunion entre alliés, où les Douzièmes s'assemblaient en fonction de leurs allégeances primitives : le Feu avec le Feu, l'Air avec l'Air... C'est pourquoi Paolo accueillait dans le Bélier la réunion des trois Douzièmes de Feu. Il était assis dans une taverne face à ses homologues du Sagittaire et de la Lionne.

Dans d'autres tavernes de Remora, d'autres réunions semblables se déroulaient. Riccardo, en tant que Maître d'écurie des Jumeaux, accueillait les Douzièmes d'Air : la Balance et le Verseau ; Emilio, Maître d'écurie de la Dame, recevait les Douzièmes de Terre : le Taureau et le Capricorne ; quant à Giovanni, le Maître d'écurie du Scorpion, il avait invité les autres Douzièmes d'Eau : les Poissons et le Cancer.

D'anciennes inimitiés étaient à l'origine de ces réunions annuelles. C'était une caractéristique essentielle de la Stellata : les Douzièmes des éléments opposés faisaient barrage aux autres jockeys durant la course. Tous les jockeys d'Eau bloquaient les chevaux du Feu et tous les cavaliers de Terre faisaient obstacle aux montures d'Air. Mais, à l'intérieur de cette opposition générale, chaque cavalier réservait une hostilité particulière à un ennemi bien précis, comme les Béliers et les Poissons, ou les Jumeaux et les Taureaux.

Et puis, il y avait les allégeances envers les villes qui unissaient les Jumeaux et la Dame contre le Bélier. Tout compte fait, rares étaient les chevaux considérés comme neutres par les autres cavaliers une fois que la course avait commencé. Chaque cavalier arborait les couleurs de son Douzième, mais il fallait un esprit vif pour garder en mémoire les stratégies mises au point, une fois que ce kaléidoscope étourdissant était lancé à toute allure sur le Campo.

En outre, les plans avaient leurs limites. L'ordre dans lequel les chevaux prenaient le départ était tiré au sort juste avant la course. Jusque-là, les Douzièmes alliés continuaient à élaborer des tactiques et à essayer de glaner des tuyaux sur les montures et les cavaliers de leurs adversaires.

Paolo avait confiance dans ses alliés de la Lionne et du Sagittaire ; ils se réjouiraient de posséder un avantage sur n'importe lequel des Douzièmes de Feu. Alors, il leur parla de Merla.

— Louée soit la Déesse ! s'exclamèrent les deux autres Maîtres d'écurie.

Ils connaissaient la légende du cheval ailé. Tous les habitants de Remora savaient que de telles créatures existaient, même si elles étaient rares. Personne n'en avait jamais vu, en vérité, mais tout le monde connaissait quelqu'un qui en avait vu, même si c'était l'ami d'un arrière-grand-père. Et tout le monde croyait au pouvoir d'un aussi bon présage.

Peut-être auraient-ils été moins sûrs d'eux s'ils avaient su qu'au même moment Riccardo et Emilio étaient en train de raconter aux Douzièmes d'Air et de Terre que le Bélier avait un secret. Ils le tenaient d'Enrico, l'espion qui travaillait pour les Jumeaux, et qui avait partagé l'information avec les hommes du pape et avec ceux du duc. Il ignorait quel était ce secret. Il savait juste que la réponse se trouvait à Santa Fina, et il était certain de connaître bientôt la réponse.

Les Douzièmes d'Eau n'avaient pas encore eu vent de ce secret ; cela ne saurait tarder. Quelqu'un des Jumeaux ou de la Dame, à cause de leur opposition à Bellezza, donnerait l'information à un des trois Douzièmes des signes d'Eau, aux Poissons de préférence. La course de cette année promettait donc d'être particulièrement difficile pour le Bélier, étant donné que les trois quarts de la cité complotaient contre lui, pour une raison ou pour une autre.

★

Cesare, qui attendait d'avoir la confirmation qu'il serait le cavalier du Bélier cette année, ignorait joyeusement les dangers imminents. Abasourdi par la déclaration de Falco, il ne pensait même plus à son propre avenir.

Luciano, lui, luttait avec ses émotions. Il savait que Falco ne comprenait pas ce qu'il lui disait, qu'il n'avait aucune idée des risques de la stravagation. Même si les médecins de l'ancien monde de Luciano pouvaient le soigner, cela ne se ferait pas en une seule visite. Le plan de Falco n'avait aucune chance de marcher s'il ne renonçait pas de sa propre volonté à sa vie en Talie. Et parmi tous les jeunes gens réunis dans la voiture, seul Luciano savait ce que cela signifiait.

Ses compagnons le regardaient, guettant sa réponse. Il jeta un bref regard à Georgia. Peut-être comprendrait-elle mieux que les autres, bien que ce fût encore une novice en matière de stravagation.

Ce fut Falco qui parla. Il se tourna vers son frère.

— Gaetano, il n'y a qu'une seule façon de procéder. Ce sera très dur, plus dur que la mort, mais c'est mon choix. J'irai dans le monde du futur et je vivrai là-bas.

Son frère aîné le serra dans ses bras et les autres virent qu'il avait les larmes aux yeux.

— Non ! se récria-t-il. Je t'en empêcherai. Tu ne peux pas nous abandonner. Que deviendrais-tu sans la famille ? Sans moi ?

La voix de Falco était étouffée par l'étreinte de son frère.

— Je préfère vivre toute ma vie ailleurs, même si ce doit être sans toi, mon frère, plutôt que de vivre ici comme une moitié d'homme.

Puis il se tourna vers Luciano et Georgia.

— Ma décision est prise, déclara-t-il. Que dois-je faire maintenant ?

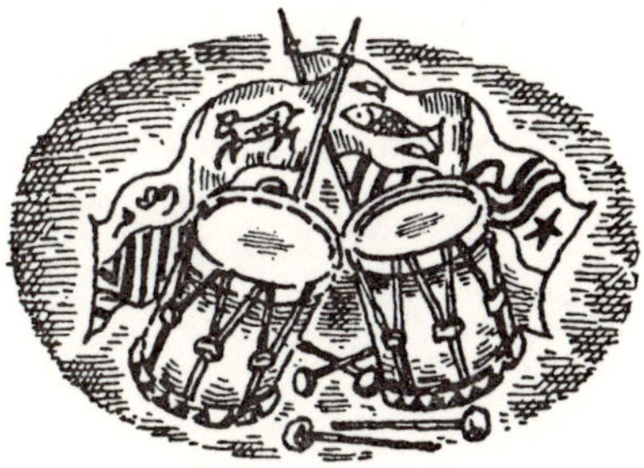

CHAPITRE 11

Au son des tambours

Pour Georgia, la majeure partie du lundi ressembla à un rêve. Elle était arrivée à un stade où sa vie quotidienne et banale commençait à lui paraître irréelle, alors que son esprit la conduisait en permanence à Remora, avec ses divisions et ses intrigues. Le manque de sommeil n'arrangeait pas les choses, même si elle n'avait pas passé la nuit entière du dimanche dans la vieille cité.

Après l'annonce faite par Falco et l'opposition répétée de Gaetano à ce projet, Luciano leur avait proposé à tous un répit en déclarant qu'ils avaient besoin de réfléchir. Georgia s'était sentie soulagée car elle était totalement dépassée par les événements et l'atmosphère devenait très tendue. La voiture s'était arrêtée pour les laisser descendre dans un endroit baptisé Belle Vigne. C'était une colline herbeuse au pied de laquelle se trouvait un petit village. Au sommet, d'après Gaetano, on pouvait admirer les vestiges d'un village rassenan. Georgia en déduisait que cela voulait dire « étrusque » et elle aurait adoré les visiter, mais la pente de la colline, bien que douce, était encore trop raide pour Falco.

Les jeunes gens s'étaient allongés dans l'herbe et avaient abordé des sujets plus légers.

— À quoi ressemble Bellezza ? demanda Gaetano à

Luciano. Je dois m'y rendre bientôt pour chercher la jeune Duchessa.

— C'est la plus belle ville au monde, répondit simplement Luciano.

— Ah, tu n'es pas allé à Giglia ! N'est-ce pas, mon frère ? s'exclama Gaetano.

Falco hocha la tête et Cesare intervint :

— Et ma ville, alors ? Aucun endroit ne ressemble à Remora !

— Chacun de nous préfère sa ville, conclut Luciano avec diplomatie.

Georgia se demanda si elle éprouvait le même amour pour Londres.

— Bellezza est d'argent et elle flotte sur l'eau, ajouta Luciano. Des canaux sillonnent la ville en tous sens ; en fait, la ville est constituée de plus de cent petites îles. Et les habitants sont heureux d'y vivre ; ils font la fête au moindre prétexte. Ils adorent leur Duchessa. Quand la précédente est morte, ils étaient anéantis par le chagrin.

Il s'interrompit. C'était un sujet sensible en présence de deux Chimici.

— Et la nouvelle Duchessa ? interrogea Falco.

Georgia vit Gaetano poser son index sur sa bouche pour le faire taire.

— Elle est très jeune, expliqua Luciano, qui n'avait pas remarqué ce geste. C'est encore une adolescente, elle a le même âge que moi. Chaque jour, elle ressemble un peu plus à sa mère. Et elle est très fière de sa ville.

— Est-elle aussi belle que l'était sa mère ? fit Gaetano d'un ton détaché.

Georgia tendit l'oreille.

— Oui, déclara Luciano, sans développer.

Peu de temps après, Gaetano remarqua que son frère paraissait fatigué et ils reprirent la route de Remora. Quand les deux frères les déposèrent tous les trois devant l'écurie du Bélier, Falco s'écria :

— N'oubliez pas ce que je vous ai dit. Reviendrez-vous me voir demain ?

Impossible de refuser.

Paolo s'était absenté pour assister à la réunion des Maîtres d'écurie et Cesare avait des corvées à effectuer. Pour Georgia, c'était l'occasion idéale ; elle allait se retrouver seule un instant avec Luciano. Elle voulait l'interroger sur son histoire, comprendre quel rôle avait joué son talisman.

Après l'avoir observée, Luciano lui conseilla de stravaganter de bonne heure et de ne pas passer la fin de l'après-midi à Remora.

— Je me souviens de ce que c'est, lui dit-il avec un sourire qui lui fit chavirer le cœur. Je sais que tu te portes bien, mais même une personne en parfaite santé a besoin de dormir.

Alors, Georgia était revenue dans son monde, et elle était restée éveillée un bref instant au milieu de la nuit, à écouter les bruits de la maison endormie, avant de sombrer dans un profond sommeil sans rêves.

Elle fut réveillée beaucoup trop tôt par sa mère qui la pressait de se préparer pour aller à l'école. Le restant de la journée fut catastrophique ; Georgia était incapable de se concentrer sur ses cours.

Heureusement, Alice, la nouvelle, lui sauva la mise. Les deux filles avaient déjeuné ensemble et Georgia avait découvert, avec ravissement, qu'Alice était une passionnée d'équitation elle aussi. Elle possédait même son propre cheval, chez son père dans le Devon. À la fin de la journée, elles étaient devenues très amies. Georgia aurait aimé lui raconter ses voyages à Remora, mais c'était déjà un soulagement de pouvoir parler des chevaux.

Bien que le lundi soit jour de football pour Russell, Georgia ne rentra pas directement chez elle après les cours. Elle décida de rendre une petite visite à M. Goldsmith. Celui-ci fut enchanté de la revoir et lui prépara un thé bien meilleur que la fois précédente. Georgia dévora quatre biscuits au chocolat avant de s'apercevoir qu'elle en avait mangé autant.

— Je suis désolée, s'excusa-t-elle. Je n'ai pas beaucoup dormi la nuit dernière et j'ai toujours une faim de loup quand je suis fatiguée.

— J'avais bien remarqué que tu n'avais pas l'air dans ton

assiette, dit M. Goldsmith. Je ne veux pas être indiscret, mais... quelque chose ne va pas ?

Georgia se souvint alors qu'elle avait décrété que M. Goldsmith était son allié et elle décida de lui parler de Russell. De manière détournée.

— Avez-vous des ennemis ? demanda-t-elle.

— Quelle drôle de question ! Non, je n'ai pas d'ennemis, enfin pas vraiment. Je dirais que j'ai eu des rivaux dans ma vie. Des gens qui enchérissaient contre moi dans les ventes publiques, d'autres antiquaires. Mais c'est une rivalité amicale ; nous sommes toujours fort courtois quand nous nous rencontrons.

C'était ça, la différence, se dit Georgia, entre la Talie et ici. Les Douzièmes de Remora étaient davantage des rivaux, même s'ils employaient le terme d'adversaires. D'un autre côté, Niccolo di Chimici semblait être l'ennemi de tous ceux qu'elle estimait être de son côté. L'ennemi des Stravaganti. Et Gaetano et son frère ? Ils ressemblaient plus à des amis. Bien plus que son supposé demi-frère. Elle poussa un profond soupir.

— Oh ! s'exclama M. Goldsmith. Tu devrais reprendre un biscuit, ma petite.

Cette réaction fit sourire Georgia.

— Je n'ai pas beaucoup d'amis, confia-t-elle. Pas ici, du moins.

— Moi non plus, répondit le vieil antiquaire. Mais tu n'as pas besoin d'avoir beaucoup d'amis, tu sais, du moment que tu en as de bons.

Georgia décida alors de le mettre un peu plus dans la confidence.

— Connaissez-vous une ville d'Italie où on organise une course de chevaux tous les ans ?

À son grand étonnement, M. Goldsmith répondit :

— Tu veux parler de Sienne ? Ils organisent une course baptisée le Palio, chaque été, deux fois même, il me semble. Cette course donne lieu à d'incroyables rivalités.

— Continuez, le pressa Georgia. Parlez-moi de ce Palio.

— Sienne est une ville de Toscane, pas très loin d'ailleurs

de l'endroit d'où est originaire le modèle de ton petit cheval. La ville est divisée en plusieurs sections... dix-sept, si je ne m'abuse. Les habitants font courir les chevaux sur une sorte de Piazza ronde, en plein milieu de la ville. C'est une tradition vieille de plusieurs centaines d'années, et la ville elle-même a conservé son aspect médiéval. Il n'y a quasiment pas de voitures, les rues sont très étroites et il n'y a aucun immeuble moderne, dans le centre en tout cas.

« C'est ça, se dit Georgia. Si la Bellezza de Lucien est notre Venise, Remora doit être Sienne. »

— Vous y êtes allé ?

— Au Palio ? Non, dit M. Goldsmith. Mais j'ai visité Sienne, plusieurs fois. C'est un endroit ravissant. Ça te plairait, toi qui adores les chevaux.

Ils se mirent à discuter d'équitation et Georgia lui parla du haras de Jane. Au moment de quitter la boutique, elle était de bien meilleure humeur, et quand le vieil antiquaire lui dit : « Au revoir et bonne chance avec tes ennemis », il lui fallut un moment pour se souvenir comment la discussion avait débuté. Et puis, presque arrivée chez elle, elle s'aperçut qu'elle n'avait pas avoué qu'elle avait un ennemi. Elle sourit. Aucun doute, M. Goldsmith était un ami.

Diego était ravi de revoir son nouvel ami Enrico. Il faut dire qu'on lui avait confié une tâche fort ennuyeuse. Diego avait l'habitude de passer la journée debout, en plein air de préférence, à s'occuper des chevaux, les monter, les conduire en ville parfois ou dans des pâturages plus éloignés. Désormais, il passait le plus clair de son temps à surveiller le petit miracle. Celui-ci n'y était pour rien, évidemment. Comme tout le monde, Diego était très attaché à la pouliche noire. C'était une merveille, mais il ne comprenait pas pourquoi on en faisait un tel mystère.

Diego n'était pas né à Remora ; il avait vu le jour et grandi à Santa Fina. Il avait assisté quelquefois à la Stellata quand il était enfant. Toutefois les manœuvres politiques de la cité ne l'intéressaient pas. Il aimait les courses plus longues, en ligne droite, sur lesquelles vous pouviez parier en ayant une chance de gagner. Comploter, conclure des arrangements et truquer les résultats, ça compliquait trop les choses ; un simple parieur n'avait aucune chance.

Enrico était d'accord.

— Ils sont tous fous dans cette ville, dit-il sur le ton de la conversation amicale, en prenant ses aises sur la botte de paille à côté de Diego. Et ils aiment les secrets, ajouta-t-il avec un petit coup d'œil furtif au palefrenier.

— C'est la mentalité de Remora, confirma Diego. Ils cacheraient l'existence de leur mère s'ils le pouvaient. De peur que leurs rivaux n'en tirent parti.

— Tu crois qu'ils sont tous aussi détestables ? Ou certains sont-ils pires que d'autres ? Que penses-tu du Bélier, par exemple ?

— Ah, le Bélier ! fit Diego d'un air mystérieux en se tapotant le nez. Je pourrais en raconter, des choses.

— J'aimerais bien ! s'exclama Enrico. Mon maître me ficherait enfin la paix. Il est persuadé qu'ils mijotent quelque chose pour la Stellata de cette année.

Diego hésita. Puis il haussa les épaules. La pouliche n'avait rien à voir avec la course, de toute façon, se dit-il. Même si elle grandissait plus vite qu'une pouliche normale et serait assez grande au moment de la course, le jockey du Bélier n'aurait jamais le droit de monter un cheval ailé. Alors, quel mal y avait-il à en parler à son ami ?

— Ils mijotent quelque chose, en effet, avoua-t-il.

★

Quand Georgia revint à l'écurie du Bélier, Cesare et Luciano n'y étaient plus. Paolo l'attendait.

— Il faut qu'on parle de la raison de ta présence ici, dit-il en l'entraînant à l'intérieur de la maison. Et de notre confrérie. Est-ce que tu as trouvé tes repères maintenant ?

— Oui, merci, répondit Georgia. Il y a encore un tas de

choses que je ne comprends pas, bien sûr. Mais Cesare m'a bien expliqué et j'ai dessiné une sorte de plan, à la maison, pour mémoriser la disposition des Douzièmes. C'est une ville très compliquée, hein ?

— Complexe, en tout cas. Et pas uniquement du fait de son agencement. Je suis sûr que Cesare t'a parlé des rivalités entre les Douzièmes ?

— Oui. J'essaye de m'en imprégner aussi.

— Les Chimici exploitent ces rivalités, tu sais.

Ils étaient assis dans la cuisine accueillante, seuls. Georgia se demandait où étaient les autres membres de la famille. Paolo lui expliqua que Teresa avait emmené les enfants chez sa mère dans le quartier de la Lionne. La maison était inhabituellement calme sans eux et Georgia n'osait pas évoquer les visiteurs de Bellezza.

— Vous pensez qu'il est bon qu'on soit amis avec les Chimici ?

— Oui, je le pense, répondit Paolo. Je ne crois pas qu'ils essaient de profiter de vous.

Il la regarda intensément et elle s'aperçut que cet homme à la forte carrure, robuste, avec des mains de travailleur, qui sentait l'écurie, était sans doute aussi rusé et intelligent que le duc Niccolo.

— Il faut que je vous avoue quelque chose. Ces deux jeunes hommes, Gaetano et Falco, ils savent qui je suis. Et ils savent qui est Luciano. Il le leur a dit. Mais uniquement parce que j'avais été assez stupide pour dévoiler le pot aux roses un peu plus tôt, ajouta-t-elle avec franchise.

Paolo paraissait songeur.

— À ton avis, demanda-t-il, que vont-ils faire de cette information ?

— Je suis certaine qu'ils n'en parleront pas à leur père, répondit-elle aussitôt. Ils en ont fait le serment. Ils l'ont juré sur leurs poignards et ils ont fait goûter leur sang à Luciano.

Ce souvenir lui procura un petit frisson.

— Je suis sûr que tu as raison. Reste à savoir ce qu'ils feront de ce secret, cependant.

Quelque chose empêcha Georgia de confier à Paolo que Falco projetait de se rendre dans son monde. Au cours des jours qui allaient suivre, elle se demanderait souvent s'il n'aurait pas été préférable qu'elle lui en parle. Dans l'immédiat, cela lui semblait prématuré. Rien n'avait encore été décidé de manière définitive.

En outre, Paolo souhaitait parler d'autre chose.

— La situation avec les Chimici est tendue, annonça-t-il. Ils ont pris le pouvoir partout, à l'exception de quelques cités du Nord. Bellezza résiste, comme tu le sais, et c'est une des raisons pour lesquelles le duc a invité la jeune Duchessa à la Stellata. On ne sait pas exactement ce qu'il a l'intention de faire et elle sera bien protégée par ses amis, mais nous devons être sur nos gardes. Sans doute cherchera-t-il à faire pression sur ce qu'il imagine être une jeune femme influençable, pour la convaincre de rejoindre le clan de sa famille.

— Et ce n'est pas une jeune femme influençable ? demanda Georgia.

C'était l'occasion ou jamais d'en apprendre un peu plus sur sa rivale, pendant que Luciano était absent.

Le Maître d'écurie sourit.

— Ça m'étonnerait. Il est peu probable que la fille de Silvia, Duchessa de Bellezza durant un quart de siècle, et de Rodolfo, un des plus grands représentants de notre fraternité, soit autre chose que l'incarnation de l'entêtement et de la ruse.

— Vous l'avez déjà rencontrée ?

— Non. En revanche je connais ses parents. Et les chiens ne font pas des chats, comme on dit en Talie.

— On le dit aussi chez nous.

Georgia songea au sens de cette expression. Cela signifiait que les enfants étaient censés ressembler à leurs parents. Pourtant, elle se sentait très différente de Maura. Celle-ci n'aimait pas les chevaux, pour commencer. Peut-être que Georgia avait hérité cet amour du père qu'elle n'avait presque pas connu. Et Russell ? Son père était un homme assez sympathique ; alors peut-être que sa mère était un être épouvantable. Ou peut-être était-ce dû à la façon dont il avait été traité.

Georgia nageait en pleine confusion. Remora, avec ses séparations et ses distinctions rigides, était plus facile à comprendre en un sens.

— À votre avis, pourquoi suis-je ici ? interrogea-t-elle.

— Je ne sais pas, avoua Paolo. Quand on emporte un talisman dans l'autre monde, on ne sait jamais qui il trouvera et quelle tâche incombera à cette personne. Rodolfo pensait que Luciano avait peut-être été choisi pour sauver la Duchessa, mais il a payé un prix très élevé, comme tu le sais, je suppose.

Georgia hocha la tête.

— Je croyais qu'il n'avait pas réussi à sauver la Duchessa, finalement. Les Chimici l'ont quand même assassinée, non ?

Dans le silence qui suivit, Georgia entendit des sortes de martèlements étouffés venant de la rue.

— C'est quoi, ça ? demanda-t-elle.

— Certaines de tes questions sont plus faciles que d'autres, répliqua Paolo. Ce bruit, ce sont les tambours du Bélier qui répètent en vue de la Stellata. Tu les entendras souvent désormais, jusqu'à la fin de la course. Viens, allons faire un tour, tu verras.

Le son des tambours s'amplifia dès qu'ils se retrouvèrent dehors. Georgia reconnut bientôt la rue pavée qui conduisait à la place avec la fontaine en argent. Quand ils l'atteignirent, elle laissa échapper un petit cri de surprise. La Piazza del Fuoco était envahie de bannières rouge et jaune flottant au vent, frappées d'un bélier portant une couronne d'argent. Deux jeunes hommes robustes agitaient les leurs en décrivant des mouvements complexes, au rythme lancinant d'un tambour.

Au cours des semaines suivantes, le son de ces tambours, qui accompagnait les porteurs de bannières de tous les Douzièmes répétant jour et nuit, s'insinuerait dans le cerveau de Georgia à tel point qu'elle l'entendrait partout, que ce soit à Remora ou à Londres, dans son lit ou à l'école, qu'elle soit endormie ou éveillée. C'était le son de la Stellata. Chaque Douzième possédait sa troupe de jeunes gens chargée de donner un formidable spectacle au cours de la procession qui ferait le tour du Campo avant la course. Les tambours et les porte-étendards marcheraient en tête de chaque délégation, expliqua Paolo. C'était un immense honneur d'être choisi pour y participer.

— Cesare n'en fait pas partie ? demanda Georgia, pensant que cela expliquerait son absence.

— Non. Cesare sera notre jockey cette année, pour la première fois. Mais il a défilé l'an dernier.

Les bannières et les tambours quittèrent la place pour serpenter dans les ruelles du Douzième. Le son s'amplifiait ou diminuait au gré de leur parcours sinueux à travers le Bélier. De jeunes enfants couraient derrière, fascinés par ce bruit et ces couleurs. Paolo et Georgia demeurèrent assis sur la margelle de la fontaine.

C'était une scène idyllique. Le soleil éclatant, le ciel bleu, le clapotis de l'eau et les rues pittoresques qui les entouraient rappelaient à Georgia un documentaire de voyage à la télévision. Toutefois elle savait que bien des choses se cachaient derrière le décor de Remora et qu'il ne fallait pas se fier aux apparences. Elle avait encore du mal à concevoir qu'elle pourrait jouer un rôle capital dans cette bataille complexe que se livraient les pouvoirs politiques en Talie. C'était un peu comme si on lui confiait un jeu vidéo sans lui donner les règles. Cesare était un excellent manuel, mais ni lui ni elle ne savaient de quelles armes ils disposaient.

— Vous évoquez sans cesse la « confrérie » et tous les Stravaganti dont j'ai entendu parler sont des hommes, à part moi, dit-elle. Vous, le sénateur Rodolfo, le Pr Dethridge, et même Luciano. Suis-je donc la seule femme ?

— Non, répondit Paolo. Il y a à Giglia une éminente Stravagante nommée Giuditta. Giuditta Miele. Elle est sculptrice. Et il y en a au moins une autre à Bellone, dont je ne connais pas le nom. En revanche, tu es la première Stravagante à passer de ton monde dans le nôtre. J'avoue que j'ai été surpris au début, d'autant que, pardonne-moi, tu ressembles plus à un de nos jeunes garçons. Cela dit, les talismans ne choisissent pas à la légère. Ils nous amènent toujours la personne dont on a le plus besoin.

« Si seulement je savais pour quoi », songea Georgia.

★

Les Manouches se trouvaient dans le Douzième de la Lionne, de l'écurie, dans une maison voisine où vivait une vieille femme nommée Grazia. Chose inhabituelle pour une personne de sa tribu, elle avait épousé un habitant de Remora et renoncé à son héritage culturel. Certes, elle se levait toujours à l'aube, le visage tourné vers le soleil, et elle lui souhaitait bon voyage à la tombée de la nuit. Mais elle avait renié ses croyances, au point de vivre sous un toit et de ne plus voyager.

Grazia était maintenant une veuve aux cheveux blancs, qui était restée grande et belle. Dans les premiers temps de son mariage, elle avait dormi avec son mari dans un hamac tendu sur la loggia de leur maison, pour être sûre que leurs enfants soient conçus sous les étoiles. Ces enfants – quatre garçons et trois filles – étaient adultes aujourd'hui, eux-mêmes avaient des enfants, et tous, à l'exception d'une fille, avaient repris le mode de vie des Manouches. C'était sous cette étoile qu'ils étaient nés.

Aurelio et Raffaella apportaient à Grazia des nouvelles de ses enfants, des quatre coins de Talie ; aussi étaient-ils certains de trouver un bon accueil quand ils venaient à Remora. Le Douzième de la Lionne était lié à Romula, une ville située à l'extrême sud, où les Chimici n'avaient pas encore étendu leurs tentacules. C'était là que Grazia avait connu son mari, alors que tous les deux visitaient Romula. L'amour s'était enflammé dans la Cité du Dragon entre la belle et jeune Manouche et le voyageur venu de la tanière de la Lionne. Un amour assez puissant pour maintenir Grazia entre les murs de la maison de son mari, même après la mort de celui-ci. Voilà bien longtemps qu'elle dormait dans un lit, sous un toit.

Elle continuait cependant à observer les rites les plus importants de son ancien mode de vie et la fête de la Déesse qui approchait était la plus grande. La Stellata ne signifiait presque rien pour elle, même si elle irait applaudir l'équipe de la Lionne en espérant que leur cheval remporterait la course. À ce moment-là, pour elle et pour les Manouches venus lui rendre visite, l'apogée de la fête serait déjà passé. Ils veilleraient la nuit entière pour célébrer la déesse qui régnait sur le ciel étoilé. Et ils attendraient que le soleil se lève sur le Campo pour accueillir le compagnon de la déesse dont les premiers rayons montaient vers les cieux et les baignaient de la lumière de l'aube.

★

— Fantastique ! s'exclama Enrico, et il était sincère.

Il aimait les chevaux plus que tout au monde et quand Diego lui montra la pouliche miraculeuse, il ne pensa d'abord qu'à sa beauté délicate et à ses incroyables attributs. Bientôt ses vils instincts prirent le dessus et il songea à la récompense qu'il empocherait quand le duc Niccolo apprendrait l'existence de cette merveille.

Et à la récompense encore plus importante qui l'attendait une fois qu'il aurait capturé la pouliche pour le compte de la Dame. Ou des Jumeaux. En fonction de leur générosité.

CHAPITRE 12

Un cercle de cartes

Georgia découvrit enfin où Cesare avait passé la matinée. Il regagna l'écurie en proie à une vive exaltation : il venait de monter Arcangelo sur la piste d'entraînement à la sortie de Remora.

— Il est en excellente forme ! s'exclama-t-il en bouchonnant la robe du cheval avec de la paille. Je pense vraiment qu'on a une chance.

— Que la Déesse t'entende ! répliqua Paolo avec ce geste que Georgia avait déjà remarqué et qui ressemblait un peu à un signe de croix.

— Pourquoi évoquez-vous cette déesse ? demanda-t-elle. Il y a une église dans chaque Douzième et vous fêtez les saints ; pourtant, les gens que je croise à Remora, pas uniquement les Manouches, semblent croire à une religion plus ancienne.

— Les Taliens sont de nature superstitieuse, expliqua Paolo. Nous nous sommes accrochés au passé quand les peuples de la Mer du Milieu idolâtraient une déesse dominante. Quand la nouvelle religion a fait son apparition, avec la Sainte Vierge et son Fils, c'est tout naturellement que nous avons mélangé les deux. La Femme entourée par les étoiles, c'est elle. Elle veille sur notre ville, sans se soucier du nom qu'on lui donne.

Georgia n'était guère plus avancée. Elle décida de revenir à des choses qu'elle comprenait mieux.

— Parlez-moi encore de la course. Comment ça se passe ? Ce n'est pas toujours le meilleur cheval qui l'emporte, n'est-ce pas ?

— Non, ni le meilleur jockey, ajouta Cesare, même si, évidemment, chaque Douzième espère posséder l'un et l'autre.

Paolo intervint :

— Souviens-toi que la Stellata existe, sous une forme ou sous une autre, depuis environ trois cents ans. Il n'y a aucune raison de penser que ça ne continuera pas pendant aussi longtemps.

Georgia songea à ce que lui avait dit M. Goldsmith au sujet du Palio. Si Remora était véritablement le pendant de Sienne, alors cette course de chevaux insensée durerait encore quatre siècles.

— Tous les Douzièmes possèdent leur écurie, comme tu le sais, reprit Paolo, et ils choisissent le cheval qui participera à la Stellata. Ils peuvent l'élever eux-mêmes ou le faire venir d'ailleurs. Ils essaieront toujours de s'offrir le meilleur cheval possible. Le jockey, lui aussi, est choisi par le Douzième.

— Ce n'est pas forcément un membre du Douzième comme moi, précisa Cesare qui brûlait d'envie de faire savoir à Georgia qu'il n'avait pas été sélectionné uniquement parce qu'il était le fils de son père. C'est le meilleur cavalier qu'ils trouvent.

— Dans quelques semaines, poursuivit Paolo, ils vont répandre de la terre sur le Campo et celui-ci sera transformé en champ de courses. Beaucoup de chevaux et de jockeys s'entraîneront au clair de lune et chaque Douzième décidera alors qui participe à la Stellata. À ce stade, rares sont ceux qui sont certains de leur choix, comme nous.

En disant cela, il posa un regard rempli de fierté sur son fils et sur Arcangelo.

— J'adorerais voir ça ! s'écria Georgia. (Elle s'interrompit car le père et le fils l'observaient d'un air compatissant.) C'est impossible, hein ? Je ne peux pas passer la nuit ici, à Remora.

— Tu verras d'autres entraînements, s'empressa de dire

Cesare. Et tu seras là pour assister à la course elle-même, non ?

— Ça dépend à quelle heure elle a lieu.

Elle regarda Arcangelo et, soudain, une autre pensée lui vint.

— Les cavaliers montent à cru ?

— Oui, répondit Cesare. Nous avons juste des brides et des rênes.

— Ça date de nos ancêtres, les Rassenans, expliqua Paolo. C'étaient d'excellents cavaliers et ils montaient toujours à cru.

« C'était donc bien l'équivalent des Étrusques », pensa Georgia.

— Je n'ai jamais monté un cheval à cru, j'aimerais bien essayer.

— Viens avec moi cet après-midi, proposa Cesare. Je ne monterai pas Arcangelo une deuxième fois, mais nous avons plein d'autres chevaux.

— C'est vrai ? s'enflamma Georgia, les yeux pétillants.

Elle repensa alors à la promesse faite à Falco.

— Malheureusement, Luciano et moi devons rendre visite aux Chimici avant que je rentre chez moi.

— Tu as le temps de faire les deux, déclara Cesare. Parles-en à Luciano. Il ne va pas tarder à arriver. La voiture met plus de temps qu'un cheval.

— Il était sur la piste d'entraînement avec toi ? s'étonna Georgia. Je croyais qu'il ne s'intéressait pas aux chevaux.

— Le Dottore Crinamorte et lui étaient là tous les deux.

Au même moment, les roues de la voiture résonnèrent sur les pavés de la cour.

— Quand on parle du loup ! commenta Paolo.

Luciano sauta à terre et aida son père adoptif à descendre de la voiture. Georgia trouva que le jeune garçon semblait en meilleure forme que la fois précédente. Ses yeux brillaient, son corps était alerte, comme s'il était prêt pour une aventure.

William Dethridge n'était pas en reste ; lui aussi ne pensait plus qu'à la course.

— Ah, quel spectacle ! s'exclama-t-il en posant la main sur

l'épaule de Paolo. Votre fils est un prodige, mon cher ami ! On dirait un centaure !

★

— Crois-tu qu'ils viendront ? demanda Falco à son frère pour la quinzième fois.

— Ils ont donné leur parole, répéta Gaetano.

Au fond de lui, il espérait que les jeunes Stravaganti trouveraient un moyen de rompre leur promesse. Il sentait qu'ils n'étaient pas très chauds pour aider Falco dans son projet. Lui-même n'avait pas réussi à décourager son frère ; jamais il n'avait vu Falco aussi déterminé. Et le temps pressait. Gaetano devrait bientôt se rendre à Bellezza pour accomplir sa mission diplomatique et il tremblait à l'idée que Falco réussisse en son absence à convaincre les jeunes Stravaganti de lui venir en aide.

— Même s'ils viennent, reprit-il du ton le plus doux possible, tu dois renoncer à ce projet. À quoi bon abandonner l'existence que tu connais et ceux que tu aimes pour te rendre dans un autre monde où tu seras un étranger ? Tu n'es même pas sûr que les médecins de l'avenir pourront te soigner. Luciano et Georgia n'en étaient pas convaincus.

— Qu'est-ce que tu voudrais ? répliqua Falco d'un ton amer. Que je reste ici et que je devienne comme notre oncle ? Sauf qu'il me faudrait des domestiques pour me transporter d'une pièce à l'autre dans le palais papal, si jamais je devenais aussi gros que lui ; mes béquilles ne pourraient pas supporter mon poids.

— On trouvera un moyen de contrer les plans de Père, j'en suis persuadé. Tu pourrais venir vivre à Bellezza avec moi et ma duchesse.

— J'ai entendu dire qu'il n'y avait pas de chevaux à Bellezza.

— Moi, je serai là, assura Gaetano en serrant son frère dans ses bras. Pour t'aimer et veiller sur toi. Qui sera là pour t'aimer dans le monde des Stravaganti ?

— Georgia veillera sur moi, déclara Falco avec obstination. Je veux le faire, Gaetano. Ne m'oblige pas à partir sans ta bénédiction.

Gaetano étreignit longuement son frère, puis il le regarda au fond des yeux et soupira.

— Soit, dit-il. Si ta décision est prise et que je n'aie aucun moyen de te faire changer d'avis, je suis obligé d'accepter. Tu vas me manquer, mon Falconino ! Encore plus que ces deux dernières années. Nous ne vieillirons plus ensemble, mais je t'imaginerai toujours à mes côtés, comme quand nous étions enfants dans ce palais, quand nous jouions avec nos épées.

En entrant dans la pièce, le duc Niccolo ne remarqua pas l'humeur sombre des deux frères. Il était exalté.

— Gaetano, je viens de recevoir des nouvelles du régent ! Ils sont prêts à te recevoir. Tu pars sur-le-champ pour Bellezza !

★

Dans sa chambre, William Dethridge sortit de sa poche de veste un petit objet enveloppé de soie noire. Il le déballa : c'était un jeu de cartes. Puis il étendit l'étoffe sur une commode dans un coin de la pièce. Il battit les cartes et les disposa sur la soie noire, comme une horloge, en commençant à neuf heures avant de continuer dans le sens contraire des aiguilles d'une montre. La première carte qu'il posa fut la Princesse des Oiseaux, immédiatement suivie du Prince des Serpents. Il marqua un temps d'arrêt.

— Il s'agit de la jeune Stravagante et d'un des jeunes nobles de la Dame, murmura-t-il.

Il continua à disposer les cartes en cercle.

Deux des Poissons, le Magicien, Deux des Salamandres, Deux des Oiseaux, le Chevalier (« Ah, ah, ce doit être le jeune Cesare »), puis la Tour, le Deux des Serpents, les Étoiles Filantes, puis la Princesse et le Prince des Poissons.

Dethridge retourna la treizième carte au centre du cercle. C'était la Déesse.

Il s'assit pour contempler le tirage. Il était très rare de retourner autant d'atouts et de cartes de cour. Toutes les autres étaient des deux. Il n'avait aucune idée de ce que cela signifiait. Mais la Princesse des Poissons représentait la jeune Duchessa de Bellezza et il était heureux de la voir à côté de son Prince à lui. C'était en partie pour connaître le destin de la jeune femme qu'il avait consulté les cartes. Les Étoiles Filantes symbolisaient la course ; pourquoi alors Cesare était-il à côté de la Tour ? Était-il rassurant de voir la Déesse au centre, où elle pouvait tout contrôler ?

Dethridge décida de ne pas parler de ce tirage à Paolo et de contacter Rodolfo par l'intermédiaire des miroirs. Il ne savait pas lequel d'entre eux était représenté par la carte du Magicien, mais plus vite les Stravaganti seraient réunis, mieux ce serait.

★

— Comment ça, parti ? demanda Luciano.

Il n'avait pas été facile pour Georgia et lui de franchir le seuil du palais papal à Remora. C'était comme pénétrer dans l'antre de l'ennemi, même s'il s'agissait d'un élégant bâtiment, frais, tout de marbre et de miroirs. Vivant à Bellezza depuis un certain temps, Luciano s'était familiarisé avec ce raffinement. Georgia, elle, se sentait mal à l'aise ; elle n'était pas dans son élément et elle avait honte de ses vêtements grossiers. Visiblement, le valet de pied du pape la prenait pour la domestique de Luciano, ce qui ne faisait qu'accentuer sa gêne.

Les yeux de Falco s'étaient illuminés quand on avait fait entrer les visiteurs dans une petite antichambre où il était assis, devant la fenêtre. Il les avait accueillis chaleureusement en employant le prénom de garçon de Georgia devant le valet de pied. Dès que celui-ci s'était retiré, et avant qu'ils puissent demander où était Gaetano, Falco leur avait appris que son frère était déjà parti.

— Il a pris la route de Bellezza il y a une heure, dit-il d'un ton survolté. Il va rencontrer la Duchessa !

— Pourquoi si vite ? demanda Luciano, méfiant.

Falco soupira.

— Autant vous l'apprendre dès maintenant. La nouvelle se répandra vite une fois qu'ils seront mariés.

Georgia vit Luciano devenir livide, au point de ressembler à la statuette d'Apollon qui se trouvait dans une niche derrière lui. Puis le sang revint empourprer son visage sous l'effet de la fureur.

— Comment ça ? s'exclama-t-il. Qui va se marier ?

Falco était surpris par cette réaction.

— Eh bien, Gaetano et la Duchessa, répondit-il d'une voix mal assurée. Le régent a reçu notre demande en mariage et mon frère doit faire sa cour à la Duchessa avant de la ramener ici pour la Stellata.

— Jamais ! rugit Luciano. Arianna n'épousera jamais un Chimici. Il doit y avoir un malentendu !

Cette fois, ce fut au tour de Falco d'exprimer sa colère.

— Et pourquoi donc ? répliqua-t-il. Nous sommes une des plus anciennes familles de Talie et nous avons conclu des alliances avec des ducs et des princes dans tout le Nord. De fait, ma famille règne sur six cités.

— Raison de plus pour que Bellezza ne devienne pas la septième, grogna Luciano. Allons-nous-en, Georgia. C'était de la folie de venir ici. Il ne peut y avoir aucun arrangement entre nous et les Chimici. Comme tu le constates, une seule chose les intéresse : faire leur pelote.

— Attendez ! s'exclama Falco.

Georgia était aussi bouleversée que les deux garçons. La réaction passionnée de Luciano ne laissait aucun doute sur la nature de ses sentiments envers Arianna, et ça lui faisait mal. Et en voyant l'air abattu de Falco, elle n'avait pas le courage de s'en aller.

— Une minute, dit-elle en posant la main sur le bras de Luciano.

C'était la première fois qu'elle le touchait. Elle s'adressa ensuite à Falco.

— Je suis sûre que Luciano ne cherchait pas à insulter ta famille. (Elle sentit les muscles de Luciano se raidir sous ses doigts.) Et je suis certaine que s'il y a un malentendu, il sera vite réglé. Il me semble qu'une Duchessa est obligée d'écouter une telle proposition, non ? dit-elle à Luciano. Ce n'est absolument pas mon monde, au sens propre du terme. Pourtant, d'après ce que j'ai pu constater, on n'envoie pas sur les roses le membre d'une famille noble qui souhaite épouser une fille de son rang.

Elle sentit Luciano se détendre.

— Non, sûrement pas, reconnut-il à contrecœur.

— En guise de consolation, si c'en est une, ajouta Falco, je ne pense pas que Gaetano ait envie de l'épouser. Je crois qu'il préfère notre cousine Francesca. Quand ils étaient enfants, ils disaient toujours qu'ils se marieraient, plus tard.

Luciano lâcha un ricanement amer.

— Francesca di Chimici ? Sache qu'elle a déjà été mariée pour servir les plans de votre famille. S'il s'agit bien de la jeune femme que Rinaldo di Chimici a opposée à Arianna lors de l'élection ducale.

— Rinaldo est mon cousin, déclara Falco avec raideur. Je ne l'aime pas beaucoup, mais il fait partie de ma famille, et celle-ci, je ne l'ai pas choisie.

— Il a raison, approuva Georgia. Personne ne choisit sa famille. Sois juste, Luciano, Falco n'est pas responsable des agissements de sa famille, ni de ce qu'ils sont.

— Gaetano fera ce que votre père lui demande, n'est-ce pas ? demanda Luciano.

— Je ne sais pas, riposta Falco. Peut-être qu'il suivra mon exemple.

Il s'ensuivit un silence tendu, puis Luciano sembla se ressaisir.

— Je sais que nous avons envisagé de t'aider, reprit-il. Mais ça ne me plaît pas. Je ne sais même pas si ce que tu veux faire est possible ; en tout cas, c'est dangereux. Et ça veut dire quitter ta famille pour toujours. Je ne suis pas sûr que tu aies conscience de ce que ça signifie réellement.

— Je ne pense qu'à ça depuis notre promenade à Belle Vigne, affirma Falco.

— Y penser, c'est une chose. Vivre cette expérience pour de bon en est une autre.

— Mon expérience sera différente de la tienne. Toi, tu t'es retrouvé coincé ici de manière accidentelle. Alors que moi, je choisis d'aller dans cet autre monde.

— C'est exact, commenta Georgia. Ça fait une différence. N'est-ce pas, Lucien ?

— Oui, peut-être. Cela dit, je te demande de bien réfléchir. Ce n'est pas comme un sort que l'on peut inverser. Si tu te rends dans mon ancien monde – et on ne sait toujours pas si c'est possible, je le répète –, ta vie sera bien plus terrible que celle d'un exilé dans un pays inconnu. Souviens-toi que je connaissais bien Bellezza avant de m'y retrouver définitivement. Toi, tu arriveras dans un monde si différent de celui-ci que tu ne peux même pas l'imaginer. Un monde où la vitesse d'un cheval au galop passe pour de la lenteur, où tu peux parcourir toute la Talie en quelques heures et parler à quelqu'un qui se trouve à l'autre bout du monde à l'aide d'une machine.

— C'est justement parce que votre monde possède de telles merveilles, qui s'apparentent à de la magie pour moi, que j'ai envie d'y aller ! s'exclama Falco. S'il est possible de faire ces choses, nul doute que des gens sauront me soigner.

— Peut-être, concéda Luciano. Et ensuite ? Tu ne pourras pas revenir ici. Tu seras séparé de tes amis et de ta famille. Moi, au moins, je connaissais quelques personnes à Bellezza. Toi, tu devras recommencer une nouvelle vie, parmi des inconnus. Et pense un peu au chagrin de ta famille. Je sais la peine que j'ai faite à mes parents...

Il s'interrompit, incapable de continuer.

— Il vaut mieux pour ma famille que je disparaisse, décréta Falco. Je sais qu'ils m'aiment, y compris mon père. Pourtant, chaque fois qu'il me regarde, je vois la pitié dans ses yeux, le souvenir de ce que j'étais. J'ai déjà fait mes adieux à Gaetano. Lui seul connaît mon projet et la séparation fut cruelle. Mais je vous le répète, ma décision est prise. Je veux que vous m'aidiez, tous les deux, à stravaganter dans le monde de Georgia.

★

— Un cheval ailé ? répéta le duc Niccolo. C'est absurde. C'est un conte pour enfants.

— Pourquoi vous mentirais-je, maître ? protesta Enrico. Je l'ai vu de mes propres yeux ; c'est une très belle petite pouliche noire comme on peut espérer en voir la semaine des quatre jeudis.

— Dans le Bélier, dis-tu ?

Le duc imaginait déjà toutes les implications. Si la nouvelle se répandait que le Bélier avait reçu une telle bénédiction, l'opinion publique pencherait en sa faveur et il serait plus difficile ensuite de traiter avec les jockeys des autres Douzièmes. Les habitants de Remora étaient des gens superstitieux. Nul doute que le Bélier cacherait ce miracle jusqu'aux derniers jours avant la course.

— Elle est née dans le Bélier, en effet, mais ils l'ont conduite à Santa Fina avec sa mère, précisa Enrico.

Le duc Niccolo se souvint alors d'avoir vu la pouliche noire sous une couverture et il étouffa un juron. Il s'était trouvé à quelques centimètres seulement de ce secret, et il fallait que ce soit ce sinistre petit espion malpropre qui lui fasse découvrir ce qu'il avait eu sous le nez !

— Vous n'avez qu'un mot à dire, monseigneur, et elle sera à vous. Ainsi que toute la chance qui va avec.

— Tu es certain que ce n'est pas une escroquerie ? insista le duc. Des ailes d'oiseau collées sur le dos d'un cheval ?

— Je l'ai vue voler la nuit dernière. Elle tournait au-dessus de la cour des écuries, pendant que Roderigo croyait être seul avec son fidèle palefrenier Diego. Sauf que Diego est mon ami et que j'étais caché derrière des bottes de paille. Évidemment, ils la tenaient au bout d'une longe, mais supposons que celle-ci se prenne dans un arbre et se brise ? Ils ne sauraient pas où est partie leur pouliche, n'est-ce pas ? Ils ne sauraient même pas qu'on l'a volée.

Bien sûr que ce cheval existait réellement. Niccolo le savait, même quand il avait mis en doute le récit de son espion.

Tous ceux qui avaient des liens avec Remora connaissaient des histoires de chevaux ailés. Mais le duc n'était pas heureux d'apprendre qu'une de ces créatures était née de son temps, dans un Douzième qui avait des liens profonds avec son plus grand rival. Il n'aimait pas que les événements échappent à son contrôle. Heureusement, il pouvait encore faire quelque chose pour reprendre les rênes avant que la nouvelle se répande.

— Combien ? demanda-t-il.

★

— Il te faudra un talisman, déclara Luciano.

C'était la première fois qu'il utilisait ce mot devant un Chimici et Georgia comprit ce que ça signifiait : ils allaient conduire Falco dans leur monde. Non, rectifia-t-elle. « Dans mon monde. » Falco avait eu raison de parler du « monde de Georgia ». Luciano était un Talien désormais. Elle décida de ne plus penser à lui en tant que Lucien. À partir de maintenant, même pour elle, il serait Luciano. Ça faciliterait les choses.

— Comment puis-je m'en procurer un ? s'enquit Falco, sans même avoir demandé ce que voulait dire ce mot.

— Georgia t'en apportera un. Ce doit être un objet de l'autre monde, transporté jusqu'ici. Quand tu seras prêt à stravaganter, tu le tiendras dans tes mains et tu t'endormiras, ici en Talie, en pensant à cet autre endroit. Tu devrais te réveiller en Anglia, en Angleterre je veux dire, au XXIe siècle. Dieu seul sait ce qui t'arrivera ensuite. Ça aussi, ça concerne Georgia, je suppose.

Les deux garçons la regardèrent comme si elle pouvait résoudre tous les problèmes qu'ils lui soumettaient.

— Quel sorte d'objet faut-il utiliser ? demanda-t-elle. Le mien, c'est un cheval ; et toi, Luciano, tu m'as dit que c'était un carnet. L'un et l'autre venaient de Talie. Je ne sais pas ce que je dois chercher en Angleterre.

— Puis-je voir ce cheval ? pria Falco.

À contrecœur, Georgia sortit de sa poche le petit cheval ailé et le lui tendit.

— *Un cavallo alato !* s'exclama le jeune Chimici. Les Rassenans en possédaient. Ce serait merveilleux d'en voir un en vrai, n'est-ce pas ?

Georgia et Luciano se regardèrent.

Afin de détourner l'attention de Falco, Luciano déclara :

— Le talisman de Rodolfo provient de l'autre monde. C'est un anneau en argent apporté par le Pr Dethridge.

Une idée prenait naissance dans l'esprit de Georgia.

— Je croyais que je ne devais rien apporter de mon monde, excepté mon talisman, dit-elle.

Luciano haussa les épaules.

— Ce sont les règles, en effet. Mais le Pr Dethridge a apporté le talisman de Rodolfo. Et celui de Paolo. De Giuditta Miele aussi. Et les talismans d'innombrables autres Stravaganti de Talie vers l'autre monde. C'est une chose possible. On m'entraîne pour qu'un jour je sois capable, moi aussi, d'emporter des talismans afin de faire venir des Stravaganti de l'autre monde. C'est une lourde responsabilité.

— Attends ! s'exclama Georgia. Tu veux dire que le Pr Dethridge, qui a inventé l'art de la stravagation, est le seul à avoir transporté des talismans de mon monde jusqu'ici, qu'on t'entraîne pour que tu puisses en faire autant, et pourtant, tu comptes sur moi pour choisir un petit quelque chose et le rapporter ici, pour Falco, rien que ça ? Ça ne risque pas de dérégler le continuum espace-temps machin chose ?

Luciano lui sourit, et en voyant ce sourire, Georgia sut qu'elle ferait tout ce qu'il lui demanderait.

— Je comparais ça à *Star Trek* dans le temps, confia-t-il.

Il soupira. Parfois, il avait l'impression que des centaines d'années s'étaient écoulées depuis la première fois où il s'était retrouvé sur la terrasse de Rodolfo et avait découvert qu'il n'avait pas d'ombre. Rodolfo lui manquait terriblement. Et Arianna aussi.

Très vite, il expliqua :

— Ce talisman ne servira qu'une seule fois, si Falco est réellement décidé à être « transféré », pour reprendre l'expression du Pr Dethridge. Il ne fera que le voyage aller.

— Je ne comprends pas, répliqua Georgia. N'est-ce pas le talisman qui choisit la bonne personne ? Je veux dire que... ce sont nos talismans qui sont venus à nous et qui nous ont conduits à l'endroit où nous devions nous trouver. Est-ce qu'on peut tout simplement donner un objet à Falco en espérant que ça l'aidera à stravaganter ?

Luciano prit un air grave.

— On ne peut pas en être sûrs, répondit-il, avant de se tourner vers Falco. Tu as bien compris ? Décider de te rendre dans cet autre monde, c'est une chose. Mais ça ne veut pas forcément dire que ça marchera. Tu dois accepter l'idée que, même si Georgia apporte un objet de son monde, tu peux rester bloqué ici.

Falco hocha la tête.

— Je suis prêt à prendre le risque.

— Est-ce qu'on ne devrait pas demander conseil à quelqu'un ? suggéra Georgia.

Elle savait qu'elle avait déjà laissé passer l'occasion d'en parler à Paolo.

— Pourquoi pas au Pr Dethridge ? poursuivit-elle. Ou bien, tu pourrais essayer de contacter Rodolfo ?

Le visage de Luciano se crispa. Il ne pensait pas qu'Arianna envisageait sérieusement d'épouser un Chimici, mais il était blessé : ni elle ni Rodolfo ne l'avaient informé de cette demande en mariage. Il les imaginait tous les deux en train de gouverner Bellezza et de prendre des décisions importantes sans lui. Il se sentait délaissé et il enrageait. C'est pourquoi il décida de ne parler à personne du projet de Falco.

— Non, conclut-il. On se débrouillera seuls. Après tout, nous sommes toi et moi des Stravaganti.

— Et je vais en devenir un, moi aussi, déclara Falco avec son sourire angélique. Pour un temps, du moins. J'effectuerai un seul vol, magnifique, puis je raccrocherai mes ailes. Et Georgia veillera sur moi.

Le mardi, Georgia quitta le lycée avant la fin des cours pour rentrer à la maison ; elle était épuisée. Maura fut si inquiète de la voir ainsi que Georgia décida de ne pas stravaganter pendant deux nuits de suite. Elle en avait assez de se sentir fatiguée et il ne restait que quelques jours avant la fin du trimestre. Ce serait plus facile pendant les vacances. De plus, Luciano lui avait affirmé qu'il était fort possible qu'elle ne loupe aucun des événements qui se produiraient en Talie pendant ce temps ; ainsi fonctionnait la porte entre les mondes.

C'était compter sans Russell. Au cours de ses stravagations nocturnes, Georgia avait fait preuve de la plus grande prudence avec le cheval ailé : elle le transférait d'un vêtement à l'autre quand elle se changeait et elle ne s'en séparait jamais. Mais le mardi soir, elle tombait de fatigue et elle savait qu'elle n'en aurait pas besoin cette nuit-là. Aussi l'avait-elle laissé dans la poche de son jean, dans le panier à linge sale de la salle de bains. Et le mercredi matin, il avait disparu.

CHAPITRE 13

La cour

Georgia était paralysée par le choc et la peur. D'abord, elle voulut croire que sa mère avait pris le cheval, mais le jean était toujours dans le panier et non dans la machine à laver. Et Maura était partie travailler, après avoir ordonné à Georgia d'appeler le médecin pour obtenir un rendez-vous en urgence. La maison était silencieuse ; elle vibrait de ce calme assourdissant qui suit le chaos. Ralph était parti travailler lui aussi et Russell était au lycée. Georgia avait entendu les bruits de vaisselle et les murmures du petit déjeuner, à travers la brume de son sommeil.

Assise par terre, à côté de la baignoire, avec son jean roulé en boule sur ses genoux, elle avait l'impression d'être malade pour de bon. C'était forcément Russell qui avait pris son cheval. Elle savait que ça ne servait à rien, mais elle essaya quand même d'ouvrir la porte de la chambre de son demi-frère. Verrouillée. Russell avait exigé d'avoir un verrou lui aussi, quand Georgia avait eu le sien. Elle était persuadée que le petit cheval ailé se trouvait quelque part derrière cette porte close.

Elle descendit l'escalier en état de choc et se servit un grand bol de céréales car elle craignait de s'évanouir si elle ne mangeait pas. Elle eut du mal à l'avaler. Elle appela le médecin, qui ne pourrait pas la recevoir avant midi.

Elle se doucha, l'esprit en ébullition. Que faire si Russell refusait de lui rendre le cheval ? Ou, pire, s'il l'avait jeté ou cassé ? En imaginant Russell écrasant la figurine sous ses grosses Dockers, Georgia tourna à fond le robinet d'eau chaude, presque au point de se brûler, et se shampouina vigoureusement la tête.

Décider de ne pas se rendre en Talie pendant quelques jours, c'était une chose. Mais la perspective de ne jamais pouvoir y retourner, de ne plus revoir Remora, ni Cesare, ni Paolo et sa sympathique famille turbulente – ni Luciano –, c'était très différent. Et Falco, dans tout ça ?

Georgia pensait beaucoup à lui depuis quelque temps. Ce qu'il leur demandait de faire, à Luciano et à elle, était dangereux, et sans doute commettait-il une erreur. Mais elle en était venue à croire que c'était peut-être sa mission en Talie, la raison pour laquelle le talisman s'était présenté à elle. Elle devinait qu'elle n'était pas destinée à devenir une véritable Stravagante, à la manière de Luciano. Elle ne se sentait pas particulièrement douée, ni même motivée, pour apprendre les mystères de l'art de la stravagation.

En revanche, elle sentait qu'elle devait accomplir une tâche bien précise en Talie : venir au secours de Falco. Pourquoi ? Elle n'en savait trop rien, mais c'était ce qu'on attendait d'elle. Hélas, sans le talisman elle ne pouvait rien faire. Quelle torture ! Combien de temps faudrait-il à Paolo pour comprendre qu'elle n'était pas revenue car elle ne pouvait plus stravaganter ? Lui apporterait-il un autre talisman ? Elle ignorait si c'était autorisé ou même possible.

Si elle restait dans cette maison une minute de plus, elle allait devenir folle.

— Son Altesse le prince Gaetano de Giglia ! annonça le valet de pied de la Duchessa.

Gaetano fut introduit dans une vaste salle de réception dont les grandes fenêtres donnaient sur un canal. Tout au bout se dressait une estrade supportant un trône en acajou sculpté. À côté, sur un siège beaucoup moins ouvragé, était assis un homme vêtu de velours noir, aux cheveux bruns striés de gris. Il s'agissait à l'évidence du régent, Rodolfo, père et conseiller de la jeune Duchessa, et puissant Stravagante.

Le cœur de Gaetano battait si fort en découvrant un des plus grands ennemis de son père qu'il avait du mal à se concentrer sur la frêle silhouette qui occupait le trône.

— Prince, dit une voix douce et harmonieuse, Bellezza vous souhaite la bienvenue. J'espère que vous êtes confortablement installé dans le palazzo de l'ambassadeur ? Permettez-moi de vous présenter mon père, le sénateur Rodolfo Rossi, régent de la cité.

Rodolfo fit au jeune Chimici l'honneur de se lever de son siège et d'avancer de quelques pas avant de le saluer.

Gaetano lui rendit la politesse, puis il s'inclina devant la Duchessa et baisa la main qu'elle lui tendait. Elle le releva et put contempler, sous un masque d'argent, des yeux violets et amusés. Ayant grandi dans des palais et des châteaux, Gaetano n'avait jamais connu que des personnes portant des titres de noblesse, à l'exception des domestiques, jusqu'à ce que sa voix mue. Aussi était-il habitué aux usages de la cour et ne se laissait-il pas intimider facilement. Mais maintenant qu'il se retrouvait face à la raison de ce voyage, en chair et en os, il se surprenait à rougir et à bafouiller comme un maçon dans le boudoir d'une dame.

Elle était belle ; il pouvait s'en apercevoir malgré le masque. Grande et mince, avec une épaisse chevelure châtain clair, lustrée, coiffée de manière élaborée, qui faisait ressortir la forme parfaite de son visage posé sur son cou comme une fleur sur sa tige. Plusieurs petites boucles échappées du chignon pendaient dans sa nuque et sur son front, donnant à l'ensemble un aspect plus naturel, malgré le côté cérémonieux de sa robe. Et ces yeux ! Gigantesques, étincelants, d'une couleur inhabituelle, assortie aux améthystes sombres qui ornaient ses cheveux et sa gorge.

Gaetano pensa à Luciano. Le veinard ! se dit-il. Si elle lui rendait son affection. Puis il se rappela le motif de sa visite. Il se ressaisit aussitôt et l'audience se déroula au milieu des plaisanteries et des pâtisseries qu'une domestique déposa sur une table basse en cuivre, ronde, accompagnées d'un vin doré et pétillant que Gaetano n'avait jamais goûté. Cette même domestique apporta une chaise pour le visiteur et, très vite, tous les trois se retrouvèrent en train de bavarder avec décontraction de Remora et de la Course des Étoiles.

— J'ai rencontré un de vos amis en ville, madame la duchesse, dit-il. Un jeune homme prénommé Luciano.

Il fut récompensé en voyant une légère rougeur marbrer le teint frais de la jeune Duchessa, juste sous le masque.

— En effet, dit le régent. C'est mon apprenti et un lointain parent. Va-t-il bien ? Et son père adoptif, mon bon ami le Dottore Crinamorte, l'avez-vous vu également ?

— Oui. Ils vont bien l'un et l'autre. Je les ai vus dans le Douzième du Bélier, au domicile du Maître d'écurie, ainsi que l'ami de Luciano, Giorgio.

Rodolfo ne trahit pas la moindre émotion à l'énoncé de cette nouvelle et la discussion dériva vers le voyage imminent à Remora afin d'assister à la Course des Étoiles. Lors de cette première entrevue, aucune allusion ne fut faite à la raison sous-jacente de la venue du jeune prince. Gaetano regagna l'ancienne habitation de Rinaldo ; les pensées tourbillonnaient dans sa tête. S'il devait épouser cette Duchessa, ce ne serait pas une expérience désagréable, se disait-il. Voudrait-elle de lui ? On devinait où allaient ses préférences. Mais peut-être n'aurait-elle pas son mot à dire, elle non plus.

Le sourire de M. Goldsmith quand il vit arriver Georgia se transforma très vite en grimace d'inquiétude.

— Quel plaisir ! Mais tu n'es pas à l'école ? Tu es malade ? Tu n'as pas l'air très bien.

Il suffit d'un seul regard compatissant pour que Georgia

éclate en sanglots. M. Goldsmith était horrifié. Il lui tendit son mouchoir d'un blanc immaculé et la fit asseoir dans son petit bureau au fond de la boutique. Il alla jusqu'à accrocher la pancarte « Fermé » à la porte, même si les affaires ne marchaient pas très fort et s'il ne pouvait pas se permettre de perdre des clients.

Il apporta du thé à Georgia en regrettant de ne pas avoir de biscuits à lui offrir. Elle se sentit mieux après avoir bu quelques gorgées du breuvage chaud. Elle n'était pourtant pas du genre à pleurer, sauf quand Russell se montrait particulièrement infâme.

— Explique-moi ce qui ne va pas, demanda M. Goldsmith, peu habitué à voir des larmes.

— C'est Russell, dit Georgia en reniflant. Mon demi-frère. Je crois qu'il m'a volé le cheval.

Elle semblait si abattue que M. Goldsmith comprit qu'il ne devait pas prendre cette disparition à la légère. Même s'il ne s'agissait que d'une réplique venant d'un musée.

— Oh, ma pauvre ! Je suis navré. Qu'est-ce qui te fait croire qu'il te l'a volé ?

Georgia lui raconta l'histoire et le vieil antiquaire s'aperçut qu'elle était en train de lui avouer un tas de choses sur sa famille. Manifestement, ce demi-frère était un sale type.

— J'ai besoin de ce cheval, ajouta Georgia. Je ne peux pas vous expliquer pourquoi – vous ne me croiriez pas, de toute façon –, mais il me le faut pour faire une chose que j'ai promis de faire. Et il me faut *ce* cheval, ça ne peut pas être n'importe quelle statuette.

M. Goldsmith sentait monter l'hystérie ; s'il ignorait pourquoi ce petit cheval ailé avait pris une telle importance aux yeux de Georgia, il savait reconnaître les signes de l'obsession.

— Dans ce cas, nous devons faire en sorte que Russell te le rende, n'est-ce pas ? Il est inutile, je pense, que tu le lui demandes gentiment, étant donné qu'il a fait ça pour te... comment as-tu dit... pour te mettre en rogne ? C'est bien ça ? Pourquoi ne pas en parler à tes parents, en leur racontant ce qui s'est passé ? Je suppose qu'il n'osera pas leur mentir.

Georgia concéda qu'il avait peut-être raison. Elle venait de se souvenir qu'elle avait rendez-vous chez le médecin. Les vieilles pendules de M. Goldsmith indiquaient toutes une heure différente, mais, à sa montre, il était midi moins le quart et elle devait se dépêcher.

Le Pr Dethridge disposa les cartes en reproduisant l'agencement de son dernier tirage. Après avoir longuement réfléchi, il avait décidé de le montrer à Rodolfo. Il se servit de son miroir à main pour refléter les cartes, y jetant de petits coups d'œil jusqu'à ce qu'il voie apparaître son vieil élève.

— Salutations, maître Rodolphe ! s'exclama le vieil Élisabéthain. Que pensez-vous de ce tirage ?

— Je pense qu'il est tout à fait remarquable, mon vieil ami, répondit Rodolfo en regardant avec attention les cartes. Pour la bonne raison que j'ai obtenu exactement le même lors de la nouvelle lune.

— La Déesse n'apparaît pas à la nouvelle lune sans raison, commenta Dethridge.

— Peut-être s'intéresse-t-elle à nos affaires ? suggéra Rodolfo.

— Dans ce cas, espérons que ce sera pour notre bien, conclut Dethridge.

★

Luciano ne fut pas surpris en ne voyant pas Georgia à Remora le lendemain. Il lui avait conseillé de faire une pause. Mais Falco fut très déçu quand le Stravagante de Bellezza arriva seul au palais papal.

— Il y a certaines choses dont nous pouvons parler sans que Georgia ait besoin d'être là, expliqua Luciano.

Falco hocha la tête et Luciano crut le voir sécher une larme. Voilà qui était nouveau et intéressant, se dit-il. Le désir de Falco d'être « transféré » dans le monde moderne était-il motivé par l'envie d'être près de Georgia ? C'était un sujet trop délicat pour qu'il l'aborde d'emblée. Luciano décida de régler d'abord les détails pratiques ; il s'occuperait de ce nouveau problème plus tard.

— Il faut prendre certaines dispositions des deux côtés, déclara-t-il d'un ton très professionnel. Georgia peut se charger de préparer ta nouvelle vie et t'apporter un talisman. Mais il faut prévoir de quelle façon tu vas partir d'ici. Tu as bien compris que si tu stravagantes dans mon ancien monde et que tu y passes la nuit, ton corps, ici, paraîtra endormi dans la journée ?

— Oui, tu me l'as expliqué. Et si je ne reviens pas, ce sera comme si j'avais la *Morte Vivenda.* Jusqu'à ce qu'un jour, je meure pour de bon, ici. Combien de temps cela prendra-t-il ?

Luciano secoua la tête. Il n'en revenait pas de voir avec quel calme ce garçon de treize ans envisageait son destin.

— Je ne sais pas. Pour moi, ça a duré quelques semaines, sauf que, comme je te l'ai dit, j'étais maintenu en vie artificiellement. Peut-être que ça ne durera que quelques jours. Ce que je veux dire, c'est qu'il faut trouver une explication. Il ne faut pas que ton père devine ce qui s'est passé.

— Je demanderai à retourner à Santa Fina. Je peux prétendre que, Gaetano étant parti à Bellezza, je préfère retourner dans la résidence d'été jusqu'à la course. Ce sera plus facile de s'échapper de là-bas. Les domestiques ne sont pas aussi vigilants que mon père.

— Il faut quand même une explication, insista Luciano.

— J'y ai réfléchi. Le plus simple serait de faire croire que je me suis suicidé.

★

Luciano était songeur sur le chemin qui le ramenait au Bélier. Mais toutes ses pensées concernant Falco furent balayées quand il vit la voiture à cheval arrêtée devant l'écurie. William Dethridge, penché par la portière, lui faisait de grands signes.

— Hâte-toi, jeune Lucien. La nouvelle vient d'arriver de Saint-Fyne. La merveille s'est envolée !

★

Ce soir-là, Gaetano retourna au palazzo de la Duchessa pour assister à un grand dîner. En sa qualité d'hôte d'honneur, il était assis à la droite de la jeune femme, tandis que Rodolfo se trouvait à sa gauche. Le jeune Chimici fut fort surpris en découvrant que sa deuxième voisine n'était autre que sa cousine Francesca.

— Bonjour, cousin, dit-elle avec un sourire, amusée de voir son étonnement. Vous ignoriez que j'étais devenue une citoyenne de Bellezza ?

Gaetano était interloqué. Il avait entendu des rumeurs au sujet de Francesca, mais il ne s'attendait pas à la rencontrer ici, dans cette cité. Elle était encore plus belle que dans son souvenir avec ses cheveux noirs soyeux et ses yeux sombres qui pétillaient. Il prit la main qu'elle lui tendait pour y déposer un baiser et dut faire appel à tout son savoir-vivre pour lui demander des nouvelles de sa santé. Elle portait une robe de taffetas rouge qui bruissait quand elle bougeait. Gaetano avait l'impression d'avoir abusé du vin rouge de Bellezza, alors qu'il n'avait même pas touché à son verre.

— Je constate que vous appréciez ces retrouvailles familiales, dit une voix mélodieuse et moqueuse dans son dos, et Gaetano s'aperçut avec effroi qu'il avait tourné le dos à la Duchessa !

— Pardonnez-moi, madame la duchesse, dit-il en s'empressant de se retourner vers son hôtesse et en rougissant jusqu'à la racine des cheveux. J'ai été surpris, je l'avoue, de voir ma cousine ici... À tel point que j'en ai oublié toutes mes bonnes manières. J'espère que vous allez bien ?

— Je me porte à merveille, répondit la Duchessa.

À cet instant, Gaetano songea avec stupéfaction que cette belle jeune femme savait tout de lui et de son histoire d'amour enfantine avec Francesca. Voilà pourquoi elle les avait placés côte à côte. Dans quel but ? Pour éprouver sa détermination ?

Pour lui rappeler que le mariage devait être une question d'amour ? Il regarda derrière elle et constata que Rodolfo l'observait avec la même expression. Ces deux-là formaient un duo dangereux, conclut-il.

Jusqu'à la fin du banquet, Gaetano se consacra entièrement à la Duchessa, mais il avait conscience des bruissements de taffetas à côté de lui et du rire de Francesca qui flirtait avec son autre voisin. Derrière les paroles courtoises qu'il prononçait, son esprit fonctionnait à toute vitesse. Francesca était-elle mariée ? Si oui, où était son époux ? Gaetano aurait parié que ce n'était pas l'homme assis à côté d'elle car celui-ci semblait fort jeune. Il avait du mal à se concentrer sur le but de sa visite à Bellezza.

Demain, il serait reçu par la Duchessa pour une audience privée, au cours de laquelle il lui ferait sa demande de manière officielle. Devait-il lui promettre un amour éternel ? Il imaginait le regard perplexe qu'elle lui jetterait. Le duc ne lui avait donné aucun conseil sur la manière de faire sa cour.

Quand la Duchessa se leva, tous les convives l'imitèrent. Elle les conduisit dans une autre pièce, où des musiciens avaient commencé à jouer et où on avait installé des chaises autour de tables basses. Elle pria Gaetano de l'excuser, le temps qu'elle aille dire quelques mots à l'amiral qui commandait la flotte de Bellezza, et il se retrouva seul. En voyant Francesca assise à une petite table à l'autre bout de la pièce, il éprouva l'envie irrésistible de la rejoindre. Nul ne verrait d'objection à ce qu'il s'asseye à côté de sa cousine, si ? D'autant qu'il ne connaissait personne d'autre.

— Qu'est-ce que tu racontes ? s'exclama Ralph. Tu accuses Russell de t'avoir volé un de tes jouets, c'est ça ? C'est un peu pathétique, non ?

Georgia serra les dents.

— Ce n'est pas un *jouet*, expliqua-t-elle encore une fois en s'efforçant de garder son calme. C'est un bibelot que j'ai acheté chez un antiquaire avec mes économies.

— Peu importe ! s'écria Maura en prenant ses grands airs de juge scrupuleusement équitable. Ralph, je suis sûre que tu seras d'accord avec moi : Russell doit respecter les affaires des autres.

Tous les quatre étaient réunis autour de la table de la cuisine en ce mercredi soir. Georgia avait réclamé une réunion de famille et sa mère avait compris qu'il se passait quelque chose de grave.

— Qui t'a dit que je t'avais piqué ta saloperie de cheval ? demanda Russell avec agressivité. Pourquoi j'aurais fait ça ? Je parie qu'elle l'a mis quelque part et qu'elle s'en souvient plus.

Ralph changea alors de camp.

— Georgia affirme que tu le lui as pris, dit-il d'un ton aigre. Et elle semble penser que tu as fait ça pour l'embêter.

Russell répondit par un haussement d'épaules. Mal joué. Cette réaction eut pour effet d'agacer les adultes.

— C'est vrai ou pas ? insista Ralph.

Un silence. Georgia retint son souffle. Si Russell niait, pouvait-elle exiger qu'on fouille sa chambre ? Ralph serait-il d'accord ? Il semblait la soutenir dans cette affaire, mais les adultes étaient capables de changer rapidement de camp au cours d'une dispute. Ce qui allait suivre pouvait déterminer son avenir à Remora.

Roderigo était rongé par la culpabilité. On lui avait confié le cheval ailé et celui-ci avait disparu. Il convoqua Diego pour que celui-ci raconte encore une fois l'histoire de la disparition aux distingués visiteurs de Bellezza. Le fils du Maître d'écurie était déjà parti fouiller les environs à la recherche de la pouliche noire.

— La longe s'est brisée en se prenant dans un arbre, expliqua Diego, l'air hagard.

Il était sincèrement convaincu d'avoir assisté à un accident. Mais quelque chose le tracassait dans un coin de son esprit car il savait qu'il n'avait pas gardé le secret comme il aurait dû.

— Ça s'est passé hier soir, reprit-il. Je l'avais sortie pour qu'elle fasse de l'exercice, comme d'habitude, et elle volait au bout de sa longe. Celle-ci s'est prise dans un grand arbre à l'extrémité du paddock et elle s'est brisée. La pouliche a disparu avant que je puisse réagir.

— J'ai envoyé des hommes à sa recherche partout, déclara Roderigo, abattu. Je suis sûr qu'on va bientôt la retrouver. Elle va revenir chez elle, auprès de sa mère.

— Si personne d'autre ne la trouve avant, dit Luciano.

— Il faut aller voir Starlight, décréta Dethridge.

Les deux Stravaganti se rendirent dans l'écurie.

La jument était debout dans sa stalle, immobile.

Roderigo secoua la tête.

— Elle ne mange rien.

Dethridge s'approcha de la jument grise et lui caressa l'oreille en lui parlant à voix basse. Starlight rejeta la tête en arrière ; on aurait dit qu'elle comprenait ce qu'il lui disait.

— C'était juste pour blaguer, grommela Russell. J'allais lui rendre.

— Va le chercher immédiatement, ordonna son père.

Pendant que Russell était absent, Ralph s'excusa auprès de Georgia. Il était soulagé que son fils ait avoué. Pas autant que Georgia ! À cet instant, elle se sentait prête à tout pardonner à Russell, du moment qu'il lui rendait son talisman.

Cette clémence s'évanouit dès qu'elle vit ce qu'il tenait dans la main en revenant dans la cuisine.

— Je suis désolé, dit-il, faussement contrit. Il est un peu abîmé, on dirait.

Le petit cheval étrusque gisait dans sa paume, à côté des deux ailes brisées.

L'entrevue capitale entre Gaetano et la jeune Duchessa n'eut pas lieu dans les grands appartements du palais ducal, mais sur la terrasse du palais de son père. Le domestique du régent, Alfredo, introduisit le jeune Chimici dans un magnifique jardin suspendu qui dominait la ville. Impressionné, Gaetano était soulagé néanmoins de constater que le puissant Stravagante semblait ne pas être là. Au moins, son entrevue avec la Duchessa se déroulerait en privé.

Assise sur un banc de pierre, Arianna jetait des graines à un splendide paon. Elle portait une robe en soie verte toute simple et un masque assorti. Aucun bijou apparent. Ses cheveux cascadaient librement sur ses épaules. Ainsi, elle ressemblait à la jeune fille qu'elle était, âgée d'un an de moins que Gaetano, mais déjà souveraine d'une cité-État. Soudain, Gaetano éprouva de la peine pour elle.

Quand il la salua, elle se leva et le paon s'enfuit. Il l'entendit crier au loin.

— Bonjour, *principe*, dit-elle. J'espère que vous avez apprécié le dîner hier soir.

— Beaucoup, répondit-il, bien qu'il n'ait conservé aucun souvenir de ce qu'il avait mangé.

Il remarqua en passant que cela ne lui ressemblait pas.

— J'espère également que vous avez eu plaisir à revoir votre cousine, reprit la Duchessa. Je n'étais pas certaine qu'elle accepte mon invitation. Peut-être savez-vous qu'elle s'est présentée contre moi lors de l'élection ducale ?

— C'est ce que j'ai cru comprendre, répondit Gaetano, à qui Francesca avait tout raconté en détail la veille. Je suis certain que madame la duchesse comprend bien que cette idée ne venait pas de ma cousine.

— Non, elle venait d'un cousin, répliqua la Duchessa. Votre famille est très attirée par Bellezza, n'est-ce pas ?

Ce n'était pas un langage très diplomatique, mais Gaetano avait déjà compris que cette cour et cette demande en mariage ne seraient pas conventionnelles. La franchise lui serait plus utile que tous les faux-semblants.

— Madame la duchesse, je pense que vous savez pourquoi je suis ici. Mon père a écrit au vôtre pour lui proposer une alliance entre nos deux familles. Je suis censé vous demander votre main.

— C'est ce que vous êtes en train de faire ? demanda Arianna en haussant un sourcil. Dans ce cas, ne devriez-vous pas vous agenouiller et me promettre un amour éternel ?

— Comment le pourrais-je ? Je ne vous connais pas, et si je ne connais pas quelqu'un, je ne peux ni l'aimer ni faire semblant. Néanmoins, j'ai appris à obéir à mon père. Et ce mariage aura lieu si vous le souhaitez. Si jamais je dois me marier, sachez que je m'efforcerai d'être un bon mari et de me consacrer à votre bonheur.

La Duchessa sembla s'adoucir.

— Vous êtes franc, *principe*, et cela me plaît. Si vous êtes disposé à faire une offre sur le marché nuptial, vous avez le droit d'inspecter la marchandise. (Elle commença à détacher son masque.) Et pendant que vous me faites votre cour, si c'en est une, je pense que nous devrions nous appeler par nos prénoms. Le mien, c'est Arianna.

— Moi, c'est Gaetano.

Il découvrit alors le visage de l'ennemie de son père et ce qu'il vit lui plut beaucoup.

— Il est cassé ! s'écria Georgia.

Elle avait la nausée.

— Ouais, désolé, répondit Russell. C'est un accident.

— Il était enveloppé dans du plastique à bulles. Ça veut dire que tu l'as déballé.

— Ça peut se réparer, dit sa mère, désireuse de rétablir la paix. Je recollerai les ailes et on ne verra même pas qu'elles ont été cassées. Ton cheval sera comme neuf.

— Tu l'as fait exprès, cracha Georgia au visage de Russell. Tu savais que j'y tenais !

— On peut savoir pourquoi ? susurra Russell. Je comprends pas pourquoi ce cheval est si important pour toi. C'est rien qu'un bibelot et tu as déjà un tas de chevaux en porcelaine.

C'est un truc de gosse ! Mais peut-être que ça a un rapport avec ce naze à qui tu l'as acheté, le vieux type que tu aimes tant !

Les antennes de Maura et de Ralph se dressèrent.

— Qui est ce vieux type, Georgia ? s'enquit sa mère.

— C'est le vioque du magasin d'antiquités, expliqua Russell. Elle va tout le temps prendre le thé avec lui. Franchement, je m'étonne que vous la laissiez faire. Mes potes pensent que c'est un sale pervers.

CHAPITRE 14

Ailes

La querelle s'éternisait et Russell s'éclipsa, souriant dans sa barbe. Il avait réussi à détourner l'attention sur sa demi-sœur et c'était elle qui se retrouvait sur le gril – on la soupçonnait d'entretenir une amitié clandestine avec un vieux cochon.

Georgia savait que Russell avait cassé volontairement les ailes du petit cheval. Elle savait aussi que M. Goldsmith n'était pas du tout tel que Russell l'avait décrit et elle répondit d'un ton distrait aux questions de sa mère et de Ralph ; elle était bien plus préoccupée par le talisman. Fonctionnerait-il encore si sa mère le recollait ?

— Écoutez ! finit-elle par s'écrier, exaspérée. Pourquoi vous n'allez pas le voir ? C'est un vieux monsieur charmant. On parle des Étrusques et de la course de chevaux qui a lieu à Sienne. Il n'y a rien de malsain là-dedans.

Maura soupira.

— Ça commence souvent comme ça, Georgia. Un pédophile amadoue d'abord sa victime en lui offrant des cadeaux et en ayant l'air inoffensif.

— M. Goldsmith n'est pas un pédophile ! Et il ne m'a fait aucun cadeau ; il m'a juste offert des biscuits. Pourquoi vous ne m'écoutez jamais ? J'ai économisé pour *acheter* ce cheval.

Russell l'a cassé, exprès, et vous ne lui dites rien ! M. Goldsmith est mon ami. C'est quasiment mon seul ami, d'ailleurs.

« Dans ce monde, du moins », pensa-t-elle.

Niccolo ramena Falco à la résidence d'été dans sa voiture. Il avait le cœur gros de devoir se séparer si vite de son fils cadet. Mais si cela faisait plaisir au garçon, il était prêt à consentir ce sacrifice. D'ailleurs, Falco paraissait beaucoup plus joyeux ; il évoqua gaiement le voyage de Gaetano à Bellezza et la visite officielle de la Duchessa à l'occasion de la Stellata.

— Tu crois que Gaetano lui plaira, papa ? Je ne vois pas comment il pourrait ne pas lui plaire, il est si gentil.

— Qu'il lui plaise ou non importe peu, répondit le duc. La question est de savoir si les autres termes du contrat lui plaisent.

Falco connaissait trop bien son père pour demander quels étaient les autres termes du contrat.

— Tu crois qu'elle est impatiente d'assister à la course ? demanda-t-il à la place.

— Forcément ! C'est le moment le plus important dans la vie de Remora, la ville entière ne vit que pour ça.

Falco avait assisté à toutes les courses depuis l'âge de cinq ans, jusqu'à onze ans. Après son accident, il n'avait plus eu le courage de regarder douze jeunes hommes vigoureux faire le tour du Campo à la vitesse du vent sur des chevaux magnifiques.

— Tu voudras bien que je revienne te chercher pour la course, hein ? l'interrogea Niccolo. Tu as émis le désir d'y assister cette année, et je suis sûr que ça te fera du bien. Tu pourras monter sur l'estrade avec tes frères, moi, ton oncle et les hôtes d'honneur.

— Oui, papa, je viendrai, répondit Falco.

Il avait cependant le cœur lourd car il savait qu'il ne serait peut-être plus là au moment de la course.

★

Quand Cesare, Luciano et le Pr Dethridge revinrent chez Paolo, ils furent surpris de découvrir une invitée inattendue : Raffaella. Ils n'apportaient pas de bonnes nouvelles. Et la jeune Manouche semblait l'avoir déjà deviné.

— C'est Aurelio qui m'envoie, expliqua-t-elle. Il a dit que vous auriez peut-être besoin d'aide.

— Le jeune harpiste a le don de seconde vue ? demanda Paolo.

— Il voit ce que d'autres ne voient pas, répondit Raffaella, même s'il ne voit pas ce que voient les autres.

— Dites-lui la vérité, conseilla Luciano. On peut faire confiance aux Manouches.

— Nous avons perdu une chose très précieuse, avoua Paolo. Un cheval d'une nature particulière. Cette pouliche n'a qu'une semaine, mais elle est bien plus grande que n'importe quel cheval de cet âge. Et elle sait voler.

Raffaella se figea.

— Un zhou volou ? murmura-t-elle d'un ton empreint de respect. Vous en avez un ?

— On en *avait* un, corrigea Cesare, amer.

— C'était une bénédiction, ajouta Paolo. Elle était née dans le Bélier et elle devait nous porter chance. Maintenant, tout est différent. Quelqu'un nous a peut-être volé la chance.

— Dans ce cas, cela leur portera malheur, déclara Raffaella. Avec votre permission, je vais répandre la nouvelle parmi les miens. Nous avons de la famille un peu partout dans la région ; quelqu'un a peut-être vu quelque chose.

— Comment connaissez-vous l'existence de cette race de chevaux ? demanda Luciano.

— Nous connaissons toutes les races de chevaux. Pour les Manouches aussi, le zhou volou est un porte-bonheur.

Cesare sembla hésiter.

— Euh... pardonnez-moi de vous demander ça, mais... si les gens de votre peuple attachent de la valeur aux chevaux ailés, est-ce qu'ils rendront la pouliche au Bélier ?

Raffaella posa sur lui un regard grave.

— Nous ne sommes pas des voleurs de chevaux. Même des chevaux ordinaires. Un cheval ailé est pour nous une créature sacrée ; nous la rendrons à ses propriétaires.

— Excusez-moi, dit Cesare. J'ai envie de vous faire confiance, mais je m'inquiète énormément au sujet de Merla. J'ai aidé à la mettre au monde.

— Je comprends, acquiesça Raffaella. J'éprouverais la même chose à votre place.

★

S'emparer du cheval volant n'avait pas été facile. Enrico s'était caché dans les buissons une fois de plus, sur le coup de minuit, pendant que Diego accompagnait la pouliche qui s'habituait à utiliser ses ailes en tournoyant au-dessus de la cour des écuries. La longe avait tendance à se prendre dans les branches des arbres. Profitant d'un de ces accidents, Enrico était sorti en douce de sa cachette et avait tranché la courroie de cuir.

La pouliche avait tiré de plus belle sur sa longe raccourcie et Enrico avait eu un mal fou à l'entraîner loin des écuries. Il avait dû la guider pendant qu'elle volait à plusieurs mètres au-dessus du sol, jusqu'à ce qu'elle se retrouve au-dessus d'un champ où il avait pu la ramener vers lui. Et pendant tout ce temps, il était impossible de l'apercevoir sur le fond du ciel d'encre sans étoiles. Elle avait replié ses puissantes pennes noires, secouée de tremblements, tandis qu'Enrico lui parlait d'un ton apaisant et étendait une couverture sur son dos.

Enrico était quasiment chez lui à Santa Fina désormais. Le mot d'introduction remis par le duc lui avait ouvert les portes de la résidence d'été des Chimici. On lui avait attribué une chambre très confortable, et il mangeait et buvait à sa guise. Il avait caché la pouliche noire dans une des stalles de l'écurie et avait très vite sympathisé avec un certain Nello, chef des palefreniers du duc. Nello connaissait bien son maître et quand un individu bizarre se présenta en pleine nuit avec un cheval visiblement volé, il ne s'en formalisa pas. Même quand il vit de quel genre de cheval il s'agissait. Les autres domestiques se montrèrent aussi discrets au sujet du nouveau visiteur. Quand il s'agissait des affaires du duc, il n'était pas conseillé de poser trop de questions.

Enrico explora le palais, impressionné par le nombre de pièces et les dimensions des escaliers.

— *Dia !* s'exclama-t-il. Je n'imaginais pas que ces Chimici étaient aussi riches.

Aujourd'hui, le palais bourdonnait d'activité. Un message était arrivé, annonçant que le duc ramenait son fils cadet pour quelques semaines. Falco était le chouchou des domestiques du fait de sa nature douce, de son physique d'ange et de son état tragique. La cuisinière s'affairait pour préparer ses plats préférés et les femmes de chambre astiquaient les pièces principales du sol au plafond afin que le duc ne trouve rien à redire.

Enrico observait ces préparatifs de la loggia située au-dessus de l'entrée principale quand la voiture à cheval apparut sur la route venant de Remora. Il décida de ne pas se faire remarquer, le temps que le duc ait installé son fils dans ses appartements. Il retourna à l'écurie pour examiner son trophée. En vérité, il voulait éviter tout contact avec le jeune Falco. Nello lui avait raconté l'accident et Enrico, qui n'aurait pas hésité à planter son couteau dans les côtes de n'importe qui, à condition d'être bien payé, tremblait devant la maladie et les infirmités, surtout chez les enfants.

Allongée sur son lit, Georgia serrait le cheval brisé dans sa main ; des larmes lui brûlaient les joues. Au cours de ces dernières vingt-quatre heures, son monde semblait s'être écroulé. Pour la millième fois, elle regretta de ne pas avoir stravaganté le mardi soir. Maintenant, elle ne savait même pas si elle pourrait retourner en Talie un jour. Et Russell avait réussi son coup sans avoir d'ennuis. En plus, il répandait de sales rumeurs pour souiller une amitié innocente. Il avait tort, cela ne faisait aucun doute, et pourtant, Ralph et sa mère s'en prenaient à elle ! Ah, elle le détestait !

Elle pensait à Gaetano, à Cesare et à Luciano. Ils la traitaient avec respect et tendresse. Falco aussi. Dernièrement, elle l'avait surpris en train de la regarder avec une expression différente dans le regard. Et puis, il y avait sa nouvelle camarade au lycée, Alice. Elles avaient commencé à déjeuner ensemble et à se retrouver parfois après les cours. C'était bon d'avoir à nouveau une amie. S'il n'y avait pas eu Russell, elle aurait pu dire que sa vie s'améliorait.

Soudain, elle regretta de ne pas être une Chimici ; elle aurait voulu avoir assez d'argent et de pouvoir pour faire éliminer ses ennemis. Elle n'aurait pas hésité un instant à envoyer un assassin dans la chambre de Russell. Ses pensées la terrifiaient. C'était donc ça être dans la peau d'une personne comme le duc ! La seule différence entre elle et lui, c'était que le duc possédait le pouvoir et l'argent. Georgia avait honte.

C'est alors qu'on frappa à sa porte.

— Georgia ? murmura sa mère. Je peux entrer ?

— Monseigneur ! chuchota quelqu'un dans le dos du duc.

Au prix d'un terrible effort de volonté, celui-ci parvint à ne pas sursauter et à se retourner lentement.

— Ah, fit Niccolo en relâchant son souffle entre ses dents quand il vit de qui il s'agissait. Tu fais des progrès.

— Désolé de vous avoir fait peur, monseigneur, s'excusa Enrico. J'ai pensé que vous étiez sur le point de repartir. Et je ne voulais pas que vous ratiez ce que j'avais à vous montrer.

Il entraîna le duc dans l'écurie, jusqu'à la stalle du fond. Il était là, plus sombre que l'obscurité dans laquelle il se cachait, les ailes repliées : le cheval volant.

— Tu as réussi ! s'exclama le duc, le regard brillant. Le petit miracle !

Il s'avança pour caresser la tête de l'animal. La pouliche renâcla, comme si elle poussait un soupir triste.

— Nello ! cria le duc. Viens ici !

Son palefrenier surgit de l'obscurité.

— Monseigneur, dit-il en s'inclinant.

— Que peux-tu faire pour cette petite beauté ? demanda Niccolo.

— Elle est mélancolique, monsieur le duc.

— C'est naturel, ajouta Enrico. Elle se languit de sa mère

— Ça passera, déclara Nello. Ne craignez rien, monseigneur. Je veillerai sur elle comme si c'était mon propre enfant

— Moi aussi, monseigneur, renchérit Enrico.

Le duc regarda les deux hommes et esquissa un haussement d'épaules. Malgré tout, il avait confiance en leur grande connaissance des chevaux.

★

— J'aimerais que Georgia soit là, soupira Cesare.

— Que pourrait-elle faire de plus que nous ? demanda Dethridge.

— Rien, je suppose. Mais j'aimerais qu'elle sache ce qui est arrivé à Merla.

— La porte entre les deux mondes a dû se stabiliser, non ? dit Luciano. Depuis qu'elle a commencé ses stravagations, son temps et le nôtre semblent coïncider. Si elle n'est pas avec nous aujourd'hui, ça signifie sans doute qu'une seule nuit s'est écoulée dans son monde.

— Pas nécessairement, répondit Paolo. Elle pourrait très bien revenir demain en ayant vieilli de quatre ans. Mais tu dois avoir raison.

Ni Luciano ni Cesare n'aimaient l'idée de voir réapparaître une Georgia plus âgée qu'eux.

L'ambiance dans l'écurie du Bélier était sinistre. Ils avaient passé tout l'après-midi à fouiller Santa Fina et ils étaient rentrés tard à Remora, avec l'intention de reprendre les recherches dès le lendemain matin. Personne ne croyait vraiment que Merla avait disparu de manière accidentelle, ni qu'on la retrouverait en train de gambader dans la campagne. Et même si elle errait en liberté, il était fort probable que celui qui la trouverait la garderait jalousement pour qu'elle lui porte chance.

Mais si quelqu'un l'avait volée, cela signifiait que le secret du Bélier était éventé.

— Vous êtes sûrs qu'aucun de vous deux n'a laissé échapper une allusion devant les Chimici ? demanda Paolo.

— Certains, répondit Cesare. On n'a pas tellement parlé des chevaux, hein ?

— Non, confirma Luciano. De toute façon, même si on y avait fait allusion, je ne pense pas qu'ils en auraient parlé à leur père. Ni à personne d'autre.

— Tu sembles bien disposé envers ces *chimistes* maintenant, commenta Dethridge. Aurais-tu oublié ce qu'ils t'ont fait ? Et à la Duchessa ?

— Comment pourrais-je l'oublier ? s'exclama Luciano. Chaque jour je vis avec la conséquence de leur geste. Mais ces deux-là, ces jeunes garçons, sont très différents de leur père. Et de leur cousin. Je pense que ni l'un ni l'autre n'apprécient les projets de leur famille.

— Et pourtant, celui qui n'a point été gâté par la nature n'hésitera pas à épouser la jeune Arianna pour faire plaisir à son père, souligna Dethridge.

— Ah, fit Luciano avec un calme qui n'était qu'apparent. Je vois que vous savez.

Son père adoptif paraissait gêné.

— Je suis navré, Luciano. Maître Rodolfo me l'a dit. Je ne souhaitais pas en parler, mais tu sembles convaincu que ce jeune noble est ton ami. Alors, je dis simplement ceci : il est le fils de son père et il fera ce qu'on lui ordonne.

— Et Arianna ? s'emporta Luciano. Que fera-t-elle, à votre avis ? Elle se vendra au fils et vendra sa ville au père ? Jamais elle ne fera une chose pareille ! Elle est la fille de sa mère !

— Et voilà ! s'exclama Maura. On va le mettre dans le placard-séchoir pour le faire sécher et il sera comme neuf.

Le cheval avait retrouvé ses ailes et les réparations étaient presque invisibles. Aucun doute, sa mère avait fait du bon travail.

— Non, répondit Georgia. Je ne veux plus qu'il sorte de ma chambre.

Sa mère soupira.

— Libre à toi. Sache quand même que la colle mettra plus longtemps à sécher.

— Je le poserai sur le bord de la fenêtre. Et j'attendrai. Je ne veux pas que Russell mette ses sales pattes dessus. Tu as bien vu qu'il l'avait cassé délibérément.

C'était la vérité. On voyait que les ailes avaient été brisées net. Malgré cela, Maura refusait de croire que Russell ait pu commettre un tel acte de vandalisme. Elle voulait que tout se passe bien dans sa famille et elle ne pouvait accepter l'idée que sa fille et son beau-fils se détestent.

— Je sais que tu es malheureuse, Georgia. Ça te dirait de partir quelques jours ?

Georgia regarda sa mère d'un air ébahi. Le Dr Kennedy avait estimé qu'elle pouvait retourner au lycée dès le lendemain. « Elle est juste un peu fatiguée ; c'est fréquent vers la fin du trimestre. Trop de devoirs. » Tel avait été son diagnostic.

— Et l'école ? demanda-t-elle.

— Oh, tu peux y aller ces deux prochains jours. Tu n'auras pas de nouveaux devoirs, de toute façon. La mère d'Alice m'a demandé si tu aimerais accompagner sa fille dans le Devon, dimanche. C'est Alice qui l'a proposé. Elle a un cheval, là-bas.

— Oui, je sais.

Les pensées se bousculaient dans sa tête. Ce serait formidable de pouvoir échapper à l'ambiance de cette maison et elle aimait l'idée de passer plus de temps avec Alice. Et surtout, elle était heureuse de savoir qu'Alice l'avait invitée. Au fond, leur amitié était encore naissante. Mais pourrait-elle stravaganter à Remora dans le Devon ? D'ailleurs, elle ne savait même pas si elle pourrait stravaganter à nouveau, maintenant que son talisman avait été brisé.

— Quand as-tu vu la mère d'Alice ? demanda-t-elle pour gagner du temps.

— Elle m'a téléphoné au travail. Alice était inquiète de ne pas te voir au lycée aujourd'hui. Elle aurait voulu t'inviter elle-même, mais elle craignait que tu ne reviennes pas avant la fin du trimestre.

— Je crois que ça me plairait bien, acquiesça Georgia.

Maura poussa un soupir de soulagement. Elle serait débarrassée d'un lot d'hormones adolescentes pendant quelques jours, et peut-être qu'elle pourrait convaincre Ralph de faire la leçon à Russell pendant l'absence de Georgia. En outre, cela empêcherait sa fille de retourner voir ce vieux bonhomme dont avait parlé Russell, le temps que Maura mène sa petite enquête.

Falco descendit en boitant le grand escalier de la résidence d'été. Toute la matinée il avait attendu la visite de Luciano et, espérait-il, de Georgia également. Personne n'était venu. Le palais était désert et silencieux, et Falco sentait fondre son courage. Parler avec audace de sa future vie dans le monde de Georgia, c'était formidable quand il se trouvait avec les deux jeunes Stravaganti, mais si son plan échouait ? Peut-être que le talisman ne l'emporterait pas ? Supposons qu'il se retrouve en train d'errer entre deux mondes ? La demi-existence qu'il menait ici était quand même préférable à aucune existence du tout, et au moins, il y était habitué.

Si ça marchait, Falco savait à quel point sa famille le regretterait, particulièrement Gaetano et leur père. Cependant, depuis qu'il avait eu connaissance des projets du duc de le faire entrer dans les ordres alors qu'il n'avait pas la vocation, Falco savait que son père le considérait différemment de ses autres fils. « Je refuse de le décevoir, décréta-t-il. Je préfère disparaître. »

Falco contempla le nombre de marches qu'il devait encore descendre, puis il se retourna pour voir le chemin parcouru. Du coin de l'œil, il entrevit une cape bleue qui disparaissait derrière un pilier. Il l'avait déjà vue plusieurs fois ; il y avait donc quelqu'un d'autre dans le palais, outre lui et les domestiques.

Au même moment, la cloche de la porte d'entrée retentit et un valet de pied introduisit Luciano. Falco fut heureux de le voir, bien qu'il soit seul.

Le jeune Stravagante gravit les marches deux par deux et se retrouva devant Falco en un clin d'œil.

— Désolé de ne pas être venu plus tôt. J'ai dû passer la matinée en ville. Il faut qu'on se parle en privé.

Le jeudi, Georgia prit avec délicatesse le petit cheval ailé posé sur le bord de sa fenêtre et l'examina. Il semblait solide. Tout doucement, elle l'enveloppa dans du plastique à bulles et le glissa dans sa poche. Aujourd'hui, elle l'emporterait au lycée et cette nuit, elle verrait s'il pouvait toujours la transporter à Remora.

Alice l'attendait dans la salle de cours. Son visage s'illumina quand elle vit que Georgia paraissait en forme. De fait, elle se sentait beaucoup mieux. À cause de tous ses soucis, elle pensait avoir une nuit agitée, mais elle avait dormi à poings fermés et voilà bien longtemps qu'elle ne s'était pas sentie aussi pleine d'énergie.

— Alors, tu viens avec moi dans le Devon ? murmura Alice durant l'appel. Ma mère a appelé la tienne hier.

— Oui, merci. Ce sera super. Je pourrai monter ton cheval ?

— Bien sûr. On le montera à tour de rôle.

— Alice... chuchota Georgia, tu sais monter à cru ?

Alice eut juste le temps de hocher la tête avant que Mlle Yates leur ordonne de se taire.

Luciano demeura hébété en découvrant la grande salle de bal. Des instruments de musique étaient posés tout au fond, sous des draps, et une centaine de miroirs reflétaient son image et celle de Falco, alors qu'ils se tenaient au centre de la pièce. Ce ne devait pas être une vision très réconfortante pour le plus jeune des deux garçons.

— Il n'y a pas un endroit plus... intime ? demanda Luciano.

— C'est parfait, répondit Falco. Personne ne vient jamais ici, sauf quand ma famille reçoit.

Il parcourut la salle de bal en boitant.

— Viens, c'est très agréable devant la fenêtre ! lança-t-il.

Luciano éprouva un vif sentiment de pitié pour ce garçon solitaire qui avait fait de ce palais immense et sinistre son royaume. Ils s'assirent derrière les silhouettes fantomatiques de la harpe et du clavecin et parlèrent à voix basse de Georgia et de la manière dont Falco allait s'enfuir.

— Je pense, suggéra Luciano, que tu devrais faire un essai.

— Comment ça ?

— Un échauffement, si tu préfères. Un entraînement, comme pour la Stellata. On va demander à Georgia de t'apporter un talisman et tu essaieras de repartir avec elle à la fin d'une de ses visites. Ce sera le matin dans son monde. Comme ça, tu verras si ça te plaît. Tu ne dois pas prendre une telle décision sans savoir à quoi t'attendre. C'est si différent de tout ça.

D'un large geste, il engloba l'immense salle de bal vide.

— C'est justement ce que je cherche, répondit Falco. Je veux le faire. Quand reviendra-t-elle, à ton avis ?

Luciano s'aperçut alors qu'il n'en avait pas la moindre idée. Et pour la première fois, il s'inquiéta pour Georgia.

CHAPITRE 15

Un fantôme au palais

Gaetano était bien trop désorienté pour profiter de son séjour à Bellezza. Mais nul ne pouvait nier que c'était une ville magnifique. Il avait beau adorer sa Giglia natale, il devait admettre que Bellezza offrait une vision spectaculaire. Le régent avait chargé ses deux frères aînés, Egidio et Fiorentino, de servir de guides à Gaetano et les deux hommes passaient leurs journées à promener le jeune Chimici sur les canaux en lui racontant des anecdotes qui dataient de l'époque où ils étaient gondoliers.

Ils étaient d'une compagnie très agréable, avaient le rire facile et connaissaient un tas d'histoires ; ils ne ressemblaient pas du tout à leur jeune frère si intimidant.

Le premier jour, alors qu'Egidio conduisait la gondole, Fiorentino lui demanda de s'arrêter à une des jetées.

— Il y a une femme qui nous fait signe là-bas. Elle doit nous prendre pour des passeurs.

Gaetano mit sa main en visière. Malgré la distance et le soleil qui l'éclairait en contre-jour, il vit qu'il s'agissait de sa cousine Francesca. Les deux ex-gondoliers furent ravis d'accueillir à leur bord une belle jeune femme, surtout quand Gaetano leur expliqua que c'était une parente.

— Que faites-vous donc, tous les trois ? demanda Francesca

une fois les présentations terminées, alors qu'elle était assise au milieu des coussins de la gondole. Tu ressembles à un touriste, Gaetano.

— Pas vraiment, rectifia Fiorentino. Si tel était le cas, il serait conduit par un gondolier plus jeune. Mon frère et moi avons quitté cette profession depuis longtemps, mais nous sommes toujours capables de faire visiter notre ville à un hôte d'honneur.

— Je suis sûre que vous n'êtes pas à la retraite depuis si longtemps que ça, protesta Francesca. J'ai entendu dire que les gondoliers s'arrêtaient à vingt-cinq ans.

Les deux frères se réjouirent de ce compliment, sans le prendre au sérieux.

— J'aimerais bien connaître un peu mieux cette ville, moi aussi, ajouta Francesca. Mon cousin l'ambassadeur m'a amenée ici l'année dernière pour mon mariage, mais j'ai vu peu de choses de Bellezza à l'exception des principales curiosités comme la basilique et le marché sur le pont en bois. La plupart du temps, je suis restée enfermée dans le palazzo de mon mari, avec juste ma femme de chambre pour me tenir compagnie.

— Sans votre mari ? s'étonna Egidio qui connaissait vaguement les circonstances de ce mariage.

— Oui, répondit Francesca. Le conseiller Albani était parti inspecter ses vignobles près de Cittanuova.

Elle s'abstint de préciser qu'elle avait insisté auprès de Rinaldo di Chimici pour que celui-ci fasse annuler son mariage avec le vieil Albani, affirmant qu'elle ne demeurerait pas une minute de plus à Bellezza si on n'ôtait pas ce vieillard de sa vue. Albani possédait effectivement des vignobles dans le Sud. Ceux-ci étaient mal portants, à cause d'une maladie qui s'attaquait à la vigne ; voilà pourquoi il avait accepté d'épouser la jeune Chimici qui venait accompagnée d'une dot substantielle. Hélas, faire annuler ce mariage forcé se révélait plus difficile que ne l'avait espéré Francesca, car Albani, très rusé, voulait conserver la dot.

Pour la famille Chimici, l'affaire était délicate. Francesca avait cru qu'elle pourrait retourner à Bellone dès que la farce de l'élection ducale serait terminée, mais un message émanant du duc Niccolo en personne l'avait informée qu'elle devait rester dans la cité jusqu'à ce que la dissolution du mariage soit prononcée, afin de sauver la réputation de la famille et de maintenir l'illusion qu'elle avait des raisons personnelles de venir à Bellezza.

— Nous serons ravis de vous faire visiter notre ville en compagnie du prince, déclara Egidio.

Gaetano ne se demanda même pas comment Francesca avait su qu'il se trouverait sur le canal à cette heure-ci et pourquoi on l'avait laissée sortir seule du palais. Il se réjouissait d'être avec elle, voilà tout. C'est ainsi qu'au cours des semaines suivantes, il passa ses journées avec Francesca et les frères Rossi, à explorer la ville sur terre et sur l'eau.

Ils se rendirent sur les îles et il acheta de la dentelle et du verre pour elle, et pour lui, un nouveau poignard. Ils mangèrent de délicieux gâteaux à Burlesca et visitèrent le musée du verre à Merlino. Gaetano examina longuement le masque de verre et lut l'histoire de ce prince de Remora qui dansait avec la Duchessa lorsque son masque, l'original, s'était brisé et lui avait entaillé le visage. Depuis cette époque, à Bellezza, les femmes célibataires de plus de seize ans devaient porter un masque.

— C'est le seul point positif de cet horrible mariage, murmura Francesca. Je ne suis pas obligée de porter un masque quand je suis ici. Je ne sais pas comment la Duchessa fait pour le supporter. À quoi bon être jeune et jolie, porter de belles robes et de magnifiques bijoux si personne ne voit votre visage ? Je pense qu'elle va se marier très bientôt, uniquement pour pouvoir se débarrasser de ce masque.

Cette conversation mit Gaetano très mal à l'aise. Il ne savait pas s'il devait avouer à Francesca pour quelle raison il se trouvait à Bellezza. Chaque soir, quand il dînait en tête à tête avec la Duchessa, celle-ci lui souriait et lui offrait sa beauté sans masque. Et il l'appelait Arianna.

— Ce devait être notre grand-oncle, commenta Francesca.

La remarque ramena Gaetano sur terre. Francesca et lui étaient des Chimici ; le prince qui avait dansé avec cette

Duchessa était un de leurs ancêtres. Il ignorait si Arianna était la descendante de cette duchesse, mais il savait que, à en croire la tradition familiale, une Duchessa de Bellezza avait empoisonné le jeune prince de Remora. Il regrettait maintenant de ne pas avoir été plus attentif à cette histoire. « Pas étonnant, se dit-il, qu'il existe une profonde inimitié entre les Chimici et la cité de Bellezza. »

Un mariage entre lui et Arianna pourrait-il mettre un terme à cette vieille querelle ?

★

— Non, non, mon garçon ! Tu dois essayer de rester en selle ! s'esclaffa William Dethridge.

Il s'amusait comme un fou. Cesare et lui partageaient un secret : ils apprenaient à Luciano à monter à cheval. Du moins, ils essayaient. Ce n'était pas un cavalier-né et il tombait souvent de sa monture. Heureusement, il s'entraînait dans un champ tapissé de paille et il en était quitte pour quelques bleus et une fierté blessée. Ne voulant pas que Georgia le sache, il avait choisi de prendre des cours particuliers à l'aube ou tard le soir.

Luciano avait pris cette décision le matin où il avait vu Cesare monter à cru lors des courses préparatoires à la Stellata. Il avait envié l'aisance du jeune garçon, la manière dont il faisait corps avec Arcangelo, le magnifique alezan. De plus, il enrageait d'avoir vu Georgia et Cesare se rendre à Santa Fina à cheval avec Gaetano di Chimici, alors que Falco et lui avaient dû les suivre dans la voiture. Même Falco, de trois ans son cadet, était apparemment un excellent cavalier, avant son accident.

« Si je vivais encore au XXIe siècle, avait confié Luciano à son père adoptif, j'attendrais avec impatience de passer mon permis de conduire l'année prochaine. Vous savez, ces voitures sans chevaux dont je vous ai parlé ? Mon père m'avait déjà donné quelques leçons sur le parking du complexe sportif. Ça ne sert plus à rien maintenant, je n'aurai même pas de vélo. Alors, autant apprendre à utiliser un moyen de transport adapté à mon époque. »

Dethridge n'avait pas répondu. Luciano lui parlait rarement du passé, si éloigné dans le futur et rempli de machines que le vieil Élisabéthain avait du mal à concevoir. Il avait serré le garçon dans ses bras. « Dans ce cas, tu apprendras », avait-il dit simplement.

Ainsi avaient débuté les leçons, après que Cesare avait été mis dans la confidence. Il avait commencé avec une selle, bien que Luciano eût hâte de pouvoir monter à cru pour rivaliser avec la grâce et le savoir-faire de Cesare.

Ce dernier le mit en garde :

— N'essaie pas de courir avant de savoir marcher.

— Je serais déjà bien content de pouvoir trotter ! répondit Luciano d'une voix hachée en bondissant sur la croupe de la douce jument, Dondola, qu'ils lui avaient choisie.

— Ne t'en fais point ! lui lança Dethridge. Nous ferons de toi un cavalier émérite !

Cet après-midi-là, Georgia ne savait pas quoi faire après l'école. Elle ne voulait pas rentrer chez elle, de peur d'y trouver Russell, et depuis qu'il avait porté ces accusations infâmes, elle n'osait plus se rendre au magasin d'antiquités. D'ailleurs, elle se demandait comment il était au courant de ses visites à M. Goldsmith. Enfin, elle se dit que Russell ne pouvait pas à la fois se trouver à la maison et traîner autour de la boutique, et elle décida d'aller voir le vieil homme.

Celui-ci était en train de vendre une paire de vases à une femme dans le style bourgeoise campagnarde. Georgia attendit en feuilletant de vieux numéros de *Maisons et jardins* posés sur une table ronde en marbre, dans un coin. M. Goldsmith rangea les billets de dix livres dans son tiroir-caisse avec un large sourire ; c'était sa première vente depuis plusieurs jours.

— Tu as l'air d'aller beaucoup mieux, ma petite, dit-il.

— Oui, ça va. Le docteur a dit que c'était juste un coup de fatigue.

— As-tu retrouvé ton cheval ?

— Oui. C'est Russell qui l'avait, expliqua Georgia en grimaçant. Ils l'ont obligé à me le rendre, mais il avait cassé les ailes. Regardez...

Elle sortit de sa poche le cheval réparé et le déballa. M. Goldsmith examina les ailes.

— Il a été très bien restauré, commenta-t-il.

— C'est ma mère qui l'a fait.

Elle ne pouvait pas lui avouer qu'elle craignait que le cheval n'ait perdu ses pouvoirs tant qu'elle n'avait pas essayé de stravaganter.

— Donc, tu avais raison au sujet de ton demi-frère ? Qu'ont dit vos parents ?

— Rien ! s'exclama Georgia avec amertume. C'est moi qui ai des ennuis, pas lui !

— Des ennuis ? Pour quelle raison ?

Georgia hésita.

— Peu importe, répondit-elle. En fait, je venais vous dire que j'avais retrouvé le cheval et que j'allais m'absenter quelque temps. Je crois que nos parents veulent nous séparer, Russell et moi.

— Je regretterai tes visites. Mais cet éloignement me semble être une bonne idée.

— Oui, je crois aussi. Et je vais pouvoir faire du cheval, chez mon amie, dans le Devon.

Rodolfo avait orienté un de ses miroirs sur le Grand Canal. Il suivait le trajet d'une gondole conduite par son frère et transportant le jeune Chimici et sa cousine. Il sourit en voyant leurs deux têtes se rapprocher, tandis que Gaetano montrait telle ou telle curiosité à Francesca.

— Alors, ça se passe bien ? demanda une voix derrière lui.

Il se tourna vers Arianna et son sourire se porta sur elle.

— Je ne t'avais pas entendue arriver. Je dois me faire vieux.

Arianna, qui avait emprunté le passage secret, posa la main sur l'épaule de Rodolfo.

— Jamais, dit-elle. Ils ont l'air heureux, hein ?

— Tu joues un jeu dangereux.

— Moi ? fit Arianna en ouvrant de grands yeux. Il est tout à fait naturel que le prince passe du temps avec sa seule parente à Bellezza, non ?

Rodolfo haussa un sourcil.

— Chaque jour, tu ressembles un peu plus à ta mère.

Arianna n'aurait su dire s'il s'agissait d'un compliment ou non.

Georgia serrait dans son poing le cheval recollé en pensant à Remora, sans oser s'endormir. Elle était terrifiée à l'idée de ne plus pouvoir stravaganter. Quand elle sentit qu'elle commençait à sombrer dans le sommeil, elle fit une promesse solennelle : « Si je retourne à Remora, j'exaucerai le souhait de Falco, dès que possible, avant que Russell puisse me reprendre mon talisman. »

Quand Georgia ouvrit les yeux, elle vit le soleil entrer par les interstices entre les tuiles du toit et éclairer la poussière dorée du grenier à foin du Bélier. Elle entendit les sabots des chevaux racler le sol en pierre en dessous et les bruits de mastication de leurs bouches dans les auges. Elle était de retour !

Hébétée, elle regarda le petit cheval dans sa main. Il était si minuscule, si fragile, et pourtant, l'agression de Russell ne lui avait pas fait perdre ses pouvoirs.

Après avoir brossé l'étoffe grossière de ses vêtements pour ôter les brins de foin, elle dévala l'échelle et se précipita dans la maison de Paolo, impatiente de savoir combien de temps s'était écoulé durant son absence.

Il n'y avait personne. Georgia était déçue et un peu inquiète. C'était la première fois qu'elle trouvait la maison vide à son arrivée.

Elle s'assit à la table de la cuisine sans savoir que faire. Où étaient donc Luciano, Dethridge et les autres ? Soudain, elle entendit un bruit dans un coin de la pièce. Les jumeaux dormaient dans un grand berceau en bois à bascule et l'un des deux gazouillait. Teresa ne devait pas être loin. Georgia se leva d'un bond et courut derrière la maison. Teresa était là, en effet, en train de nourrir les poulets, aidée par les trois fillettes qui poussaient des hurlements faussement horrifiés chaque fois qu'une poule venait picorer près de leurs orteils.

Teresa leva la tête et sourit à Georgia. Une fois de plus, cette dernière sentit sa poitrine se serrer en découvrant la famille de Cesare. Non pas qu'elle aurait aimé avoir cinq frères et sœurs plus jeunes. Ce qui l'émouvait, c'était la manière dont ils s'acceptaient les uns les autres, comme si c'était la chose la plus naturelle du monde. Il en résultait une atmosphère chaleureuse totalement absente du foyer de Georgia.

Elle se demanda ce que Teresa pensait d'elle. Savait-elle qu'elle était une fille ? Et une Stravagante ? Georgia n'était même pas certaine que Teresa sache que son mari appartenait à la confrérie.

— Bonjour, Giorgio, dit-elle en repoussant habilement les poules qui s'approchaient des fillettes. Tu as fait la grasse matinée ?

— Bonjour, répondit Georgia. Je crois que j'ai perdu la notion du temps. Dites-moi... Quel jour on est ?

Teresa la regarda d'un air bizarre.

— On est jeudi.

Deux jours s'étaient écoulés à Remora, exactement comme dans son monde. La porte entre les deux époques était restée stable. Georgia avait très vite constaté que les jours à Remora correspondaient à ceux de son monde. Autrement dit, elle avait vécu huit journées en quatre jours ! Pas étonnant qu'elle se sente épuisée. Malgré cela, elle brûlait d'impatience de découvrir ce qui s'était passé ici le mardi et le mercredi.

— Où sont les autres ?

— Au champ de courses, répondit Teresa avec un sourire. Tu ne verras pas Cesare ailleurs jusqu'après la Stellata.

« Et Luciano ? » pensa Georgia. Avant qu'elle puisse poser la question, elle entendit des bruits de chevaux.

— Les voilà qui rentrent, commenta Teresa, et son regard s'illumina. Ils doivent être affamés.

Très vite, elle jeta ce qui restait de grain et entraîna les fillettes vers la maison. Georgia souleva Marta dans ses bras et prit la main d'Emilia. Teresa lui adressa un sourire reconnaissant. Une fois à l'intérieur, elle dit :

— Va vite les retrouver, si tu veux. Je peux me débrouiller seule.

Georgia courut à l'écurie et se heurta à Luciano qui en sortait. Il avait le rouge aux joues. Quand il la vit, la joie se répandit sur son visage.

— Georgia ! (Il lui prit les deux mains.) Dieu soit loué, tu es revenue !

Georgia sursauta comme si ce contact était incandescent. Puis elle se détendit et sourit à son tour.

— Désolée de ne pas être revenue plus tôt. La première nuit, j'étais trop fatiguée, puis mon demi-frère a brisé mon talisman. Je craignais de ne plus pouvoir revenir.

Soudain, elle avait envie de danser dans la cour pavée. Elle était de retour à Remora, Russell n'avait pas réussi à détruire la chose la plus précieuse de sa vie et Luciano était heureux de la voir. Mais la joie quitta son visage tout à coup. Les autres sortaient de l'écurie. En la voyant, ils esquissèrent un sourire, aussitôt remplacé par une profonde tristesse.

— Que se passe-t-il ? s'enquit Georgia, inquiète.

— Merla a disparu, lui expliqua Luciano. On pense que quelqu'un l'a volée.

★

Un peu plus tard dans le courant de la journée, Paolo demanda à Georgia si elle se sentait moins fatiguée.

— Oui, merci. Mais ce n'est pas ça qui m'a empêchée de revenir plus tôt. Mon demi-frère m'a volé mon talisman et l'a brisé.

Paolo était consterné.

— Il sait à quoi il sert ?

— Non. Il aime détruire pour le plaisir. Il savait que je tenais beaucoup à ce cheval ; il a fait ça pour me faire du mal.

— Il est dérangé ?

— Oui, on peut dire ça, répondit Georgia. En tout cas, c'est un être invivable.

Paolo paraissait songeur. Georgia devina qu'il essayait de comprendre comment quelqu'un pouvait se comporter ainsi avec un membre de sa famille. Elle savait que jamais Cesare ne serait aussi méchant avec ses jeunes demi-frères et sœurs.

— Il te rend malheureuse, dit-il. C'est peut-être pour ça que le talisman t'a trouvée. Luciano était malade dans son corps, et toi, tu es malheureuse dans ta tête. Ça te rend plus sensible à nos besoins.

— Oui, peut-être.

Paolo lui prit la main.

— Souviens-toi que rien ne dure jamais, dit-il. Les bonnes choses comme les mauvaises.

★

Falco avait retrouvé la vie solitaire qu'il menait avant que Gaetano y fasse irruption comme un tourbillon. Il n'avait rien d'autre à faire que d'errer seul dans le palais, en espérant recevoir les visites de Luciano ou de Georgia, ces êtres fascinants venus d'un autre monde. Il lisait dans la bibliothèque jusqu'à ce que son corps s'ankylose, puis il entreprenait de longues et douloureuses promenades à travers cette vaste demeure. Plusieurs fois, il avait eu le sentiment de ne pas être seul. Il se sentait observé, et s'il se retournait assez vite, il était certain d'entrapercevoir une tache bleue. Il commençait à redouter les fantômes.

Pourtant, en un sens, il avait le sentiment d'être lui-même un fantôme. Maintenant qu'il avait décidé de quitter la Talie pour toujours, il était comme un spectre sous son propre toit ; il déambulait d'une pièce à l'autre, invisible. S'il continuait à vivre ainsi, il se disait qu'il allait devenir de plus en plus transparent, à tel point qu'il ne pourrait plus stravaganter : il n'aurait plus assez de substance pour projeter une ombre, dans aucun des deux mondes.

Ses rêveries furent interrompues par les tintements discordants de la sonnette et il se réjouit de voir que les deux jeunes Stravaganti venaient lui rendre visite.

— Falco ! dit Georgia dès qu'ils se retrouvèrent seuls et qu'elle lui eut expliqué pourquoi elle n'était pas venue plus tôt. Luciano m'a parlé de son idée. Es-tu prêt pour un vol d'essai ?

— Je suis prêt à tout. Je vais devenir fou si je ne fais rien très vite.

— Dans ce cas, nous le ferons ce soir, déclara Georgia. Quand je partirai d'ici, tu rentreras avec moi.

— Et pour le talisman ? demanda Luciano.

— J'y ai pensé. Pourquoi ne pas utiliser mon piercing au sourcil ?

Les deux garçons approuvèrent l'idée. Cet anneau était un objet de l'autre monde et ce n'était pas quelque chose que Georgia devait transporter. De plus, il était en argent et assez petit pour que Falco le tienne dans sa main sans qu'on le remarque.

— Pourquoi ce soir ? demanda Luciano. Tu n'as rien préparé de l'autre côté.

— Oui, je sais. Mais il n'est pas obligé de rester toute la journée... toute la nuit, plutôt. Si j'arrive à le faire sortir en douce de ma chambre, il pourra venir avec moi à l'école, pendant quelques heures, et voir si ça lui plaît.

— À l'école avec toi ? s'exclama Luciano, déconcerté par la vision de Falco avec son teint pâle et sa jambe tordue au milieu du chaos du lycée de Barnsbury. Comment il s'habillera ? Il ne pourra pas entrer dans une salle de cours. Et si ses béquilles ne voyagent pas avec lui ? Il sera incapable de marcher.

Georgia fronça les sourcils. Luciano avait raison ; des préparatifs s'imposaient.

— On pourrait attendre un soir de plus. Quand on reviendra, on sera samedi. Je lui trouverai des vêtements. Et des béquilles aussi. Je crois qu'il y a des vieilles cannes dans le porte-parapluie. On ne peut pas attendre plus longtemps pour faire l'essai. Je pars dans le Devon dimanche et je ne pourrai pas l'emmener. Je serais incapable d'expliquer sa présence à mon amie Alice.

— Alors, quand pourra-t-on faire ça pour de vrai ? demanda Falco, inquiet.

— Pas avant mon retour, répondit Georgia d'un ton ferme. Je ne suis même pas sûre que je pourrai stravaganter quand je serai dans le Devon. Qu'en penses-tu, Luciano ?

— Je ne sais pas. Rodolfo pensait que je ne pourrais pas stravaganter de Venise à Bellezza. Parce que je n'étais pas en Angleterre, je suppose. Rodolfo pense que le passage ne fonctionne qu'entre l'Angleterre et la Talie, à cause du Pr Dethridge. Par contre, j'ignore si tu dois forcément te trouver à Londres.

— Le Devon, c'est dans un autre pays ? demanda Falco, et Georgia comprit qu'un lourd apprentissage l'attendait s'il réussissait à se « transférer » dans son monde.

— Ce sera un sacré poids, lâcha-t-elle d'un air désabusé en remontant dans la voiture avec Luciano pour rentrer à Remora.

— Tu as raison. Tu es sûre de vouloir aller jusqu'au bout ? Il sera entièrement tributaire de toi... pendant des années peut-être.

— Tout dépend du sort que lui réservent les services sociaux. Pour commencer, il faudra qu'ils le placent dans un centre d'accueil. Avec un peu de chance, ce sera ma mère qui s'occupera de ça. Ensuite, ils essaieront de le faire adopter. Il n'a que treize ans. Alors oui, à moins qu'on l'envoie très loin de Londres, Falco aura besoin de moi pendant longtemps.

Ils se regardèrent. Ils découvraient l'ampleur de ce qu'ils allaient entreprendre. À l'aller, ils avaient parlé uniquement de la disparition de Merla et Luciano lui avait raconté en détail leurs recherches infructueuses. Maintenant, le problème de Falco dominait leurs pensées et leurs paroles.

Pour la première fois depuis qu'elle avait découvert Remora, Georgia avait hâte de rentrer chez elle ; elle avait un tas de choses à organiser.

CHAPITRE 16

Premier vol

Le dernier jour de l'année, les cours finissaient à midi au lycée Barnsbury, et c'était tant mieux. D'ailleurs, les élèves ne faisaient pas grand-chose le matin ; ils songeaient déjà avec délices à ces sept semaines de liberté. La moitié d'entre eux environ partait au soleil ; les autres se réjouissaient simplement de pouvoir flemmarder, même ceux qui emportaient une longue liste de devoirs pour préparer leur rentrée.

En entendant toutes ces conversations où il n'était question que de projets de vacances, Georgia pensait forcément aux siennes. Elle passerait d'abord quinze jours avec Alice dans le Devon, et à son retour, elle s'était promis d'aider Falco à se « transférer ». Elle devait se rendre en France avec Ralph et Maura à la fin du mois d'août, sans Russell, Dieu merci. À vrai dire, le plus de ces vacances, c'était que Russell travaillerait chez Tesco pendant plus d'un mois, après quoi il ficherait le camp en Grèce avec ses copains pour deux semaines.

Elle compta les jours sur ses doigts. La Stellata avait lieu le 15 août. « La course a toujours lieu à cette date-là, lui avait dit Paolo. Le Jour de la Dame. Nos bons amis les Manouches diraient le Jour de la Déesse. » Le 15 août tombait un vendredi et Georgia brûlait d'envie d'assister à la course, mais cela risquait d'être problématique car elle débutait à 19 heures, lorsque la nuit tombait.

Les vacances en France devaient commencer le week-end juste après la Stellata. Georgia se réjouissait que Ralph doive refaire l'électricité d'une vieille maison. Les détails du séjour n'avaient été organisés que très récemment. Maura avait harcelé Ralph jusqu'à ce qu'il lui donne une date, puis elle avait réservé une location, une semaine dans le Languedoc. S'ils étaient partis une semaine plus tôt, Georgia n'aurait pas pu assister à la course.

Georgia passa l'après-midi dans sa chambre à préparer la tentative de stravagation de Falco, prévue pour cette nuit. Elle essayait de se remettre en mémoire la morphologie du jeune Talien. Il était frêle pour un garçon de treize ans, mais un vieux T-shirt et un pantalon de jogging feraient l'affaire. Il avait de petits pieds ; il pourrait mettre une de ses paires de baskets. Certes, il ne serait pas très chic. Au moins, il n'attirerait pas trop l'attention, exception faite de sa démarche.

Georgia avait subtilisé deux cannes dans le porte-parapluie, et prit soin de disposer les nombreux parapluies, les pompes à vélo, et même une vieille épée en plastique ayant appartenu à Russell, de manière à masquer leur disparition. Hélas, elles ne semblaient pas très adaptées à un jeune garçon. Des béquilles auraient été préférables. Elle cacha les cannes au fond de sa penderie.

Restait la question délicate des sous-vêtements. Elle ignorait ce que portaient les Taliens sous leurs vêtements et elle n'osait pas poser la question. Personnellement, elle avait remarqué qu'elle portait toujours sous sa tenue de garçon de Remora la même chose que la nuit. D'ailleurs, elle avait pris l'habitude de se coucher avec des choses légères pour ne pas avoir trop chaud sous le soleil de Talie.

Mais elle se voyait mal proposer une de ses culottes à Falco. Impossible de faire autrement : elle allait devoir voler un des caleçons de Russell. C'était une opération périlleuse car son demi-frère était à la maison. À deux reprises, elle se rendit dans la buanderie. Chaque fois, il était affalé devant la porte de sa chambre et elle dut faire semblant d'aller chercher des serviettes ou des sous-vêtements pour elle.

Il la regarda avec mépris.

— Qu'est-ce que tu fabriques encore ? lui lança-t-il en la voyant passer pour la deuxième fois.

— Je prépare mes affaires pour le Devon, répondit Georgia d'un ton glacial. Qu'est-ce que ça peut te faire, d'abord ?

— Ah oui, je vois. Avec ta nouvelle copine. Encore une dingue de cheval. Vous allez vous éclater toutes les deux en écartant les cuisses sur un canasson.

Georgia se contenta de le foudroyer du regard. Un peu plus tard, quand elle entendit Russell sortir de la maison, elle se précipita dans la buanderie. Elle devait choisir un caleçon neuf pour que l'élastique tienne bien car Russell était beaucoup plus enrobé que Falco. Le cœur battant à se rompre, elle ressortit de la buanderie et s'empressa d'aller cacher son trophée dans la penderie avec les cannes. Elle n'osait pas imaginer les réflexions de son demi-frère s'il la découvrait avec un de ses caleçons.

Heureusement, elle n'eut pas le temps de spéculer. Un coup d'œil à son réveil lui indiqua qu'elle allait être en retard à son cours de violon. Elle dévala la rue avec son instrument et ses partitions.

En arrivant à proximité de la maison des Mulholland, elle ralentit. Tant de choses s'étaient passées depuis sa dernière leçon, une semaine plus tôt. Elle n'avait pas songé, jusqu'à cet instant, combien il serait difficile de se retrouver face à la mère de Luciano. Vicky Mulholland l'accueillit avec sa gentillesse habituelle, mais, cette fois, Georgia la dévisagea pour tenter de déceler des traces de tristesse derrière ce sourire.

Après la leçon, à son grand étonnement, Vicky lui offrit un thé.

— Tu es mon dernier cours de la journée, expliqua-t-elle. Tous mes autres élèves du vendredi sont déjà partis en vacances.

Georgia se réjouissait de rester ; elles allaient certainement parler de Luciano. Elle était en train de regarder sa photo quand Vicky revint dans le salon avec deux tasses et quelques biscuits sur un plateau.

— Tu connaissais un peu mon fils, je crois ?

— Oui. On jouait ensemble dans l'orchestre.

Georgia avala une gorgée de thé, frappée de voir à quel point Luciano semblait avoir vieilli par rapport au Lucien de la photo.

— Je suis navrée pour ce qui s'est passé, dit-elle.

Un silence s'ensuivit. Georgia repensa à ce que lui avait confié Luciano : parfois, il s'arrangeait pour stravaganter dans son ancien monde, quelques instants seulement. Ses parents l'avaient vu, paraît-il, et Georgia se demandait comment Vicky avait réagi face aux apparitions inexpliquées de son fils ; sans doute avait-elle cru qu'elle devenait folle. Ces visites l'avaient-elles soulagée ou au contraire avaient-elles attisé son chagrin ? Georgia savait qu'elle ne connaîtrait jamais la réponse. Ce n'était pas le genre de sujet que son professeur de violon allait aborder.

— Tu ne trouves pas que c'est idiot de garder cette photo en évidence ? demanda tout à coup Vicky.

— Non, bien sûr que non, répondit Georgia. Je crois que ça lui ferait plaisir.

Vicky la regarda d'un air étrange.

— Oui, je crois aussi. Il me manque tellement.

Luciano faisait des progrès en équitation. Il apprenait maintenant à trotter, et à l'issue de ces séances, il était épuisé et tout endolori. Dondola était un cheval doux et Dethridge un professeur patient. Mais Luciano ne pouvait pas rivaliser avec Cesare, loin s'en faut. Le jeune Talien montait Arcangelo à cru sur le champ de courses et Luciano n'était pas le seul à l'observer avec un mélange d'admiration et d'appréhension. Les Maîtres d'écurie des autres Douzièmes étaient tous là pour suivre les prestations de leurs propres jockeys et jauger la concurrence.

Ce jour-là, Luciano s'attarda si longtemps après sa leçon qu'il était encore là quand Georgia arriva.

— Il est formidable, hein ? commenta-t-il.

— Fantastique, confirma-t-elle. Il forme un excellent duo avec Arcangelo. Ce ne sera pas facile de les battre.

Cesare descendit de cheval et les rejoignit. Il transpirait et souriait.

— Tu as envie d'essayer, Georgia ? proposa-t-il.

Sous le regard de Luciano, Georgia fit un petit tour sur le grand alezan. Elle était douée, aucun doute. Elle restait au petit galop, mais elle avait une excellente position. Quand elle revint vers Luciano, elle était rayonnante et triomphante.

— Allons dans un endroit tranquille pour parler, dit-elle.

Ils s'assirent sur un talus herbeux qui dominait la piste. Au-delà s'étendaient les champs où, leur avait expliqué Cesare, poussaient les crocus qui donnaient le safran renommé de Remora. On commençait à apercevoir les petites pousses vertes qui deviendraient bientôt des fleurs. Dans quelques jours, toujours d'après Cesare, la ville serait entourée par un océan doré et violet.

— Tu es toujours décidée à faire l'essai ce soir ? demanda Luciano.

— C'est le seul moyen de savoir si le « transfert » de Falco est possible. J'ai tout préparé.

— C'est dangereux pour toi, non ? Si jamais quelqu'un le trouve dans ta chambre.

— Oui, je sais. Mais je ne vois pas d'autre solution. Et toi ?

Luciano fit non de la tête.

— J'ai du mal à imaginer Falco menant la vie d'un garçon du XXIe siècle.

— Tu t'es bien adapté, toi. Tu es devenu un véritable garçon du XVIe siècle, fit remarquer Georgia.

Après avoir réfléchi un instant, Luciano dit :

— Je peux te poser une question ?

Georgia hocha la tête.

— Tu continues à prendre des cours de violon... avec ma mère ?

— Oui. Pas plus tard qu'aujourd'hui.

— Et... elle te parle de moi ?

— Généralement, non. Aujourd'hui, si.

Luciano fut incapable de dire autre chose pendant plusieurs minutes. Il passait ses mains dans ses cheveux.

— Est-ce qu'on a le droit de faire ça à la famille de Falco ? demanda-t-il enfin. Moi, je n'ai pas eu le choix. Lui, il envisage froidement d'abandonner son père, sa sœur et ses frères. Comment vont-ils réagir ? Et lui ? Comme tu le sais, je suis retourné voir mes parents plusieurs fois. Franchement, c'est très dur.

— Je sais. À sa place, je crois que je n'aurais pas le courage. Mais c'est un garçon hors du commun. Et c'est ce qu'il veut.

★

Pour Falco, les heures qui le séparaient de la tombée de la nuit s'éternisaient. Il attendait l'arrivée de Luciano et de Georgia au crépuscule. Son état d'intense excitation l'empêchait de lire. Alors, il se rendit aux écuries pour bavarder avec Nello, surpris et très inquiet de voir le jeune noble.

En présence des chevaux, Falco retrouvait un peu de sérénité. Son vœu le plus cher était de pouvoir monter à nouveau un jour. Pour cela, il était prêt à abandonner tout ce qui le retenait en Talie.

Il fit le tour des stalles en boitant. Il s'adressa à chacun des chevaux et leur caressa la tête. Il se souvenait encore de leurs noms – Fiordiligi, Amato, Caramella –, et eux non plus ne l'avaient pas oublié. Ils le saluèrent en reniflant.

— Quel est ce cheval, là-bas ? demanda-t-il à Nello en plissant les yeux pour essayer de distinguer dans l'obscurité de la stalle la silhouette noire qu'il ne reconnaissait pas.

L'animal était sous une couverture.

— Oh, ça, c'est juste une nouvelle jument qu'on dresse pour votre père, répondit Nello d'un ton mal assuré en essayant d'entraîner Falco à l'extérieur. À votre place, je ne m'en approcherais pas. Elle a un fichu caractère.

Falco laissa le palefrenier le mener hors des stalles, dans la lumière du soleil. En sortant, il entendit l'étrange jument hennir et ce son plaintif l'accompagna toute la journée.

★

Dans le Douzième de la Lionne, le Manouche aveugle leva la tête comme s'il écoutait quelque chose au loin.

— Qu'y a-t-il ? demanda Raffaella.

— Il se passe quelque chose en ville, déclara Aurelio. Quelque chose qui dépasse les tractations et les connivences habituelles avant la course. Si quelqu'un a volé le zhou volou au Bélier, ce quelqu'un essaye de voler la chance. Et la Déesse est en colère.

— Que va-t-elle faire ? demanda Raffaella.

Aurelio tourna vers elle ses yeux vides.

— Nous verrons bien. En tout cas ça va très mal finir pour le voleur de chance.

★

L'heure de l'expérience de Falco approchait. Il avait informé les domestiques que ses deux amis passeraient la nuit avec lui. On leur prépara donc des chambres à côté de la sienne et tous les trois dînèrent dans la salle à manger familiale. Ce n'était pas une vaste pièce comme celle où avait eu lieu l'anniversaire de Gaetano, mais c'était suffisant pour impressionner et inquiéter Georgia. Qu'allait penser de sa maison Falco qui était habitué aux palais et aux pièces innombrables ?

Luciano et elle avaient tenté de lui décrire la vie au XXIe siècle, mais ils avaient renoncé. C'était inutile. Falco était tout bonnement incapable d'imaginer que des voitures puissent se mouvoir sans chevaux. « S'ils ne tirent pas la voiture, ça veut dire qu'ils la poussent par-derrière ? » avait-il demandé, incrédule. Il semblait préférable de lui montrer directement les choses.

Georgia mangea du bout des lèvres ; tous les trois avaient hâte d'entreprendre ce qu'ils avaient décidé. Dès qu'il ferait nuit en Talie, ils ne disposeraient que de quelques heures pour effectuer le « voyage ». Falco congédia les domestiques, puis Georgia et Luciano l'accompagnèrent dans sa chambre, où Georgia ôta l'anneau planté dans son sourcil. Elle le tendit au garçon, qui le fit tourner entre ses doigts d'un air intrigué, avant de le glisser à son auriculaire.

Il partit se changer derrière un paravent, et quand il revint, il paraissait ridiculement jeune et frêle dans sa chemise de nuit blanche. Il s'assit au bord du lit immense.

— Que dois-je faire ?

Georgia vint s'asseoir à côté de lui.

— C'est à la fois simple et difficile. Tu dois t'endormir en pensant à ma maison en Angleterre, là d'où vient l'anneau. Je vais te la décrire pour que tu puisses l'imaginer. Couche-toi, je vais m'allonger à côté de toi.

Le garçon grimpa, non sans peine, dans le haut lit et Georgia se coucha près de lui sur l'édredon de brocart.

— C'est comme si je te racontais une histoire avant de dormir, dit-elle. Je vais te parler de ma maison et de ma chambre. Souviens-toi de tout ce que je t'ai raconté quand tu te réveilleras dans mon monde. Si tout se passe bien, je serai avec toi. Si je donne l'impression de dormir, réveille-moi.

Elle sortit son propre talisman de sa poche.

— Luciano, dit Falco. Reste avec nous.

— Je ne pars pas, répliqua-t-il en s'asseyant dans un fauteuil à côté du lit.

Il savait qu'une longue nuit l'attendait.

Le soleil se déversait dans la chambre de Georgia et sur son visage. Elle était couchée dans son lit, en débardeur et en culotte, blottie contre le dos osseux du jeune Chimici. Pendant un instant, elle n'arriva pas à croire que cela avait fonctionné. Puis...

— Falco... murmura-t-elle. Ça va ?

Il se tourna vers elle ; ses yeux immenses allaient et venaient d'un bout à l'autre de cette pièce inconnue.

— On a réussi ! s'exclama-t-il.

Prudemment, il ôta l'anneau de son doigt et Georgia le remit dans son sourcil.

Après quoi, elle bondit hors du lit, pressée d'habiller Falco avec ses vêtements contemporains. Elle lui montra ce qu'il devait enfiler, y compris le caleçon, qui semblait beaucoup l'intriguer. Puis elle lui donna les cannes.

— Je vais m'habiller dans la salle de bains, dit-elle. Pendant ce temps-là, change-toi et cache ta chemise de nuit dans mon lit. Je verrouillerai la porte derrière moi.

Falco répondit d'un simple hochement de tête. Elle prit ses affaires et quitta sa chambre à pas feutrés.

On était samedi, et à cette heure matinale, personne d'autre n'était réveillé. Après avoir pris sa douche et s'être habillée à la hâte, elle retourna dans sa chambre. Ne pouvant pas prendre le risque de frapper, elle déverrouilla la porte et entra, espérant que Falco n'était pas nu.

À son grand étonnement, elle découvrit un garçon ordinaire, assis sur son lit. Certes, il paraissait hébété, il avait enfilé le T-shirt à l'envers et il était d'une beauté inhabituelle pour un garçon d'aujourd'hui. Mais il n'avait pas l'air de débarquer d'une autre dimension.

— Tu es parfait, Falco.

Il essaya de sourire.

— Je suis désolé, il faut que j'aille me soulager.

— Oui, bien sûr. La salle de bains, c'est la première porte à droite. Surtout, ne fais pas de bruit.

Elle n'osait même pas imaginer Russell croisant Falco sur le palier. Elle lui tendit les cannes. Il se leva, parut hésiter.

— Ce n'est pas d'un bain que j'ai besoin.

Quelle idiote ! Georgia s'en voulait de ne pas lui avoir expliqué une chose aussi élémentaire la veille. Elle lui expliqua, en essayant de ne pas les mettre dans l'embarras ni elle ni lui, le fonctionnement des installations sanitaires modernes. Falco ouvrit de grands yeux.

Elle l'accompagna à la porte de la chambre et le suivit du regard pendant qu'il se dirigeait vers la salle de bains. Elle lui avait montré comment tirer le verrou, mais tout le temps où il resta à l'intérieur, elle demeura pétrifiée de peur. L'entreprise commençait à paraître gigantesque, et ce n'était qu'un essai.

Elle entendit le bruit de la chasse d'eau. Quelques secondes plus tard, Falco ressortit de la salle de bains et regagna la chambre en boitant. Ils avaient franchi le premier obstacle.

* * *

Contre toute attente, Luciano parvint à somnoler dans le fauteuil. Quand il se réveilla, avec un torticolis, le clair de lune illuminait la chambre. Il se leva, s'étira et reporta son attention sur le lit. Falco semblait dormir ; ses boucles brunes s'étalaient sur l'oreiller. Aucun signe de Georgia.

Luciano observa longuement le jeune garçon endormi. En apparence, tout était normal, mais le Stravagante savait qu'il contemplait quelqu'un qui n'était plus là. Cette pensée le rendait affreusement nostalgique.

* * *

— Que comptes-tu faire aujourd'hui, Georgia ? demanda sa mère. Je me disais que tu voudrais peut-être faire quelques courses avant de partir ?

— Non, merci, maman. Je n'ai besoin de rien. D'ailleurs, j'ai quasiment fini ma valise. J'avais prévu d'aller au British Museum.

Russell laissa échapper un ricanement.

— Un problème, Russell ? demanda Ralph.

— Euh, non. Tout va bien. Les céréales sont juste passées de travers.

— C'est pour l'école ? demanda Maura.

— Oui, mentit Georgia. Pour le cours sur les civilisations classiques. Je voulais prendre quelques notes avant de partir.

— Débile, lui glissa Russell en profitant des bruits de vaisselle.

« Au moins, il ne proposera pas de venir avec moi, se dit-elle, même pour me harceler. » Jamais il ne mettrait les pieds dans un musée. Cela étant, elle avait besoin de connaître les projets de leurs parents et de Russell. Faire sortir Falco de la maison ne serait pas de la tarte.

La chance était de son côté. Le père et le fils avaient enfilé leurs vêtements de sport ; ça signifiait qu'ils se rendaient à la salle de gym. Maura déclara qu'elle allait s'enfermer dans la petite pièce qui leur servait de bureau pour plonger son nez dans les factures.

— Ça fait une éternité que je repousse cette corvée, avoua-t-elle.

Georgia attendit que les hommes soient partis, puis elle fit un café pour sa mère, qu'elle lui apporta dans le bureau. Maura avait les cheveux en bataille et mordillait l'extrémité d'un crayon tout en pianotant sur une calculatrice.

— Il faut que je m'en aille, maman. Je ne rentrerai pas pour déjeuner.

Maura lui sourit d'un air reconnaissant.

— Merci pour le café, ma chérie. Attends, je vais te donner un peu d'argent. (Elle prit un billet de vingt livres dans son sac.) De quoi t'acheter à manger et payer le transport.

Georgia savait que sa mère ne sortirait pas du bureau avant un long moment, aussi prit-elle le risque de faire descendre Falco. Le jeune garçon se montra étrangement agile. Après le grand escalier majestueux du palais de Santa Fina, il n'allait pas s'avouer vaincu devant les quelques marches de cette modeste maison.

Elle lui avait fait part de son projet : ils iraient voir un cheval étrusque qui ressemblait à son talisman. Et cette excursion avait aussi un autre but : donner à Falco un aperçu de Londres. Il faillit s'évanouir dès qu'ils eurent franchi la porte d'entrée. En voyant passer deux voitures tout à fait ordinaires, il sursauta, terrorisé. En revanche, il ne sembla pas perturbé de ne plus avoir d'ombre quand Georgia le lui fit remarquer.

Le trajet jusqu'à la station de métro de Caledonian Road prit une éternité. Georgia avait vérifié que la station était équipée d'un ascenseur pour éviter à Falco d'affronter l'escalator, mais elle n'avait pas tenu compte de la lenteur avec laquelle le jeune garçon se déplaçait et des nombreuses fois où il devait s'arrêter, terrifié par la circulation. Finalement, Georgia le conduisit dans un café.

— De toute façon, il faut que tu prennes un petit déjeuner, dit-elle.

Elle lui apporta du thé et des sandwiches aux œufs frits. Falco, qui n'avait jamais goûté ni à l'un ni à l'autre, avala le tout goulûment. Cela sembla lui faire du bien. Le restant du trajet s'effectua sans problème, même si Falco recula sur le quai lorsque la rame de métro surgit du tunnel dans un grondement d'enfer. Georgia constata à quel point sa vie quotidienne était extraordinaire maintenant qu'elle la voyait avec les yeux d'un individu du XVIe siècle.

La correspondance à Leicester Square les obligea à prendre l'escalator. Il n'était pas très long et Falco négocia cette épreuve sans problème. En revanche, il commençait déjà à fatiguer quand ils sortirent dans Goodge Street et il fallait encore marcher un bon moment.

Quand ils arrivèrent au croisement de Gower Street et de Great Russell Street, Falco poussa un soupir de soulagement.

— Nous y sommes enfin. Tant mieux ! Je crois que je ne pourrais pas faire un mètre de plus.

Georgia comprit la raison de cette méprise : il croyait que la belle librairie d'art située au coin et baptisée « British Museum » était leur destination. Bon sang, qu'allait-il penser en voyant le véritable musée ?

— C'est juste un tout petit peu plus loin, dit-elle d'un ton encourageant en l'entraînant dans Great Russell Street.

En effet, quelques minutes plus tard, ils étaient devant les grilles et les colonnes et Falco découvrit le musée dans toute sa splendeur. Il demeura bouche bée.

— C'est un palais ! s'exclama-t-il. Quel puissant prince ou duc vit ici ?

— Aucun. Mais je me réjouis que tu sois impressionné.

Georgia guida Falco au milieu des touristes et des pigeons qui envahissaient l'esplanade. Il s'arrêta devant l'imposante tête en bronze sur le côté et l'observa longuement.

— C'est juste un fragment ? demanda-t-il. La statue devait être gigantesque. Où est le reste ?

— Il n'y a rien d'autre, expliqua Georgia. Le sculpteur l'a conçue comme ça.

Il fallait encore gravir le grand escalier jusqu'à l'entrée principale. Quand il arriva en haut, Falco était épuisé. Malgré tout, quand Georgia lui annonça que la chose qu'ils venaient voir se trouvait au premier étage, il attaqua avec courage les marches de l'escalier de marbre.

— Attends ! lui dit-elle, inquiète de le voir aussi fatigué. Il y a un ascenseur. De nos jours, il y en a partout.

Un gardien qui l'avait entendue s'approcha d'eux.

— Les ascenseurs sont par là, mademoiselle. Vous ne voulez pas un fauteuil roulant pour votre ami ? Ils sont juste là. Venez.

Il les conduisit dans un recoin où des fauteuils roulants pliés et alignés attendaient qu'on les utilise.

— Combien ça coûte ? murmura Georgia, effrayée par le coût de cette excursion.

Heureusement que sa mère lui avait donné de l'argent.

— C'est gratuit, mademoiselle. On vous demande juste de le rapporter quand vous partirez.

Le gardien déplia un fauteuil et leur montra comment fonctionnaient les freins. Falco était enthousiaste. Il coinça les cannes entre ses genoux.

— Il va avancer tout seul ? demanda-t-il.

Georgia se souvint qu'elle lui avait parlé des fauteuils roulants électriques.

— Non, pas celui-ci, mon garçon, répondit le gardien. Il faut que tu fasses tourner les roues avec tes mains ou que tu demandes à ton amie de te pousser.

— Je le pousserai, déclara Georgia. Merci pour votre aide.

Georgia s'empressa de guider Falco vers l'ascenseur. Celui-ci était assez exigu, et une fois qu'ils se retrouvèrent à l'intérieur, il n'y avait plus beaucoup de place ; heureusement, il n'y avait personne d'autre. Après quelques montées et descentes inutiles car le rez-de-chaussée correspondait au bouton marqué 2 et le premier étage au bouton 6, ils atteignirent les galeries supérieures. Georgia poussa Falco hors de la cabine, puis s'arrêta pour l'observer. Il n'avait pas dit un mot pendant qu'ils montaient et descendaient, tandis que Georgia maudissait cette fichue numérotation. Elle découvrit qu'il était blanc comme un linge et terrifié.

— Ce n'est rien, Falco. C'est encore une de nos machines. Pour aller d'un endroit à l'autre. Les gens s'en servent tout le temps ; c'est sans danger.

« Que penserait-il des transporteurs dans *Star Trek* ? » se demanda-t-elle. Pour lui changer les idées, elle le poussa vers une haute fenêtre qui donnait sur la grande cour intérieure. « La Reine de Saba », annonçait une affiche au-dessus de la porte par laquelle des gens entraient.

— C'est son palais ? demanda Falco, les yeux écarquillés.

— Non. C'est une exposition qui lui est consacrée. Je vais demander à un gardien où se trouvent les Étrusques.

Ils durent traverser une longue galerie où s'alignaient des vitrines consacrées à l'argent et Falco s'arrêta plusieurs fois pour s'extasier devant de grandes balances en cuivre servant à peser les pièces de monnaie.

— J'en ai vu de semblables à Giglia, dit-il. La fortune de ma famille vient de la banque, comme tu le sais.

En entrant dans la Salle 69, ils furent accueillis par une terrifiante sculpture en marbre d'un homme en train de poignarder un taureau dans le cou. Un petit chien bondissait pour lécher le sang qui s'échappait de la blessure. Falco ne pouvait en détacher son regard.

— Mithra, lut Georgia. Sculpture romaine, IIe siècle.

— Il y a une sculpture comme ça dans notre palais de Santa Fina, murmura Falco. Dans une cour. Je te la montrerai quand on sera retournés là-bas.

Enfin, ils atteignirent la Salle 71, consacrée à l'Italie avant l'empire romain, et ils se mirent à la recherche d'un cheval ailé. Falco ayant émis le désir de faire avancer lui-même son fauteuil, ils partirent chacun dans une direction. Soudain, le jeune garçon s'exclama :

— Georgia ! Viens par ici !

Elle se précipita pour voir ce qu'il avait découvert : quatre petits bronzes d'une dizaine de centimètres représentant des garçons et leurs chevaux. La plaque indiquait : « Statuettes en bronze provenant d'une urne de Campanie. Étrusco-campanienne, env. 500-480 avant J.-C. Sans doute réalisée à Capua. Les garçons semblent participer à une ancienne course grecque au cours de laquelle les cavaliers descendaient de leur monture et couraient à côté d'elle dans la dernière ligne droite. »

Les garçons étaient nus ; leurs longs cheveux étaient attachés en arrière de manière très féminine, mais ils étaient larges d'épaules, musclés et ils montaient à cru.

— Ils sont magnifiques, commenta Falco. Sais-tu que la Stellata viendrait, paraît-il, d'une course de ce genre ? Nos ancêtres, les Rassenans comme on les appelle, couraient en ligne droite et descendaient de leur monture à la fin. Le gagnant était le cavalier qui franchissait la ligne en premier, à côté de son cheval.

C'est dans un autre coin de la pièce qu'ils découvrirent le cheval ailé. Il ne s'agissait pas d'une statuette, mais d'un dessin sur un bol noir. Et un peu plus loin, ils trouvèrent un autre dessin, sous une notice du musée qui résumait la chronologie des Étrusques. C'était une représentation de deux chevaux ailés en terre cuite, côte à côte, retrouvés à Tarquinia.

Georgia et Falco rentrèrent lentement à Islington après avoir acheté des hot dogs et des sodas à un vendeur ambulant devant le musée. Le jeune Talien était submergé par toutes les expériences vécues dans la journée et si épuisé qu'il laissa Georgia le déshabiller et lui remettre sa chemise de nuit. Par un accord tacite, elle ne lui enleva pas le caleçon de Russell. Il s'endormit sans peine dans le lit de Georgia dès qu'elle lui eut rendu l'anneau. Elle le regarda disparaître en devenant tout pâle, puis transparent. N'osant pas l'accompagner, elle espérait qu'il rentrerait sans encombre tout seul.

Un bruit réveilla Luciano, bien qu'il fasse encore nuit. Assis dans son lit, Falco regardait droit devant lui. Puis il posa les yeux sur sa chemise de nuit ornée de dentelle et se mit à trembler. Luciano vint s'asseoir à côté de lui et le prit par les épaules.

— Que s'est-il passé ? demanda-t-il.

— C'est... impossible à décrire, bredouilla le garçon. Un monde rempli de merveilles.

Il faisait tourner l'anneau autour de son doigt.

— Tu t'es senti mieux là-bas ? interrogea Luciano.

— C'était comme tu le disais. Ma jambe n'était pas réparée, mais je me sentais plus fort. Et je suis sûr que dans un endroit comme celui-ci, je trouverai la magie qu'il me faut.

— Ce n'est pas de la magie, c'est de la science, rectifia Luciano.

Il se souvint avoir dit la même chose un jour à Rodolfo. Maintenant, il n'en était plus aussi sûr.

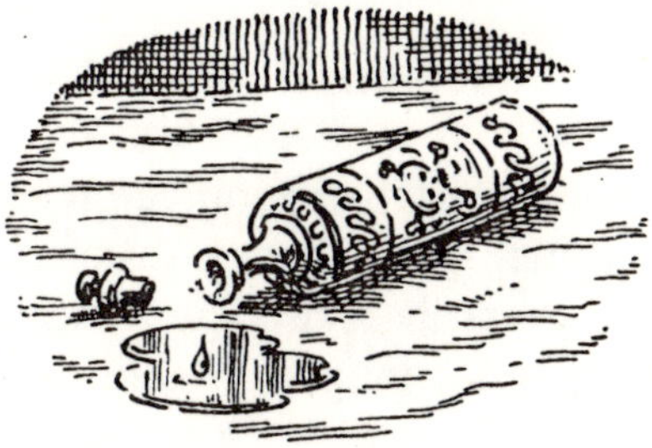

CHAPITRE 17

Le transfert

Pour Georgia, c'était difficile de rester assise et de regarder partir Falco. Son instinct lui criait de se jeter sur son talisman et de s'élancer derrière lui. Mais elle savait que Luciano était là pour l'accueillir à son arrivée à Remora. De plus, elle n'osait pas disparaître en plein après-midi. D'ailleurs, elle entendait sa mère qui l'appelait. Elle devrait donc attendre ce soir pour savoir ce qui s'était passé à Santa Fina.

— Ah, Georgia ! s'exclama Maura en glissant la tête par l'ouverture de la porte. Je pensais bien que je t'avais entendue rentrer. Alors, c'était bien, le British Museum ?

— Super. J'ai pris plein de notes.

Elle agita son cahier en direction de sa mère.

— Pourquoi as-tu monté les vieilles cannes de mamie ? demanda celle-ci en fronçant les sourcils.

Georgia sursauta, prise la main dans le sac. Les cannes étaient appuyées contre son lit.

— J'en avais besoin pour un devoir, répondit-elle prestement, surprise de la facilité avec laquelle ce mensonge lui était venu. On doit écrire une dissertation pendant les vacances en adoptant le point de vue de Richard III, un infirme.

Dieu soit loué, c'était la pièce de Shakespeare qu'ils étudiaient cette année.

— Un handicapé, rectifia Maura par automatisme. C'est très bien, mais tu aurais quand même dû demander la permission.

— Désolée. Je ne pensais pas que ça t'embêterait.

— Ça ne m'embête pas... Est-ce que tu ne travailles pas trop ? D'abord, le cours de civilisation, maintenant la dissertation. C'est ton premier jour de vacances, je te rappelle.

— Et demain, je pars dans le Devon pour quinze jours. Je n'ai pas envie de passer mon temps à faire mes devoirs chez Alice.

Sa mère l'observait avec attention.

— Oui, tu as raison. Tiens, tu ne portes plus ton anneau au sourcil ?

— Il me démangeait un peu, alors j'ai décidé de l'enlever quelques jours et de désinfecter.

— Tu es plus mignonne sans. D'ailleurs, il vaudrait peut-être mieux que tu ne le portes pas dans le Devon. Le père d'Alice risque de te prendre pour une punk. Tes cheveux ont poussé également. Je m'étonne que tu ne les aies pas fait couper avant ton départ.

Georgia soupira.

— Je remettrai mon anneau dès que ça ne me démangera plus. Le père d'Alice ne s'en apercevra même pas. Et je me moque d'avoir les cheveux longs pendant les vacances. Personne ne me verra, à part Alice et son père. J'irai chez le coiffeur à mon retour.

Les ailes de Merla pendaient mollement. Elle ne faisait pas assez d'exercice et elle se languissait de sa mère. Du fait de son extraordinaire croissance, elle n'avait plus besoin du lait de Starlight, mais elle ne mangeait pas assez et elle paraissait amaigrie.

— Il va falloir que tu la sortes cette nuit, dit Nello à Enrico, qui vivait encore au palais.

Enrico en était arrivé à la même conclusion. Certes, c'était risqué, mais à quoi bon avoir un cheval volant s'il ne pouvait pas voler ?

— Je la sortirai cette nuit, déclara-t-il.

Après avoir fait sa valise, Georgia alla se coucher tôt. C'était du moins son intention. Mais Russell ne l'entendait pas de cette oreille. Il était affalé devant la porte de sa chambre, dans cette posture qu'elle redoutait tant.

Il avait trouvé de nouvelles munitions.

— Hé, où tu l'as dégoté, ton petit ami ? lança-t-il.

Georgia se figea.

— Je ne vois pas de quoi tu parles, répondit-il d'un ton aussi calme que possible.

— Maz t'a vue. Dans Caledonian Road, avec une espèce de mongolien. C'est quoi, ton problème ? Tu attires tous les nazes et les monstres, on dirait. C'est parce que vous vous ressemblez ?

Georgia ne répondit pas. C'était une tactique qui fonctionnait parfois. Russell se lassait et il lui fichait la paix. Ou alors, à l'inverse, ça le mettait en rogne.

— D'après Maz, c'était un gamin, reprit-il. Un petit infirme. Je me demande ce qu'en pensera Maura. Les vieux pervers et les petits monstres. Ce sera quoi, ensuite ?

Falco avait mis longtemps à retrouver le sommeil une fois de retour à Santa Fina. Il voulait conserver l'anneau d'argent de Georgia, mais Luciano le lui reprit.

— Il ne faudrait pas que tu te retrouves en Angleterre par mégarde. Je vais rester auprès de toi jusqu'à ce que tu t'endormes. Ensuite, j'irai dans ma chambre.

Georgia avait vaguement espéré qu'elle se réveillerait dans le palais de Falco car c'était le dernier endroit d'où elle avait stravaganté. Mais son petit cheval ailé la conduisit au point d'arrivée habituel, dans le grenier à foin du Bélier.

Elle dut demander à Paolo de lui prêter un cheval pour se rendre à Santa Fina. Le domestique qui lui prit son cheval et celui qui la laissa entrer dans la résidence d'été avaient l'air perplexes. À leur connaissance, ce jeune garçon de Remora faisait la grasse matinée au palais. Comment pouvait-il arriver une deuxième fois, à cheval, alors qu'il était arrivé la veille avec son compagnon, à bord d'une voiture ?

Malgré tout, le domestique laissa Georgia monter dans sa chambre et elle ouvrit la porte de séparation qui donnait dans la chambre de Falco. Ce dernier dormait encore ; il était pâle et avait les traits tirés. L'autre porte, située du côté opposé, s'ouvrit et Luciano entra à son tour, les yeux cernés. En voyant Georgia, il sourit.

— Tu as réussi ! s'exclama-t-il. Falco m'a tout raconté. Il a trouvé l'expérience merveilleuse.

Il lui rendit son anneau en argent.

— Même la circulation automobile ? demanda-t-elle en remettant celui-ci dans son sourcil.

Luciano hocha la tête.

Georgia s'assit sur une chaise basse, submergée tout à coup par l'ampleur de la tâche qu'elle s'était fixée.

— On dispose de deux semaines, dit-elle. Si j'ai de la chance et si je peux revenir ici chaque nuit durant mon séjour chez Alice. De toute façon, Falco retournera à Giglia après la course. Donc, on a quinze jours pour lui apprendre tout ce qu'il doit savoir pour vivre au XXIe siècle.

— C'est faisable, déclara Luciano. À nous deux.

Les deux semaines suivantes furent sans doute les plus animées que Georgia avait jamais connues. Elle partit pour le Devon le lendemain en prenant le train avec Alice. Le père de celle-ci, Paul, les attendait à la gare avec son 4 X 4.

C'était un homme charmant, barbu, le genre gentleman-farmer, un peu comme Ralph, mais en plus chaleureux, en plus drôle. Si Georgia n'avait pas fréquenté les palais de Talie, elle aurait été impressionnée et intimidée par sa maison. C'était une immense ferme en brique rouge avec des dépendances, une écurie et un paddock. L'écurie abritait le cheval d'Alice, une grande jument au poil bai baptisée Truffe.

Les filles allèrent la voir avant même de défaire leurs bagages.

— Elle est magnifique, commenta Georgia d'un ton envieux.

Pouvoir monter tous les chevaux du Bélier en Talie, c'était formidable, mais jamais elle ne posséderait un cheval à elle, ici dans la vraie vie. Alors qu'Alice, une fille de son âge, qui fréquentait la même école qu'elle, n'avait qu'à venir ici tous les week-ends et pendant les vacances pour monter son propre cheval. Georgia, elle, devait se contenter d'une visite au haras une fois tous les quinze jours.

Il y avait un autre locataire dans l'écurie.

— Les filles, je vous présente Noisette, dit Paul.

Dans la stalle voisine de celle de Truffe se trouvait un hongre alezan qui ressemblait beaucoup à Arcangelo.

— D'où vient-il ? demanda Alice, aussi étonnée que Georgia.

— C'est le cheval de mon voisin, expliqua Paul. Tu sais, Jim Gardiner, qui habite un peu plus loin. Il est parti en vacances et il voulait mettre Noisette en pension. J'ai proposé de le garder si la camarade de ma fille pouvait le monter. J'ai bien fait, non ? Je suis sûr que tu auras envie de faire du cheval pendant ton séjour ici, Georgia. Alice me dit que tu es une excellente cavalière. Tu crois que tu sauras le monter ?

Georgia était trop heureuse pour pouvoir dire un mot ; elle se contenta de hocher la tête. Ces vacances s'annonçaient paradisiaques.

Les deux amies adoptèrent rapidement un rythme de vie très agréable. La chambre de Georgia était juste à côté de celle d'Alice et elle apprit avec soulagement que celle-ci n'était pas une lève-tôt. Cela voulait dire que Georgia pourrait au moins s'offrir quelques petites heures de sommeil en revenant de Talie.

Quand les deux filles descendirent le lendemain matin, Paul était parti depuis longtemps. Il était avocat dans la ville voisine. Georgia et Alice se préparèrent un gigantesque brunch composé de pancakes, de fruits et d'œufs, puis elles passèrent le restant de la journée à faire du cheval.

Elles chevauchèrent Truffe et Noisette sur la lande pendant des heures. Quand elles en eurent assez, elles laissèrent paître les chevaux et dévorèrent les sandwiches qu'elles avaient emportés.

Les instants magiques se succédaient ; au cours de ces journées longues et ensoleillées, les deux filles parlaient de leurs familles. Alice raconta que ses parents s'étaient connus à l'université. Sa mère, Jane, était une militante politique, responsable du syndicat des étudiants. Nul n'aurait pu imaginer qu'elle sortirait un jour avec Paul, fils unique d'une famille des classes moyennes.

— Ils se sont séparés peu après ma naissance. Et quand mes grands-parents sont morts, mon père est revenu s'installer dans le Devon. Je connais cette maison depuis toujours.

— Ils s'entendent bien, ta mère et ton père ? demanda Georgia.

— Assez bien, oui, maintenant. La dernière grosse dispute, c'était au sujet de mon lycée. Papa voulait que j'aille dans une école privée de filles, près d'ici. Et ma mère était contre. Pas d'école privée pour sa fille. Elle est conseillère municipale travailliste maintenant. Elle affirmait que le lycée du coin était très bien. Ma mère et moi, on avait emménagé à Barnsbury entre-temps. Ils se sont disputés méchamment, et quand je suis entrée dans l'école privée, ils ne se parlaient presque plus. Il se trouve que je n'y étais pas heureuse et maman a fini par avoir gain de cause ; elle m'a inscrite au lycée de Barnsbury.

— Tu crois qu'elle a eu raison ?

— C'est pas si mal, non ? Le plus difficile, c'est que j'ai deux vies différentes.

— C'est la même chose pour tous les enfants de parents séparés, je suppose.

— Oui. Mais celles de notre classe - Selina, Julie, Tashi ou Callum -, leurs deux parents vivent à Londres. Quand elles passent un week-end avec leur père, ce n'est pas toute une expédition. Moi, il me faut des heures pour venir jusqu'ici et il ne me reste qu'une seule journée complète. Mais j'adore cet endroit. C'est ce qui m'empêche de devenir folle quand je suis en ville. En fait, j'aimerais vivre ici en permanence, sauf que ma mère ne sera jamais d'accord. J'ai l'impression d'être différente ; mon père n'est pas comme les autres. Si on savait à quoi ressemble ma vie ici, je mourrais de honte. Tu es la seule personne du lycée que j'ai fait venir.

Georgia se sentait honorée. Elle se disait que, peut-être, c'était plus facile pour elle qui avait un père dont elle se souvenait à peine. À son tour, elle parla de sa famille, surtout de Russell. Alice le connaissait de vue, et elle surprit Georgia en lui confiant que plusieurs filles de leur classe en pinçaient pour lui.

— Mais il est affreux ! s'exclama Georgia.

Puis elle réfléchit. Elle voyait toujours Russell avec un rictus de mépris, le visage déformé par la haine qu'elle lui inspirait. Peut-être que s'il souriait, il serait moins vilain. Il était grand et bien bâti, avec d'épais cheveux châtains et des yeux noisette. Elle devait reconnaître qu'il n'était pas laid, physiquement. Mais elle le verrait toujours ainsi à cause de sa personnalité perverse. Il était l'opposé de Gaetano, qui était vraiment laid, mais qui était si courtois et si bon que tous ceux qui le connaissaient l'aimaient.

— Je te crois sur parole au sujet de Russell, dit Alice. Il a l'air épouvantable. Je ne pourrais pas craquer pour un type aussi cruel, si beau soit-il.

En fin d'après-midi, les deux filles regagnèrent la ferme au pas et elles s'entraînèrent à monter à cru dans le paddock. Georgia se débrouillait mieux qu'Alice, grâce à ses séances régulières à Remora, même si Alice progressait vite. C'étaient deux excellentes cavalières, en harmonie avec leurs montures. Après quelques jours seulement, Georgia sut que

Noisette allait lui manquer quand elle quitterait le Devon. C'était le plus grand cheval qu'elle avait jamais monté, mais il avait un tempérament délicieux. Il lui rappelait de plus en plus Arcangelo, bien qu'elle ne l'ait pas monté souvent.

En Talie, Luciano passait maintenant beaucoup de temps auprès de Falco. Ses journées étaient bien réglées, comme celles de Georgia dans le Devon. Le matin, très tôt, il continuait ses leçons d'équitation en secret, puis il retrouvait Georgia dans le Douzième du Bélier. Généralement, ils prenaient une voiture pour se rendre à Santa Fina et ils aidaient Falco à se préparer pour ce grand bouleversement dans son existence.

Leurs leçons auraient été incompréhensibles pour tout Talien passant par là.

— Tu devras aller à l'école, expliqua Georgia. Et si tu vis près de chez moi, ce sera mon lycée, celui où est allé Luciano. Pour la littérature et l'anglais, pas de problème. Tu semblais comprendre et parler notre langue quand tu as stravaganté à Londres, exactement comme moi avec le talien ici. Et tu passes ton temps à lire.

Falco hocha la tête.

— Ensuite, il y a les maths, la chimie, la physique et la biologie.

— J'ai appris un peu de mathématiques et d'astronomie. Et un peu d'anatomie aussi, surtout pour dessiner.

— Ah oui, dit Luciano. Tu pourras suivre des cours de dessin et de musique.

— Et les langues ? demanda Georgia. Tu parles le français ? Je me demande s'il n'y a pas un équivalent de la France dans ce monde, dit-elle en s'adressant à Luciano.

— Elle veut parler de la Gaule, expliqua ce dernier.

— Je parle le gaulois, déclara Falco. Ça ira ?

— C'est presque pareil, acquiesça Luciano.

— Ce qui m'inquiète, reprit Georgia, c'est les cours d'informatique.

— C'est quoi, ça ? demanda Falco.

Ils passèrent le restant de la journée à essayer de lui expliquer ce qu'était un ordinateur. Rien à faire, c'était une chose qu'il ne pouvait pas concevoir.

Et puis, il y avait la télévision, les téléphones portables, le football, les fast-foods, la lumière électrique, les CD, les Game Boy, les fours à micro-ondes, les avions. Falco ouvrait des yeux de plus en plus grands. Georgia et Luciano s'aperçurent qu'il aurait le plus grand mal également à suivre les cours de géographie et d'histoire. Cinq siècles les séparaient. Sa connaissance du monde reposait sur les globes qu'il possédait à Giglia, et qui devaient ressembler à ceux que Luciano avait vus au palais ducal de Bellezza.

Heureusement, Falco était intelligent et il apprenait vite. Les cours d'éducation physique et le sport en général étaient exclus tant que sa jambe n'était pas réparée ; il pourrait donc passer plus de temps à la bibliothèque pour lire et utiliser les ordinateurs. Et là où il vivrait, il y aurait sûrement aussi un ordinateur, avec accès à Internet. Encore une chose qu'il avait du mal à saisir. Comme Rodolfo quand Luciano avait tenté de lui expliquer, Falco imaginait une gigantesque toile d'araignée et il n'arrivait pas à croire que n'importe qui pouvait y trouver des informations.

— Ce n'est pas réservé aux puissants ? s'étonna-t-il.

Georgia et Luciano songèrent que si l'équivalent du Web existait en Talie, Niccolo di Chimici voudrait le contrôler, mais ils gardèrent cette réflexion pour eux.

Un autre jour, ils durent lui faire un cours sur l'argent au XXIe siècle.

— Tu te souviens du billet que je t'ai montré à Londres ? demanda Georgia. C'était un billet de vingt livres. Les gens de notre âge n'en ont pas souvent. Il faudra que tu apprennes la valeur des différents billets et des pièces de monnaie.

C'était frustrant de ne pas en avoir sous la main pour lui expliquer.

Un autre jour encore, alors qu'ils retournaient à Remora, Luciano aborda la question qui l'obsédait depuis que Falco avait sollicité leur aide :

— Tu parles comme s'il allait vivre à Islington, mais où habitera-t-il au juste ? Qu'est-ce qui attend un jeune Talien handicapé qui débarque du jour au lendemain ?

Georgia se demandait si elle devait confier tout ou partie de son plan à Luciano.

— Tu sais que ma mère est assistante sociale, répondit-elle. En fait, elle est responsable du service des adoptions. Je vais essayer de faire en sorte qu'elle lui trouve une famille d'accueil. À mon avis, le mieux c'est de faire croire qu'il a perdu la mémoire. Comme ça, peu importe si les autorités lui posent des questions auxquelles il ne peut pas répondre.

★

Falco commençait à faire des rêves étranges. Il se retrouvait sans cesse dans un tunnel souterrain et un dragon furieux fonçait vers lui. Ou bien il était prisonnier dans une minuscule cellule qui se déplaçait à une vitesse effrayante. Ou bien il se trouvait au sommet d'un escalier étincelant qui branlait sous ses pieds. Ses cannes lui échappaient et il plongeait tête la première dans le vide. À ce moment-là, il se réveillait en sursaut, inondé de sueur et terrorisé.

Puis il se rendormait et un autre rêve débutait, rempli de nouvelles images. Il entendait un cri aigu et lugubre, suivi d'un bruissement, comme un battement d'ailes gigantesques. Il savait que ce bruit ne provenait pas d'un oiseau. Juste avant que le rêve s'achève, il entrapercevait des plumes noires.

Ses nuits étaient longues et agitées, particulièrement après les fréquentes visites de son père. Gaetano lui manquait. Les deux frères avaient bien souvent partagé leurs réflexions au sujet de leur père. C'était difficile d'appartenir à cette famille et encore plus d'être les fils d'un père dont les agissements ne pouvaient être ignorés. Malgré cela, Falco aimait son père et il savait que son père l'aimait. Désormais, il ignorait toujours s'il voyait le duc pour la dernière fois et il avait déjà fait ses adieux à son frère préféré.

★

Pendant ce temps, à Bellezza, Gaetano continuait à mener une double vie : il passait presque toutes ses soirées avec la jeune Duchessa qu'il était censé courtiser et ses journées avec la cousine qu'il aimait autant qu'à l'époque où, jeunes enfants, ils jouaient ensemble.

Mais ses sentiments pour Arianna évoluaient. Et c'était réciproque. Gaetano était un compagnon charmant et spirituel ; il connaissait un tas de choses et il était amusant. Plus la Duchessa passait du temps avec lui, moins elle le trouvait laid. À vrai dire, elle se surprenait à attendre avec impatience ces soirées qu'ils partageaient. Et même si Luciano lui manquait, ça lui faisait du bien de se retrouver avec un compatriote, issu d'une famille noble, qui comprenait ses devoirs et son rôle. Elle devait se rappeler constamment que le père de Gaetano était à l'origine, disait-on, de la tentative d'assassinat contre sa mère.

Gaetano devait se le rappeler, lui aussi. Il connaissait cette rumeur selon laquelle le duc Niccolo avait autorisé quelqu'un à tuer la mère d'Arianna. Voilà pourquoi les projets de son père relatifs à son mariage étaient si choquants.

— Que penses-tu du rejeton de nos ennemis ? demanda un soir une visiteuse à Rodolfo, au cours d'un dîner.

Elle portait une robe sombre comme toutes les veuves de Talie, avec un léger voile. Mais sa tenue bleu de cobalt était coupée avec élégance et elle portait un bracelet de saphirs.

Le régent était nerveux.

— Tu sais que tu ne dois pas venir ici, Silvia, glissa-t-il. C'est trop risqué.

— Je l'ai vu sur le Canal avec cette jeune idiote qui s'est présentée contre Arianna aux élections, ajouta Silvia, en ignorant la remarque de Rodolfo. Cependant, il semble s'intéresser davantage à la Duchessa maintenant.

— C'est un jeune homme bien. Rien à voir avec son père

ou son cousin l'ambassadeur. Malgré tout, je pense qu'il continue à obéir aux ordres et non à son cœur.

La veuve baissa la tête.

— Peut-être que les personnes de son rang, comme Arianna, n'ont pas le choix. L'amour de jeunesse n'est pas le seul facteur en jeu.

— Es-tu en train de suggérer qu'elle devrait épouser ce garçon ? s'étonna Rodolfo.

— Je dis juste que tous les deux, elle et toi, vous devriez bien réfléchir avant de le rejeter. Les Chimici ne m'ont jamais proposé le mariage. Ce pourrait être une voie intéressante à explorer.

Un vendredi, presque deux semaines après être partie dans le Devon, Georgia reprit le train pour Londres avec Alice. Elle avait un cours d'équitation le lendemain à dix heures et elle ne voulait pas le manquer. C'était le 1er août et il ne restait que quelques jours avant la véritable stravagation de Falco.

C'était bizarre de se retrouver chez soi. Maura, Ralph et Russell étaient encore au travail, et après avoir pris le métro jusqu'à Islington, les deux amies s'étaient dit au revoir à la sortie de la station, en promettant de se retrouver le dimanche.

Georgia entra dans la maison vide. Elle avait l'horrible impression d'être en territoire inconnu ; ce n'était ni le Devon ni Remora. Elle était comme une étrangère. Elle monta dans sa chambre et contempla ses posters et les chevaux noirs et blancs sur le tableau, jusqu'à ce qu'elle retrouve un sentiment de normalité. Elle décida de fixer une date pour la stravagation de Falco dès ce soir, avec Luciano.

Niccolo di Chimici alla trouver Enrico dans les écuries du palais de Santa Fina. Habituellement, dans la journée, il bavardait avec Nello.

— Comment va le nouveau cheval ? leur demanda le duc.

— Il se rétablit, répondit Nello.

— Ça va beaucoup mieux depuis que je l'emmène voler la nuit, ajouta Enrico. Plus besoin de la longe. Je monte sur son dos. Ah, vous parlez d'une expérience !

— Je m'en doute, dit le duc. Peut-être qu'un soir je resterai ici pour essayer, moi aussi.

— Euh... fit Enrico. La pouliche n'a pas fini de grandir ; elle ne peut pas supporter un poids trop lourd. Un avorton maigrichon comme moi, ça va, mais un bel homme bien bâti comme Monseigneur, ça risque d'être un peu trop pour elle.

— On verra ça plus tard, dit Niccolo. Je suis venu vous parler d'autre chose. Mon fils a reçu des visiteurs presque chaque jour ici. Je veux savoir ce qu'ils viennent faire et pourquoi Falco est si attaché à eux.

Enrico hocha la tête.

— Je sais qui c'est, monseigneur. Ils sont du Bélier, et l'un d'eux au moins vient de Bellezza. Il s'agit de Luciano, l'apprenti du régent.

— Oui, en effet. Je l'ai rencontré quand mes fils m'ont conduit dans le Bélier pour écouter les Zinti. Son père est un vieil Anglian. L'autre doit être un garçon d'écurie, je suppose.

— Ah ! s'exclama Enrico. Le Bellezzan est donc le fils du vieux professeur maintenant. Ce n'était pas le cas quand il a débarqué dans la cité. À l'époque, c'était un lointain cousin du régent. Je l'ai tenu entre mes mains, figurez-vous, et je peux vous dire qu'il a quelque chose de très étrange, quelque chose qui intéressait beaucoup le neveu de Monseigneur.

— Cette fille possède un véritable don, glissa Jane à son associée Angela.

Elles observaient Georgia qui montait à cru dans un des paddocks du haras.

— Où a-t-elle appris ça ? demanda Angela.

— Elle dit qu'elle s'est entraînée dans le Devon pendant quinze jours.

— Pourtant, on dirait qu'elle fait ça depuis très longtemps.

— En effet. Elle donne l'impression de voler.

★

C'était le jour J, le lundi 4 août. Georgia était quasiment certaine que la date était la même en Talie ; le passage entre les deux mondes était resté stable pendant presque trois semaines, en dépit des fréquentes mises en garde de Luciano concernant son instabilité. Falco avait reçu la visite de son père la veille et il était peu probable que le duc se rende à Santa Fina deux jours de suite.

Georgia avait préparé les mêmes affaires que la première fois, après avoir coupé toutes les étiquettes. Elle lui prêterait un vieux sac en toile et elle lui avait acheté chez Marks and Spencer des caleçons de petite taille. Il avait conservé celui de Russell, comme une relique. Pourtant il était vraiment trop grand pour lui.

Elle avait répété son plan des centaines de fois ; maintenant, le moment était venu d'agir. Elle n'aurait plus une minute à elle une fois que Falco serait ici, mais, au moins, elle pourrait profiter de tous les instants qu'elle passait à Remora. Dès qu'elle se retrouvait seule avec Luciano, ils ne parlaient que de Falco.

Georgia avait oublié son insouciance d'autrefois, quand elle n'était pas responsable de quelqu'un d'autre en permanence. Elle décida de rendre visite à M. Goldsmith dans sa boutique.

Ce dernier fut heureux de la voir, quoiqu'un peu réservé.

— J'ai reçu une visite inattendue pendant ton absence, dit-il. Ta mère est venue discuter avec moi.

Georgia enfouit son visage dans ses mains. Elle était à la fois furieuse et honteuse.

— Ça alors, j'arrive pas à y croire !

— Ne t'en fais pas. Je pense qu'elle voulait juste se renseigner sur mon compte. Puisque tu es là, c'est qu'elle est rassurée.

Georgia secoua la tête.

— Elle ne m'a rien dit. J'espère qu'elle n'a pas été grossière avec vous.

— Non, absolument pas. Elle était très aimable. Elle a dit qu'elle aimerait savoir quand tu avais l'intention de me rendre visite. J'en conclus qu'elle ignore que tu es ici aujourd'hui ?

— Elle n'a pas le droit de décider qui je peux voir ou pas ! Ni quand. Ça voudrait dire que je ne pourrais plus venir à l'improviste, quand j'en ai en envie, sans lui demander la permission avant.

— Elle veille sur toi, Georgia. De nos jours, il faut être prudent.

Soudain, un objet dans un coin de la boutique attira l'attention de la jeune fille.

— Des béquilles ! Je savais bien que j'en avais vu quelque part ! Ce sont les vôtres ?

— Je m'en suis servi l'année dernière. Pendant six semaines, après mon opération de la hanche. Je m'étais promis de les rapporter à l'hôpital. Merci de me le rappeler.

— Non, ne faites pas ça ! s'exclama Georgia. Je veux dire... Pourrais-je vous les emprunter quelque temps ? C'est pour un devoir à l'école. Quand j'aurai fini, je les rapporterai à votre place.

— Entendu. Marché conclu.

M. Goldsmith tendit les béquilles à Georgia, qui avait maintenant tout ce qu'il lui fallait pour le plan du soir.

— Il faut que je vous raconte ma visite au British Museum.

Falco était prêt depuis des heures. Il portait le mystérieux sous-vêtement sous sa chemise de nuit, qu'il avait enfilée plus tôt que d'habitude. Il avait le flacon de poison volé au jardinier quelques jours auparavant. Il en avait soigneusement vidé le contenu dans un fossé, mais l'odeur était encore présente et il restait une goutte au fond du flacon.

Mentalement, il avait fait ses adieux au palais de Santa Fina en faisant le tour de ses pièces préférées et en parcourant les allées des vastes jardins. Il s'arrêta dans la cour où se dressait la statue du taureau mis à mort.

— Mithra, murmura-t-il.

Il se souvenait du nom que Georgia avait lu à voix haute, au musée, là-bas dans son monde.

Une mort rapide, se dit-il. Un coup de couteau dans la gorge. C'était bien différent de la lente incertitude qui l'attendait. La mort dans ce monde-ci serait-elle douloureuse s'il vivait dans l'autre monde ? Il ne pouvait pas poser la question à Luciano.

Une éternité sembla s'écouler avant l'arrivée des deux Stravaganti. Ils lui expliquèrent en détail ce qu'il devait faire. Georgia paraissait fatiguée ; la tension provoquée par ce projet se lisait sur son visage. Luciano était d'humeur sombre, lui aussi. Il pensait à ce plan depuis si longtemps qu'il ne savait plus si c'était une bonne idée ou non.

Quand les domestiques apportèrent des bougies neuves, les trois amis comprirent que le moment était venu. Falco se coucha dans son lit, le flacon de poison vide dans une main et l'anneau de Georgia dans l'autre. Comme la première fois, elle se blottit contre lui et ils attendirent que le sommeil vienne.

Celui-ci se fit désirer. Luciano s'était assis près du lit, plongé dans ses propres pensées. La nuit était déjà bien avancée quand Falco ferma les yeux sur sa chambre pour la dernière fois. Quelque chose changea dans l'atmosphère et Luciano leva la tête. Georgia avait disparu. Il se leva, s'approcha du lit et constata que Falco dormait ; il avait laissé échapper le flacon. C'était dans cette position que les domestiques devaient le trouver au matin. Luciano regagna sa chambre, et alors qu'il sombrait dans le sommeil, il crut entendre un battement d'ailes derrière sa fenêtre.

Le transfert

— Alors, ça y est ! s'exclama Falco dès qu'il se réveilla dans la chambre de Georgia.

Celle-ci se redressa dans son lit et le regarda.

— Tiens, reprends ton anneau, dit-il en ouvrant la main. Et ne me le redonne jamais, même si je te le demande.

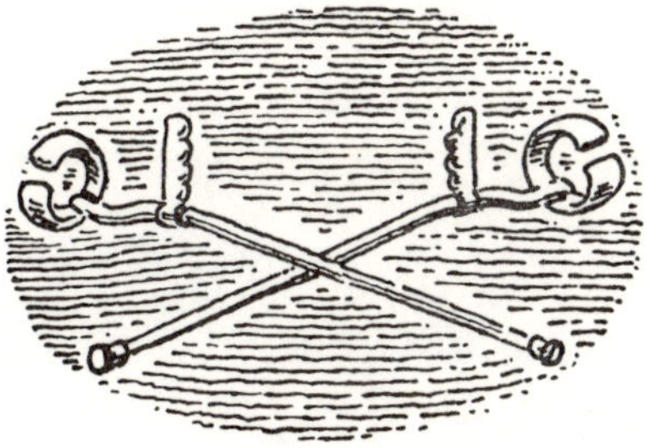

CHAPITRE 18

Rivaux

D'une certaine façon, ce fut plus facile que la fois précédente. Comme c'étaient les vacances, Georgia n'était pas obligée de prendre le petit déjeuner avec les autres. Quand elle descendit, tout le monde était déjà parti et elle trouva juste un mot lui demandant de préparer le dîner à dix-huit heures. Elle remonta en courant pour aller chercher Falco. Il avait ajouté une casquette de base-ball à sa tenue.

— Très seyant, commenta Georgia. Sauf qu'il faut la porter à l'envers.

Ils prirent leur petit déjeuner. Fasciné par les appareils ménagers, Falco demanda à Georgia de lui montrer à quoi ils servaient. Quel plaisir de pouvoir faire la démonstration du four à micro-ondes, de la bouilloire électrique et du toaster, au lieu de simplement les décrire. Falco était subjugué aussi par le contenu des placards et il avait envie de goûter à tout. Il apprécia en particulier la confiture de fraises et le jus d'orange, le bacon et les croissants.

Georgia termina par la démonstration du lave-vaisselle.

— C'est pour ça que vous n'avez pas de domestiques ? interrogea le jeune Talien. Parce que vos machines font à manger, préparent les boissons et lavent la vaisselle à votre place ?

— En partie. Et surtout, on n'aurait pas les moyens de les payer. Les machines, ça coûte moins cher.

— Tu veux dire que vous payez les domestiques ?

— Tu veux dire que vous ne les payez pas ? répliqua Georgia.

Ils échangèrent un retard interloqué. Il leur semblait incroyable qu'ils puissent être amis alors qu'ils venaient de deux mondes si différents. Mais à partir de maintenant, il ne devait plus y en avoir qu'un seul.

Luciano fut réveillé par un bruit de pas précipités et des voix étouffées. Il sauta dans ses vêtements et s'empressa de rejoindre les domestiques qui paraissaient dans tous leurs états.

— Que se passe-t-il ? demanda-t-il, connaissant déjà la réponse.

— Impossible de réveiller le jeune maître, expliqua la gouvernante. Il... il a bu une sorte de poison... on ne sait pas quoi.

— Avez-vous envoyé quelqu'un chercher le médecin ?

— Oui. Et le duc également.

— Laissez-moi aller le voir.

Luciano s'assit à côté du lit dans lequel Falco était couché ; il n'avait pas bougé depuis la veille. « Je me demande ce qu'il fait à cet instant, en Angleterre », pensa-t-il.

Quand Falco fut rassasié, Georgia lui montra comment se servir de la douche, de la brosse à dents électrique, et même du rasoir de Ralph.

— Dans quelques années, tu en auras besoin, lui dit-elle. À moins que tu te laisses pousser la barbe.

Après cela, elle lui fit faire un rapide tour de la maison, et lui expliqua le fonctionnement du téléviseur et de l'ordinateur. Le jeune garçon était particulièrement intéressé par les interrupteurs électriques et les robinets, mais il n'aimait pas la moquette ; c'était pourtant bien pratique pour éviter de trébucher avec des béquilles.

— Viens, dit Georgia. Ne restons pas ici. Tu ne dois pas trop t'attacher à ma maison car tu ne pourras pas y habiter.

— On peut aller à l'hôpital ?

— Pas tout de suite. Il faut d'abord que tu te fasses remarquer. Souviens-toi de ce que je t'ai dit : tu es censé avoir perdu la mémoire.

Ils traversèrent les rues d'Islington, en prenant tout leur temps cette fois, pour que Falco puisse s'habituer à la circulation et au bruit. Georgia lui expliqua longuement le fonctionnement des feux tricolores et des passages protégés.

Tout l'intriguait, surtout les gens qu'il croisait dans la rue. Il avait du mal à différencier les hommes des femmes.

— Ils portent tous des pantalons ! murmura-t-il.

À l'inverse, personne ne faisait attention à lui. De par son expérience en Talie, Georgia savait que les gens ne remarquaient pas l'absence d'ombre, à plus forte raison dans la grisaille d'une journée d'été en Angleterre.

Alors qu'ils approchaient de leur destination, Georgia ralentit le pas. Elle avait souvent pensé à cet instant, et maintenant que l'heure avait sonné, elle était nerveuse.

— Bon, dit-elle. Attends-moi dehors, je vais aller leur expliquer.

Le cheval du duc était luisant d'écume quand ils atteignirent le palais d'été. Il sauta à terre, lança les rênes à un palefrenier et grimpa deux par deux les marches conduisant à l'entrée principale.

Luciano sursauta dans son fauteuil lorsque le duc, rongé par l'angoisse, ouvrit à la volée la porte de la chambre pour se précipiter vers le lit. Il prit son fils dans ses bras, mais le corps du garçon était flasque, sans vie.

— Où est le médecin ?

C'était affreux de voir Niccolo dans cet état et Luciano tenta de s'éclipser pendant que le domestique expliquait que le médecin était en chemin.

— Attends ! rugit le duc. Toi, le jeune Bellezzan ! Reste ici ! Raconte-moi ce que tu sais.

— J'ai entendu une vive agitation ce matin à mon réveil, expliqua Luciano, et c'était la vérité. Les domestiques m'ont raconté ce qui se passait. J'ai essayé de réveiller Falco, mais je l'ai trouvé dans cet état. Depuis, je le veille en attendant l'arrivée du médecin.

— Tu étais ici hier soir ?

Luciano hocha la tête.

— Et l'autre garçon, ton serviteur ?

— Mon ami, rectifia Luciano. Giorgio a dû retourner au Bélier. J'aimerais en faire autant pour lui raconter ce qui s'est passé.

Il devait retrouver Georgia à Remora dès qu'elle serait revenue.

Niccolo secoua la tête tel un ours blessé.

— Va, dit-il. Nous en reparlerons. Surtout s'il arrive malheur à mon fils.

Luciano regagna Remora en voiture à cheval, le cœur gros.

— Un garçon amnésique ? s'exclama Vicky Mulholland, hébétée.

Georgia lui répéta son histoire, patiemment.

— Oui. Comme je vous l'ai expliqué, il m'a abordée dans la rue au moment où je passais par ici. Alors, j'ai sonné à votre porte car je ne connais personne d'autre dans le quartier. Je ne sais pas quoi faire. Il m'a l'air complètement perdu. Il ne sait pas où il habite ni qui sont ses parents.

— Tu ne crois pas qu'il s'agit d'une ruse ?

— Non. Il semble un peu... bizarre. Et il est handicapé. Il a une jambe toute tordue et il marche avec des béquilles.

Dans son état, il ne tiendra pas longtemps dans les rues. Est-ce qu'il ne faudrait pas appeler la police ?

— Attends voir, dit Vicky en passant sa main dans ses cheveux. Il est toujours là, dehors ?

— Je lui ai dit d'attendre pendant que j'allais chercher de l'aide.

— Peut-être qu'on devrait le faire entrer avant toute chose.

« Oui ! » se dit Georgia. Elle comptait sur Falco pour faire le reste.

Elle accompagna Vicky à la porte et fit signe à Falco de venir. Il était à l'endroit où elle l'avait laissé, devant le portail, appuyé sur ses béquilles, pâle et visiblement épuisé. Georgia entendit le petit hoquet de stupeur de Vicky quand elle vit ses boucles noires et ses jolis traits fins.

— Tu veux entrer ? lui proposa-t-elle, et Falco lui sourit.

L'heure était venue pour Arianna de quitter Bellezza. Elle devait arriver à Remora le 10 août, un jour avant que le Campo soit transformé en champ de courses. Une Duchessa devait voyager en grande pompe, dans une voiture officielle, à un rythme lent, avec des étapes dans des auberges chaque soir afin de ne pas arriver fatiguée. En outre, elle avait émis le souhait de visiter d'autres régions de Talie. Rodolfo l'accompagnerait et Gaetano chevaucherait à ses côtés.

C'était la première fois qu'Arianna sortait de la lagune, et elle effectuait sa première visite d'État importante depuis qu'elle était devenue Duchessa. Sa femme de chambre, Barbara, voyageait dans une deuxième voiture chargée de malles remplies de tenues d'apparat pour cette semaine de célébrations. À elles seules, les malles avaient rempli trois gondoles quand ils avaient quitté le palais ducal pour prendre ensuite un bateau qui les conduirait sur le continent.

C'était une chance qu'Arianna soit masquée pour effectuer cette traversée car son visage aurait trahi une excitation indigne d'une personne de son rang. De nouvelles expériences l'attendaient. La voiture officielle de Bellezza demeurait sur le continent et ne servait que rarement. Arianna n'avait jamais vu de chevaux ; elle fut impressionnée et intimidée par leur taille et leur puissance.

Elle eut la même réaction en voyant Gaetano chevaucher un grand cheval bai. Penchée à la fenêtre de sa voiture, elle lui sourit.

— Vous semblez habitué à monter à cheval, prince.

— En effet, duchesse. Et si belle soit votre cité, j'avoue que c'est la seule chose qui m'a manqué.

— Je me réjouis de savoir que vous avez été satisfait de tout le reste, répondit Arianna avant de tirer son rideau.

— Comment t'appelles-tu ? demanda Vicky en faisant asseoir Falco sur une chaise de cuisine. Tu te souviens de ton nom ?

— Nicholas Duc, répondit Falco.

C'était le nom qu'il avait choisi avec Georgia. Ça lui faisait drôle de le prononcer, mais au moins, il était certain de s'en souvenir.

— Nicholas, que peux-tu nous dire sur toi ? demanda Vicky.

Falco secoua la tête.

— Rien, mentit-il.

— Et sur tes parents ?

Même réponse.

— Que t'est-il arrivé à la jambe ?

— Je crois que j'ai eu un accident de cheval.

— Et comment es-tu arrivé ici ?

Le jeune garçon jeta un regard implorant à Georgia.

— Je ne peux pas l'expliquer.

Il sentait monter des larmes.

Vicky paraissait affligée. Elle cessa de poser des questions pour aller faire chauffer de l'eau.

— Je crois que tu as raison, Georgia, murmura-t-elle. Il

faut appeler la police et retrouver ses parents le plus vite possible. Avant cela, on va boire un café. Il semble épuisé.

Elle emporta un plateau dans le salon, où se trouvaient son piano et ses violons. Elle faillit le laisser tomber en entendant le petit cri de Falco dans son dos. Il regardait fixement la photo posée sur le piano. Bien qu'il fût plus jeune, on reconnaissait Luciano le Stravagante. Vicky posa le plateau pour aider Falco à s'installer dans un fauteuil confortable.

— C'est une photo de mon fils, Lucien. Il... il est mort l'an dernier.

— Il vit ailleurs maintenant, dit Falco.

Georgia lui donna un coup de pied discret dans la cheville.

Vicky s'assit, le visage livide.

— C'est exactement ce que m'a dit cet homme étrange le jour de l'enterrement. Qu'est-ce que ça signifie ? demanda-t-elle d'une voix tremblante. (Elle passa sa main sur son visage.) Parfois, je me dis qu'il est toujours vivant, dans un autre monde. J'ai même cru le voir.

En disant cela, elle observa les deux jeunes gens pour guetter leur réaction.

— Je crois que c'est juste une façon de parler, s'empressa de répondre Georgia. Peut-être est-il très croyant.

Elle foudroya Falco du regard.

— Nous avons été confrontés à un cas extraordinaire aujourd'hui, annonça Maura au cours du dîner. La police nous a appelés au sujet d'un garçon qui a perdu la mémoire et semble avoir été abandonné par ses parents.

— Bon sang, dit Ralph. Quel âge a-t-il ?

— Treize ans. Du moins, c'est ce qu'il dit. Mais il est petit pour son âge. Et il est handicapé. Il doit se déplacer avec des béquilles. Le plus extraordinaire, c'est qu'il a été signalé par le professeur de violon, Vicky Mulholland.

Georgia sentit ses spaghettis bolognaise former une boule dans sa bouche. Elle déglutit avec peine. C'était le moment de passer aux aveux. Mais Russell écoutait la conversation, contrairement à son habitude.

— En fait, dit-elle, c'est moi qui l'ai trouvé dans la rue, au moment où je passais devant chez elle. Je lui ai demandé s'il fallait prévenir la police.

Tout le monde autour de la table braqua son attention sur Georgia.

— Pourquoi diable n'as-tu rien dit ? s'exclama sa mère.

Georgia haussa les épaules.

— Pas de quoi en faire un plat.

— Hein ? Ce n'est pas tous les jours qu'on trouve un enfant abandonné, souligna Ralph.

— Elle est douée pour dénicher les infirmes, ironisa Russell. Elle les collectionne.

— Les handicapés, rectifia Maura d'un ton sec. Quand même, Georgia, j'aurais aimé que tu nous en parles. Maintenant, je risque de me retrouver dans une situation délicate au travail.

— Comment ça ? Ce n'est pas comme si je le connaissais, mentit Georgia. Je l'ai trouvé dans la rue et je l'ai emmené chez Mme Mulholland. Ce n'est pas un crime, si ?

— Non. Mais ça pose un problème. Comme aucune disparition d'enfant correspondant à son signalement n'a été enregistrée, nous avons été obligés d'entreprendre des mesures d'adoption temporaire. Et tu sais bien qu'ici à Islington nous manquons cruellement de familles d'accueil et que tous nos centres sont déjà pleins à craquer.

— Me dis pas qu'on va devoir le prendre avec nous, dit Russell.

— Non, répondit Maura. Les Mulholland se sont portés volontaires pour servir de parents adoptifs temporaires et nous avons accepté. Ce garçon vivra avec eux en attendant qu'on retrouve ses véritables parents.

— On ne sait pas ce qu'ils sont devenus ? interrogea Ralph.

— Selon toute vraisemblance, ce sont des demandeurs d'asile qui l'ont abandonné pour qu'il puisse se faire soigner correctement. Peut-être même qu'il est entré seul dans ce pays. On a déjà eu des cas semblables.

— Quand même, c'est un peu cruel d'abandonner un enfant, commenta Ralph. Surtout s'il est amnésique.

— S'il l'est vraiment, rectifia Maura. Il est probable que ses parents lui ont dit de faire semblant d'avoir perdu la mémoire, pour éviter d'avoir à répondre aux questions.

Georgia se sentait très mal à l'aise : les suppositions de sa mère étaient un peu trop proches de la vérité.

— Bienvenue, dit Paolo. On ne te voyait plus beaucoup ces derniers temps.

— Je sais, dit Georgia. Ça va changer.

— Vraiment ? demanda le Stravagante. J'ignore ce que vous avez manigancé, Luciano et toi. Je pensais que c'était une bonne idée de sympathiser avec les jeunes Chimici, mais vous devez vous méfier. Le duc est un ennemi puissant.

Georgia fut tirée d'affaire par le retour de Luciano dans la voiture. Il dut raconter à Paolo et au Dr Dethridge ce qui semblait être arrivé à Falco. Les quatre Stravaganti demeurèrent muets quelques instants.

— Et vous ne connaissez point les motivations de ce jeune garçon ? demanda Dethridge. C'est une chose terrible qu'il a entreprise.

— Je crois qu'il n'en pouvait plus de vivre avec son infirmité, répondit Luciano.

— Il ne vous a pas fait part de ses intentions, à aucun de vous deux ? s'étonna Paolo.

Georgia et Luciano avaient beaucoup de mal à répondre aux questions des deux hommes en les regardant dans les yeux. Finalement, Paolo sembla renoncer à les interroger, mais il conserva un air grave.

C'est avec un immense soulagement que les deux jeunes Stravaganti partirent se promener en ville.

— Je ne veux plus vivre une autre nuit comme celle-ci, déclara Luciano. Comment ça s'est passé de ton côté ?

— Bien, répondit Georgia.

Elle paraissait mal dans sa peau. Désormais, elle avait un secret, pour Luciano et tous les autres en Talie, et elle ne savait pas si elle pourrait le supporter.

Couché dans l'ancien lit de Luciano à Londres, Falco ne dormait pas. Il ne parvenait pas à se détendre. Il lui était arrivé tant de choses depuis cette deuxième stravagation. Il ignorait que Georgia avait eu l'intention de le conduire chez les parents de Luciano, mais il les aimait bien. David ne ressemblait pas du tout à son père ; il n'avait rien d'effrayant. Il avait accepté de recueillir un enfant abandonné dès que sa femme lui avait fait part de cette idée. Et c'était agréable de retrouver une sorte de mère. Falco avait presque oublié ce bonheur.

Cependant, il se sentait coupable d'être ici à la place de Luciano. Et il avait le cœur lourd en imaginant les souffrances des membres de sa famille, là-bas à Remora, Giglia et Bellezza, dès qu'ils apprendraient la nouvelle. Il savait qu'à cet instant Georgia devait se trouver avec Luciano à Remora et il éprouva un vif sentiment de nostalgie.

Il avait abandonné Luciano comme il avait abandonné sa famille, alors qu'il avait fini par s'attacher au Stravagante qui était devenu pour lui comme un frère. Désormais, s'il voulait accomplir son plan, il ne reverrait plus Luciano. D'ailleurs, cette possibilité lui avait été enlevée, pour l'instant. C'était Georgia qui détenait le talisman et elle dormait dans une autre maison, en même temps qu'elle se trouvait à Remora, bien réveillée.

Falco soupira et ferma les yeux. Au pied de son lit, un miroir reflétait les boucles noires sur l'oreiller. Ce n'était pas la première fois.

— Hein ? Tu as fait quoi ? s'exclama Luciano.

Il avait voulu tout savoir sur l'expérience vécue par Falco à Londres et Georgia, bien qu'elle n'ait pas eu l'intention de lui parler pour l'instant de cette partie du plan, avait eu du mal à résister aux questions pressantes du jeune garçon. Au moins, ils se trouvaient dans un lieu public. Ils savouraient des sorbets au citron achetés à un vendeur ambulant sur le Campo delle Stelle, assis sur les pierres entourant la fine colonne qui se dressait au centre de la place.

Luciano semblait furieux et Georgia sentit son cœur se serrer. Elle voulait qu'il l'admire, à défaut de pouvoir espérer quelque chose de plus profond, et voilà qu'elle avait tout gâché !

— Je n'arrive pas à y croire ! rugit-il. Mes parents ! Ils n'ont jamais parlé d'adopter un enfant !

— Ce n'était pas vraiment prévu, expliqua Georgia. On le leur a proposé parce que les services sociaux ne lui trouvaient pas de place.

— J'ai l'impression que c'était prévu, au contraire, souligna Luciano d'un ton amer. Tu ne m'as jamais dit que mes parents seraient mêlés à ça.

— Ça t'embête ?

— Non, répondit Luciano après un silence. Mais c'est un choc. Qu'est-ce qui t'a poussée à faire ça ?

— Le fait de parler avec ta mère. Tu lui manques tellement. Falco avait besoin d'un foyer et il m'a semblé qu'elle avait besoin de s'occuper d'un jeune garçon.

— Tu pourrais diriger la rubrique du courrier du cœur, hein ? ironisa Luciano, en esquissant malgré tout un sourire. Je sais que c'est égoïste de ma part, mais je ne veux pas être remplacé, même par Falco.

Georgia pressa sa main dans la sienne.

— Personne ne te remplacera. Tu es irremplaçable.

Ils allèrent rapporter leurs timbales en bois : en Talie, il n'y avait rien de jetable.

— C'est curieux de penser que dans une semaine, cette place servira de champ de courses, non ? fit remarquer Georgia pour changer de sujet. Avec Cesare et les autres qui en feront le tour au triple galop.

— Au milieu des habitants du Bélier venus les soutenir, Arcangelo et lui. Toute la famille sera là.

— Tu assisteras à la course ?

— Oui, répondit Luciano, un peu mal à l'aise. Je crois que le Pr Dethridge et moi, on aura des places à côté de Rodolfo et de la Duchessa dans la tribune du pape.

— La loge royale. Comment fais-tu pour fréquenter l'aristocratie, alors que moi, je ne suis qu'un modeste palefrenier ?

— La chance. Ou le destin. Tu assisteras à la course avec les autres habitants de Remora, sur le Campo. Ce sera sûrement plus amusant.

— Attention ! s'exclama Georgia. Des Poissons !

D'instinct, Luciano porta la main au poignard glissé dans sa ceinture. Les trois jeunes hommes qui s'approchaient arboraient les couleurs du Douzième des Poissons, le bleu et le rose, et ils n'avaient pas un air très sympathique. Durant les derniers jours précédant la course, les rivalités entre les Douzièmes s'intensifiaient. Luciano et Georgia étaient en infériorité numérique.

Soudain, ils virent les Poissons battre en retraite. En se retournant, ils découvrirent Cesare et Paolo qui venaient vers eux. Les Poissons avaient sans doute jugé préférable de ne pas affronter quatre représentants du Bélier, d'autant que l'un des nouveaux venus était particulièrement costaud.

— On arrive à temps ! lança Paolo. Hélas, j'apporte des nouvelles bien plus inquiétantes qu'une bande de Poissons, surtout du menu fretin comme ceux-là. Un messager est arrivé. Pour vous deux. Le duc Niccolo veut vous voir dans le palais papal. Sur-le-champ.

★

Dans le palais papal, Rinaldo di Chimici subissait le terrible interrogatoire de son oncle. Il n'avait jamais raconté au duc qu'il avait capturé le jeune Bellezzan car l'entreprise avait très mal tourné. Rinaldo avait réussi à se racheter en envoyant à Giglia une nouvelle beaucoup plus importante : l'assassinat de la Duchessa. Et voilà que le duc le pressait de dire tout ce qu'il savait sur Luciano.

— Tu l'avais entre les mains et tu l'as laissé filer ? demanda Niccolo, incrédule. En sachant que c'était un Stravagante venu d'un autre monde ?

— Ce n'était qu'un soupçon, mon oncle. Si c'était un Stravagante, et j'ai pu constater qu'il n'avait pas d'ombre, ce n'est plus le cas. J'ignore ce que manigançait ce vieux magicien de Rodolfo, mais quelque chose s'est mal passé. Je vous l'ai dit, quand on l'a conduit devant le tribunal, il avait de nouveau une ombre.

— Et ce fameux livre ? Tu disais qu'il tenait énormément à une sorte de cahier qui semblait lié à ses pouvoirs.

Rinaldo s'agita avec nervosité sur son siège.

— Il est en ma possession, mon oncle. Nous n'avons rien pu en faire. Je soupçonne une supercherie.

— Alors, tu l'as laissé partir ?

— Nous ne pouvions pas le garder éternellement.

— Tu aurais dû lui trancher la gorge pendant que tu l'avais sous la main. Si tu l'avais fait, mon garçon ne serait pas couché dans une chambre, inconscient.

Un valet de pied entra.

— Les jeunes gens que vous avez envoyé chercher sont ici, monseigneur.

— Tu peux nous laisser, Rinaldo.

Luciano sursauta en croisant sur le seuil son vieil adversaire l'ambassadeur. Georgia, elle, n'avait jamais vu Rinaldo et elle ignorait tout de ses antécédents. Elle ne vit qu'un jeune homme à l'aspect fragile et inquiet, qui passa devant elle dans un nuage parfumé.

Au cours des vingt minutes suivantes, le duc les pressa de questions au sujet de Falco. Pourquoi lui avaient-ils rendu visite si souvent ? De quoi parlaient-ils ? Que savaient-ils de l'état d'esprit de son fils ?

Il n'était pas satisfait de leurs réponses. Ce n'était pas facile de mentir au duc. Ils s'estimèrent heureux de s'en tirer à si bon compte, sains et saufs, à l'exception des menaces.

— N'essayez pas de quitter Remora, ordonna-t-il. Je veillerai à ce que les portes de la ville vous soient fermées. Si mon fils ne se rétablit pas, vous ne pourrez plus jamais partir d'ici.

Après le départ des deux Stravaganti, il enfouit son visage dans ses mains.

★

Le cavalier venu de Remora n'avait pas ménagé sa peine. Après avoir changé plusieurs fois de monture au cours du voyage, il s'arrêta devant une auberge de Volana au beau milieu de la nuit. L'aubergiste, endormi, hésitait à réveiller le jeune prince, mais il se laissa convaincre qu'il s'agissait d'une affaire urgente. Quelques minutes plus tard, Gaetano, assis dans son lit, se frottait les yeux en essayant de comprendre le sens du message apporté par le cavalier.

★

Une élégante voiture à cheval franchit la Porte du Soleil aux premières heures en ce mercredi matin. À cause des rideaux, impossible d'apercevoir les deux personnes qui se trouvaient à l'intérieur. Une grande quantité de bagages étaient empilés sur le toit et un domestique en livrée était assis à côté du cocher. Grand et mince, il avait les cheveux roux, une couleur inhabituelle en Talie, qui lui valait une forte estime.

La voiture traversa les rues pavées et désertes jusqu'au Douzième du Bélier. Elle s'arrêta devant une maison de la Via di Montone, tout en hauteur, et le rouquin sauta à terre. Les rideaux s'ouvrirent et la vitre s'abaissa afin qu'il puisse s'adresser à sa maîtresse.

Il actionna ensuite le heurtoir de la porte et entra dans la maison pour s'assurer que tout était en ordre. C'est seulement après avoir inspecté avec soin les lieux et jugé l'hébergement convenable qu'il aida la passagère à descendre. C'était une jolie femme d'un certain âge, svelte, vêtue d'une robe de voyage en velours gris. Elle portait un voile et était suivie d'une femme de chambre transportant divers sacs et petites valises, dont le domestique la déchargea galamment. Tous les trois entrèrent dans la maison sans se faire remarquer, sauf par un couple de pigeons et un chat gris aussi racé que l'élégante inconnue.

Au cours de la semaine suivante, les choses s'accélérèrent pour Falco. Il y eut tout d'abord un rendez-vous avec le médecin. Le Dr Kennedy fut un peu surprise de le voir arriver avec Vicky Mulholland. Elle avait promis aux services sociaux de recevoir en urgence le jeune garçon afin d'évaluer son état de santé. Maura était présente, elle aussi. Les deux femmes se connaissaient un peu.

Le médecin examina longuement Falco, qu'elle appelait Nicholas. Il devait se souvenir que c'était son nom désormais. Évidemment, il ne pouvait pas répondre aux questions concernant ses maladies infantiles.

— Bien, fit le Dr Kennedy, une fois l'examen terminé, en remplissant le formulaire que lui avait remis Maura. Dans l'ensemble, tu es en bonne santé. Tu es bien nourri, ton cœur et tes poumons sont sains. J'aimerais que tu pèses quelques kilos de plus à ton âge, mais tu es plutôt petit et tu pourrais bien nous faire une poussée de croissance. Le gros problème, c'est ta jambe. Tu dis que tu ne te souviens pas de l'accident, tu sais seulement qu'il y avait un cheval. C'est une vilaine fracture, mal soignée.

— Vous pouvez l'arranger ? demanda Falco.

C'était l'objectif de l'entreprise.

— Pas moi, répondit le Dr Kennedy. (Elle sourit en voyant l'air abattu de Falco.) Mais je pense que des chirurgiens orthopédiques pourraient faire quelque chose. (Elle se tourna vers Maura.) Je ferai en sorte qu'il soit examiné à l'hôpital au plus vite. Il a besoin d'une grosse opération, suivie d'une physiothérapie.

— Et vous pensez qu'après cela, il pourra marcher normalement ? demanda Vicky en posant la question que n'osait pas poser Falco.

— Je ne peux rien promettre, madame Mulholland. Je ne suis pas une spécialiste. Nous verrons ce que disent les chirurgiens. Je vais appeler la secrétaire de M. Turnbull dès maintenant. Il s'agit d'un cas inhabituel ; je pense qu'il passera en priorité.

Falco eut un rendez-vous moins d'une semaine plus tard. L'infirmière regarda d'un drôle d'air les béquilles, car elles appartenaient à l'hôpital. Après avoir pesé et mesuré le jeune garçon, elle lui rendit les béquilles et le conduisit auprès de M. Turnbull. Une fois de plus, Falco était accompagné de sa mère adoptive et de son assistante sociale. Maura avait décidé de s'occuper personnellement de son cas. Falco était devenu une vedette, sa photo s'affichait à la une des journaux populaires sous des gros titres du genre : EST-CE VOTRE FILS ? ou bien : LA TRAGÉDIE DU GARÇON ABANDONNÉ. Les services sociaux n'avaient pas le droit à l'erreur dans cette affaire.

★

Georgia conduisit Falco à la boutique de M. Goldsmith. Le jeune Talien tomba immédiatement sous le charme de ce bric-à-brac : les tabatières et les pendules, les soupières et les rouleaux de piano mécanique. Le vieil antiquaire regarda d'un air intrigué les béquilles de Falco, puis Georgia. Ce qu'elle aimait chez lui, c'était qu'il ne posait jamais de questions sur des sujets sans importance.

— Je vous présente mon ami Nicholas, dit-elle. Nicholas, voici M. Goldsmith.

« Mon ami également, pensa-t-elle. Avec Alice, cela me fait trois amis dans ce monde. »

M. Goldsmith ressemblait un peu au Pr Dethridge, se dit-elle. Falco et lui s'entendirent à merveille et, très vite, ils se retrouvèrent en train d'examiner les entrailles d'une grande horloge.

À Remora, le clan des Chimici était rassemblé. Gaetano s'était excusé auprès de la Duchessa au petit matin, après l'arrivée du messager. Elle fut un peu froissée de devoir se passer de sa compagnie pour le restant du voyage – une halte de deux nuits à Giglia, ville natale du prince – mais se radoucit en voyant sa douleur.

Gaetano avait envoyé le messager à Bellezza et Francesca devait arriver dans quelques jours. D'autres messagers avaient été envoyés à Giglia par le duc afin de réunir le reste de la famille. Les frères aînés de Falco, Fabrizio et Carlo, ainsi que sa sœur Beatrice, s'étaient mis en route aussitôt.

Le corps inanimé du jeune garçon avait été transporté du palais de Santa Fina à l'hôpital, situé de l'autre côté de la place, face au palais papal et à la cathédrale, dans le Douzième des Jumeaux. Le pape disait une messe pour lui chaque jour, dans la cathédrale, et les habitants ne l'oubliaient pas dans leurs prières.

Falco souffrait officiellement de la *Morte Vivenda* désormais et il y avait peu d'espoir de le voir se réveiller. Le flacon de poison avait permis de remonter jusqu'au jardinier de Santa Fina, qui avait été fouetté. Des gens se rassemblaient devant les portes de l'hôpital et apportaient des offrandes à la déesse, là même où se dressaient les restes d'un temple qui lui était dédié autrefois.

Le duc passait le plus clair de son temps au chevet de son fils, sans manger ni dormir, sauf quand sa fille Beatrice l'obligeait à se reposer et à avaler une collation. Un jour, il envoya ses domestiques chercher le Manouche pour prier le harpiste aveugle de venir jouer sous la fenêtre de son fils.

Aurelio joua les airs les plus tristes et les plus élégiaques que Remora ait jamais entendus et tous les gens rassemblés au-dehors pleurèrent. Cette fois, Raffaella ne fit pas la quête.

Pour Luciano et Georgia, ce fut une période de tension extrême. La menace du duc planait au-dessus de leurs têtes et ils se faisaient du souci pour Falco. Georgia parvint à rassurer Luciano en lui expliquant qu'il se débrouillait très bien dans l'autre monde, mais ni l'un ni l'autre n'avaient imaginé que son corps tiendrait si longtemps en Talie.

Gaetano revint à Remora trois jours après que son frère avait été découvert inconscient et se rendit directement à l'hôpital. Après quelques heures de veille déchirante, il prit la direction du Bélier. Là, il trouva Luciano, Georgia et Cesare dans la cour de l'écurie. Ils s'étreignirent en silence.

— Je ne pensais pas qu'il agirait si vite, murmura Gaetano. Pour être franc, même si nous nous étions dit adieu, je ne croyais pas vraiment qu'il le ferait. Vous étiez avec lui ? Comment ça s'est passé ?

— Nous étions là, confirma Luciano. Georgia s'est occupée de tout de l'autre côté.

— Il est dans de bonnes mains, confirma-t-elle.

— Les meilleures, ajouta Luciano. Il est avec mes parents.

Gaetano eut une réaction de surprise, avant de serrer Luciano dans ses bras.

— Alors, nous sommes frères, dit-il.

Luciano inspira à fond pour demander :

— Comment va la Duchessa ?

— Merveilleusement bien ! C'est une personne étonnante. Elle sera ici dans quelques jours.

Georgia se demanda quel cœur battait le plus fort, le sien ou celui de Luciano ?

CHAPITRE 19

Les ennuis pleuvent

En fin de soirée, la voiture officielle de Bellezza franchit la Porte du Soleil. Une foule importante, des habitants du Bélier principalement, attendait pour l'accueillir en agitant les étendards de leur Douzième, les bannières blanc et noir de la cité ou bien quelques drapeaux de Bellezza ornés de masques. Gaetano se trouvait à la porte, en compagnie de ses frères aînés et de son oncle, pour représenter la famille Chimici. Le duc Niccolo, lui, avait refusé de quitter l'hôpital, même pour recevoir une visiteuse de cette importance.

Une fanfare de hérauts joua une musique de bienvenue, tandis qu'en fond sonore on entendait le martèlement diffus des tambours des autres Douzièmes qui continuaient à s'entraîner en vue de la parade. Rodolfo descendit de voiture et aida Arianna à en faire autant pour qu'elle puisse recevoir les salutations officielles du pape.

Un soupir monta de la foule. Elle était aussi belle qu'on le disait ; quel dommage cependant qu'on ne puisse pas bien distinguer son visage, masqué conformément à la coutume en vigueur dans sa cité. Elle était grande et gracieuse, avec une masse bouclée de cheveux châtains attachés de manière très lâche sur le dessus de son crâne. Elle était habillée de satin blanc et noir pour honorer les couleurs de la ville de Remora, un geste qui fut apprécié par les habitants.

La jeune Duchessa s'inclina devant le pape et embrassa son anneau en signe de respect envers l'Église, ce qu'approuvèrent également les gens de Remora. Le pape s'empressa de la faire se relever pour la présenter à ses trois neveux. Sous les applaudissements de la foule, les trois jeunes nobles de Giglia se penchèrent l'un après l'autre pour déposer un baiser sur la main de la Duchessa. Les spectateurs ne purent s'empêcher de remarquer qu'elle parla plus longuement avec le plus jeune des frères, qui était aussi le moins gâté par la nature.

Cela n'échappa pas non plus à Luciano, qui se tenait parmi les supporters du Bélier. Il n'avait pas vu Arianna depuis un mois et il ne savait pas quand il pourrait se retrouver seul avec elle. On allait la conduire au palais papal, situé en plein territoire des Jumeaux, un endroit qu'il évitait avec soin en ce moment. Pour l'instant, elle continuait à parler avec Gaetano. Et Luciano avait le cœur gros. Certes, il aimait bien Gaetano, mais il aimait encore plus Arianna.

Le personnage voûté, vêtu de noir, qui se tenait derrière la Duchessa se retourna à cet instant et regarda fixement Luciano. Rodolfo le Stravagante avait senti la présence d'un membre de sa confrérie, et surtout celle de son apprenti préféré. Le petit signe de tête et le sourire qu'il adressa à Luciano furent brefs, mais ils suffirent à lui remonter le moral. Maintenant que Rodolfo était ici, tout irait bien.

— Ils font plaisir à voir, n'est-ce pas ? glissa une voix dans son oreille.

Il se retourna et découvrit un visage familier, bien que dissimulé par un masque.

— Silvia ! J'ignorais que vous deviez venir.

— Eux aussi, répondit-elle avec un sourire. Crois-tu qu'ils seront contents ?

— C'est dangereux, chuchota Luciano. Il y a des Chimici partout, comme vous pouvez le constater, et le duc est d'une humeur de dogue.

— J'ai appris ce qui était arrivé à son fils. C'est étrange, n'est-ce pas, de voir qu'un individu capable de faire assassiner d'autres personnes, comme on commande une nouvelle paire de bottes, peut aussi être un père de famille plein d'amour ?

— C'est mon ami, déclara Luciano.

— Le duc Niccolo ?

— Non, son plus jeune fils, Falco. Et je pense que le duc serait heureux de commander mon exécution en même temps que sa prochaine paire de bottes.

Georgia avait eu du mal à quitter Remora pour affronter une nouvelle journée à Londres, en sachant que Luciano allait revoir la fameuse Arianna. Si le Lucien d'autrefois était toujours vivant et s'il avait trouvé une petite amie parmi les gens que connaissait Georgia, elle en aurait déjà souffert. Mais le nouveau Luciano, avec ses vêtements en velours et ses amis aristocrates, vivait désormais dans un monde qu'elle ne pouvait fréquenter que par intermittence, à une époque disparue depuis des siècles. Et maintenant que la Duchessa était là, les moments d'intimité à deux qu'elle partageait avec lui allaient prendre fin.

Cette dernière semaine passée à Remora avait été effrayante, à tel point qu'elle avait plusieurs fois envisagé de renoncer à ses périples nocturnes. Après tout, elle avait atteint son objectif. « Nicholas Duc » vivait maintenant dans son monde, sain et sauf, protégé par les Mulholland ; il avait consulté des médecins et il préparait son avenir.

Tandis qu'à Remora Falco agonisait. En ville, tout le monde en était désormais persuadé. Fou de chagrin, le duc ne quittait presque pas le chevet de son fils. Malgré cela, Georgia continuait à y retourner chaque soir, tiraillée entre la tragédie qui frappait les Chimici et l'excitation qui grandissait à mesure que la course approchait.

Ses deux amis les plus proches à Remora étaient l'un et l'autre mêlés à ces événements. Cesare ne parvenait pas à masquer son enthousiasme au sujet de la Stellata ; il ne parlait que de ça quand Georgia chevauchait à cru avec lui. Il évoquait les pactes secrets entre les jockeys des différents

Douzièmes, les nombreux rituels et coutumes qui entouraient la grande course.

Quant à Luciano, il ne cachait pas son inquiétude concernant le danger qui pesait sur Georgia et sur lui. Niccolo di Chimici les avait menacés de graves représailles si jamais Falco mourait, et cet instant approchait. Le jeune garçon n'avait pas ouvert les yeux depuis qu'on l'avait découvert dans son lit avec le flacon de poison vide à côté de lui, presque une semaine plus tôt. Les médecins de Remora étaient perplexes. Il ne présentait aucun des symptômes d'un empoisonnement. Et nul ne voulait admettre qu'un être aussi jeune pouvait renoncer à la vie. En Talie, le suicide était aussi rare que le meurtre était fréquent.

Georgia et Luciano n'avaient pas le droit de se rendre à l'hôpital, malgré leurs tentatives. Le duc veillait farouchement sur son fils. Alors, ils bavardaient dans la cuisine de Paolo et Georgia racontait à Luciano la vie de Falco à Londres.

Il s'épanouissait. Georgia se rendait souvent chez les Mulholland, ce que personne ne trouvait étrange étant donné qu'elle avait découvert le jeune amnésique. Elle avait encore du mal à l'appeler Nicholas. Falco, en revanche, s'adaptait merveilleusement à sa nouvelle existence. Ses parents adoptifs lui avaient acheté des vêtements et il portait aussi ceux de Lucien, qui étaient devenus trop petits pour lui mais que Vicky avait conservés. Georgia eut un choc quand elle le vit avec le sweat-shirt gris à capuche que portait Lucien la première fois où elle avait posé les yeux sur lui.

Elle avait présenté Falco à Alice, intriguée par son amitié pour ce jeune garçon.

— J'imagine que tu te sens responsable, vu que c'est toi qui l'as trouvé, dit Alice.

— C'est exact. Je me sens responsable, comme tu dis.

Elle invita Falco chez elle et elle l'emmena même au haras le samedi, car, pour une fois, sa mère avait décidé de l'y conduire. Heureusement, Maura n'était pas opposée à cette amitié entre sa fille et le jeune garçon abandonné, maintenant que le problème de son adoption avait été réglé, et elle espérait que le contact avec les chevaux aurait sur lui un effet thérapeutique.

— Peut-être que cela déclenchera des souvenirs liés à son accident, confia-t-elle à Georgia.

Falco était fou de joie de se retrouver en présence des chevaux. C'était un élément de sa nouvelle vie qui lui était familier. Bien qu'il ne puisse pas monter, Jane lui fit faire le tour des écuries pendant que Georgia prenait sa leçon. Elle lui présenta les chevaux qui n'étaient pas utilisés. Falco fut particulièrement attiré par une jument noire baptisée Blackbird.

— Vous croyez que je pourrai la monter après mon opération, madame O'Grady ? demanda-t-il à Maura.

— Pas tout de suite. Comme tu le sais, tu devras porter un plâtre pendant six semaines. Une fois que tu seras remis, on en parlera à tes parents adoptifs.

— On sera ravis de te donner des leçons, ajouta Jane, même si, intérieurement, elle doutait que ce garçon estropié puisse à nouveau monter à cheval un jour.

Quand Georgia retourna à Remora le lendemain de l'arrivée de la Duchessa, elle découvrit une étrangère dans la cuisine. Une femme d'un certain âge, très élégante, portant un voile, et qui discutait avec le Pr Dethridge. De toute évidence, c'étaient de vieux amis. Un jeune homme roux et dégingandé, son domestique, se tenait derrière elle.

— Ah, très cher, dit Dethridge. Permettez-moi de vous présenter à la signora Bellini. Silvia, voici le jeune George... l'un des nôtres.

L'étrangère tendit à Georgia une main fraîche joliment manucurée, accompagnée d'un regard perçant.

— Ah, c'est donc vous, le nouveau Stravagante. Mon... Rodolfo m'a dit que vous étiez une fille.

Georgia se sentit rougir. Jamais elle ne s'était sentie si mal à l'aise dans ses grossiers vêtements de palefrenier que sous le regard violet de cette femme.

— Ah, je comprends, reprit Silvia. Vous êtes déguisée. Sage décision dans cette ville. Peut-être devrais-je adopter le même stratagème. Même si, d'une certaine façon, c'est déjà fait.

Le cerveau de Georgia fonctionnait à toute vitesse ; elle essayait de deviner le rôle joué par cette femme. Avait-elle vraiment dit « mon Rodolfo » ? Qui pouvait s'autoriser une telle intimité avec le grand homme ? Et pourquoi avait-elle besoin de se déguiser ?

À cet instant, Luciano, Paolo et Cesare rentrèrent du champ de courses. Il avait commencé à pleuvoir et le terrain allait devenir glissant. D'ailleurs, Cesare était inquiet car c'était aujourd'hui qu'on devait répandre la terre sur le Campo en vue de la course, opération capitale.

— Ce n'est qu'une averse, le rassura son père. La piste sera parfaite.

— Je vois que tu as fait la connaissance de Silvia, dit Luciano à Georgia.

Cette dernière s'émerveilla une fois de plus de l'assurance du jeune garçon en présence des personnages éminents de Talie.

— Quand iras-tu voir Arianna ? demanda Silvia.

Cette question intéressait également Georgia.

— Je ne sais pas, répondit Luciano.

Soudain, on frappa à la porte et les deux jeunes Stravaganti sursautèrent. Il était pourtant peu probable que la Duchessa de Bellezza se rende dans le Douzième du Bélier.

Paolo alla ouvrir et Georgia découvrit un personnage qui devait être Rodolfo. En vérité, elle l'avait déjà vu : c'était l'inconnu qui avait assisté à l'enterrement de Lucien. Mince et un peu voûté, avec des cheveux argentés et un air distingué, il entra dans la pièce et étreignit chaleureusement Paolo. Dethridge eut droit à une étreinte lui aussi, puis ce fut le tour de Luciano. Le visiteur scruta longuement son visage.

— Mon cœur se réjouit de te revoir, lui glissa-t-il.

Luciano regardait son maître avec dévotion.

« Qu'est-ce que je fais ici ? » se demanda Georgia. Elle se sentait insignifiante.

Soudain, le grand homme se tourna vers elle et lui prit la main. Elle se sentit alors happée par ce regard sombre et pénétrant qui semblait sonder ses secrets les plus profonds.

— Vous devez être Georgia, dit-il. C'est un honneur de vous rencontrer.

— Cinq Stravaganti dans une même pièce, murmura une voix feutrée. Nous devrions tous être honorés.

Ce fut au tour de Rodolfo d'être troublé. À son grand étonnement, Georgia le vit perdre sa belle assurance, tandis que la mystérieuse Silvia avançait vers lui.

Ils s'étreignirent. Cette fois ce n'était pas un simple geste courtois. Et soudain, Georgia comprit qui était cette femme.

Luciano observait avec un sourire complice le couple qui continuait à s'étreindre.

— Je devrais être en colère après toi ! s'écria Rodolfo. Mais comment le pourrais-je, alors que ta présence me remplit de joie ?

— Je pense que tu devrais me présenter de nouveau à cette jeune femme, suggéra Silvia.

— Georgia, dit Rodolfo en tenant la main de la femme dans la sienne, je te présente mon épouse, Silvia Rossi, ancienne Duchessa de Bellezza et mère de l'actuelle Duchessa.

★

Pendant ce temps, au palais papal, Rinaldo di Chimici devait affronter encore une fois une pénible entrevue avec son deuxième oncle. Celui-ci n'était pas aussi impressionnant que le duc Niccolo, mais Ferdinando était pape et prince de Remora.

— Le mariage est une institution sacrée, disait-il, en tant que chef de l'Église talienne. Ses liens ne peuvent être dissous à la légère.

— Certainement, Votre Sainteté, acquiesça Rinaldo. Mais je suis le fautif en l'occurrence. Ce mariage a été conclu à la légère. C'est moi qui l'ai arrangé.

Le pape le savait bien et il savait aussi que sa nièce Francesca avait été contrainte par Rinaldo d'accepter cette union, de crainte de provoquer le mécontentement du duc Niccolo si elle refusait. Mais si le plan avait fonctionné et si Francesca avait été élue Duchessa de Bellezza, nul doute qu'elle aurait trouvé le moyen de supporter son vieil époux bellezzan. Voilà pourquoi le pape répugnait à lui rendre sa liberté maintenant que le plan avait échoué. Après tout, son devoir lui imposait de défendre les liens sacrés du mariage.

— Pour quel motif la jeune femme réclame-t-elle cette annulation ?

Rinaldo hésita. Si leur oncle parlait de Francesca en disant « la jeune femme », il ne fallait pas espérer jouer la carte de la loyauté familiale.

— Elle... il... je crois que ce mariage n'a pas été consommé, Votre Sainteté, expliqua Rinaldo, honteux de se sentir rougir.

— Au bout de combien de temps ?

— Presque une année, Votre Sainteté. Et elle ne l'aime pas.

— Peut-être que si elle le laissait entrer dans son lit, les choses s'arrangeraient. Un bébé, voilà qui lui donnerait une raison de demeurer auprès de son époux.

— À condition qu'il en soit capable, Votre Sainteté.

Ferdinando di Chimici n'était pas un méchant homme. Il ne voulait pas voir une de ses nièces mariée à un homme qu'elle n'aimait pas, surtout si aucun enfant ne naissait de cette union. En outre, il estimait que son frère le duc n'avait plus besoin d'Albani, maintenant que le complot pour s'emparer de Bellezza avait échoué. Et peut-être serait-il bon que Francesca soit disponible en vue d'une autre union dynastique.

— Soit, dit le pape d'un ton agacé en faisant signe à son secrétaire de rédiger le décret nécessaire.

Il appuya dans la cire molle son anneau frappé des symboles du lys et des Jumeaux et tendit le document à Rinaldo. Francesca était une femme libre.

★

Sur le Campo, la pluie avait cessé ; l'air était frais, comme nettoyé. Des chars à bœufs se succédaient, transportant de la terre que des hommes munis de râteaux étalaient autour de la Piazza. Pendant ce temps, d'autres hommes construisaient des estrades en bois afin d'accueillir les spectateurs les plus importants, alors que la majorité des habitants de Remora assisterait à la course du centre de la piste.

L'estrade la plus grande serait dressée devant le palais papal et toutes les maisons qui possédaient un balcon donnant sur la place étaient déjà décorées aux couleurs du Douzième qu'elles soutenaient. Le Campo flamboyait.

Une personne se réjouissait particulièrement de cette course : Enrico. Il prenait les paris. Les Jumeaux et la Dame avaient les cotes les plus faibles, et leurs supporters n'espéraient pas gagner de grosses sommes. Certains membres des autres Douzièmes souhaitaient miser sur la victoire de leurs chevaux et de leurs jockeys, et parfois, ils pariaient quelques pièces sur les deux favoris. Les habitants de Remora avaient le sens pratique.

En revanche, ils n'aimaient pas être pris en flagrant délit de déloyauté, voilà pourquoi ces paris s'effectuaient en secret. Enrico apprit à déambuler dans les Douzièmes de la cité en transportant un sac rempli de foulards de différentes couleurs, qu'il nouait autour de son cou en fonction du Douzième dans lequel il se trouvait. Pour lui, qui n'avait aucune allégeance particulière, ces symboles étaient de simples sauf-conduits.

Il passait ses journées à Remora désormais et retournait à Santa Fina chaque soir, pour faire voler Merla. Celle-ci semblait s'être habituée à ce qu'il la chevauche quand elle se promenait dans les airs. Enrico évitait de s'attarder au palais de Santa Fina désormais. Ce qui était arrivé à Falco l'avait ébranlé. Curieusement, il avait le sentiment qu'il aurait pu éviter ce drame. Alors, pour oublier l'image de cet enfant pâle, inconscient dans son lit d'hôpital, il se concentrait sur ses paris. Il n'avait pas revu son employeur.

★

Arianna n'arrivait pas à dormir. Elle était sortie sur le balcon de sa chambre au palais papal. Le clair de lune et les ombres avaient envahi le Campo. Sur les côtés, des petits groupes de gens étaient rassemblés autour des chevaux. De temps à autre, ils s'alignaient et effectuaient au galop trois tours de piste. Il régnait une ambiance joyeuse.

Arianna assistait à une étrange scène lorsque Rodolfo la rejoignit en silence. Un grand cheval gris, puissant, sans doute un futur participant à la Stellata, transportait sur son dos un homme et une femme, étrangement vêtus.

— Qui est-ce ? demanda Arianna, tandis que le couple se dirigeait vers la ligne de départ.

— On dirait des Zinti, répondit Rodolfo. Les gens du voyage. Ils viennent ici pour la fête de la Déesse. Elle a lieu le même jour que la course.

Une nouvelle course improvisée débuta. Le grand cheval gris l'emporta d'une encolure. Lorsque ses cavaliers mirent pied à terre et que la jeune femme entraîna son compagnon vers la sortie du Campo, Arianna laissa échapper un petit cri.

— Oh, il est aveugle !

— Les Zinti possèdent d'autres façons de voir, dit Rodolfo. Ne devrais-tu pas dormir à cette heure ?

— Je n'y arrive pas. Crois-tu qu'on a eu raison de venir ici ?

— Je pense que nous n'avons absolument rien à craindre. Quoi qu'il ait pu se passer avant, le duc Niccolo est trop préoccupé par l'état de santé de son fils pour préparer un mauvais coup.

— Et celui qu'il avait déjà préparé ?

— Tu veux parler de Gaetano ? Il te cause des ennuis ?

Arianna haussa les épaules.

— À vrai dire, c'est plus dur que je ne le pensais. Je l'aime bien et il est terriblement bouleversé à cause de son frère. Dans ces conditions, ce sera difficile de le rejeter.

— Crois-tu que sa cour soit sincère ?

Arianna ne répondit pas.

— J'ai vu Luciano, ce matin, reprit Rodolfo.

— Comment va-t-il ?

— Il est très nerveux. Il a envie de te voir. Mais il ne peut pas venir ici. Le duc Niccolo s'est mis dans la tête que Luciano et la nouvelle Stravagante étaient mêlés à la tentative de suicide de son fils.

— C'est ridicule ! Jamais Luciano ne ferait ça.

— J'ai pensé que tu souhaiterais peut-être le rencontrer en terrain neutre. J'ai suggéré à Gaetano de nous faire visiter Belle Vigne demain. Luciano nous retrouvera là-bas.

Georgia avait du mal à effectuer des journées complètes à Londres. Elle passait presque tout son temps à dormir. Déjà, elle se disait, comme Luciano l'été précédent, qu'elle ne pourrait pas continuer ainsi quand l'école reprendrait en septembre. Et cette pensée la rendait très triste. La Talie ne serait plus qu'un plaisir occasionnel ; elle y retournerait de temps en temps pour voir Cesare et les siens. Luciano rentrerait à Bellezza avec Arianna et Rodolfo après la course et elle ne pourrait pas aller le voir là-bas. Son talisman ne pouvait la conduire qu'à Remora et il était impossible d'effectuer le trajet aller-retour jusqu'à Bellezza en une seule journée. Gaetano et sa famille retourneraient à Giglia une fois que Falco serait mort et le problème serait identique, même si cette ville était plus proche que la Cité des Masques.

Autrement dit, il ne lui restait qu'une semaine pour profiter de Remora avec tous ses amis, et ses ennemis. Maintenant que les Stravaganti étaient réunis, du moins ceux dont elle connaissait l'existence, on sentait qu'une crise approchait. Mais Georgia ignorait laquelle. Était-ce à cause du danger qui planait sur Luciano et elle ?

Georgia n'avait pas peur pour elle-même ; elle pouvait toujours repartir dans son monde tant qu'elle possédait son talisman. Alors que Luciano pouvait être tué à Remora si le duc Niccolo décidait de venger la mort de son fils. Dans ce cas, elle l'aurait perdu deux fois.

Elle se souvint alors que Luciano avait été capturé et qu'on lui avait pris son talisman ; il lui avait raconté toute l'histoire.

Si jamais cela lui arrivait, elle se retrouverait dans la même situation que Falco à Remora, et comme Luciano du temps où il était encore Lucien, quand ses parents avaient finalement décidé de débrancher la machine qui le maintenait en vie.

De telles pensées lui donnaient des sueurs froides et elle était d'autant plus impatiente de retourner à Remora pour découvrir ce qui se passait. Elle brûlait d'envie d'en savoir plus sur la Duchessa. Si Silvia était la personne que le duc Niccolo avait prétendument fait assassiner, comment pouvait-elle réapparaître en toute tranquillité à Remora ? Et pourquoi est-ce que sa fille gouvernait Bellezza ?

La voiture des Bellezzans était prête à partir quand Georgia effectua son retour à Remora.

— Monte ! lui lança Luciano en faisant de grands gestes. On va à Belle Vigne !

Dethridge était déjà installé à l'intérieur de la voiture ; il semblait d'humeur joviale.

— Bienvenue, jeune George ! Nous allons rendre visite aux ruines d'une ancienne colonie de Rassenans. Et peut-être que nous rencontrerons d'autres personnes qui font le même voyage !

Luciano souriait dans son coin et Georgia sentit son cœur se serrer.

Quand ils arrivèrent à Belle Vigne, leur voiture s'arrêta à côté d'un autre véhicule qui arborait les armoiries des Chimici de Giglia : le lis et le flacon de parfum. En gravissant la colline herbeuse où elle était déjà venue avec Gaetano et Falco, elle aperçut des silhouettes au sommet : Rodolfo, Gaetano et une jeune femme, svelte et racée, qui ne pouvait être que la Duchessa.

Elle demeura en retrait pendant que Dethridge s'avançait pour étreindre Arianna. Luciano se tenait juste derrière lui. Il salua la Duchessa de manière beaucoup plus formelle ; on devinait une sorte de gêne entre eux. Luciano adressa un signe de tête à Gaetano, avant de se retourner vers Georgia pour l'inclure dans le groupe.

— Et voici Giorgio, dit-il.

Georgia s'étonna qu'il la présente sous son nom de garçon, puis elle remarqua la présence d'un intrus. En tendant sa main à Arianna, elle vit Gaetano présenter Dethridge et Luciano à son frère aîné, Fabrizio. Mais il était difficile de se concentrer sur autre chose quand ces yeux violets vous observaient. Ils étaient entourés d'un masque en soie couleur turquoise, le premier que Georgia voyait en Talie, parfaitement assorti à la robe élégante de la Duchessa.

Cette dernière produisit sur Georgia le même effet que sa mère : elle se sentit soudain maladroite et insignifiante. Mais Arianna se montra amicale.

— Giorgio, dit-elle, j'ai beaucoup entendu parler de vous.

— Moi aussi, ajouta Fabrizio en s'avançant pour prendre la main de Georgia.

Il ressemblait à son père, beaucoup plus que Gaetano. Grand et large d'épaules, avec des cheveux noirs et un visage puissant, intelligent, il avait déjà tout du duc qu'il deviendrait un jour.

— Il paraît, reprit-il, que vous êtes très proche de mon frère Falco.

— En effet, dit Georgia. C'était un... euh, c'est un très bon ami.

— Et pourtant, mon père affirme que nous ne pouvez pas nous aider à comprendre son geste.

— Je ne peux que répéter ce que j'ai déjà dit au duc : Falco ne supportait plus son infirmité.

Gaetano vola à son secours.

— Fiche-lui la paix, Fabrizio. Il n'a rien de plus à t'apprendre. Falco n'avait plus le courage d'affronter sa douleur... et son inactivité.

— Mais il vivait avec depuis deux ans ! s'exclama Fabrizio, et Georgia vit qu'il était sincèrement abattu. Pourquoi renoncer tout à coup ?

— Peut-être parce que Père avait pour lui des projets qui l'effrayaient, répondit Gaetano.

— Quels projets ?

— Tu demanderas à Père.

Rodolfo les rejoignit pour montrer à Fabrizio et à Gaetano une de ses trouvailles et Dethridge prit Georgia par le bras. Elle comprit que cette excursion n'avait qu'un seul but : offrir à Luciano et à Arianna un moment d'intimité. Elle s'efforçait de ne pas regarder dans leur direction, mais elle entendait leurs voix dans son dos et elle avait du mal à se concentrer sur les paroles de Dethridge qui tentait avec gentillesse de capter son attention.

Le vieux professeur finit par s'arrêter et la dévisagea.

— Ça ne sert à rien, dit-il en secouant sa chevelure grise hirsute. Certaines choses sont impossibles. Vous finirez comme ce pauvre Falco si vous ne parvenez pas à décider dans quel monde vous vivez.

Georgia sursauta. Dethridge savait-il ce qu'avait fait Falco ? Ou bien la comparait-il à un jeune garçon pâle et inanimé simplement parce que ses sentiments pour Luciano l'avaient réduite à cette image ? Avec lui, on ne savait jamais à quoi s'en tenir. Hormis Luciano, il était le seul à avoir effectué cette transition permanente et effrayante d'un monde à un autre, alors peut-être nourrissait-il des soupçons.

— Je sais, répondit-elle. C'est sans espoir. Mais c'est plus fort que moi.

Dethridge lui tapota la main.

★

— Alors, comment s'est passé ton voyage ? demanda Luciano.

— Très intéressant, répondit Arianna. J'ai vu Volana, Bellone et Giglia. Et maintenant, Remora. Quelle ville fascinante !

— Nous ne sommes plus obligés d'échanger des banalités, Arianna. Les autres ne peuvent pas nous entendre. Tu m'as manqué. Je ne supporte pas de ne pas pouvoir être seul avec toi !

— Une Duchessa est rarement seule, comme tu le sais.

— Les Duchesse sont-elles donc si entourées qu'elles ne pensent plus à leurs amis quand ils sont loin d'elles ? insista Luciano, en souriant.

Elle lui rendit son sourire.

— Non. Pas à ce point. Mais on ne peut pas dire que tu vives en ermite. Tu sembles très proche du nouveau Stravagante. J'imagine que c'est très agréable pour toi de retrouver quelqu'un de ton ancien monde.

— Pas du tout, rectifia Luciano. Elle apporte avec elle des souvenirs douloureux.

Arianna se figea.

— Elle ? s'exclama-t-elle, stupéfaite.

— Oui. Rodolfo ne t'a rien dit ? Georgia allait dans la même école que moi, je la connaissais déjà.

— C'est à ça que ressemblent les filles dans ton monde ? demanda Arianna avec un mélange de curiosité et de dédain.

— Non, pas toutes. Georgia est un peu différente des autres filles. Comme elle a les cheveux courts, on a décidé de la faire passer pour un garçon.

— Et vous avez fait du bon travail, commenta Arianna avec une pointe d'amertume. Tu as dû apprendre ça avec moi.

Cette réflexion fit naître des souvenirs de leur rencontre à Bellezza, quand Arianna était habillée en garçon et furieuse après Luciano, comme maintenant semblait-il.

— Viens, dit-elle, je ne dois pas négliger mes hôtes.

Elle passa le reste du temps à jouer de son charme auprès de Gaetano et Fabrizio di Chimici.

★

Georgia et Luciano regagnèrent le Bélier le moral en berne. Ils avaient à peine échangé quelques mots dans la voiture et le Pr Dethridge avait semblé somnoler durant la plupart du trajet. Peu de temps après leur retour chez Paolo, on frappa des coups furieux à la porte.

Rodolfo s'engouffra dans la cuisine. Il ne marchait plus voûté et ses yeux lançaient des éclairs. Georgia le trouva terrifiant, aussi redoutable que le duc.

Heureusement, sa colère semblait dirigée surtout contre Luciano.

— Qu'as-tu fait ? rugit-il. Non, ne me le dis pas. Je le sais. Tu sympathises avec un jeune infirme, tu passes tes journées, parfois même la nuit, à ses côtés. Et voilà qu'il sombre dans un mystérieux sommeil après avoir, paraît-il, absorbé du poison.

— Vous le saviez déjà, répondit Luciano d'une toute petite voix.

— Oui, mais je viens de le voir. Fabrizio m'a conduit auprès de son père à l'hôpital puisque le duc ne voulait pas venir jusqu'à moi. Et j'ai vu le garçon. Croyais-tu que je ne reconnaîtrais pas le corps de quelqu'un qui est parti dans l'autre monde ?

Il se tourna soudain vers Georgia.

— Et toi ! Je suppose que tu lui as apporté un talisman ! As-tu une idée du danger encouru par un Stravagante inexpérimenté ?

Rodolfo se mit à faire les cent pas dans la cuisine.

— Dans ton cas, je peux le comprendre, ajouta-t-il, en s'adressant toujours à Georgia. Une novice impressionnée par les supplications d'un garçon malade. Je suis sûr que tu l'as emmené là-bas pour le soigner. Mais toi, Luciano ! Après tout ce que je t'ai enseigné. Comment as-tu pu commettre une telle imprudence ?

Il se tourna de nouveau vers Georgia.

— Il n'y a plus qu'une seule chose à faire. Tu dois le ramener ici immédiatement !

CHAPITRE 20

Les couleurs sont hissées

Georgia se réveilla dans son monde, en proie à la panique. Rodolfo était si furieux qu'elle avait craint qu'il ne revienne avec elle. Le fait d'imaginer l'homme en noir surgissant dans sa chambre et croisant Russell sur le palier la rendait presque hystérique. Elle se détendit en constatant que Rodolfo n'était pas là. D'ailleurs, même s'il l'avait suivie, il aurait su tenir tête à Russell. Le spectacle aurait valu le coup d'œil.

Elle s'empressa d'accomplir ses tâches matinales, impatiente de retrouver Falco. Quand elle approcha de son nouveau foyer, elle s'aperçut qu'elle ne savait pas quoi lui dire. Comment le persuader de retourner en Talie, maintenant qu'il était sur une liste d'attente pour son opération ? Et les Mulholland ? Pourraient-ils supporter de perdre un autre garçon ?

Elle avait beaucoup de respect pour Rodolfo, mais dans ce cas précis, il avait tort. Malgré tout, elle n'osait pas le défier. Prise en tenailles entre lui et le duc fou de chagrin, qui exigeaient l'un et l'autre le retour de Falco, que pouvait-elle faire ? S'était-elle trompée sur le sens de sa mission à Remora ?

— Salut, Georgia, dit Falco en lui ouvrant la porte. Comment ça va ?

Il avait déjà repris des forces et retrouvé des couleurs. Il mangeait avec appétit et se réjouissait de faire partie d'une famille ordinaire. En fait, il devenait rapidement un garçon du XXIe siècle.

— Pas très bien, répondit Georgia. On peut parler ?

— Vicky est partie répéter chez des amis avec qui elle a formé un quatuor.

— Rodolfo a découvert ce qu'on a fait.

— Et il n'est pas content ?

— C'est le moins qu'on puisse dire.

Falco semblait effrayé, bien qu'il n'eût jamais rencontré Rodolfo.

— Ne me dis pas qu'il va venir ici !

— Non, je ne pense pas. Il serait venu cette nuit. À vrai dire, il était si en colère que j'ai cru qu'il allait me suivre.

— Pourquoi ? Que peut-il faire ?

Georgia hésita.

— Il veut que tu rentres chez toi.

Falco blêmit.

— Pas question, déclara-t-il. Je n'ai pas fait tout ça pour repartir.

— Peut-être que tu devrais réfléchir. Non, laisse-moi finir ! dit-elle pour couper court à ses protestations. Tu ne peux pas imaginer l'effet produit sur ta famille. Ils sont tous à Remora – Gaetano et les autres – et ton père ne quitte plus ton chevet.

Falco la regardait fixement ; des larmes apparurent dans ses yeux.

— Je ne peux pas, murmura-t-il. Ce sera encore pire pour eux, surtout pour Père, si je reviens dans l'intention de repartir.

— Rodolfo veut que tu reviennes pour toujours.

— Dans ce cas, il faut que tu détruises le talisman.

Georgia ne put cacher son étonnement.

— Prends l'anneau et fais-le fondre. Ou jette-le.

— Tu es incroyable, tu sais. Tu es sérieux ? Je pensais que tu voulais que je le garde, au cas où tu changerais d'avis.

— Je ne veux pas pouvoir changer d'avis.

Au petit matin, Cesare était déjà sur le champ de courses avec Arcangelo pour les deuxièmes éliminatoires. La veille au soir, il était trop nerveux et le Bélier avait fini neuvième. Aujourd'hui, c'était différent. Il avait les idées claires, il débordait d'énergie.

Il arborait les couleurs rouge et jaune du Bélier et, autour de lui, les autres jockeys affichaient de la même manière leur appartenance à leur Douzième. Certains chevaux avaient été sélectionnés seulement après les courses nocturnes et certains jockeys encore plus tard. Cesare possédait donc un avantage car Arcangelo et lui s'entraînaient ensemble depuis des semaines.

— C'est lui le plus dangereux, glissa Enrico à Riccardo, le Maître d'écurie des Jumeaux.

— Tu crois ? Il n'a pas été très rapide hier.

— Il cherche encore ses marques. Fais-moi confiance, ils forment le meilleur duo du Campo.

— Pas au point de rivaliser avec Casaque.

Tous les jockeys ayant déjà participé à la Stellata avaient un surnom. Celui des Jumeaux s'appelait Casaque et celui de la Dame, Chérubin. Paradoxalement, c'était le jockey le plus âgé ; il avait déjà participé à quinze courses. À trente-trois ans, il avait gardé un visage d'enfant, ce qui lui avait valu ce sobriquet. Outre Cesare, deux autres jockeys couraient pour la première fois et ils n'avaient donc pas de surnom ; ils défendaient les couleurs de la Lionne et du Verseau.

Emilio, Maître d'écurie du Douzième de la Dame, se trouvait en compagnie d'Enrico et de Riccardo dans les tribunes en bois qui entouraient maintenant le Campo. Lui aussi pensait que le Bélier possédait un duo redoutable cette année, mais il était raisonnablement confiant. Il se disait que les pactes conclus en secret assureraient la victoire de Chérubin. À moins, évidemment, que les Jumeaux aient déboursé encore plus d'argent pour leurs pactes.

Au cours des vingt dernières années, la Stellata avait été remportée par la Dame ou les Jumeaux à quatorze reprises. Mais même les pactes les plus complexes et les plus coûteux ne pouvaient assurer la victoire et d'autres Douzièmes, moins favorables à la famille Chimici, avaient réussi à l'emporter en six occasions. Le Bélier, lui, n'avait pas gagné la course depuis une génération. Le dernier vainqueur avait été Paolo.

Cette année, les augures lui étaient favorables. Ils avaient une bonne monture et le jockey était le fils de leur dernier vainqueur. Sans oublier ce porte-bonheur, dont seule la maison du Maître d'écurie connaissait l'existence : la naissance du cheval ailé. Cesare s'accrochait à cette idée, même si Merla avait disparu, ce qui les empêchait de s'enorgueillir de leur bonne fortune devant la ville entière.

Les chevaux étaient maintenant alignés, prêts à partir. Le douzième cheval, celui de la Balance, se glissa entre les cordes au galop et la course démarra à fond de train. Le Scorpion prit immédiatement le tête et la conserva durant le premier tour. Cesare rattrapa leur jockey, Razzo, au milieu du deuxième tour et il resta en tête jusqu'au bout.

Il rayonnait de joie quand Paolo se précipita pour le serrer dans ses bras à l'arrivée. Tous les supporters du Bélier escortèrent en chantant le cheval et son cavalier jusqu'à leur Douzième. Pendant qu'Arcangelo marchait dans un petit paddock pour récupérer après l'effort, Georgia arriva.

— Oh, j'ai loupé la course ! se lamenta-t-elle. Comment ça s'est passé ?

— Il a gagné, déclara fièrement Paolo.

— Ça ne veut rien dire, ajouta Cesare avec modestie. Tout le monde sait que ces éliminatoires ne comptent pas. Seule la course importe.

Ce qui ne l'empêchait pas d'afficher un sourire jusqu'aux oreilles.

★

— Quel dommage que le duc ne se préoccupe pas de la course, soupira Enrico, qui s'était rendu dans une taverne avec Riccardo.

— On peut pas lui en vouloir. Il est fait de chair et de sang comme nous tous et on dit que son fils va mourir.

Enrico frissonna. Il n'aimait pas penser à ça.

— À mon avis, c'est à nous d'agir pour contrer la concurrence.

Riccardo haussa les épaules.

— Comment ?

Enrico se tapota le nez.

— Laisse-moi faire.

★

Luciano et Dethridge participèrent au petit déjeuner de fête chez Paolo. Même si chacun savait que c'étaient juste les éliminatoires, il flottait dans la maison un parfum d'excitation qui avait contaminé les enfants. Les fillettes agitaient avec frénésie des petits drapeaux rouge et jaune.

— Bélier ! Bélier ! Bélier ! scandaient-elles. C'est moi le plus fort !

— Cesare a été formidable ce matin, déclara Teresa.

Cesare savourait les louanges de sa famille. Ce succès lui avait donné un avant-goût de la victoire et il avait hâte d'y goûter pleinement.

L'atmosphère joyeuse provoquée par l'exploit de Cesare permit à Georgia d'oublier ses soucis. Pas pour longtemps. Dès que Luciano et elle se retrouvèrent seuls, elle lui rapporta les paroles de Falco.

Luciano ressassait encore les reproches de Rodolfo, mais la détermination affichée par Falco lui remonta le moral.

— C'est un garçon courageux, dit-il. Et je pense que nous devons le soutenir.

Georgia confirma d'un hochement de tête.

— Oui, sauf qu'il faut du cran pour défier Rodolfo. Ça veut dire qu'on pense avoir raison alors que lui a tort.

— Il ne connaît pas Falco, souligna Luciano. Il ne comprend pas ce que ça signifie pour lui. Je lui ai déjà désobéi, tu sais. Je suis retourné à Bellezza de nuit, pour voir le feu d'artifice que je l'avais aidé à fabriquer.

— Et il était en colère contre toi ?

— Non. Il a dit que c'était le destin ou un truc comme ça. Car j'ai évité à la Duchessa d'être assassinée.

— Tout le monde a fait croire qu'elle avait été tuée...

— Non, ça c'est plus tard, la deuxième fois. Une autre personne a été tuée à sa place et Silvia a décidé qu'elle n'en pouvait plus. Elle pensait qu'elle agirait avec plus d'efficacité contre les Chimici en disparaissant. Depuis qu'Arianna a pris sa place, elle est très active dans la vie politique de Bellezza.

— Imagine un peu, avoir ces deux-là comme parents !

Georgia avait presque de la peine pour Arianna.

— J'y pense souvent, avoua Luciano. Quand on les connaît, ils sont vraiment incroyables, mais mieux vaut ne pas les contrarier. Arianna leur ressemble, ajouta-t-il dans un soupir.

— Tu crois que Rodolfo a dit au Pr Dethridge et à Paolo ce qu'on avait fait ?

— Oui, il l'a dit, répondit une voix familière.

William Dethridge et Paolo s'étaient rendus aux écuries pour les chercher.

— Vous essayez de transférer ce pauvre enfant.

— Vous n'auriez pas dû entreprendre une telle chose sans nous en parler, reprit Paolo d'un ton grave. C'est une rude épreuve pour ce jeune garçon et une manœuvre bien trop complexe pour un Stravagante inexpérimenté. Et avez-vous songé aux conséquences pour vous deux, ici ? Si Falco meurt, comme cela va se produire bientôt, le duc voudra se venger. Et son regard se tournera d'abord vers le Bélier. Où il trouvera des partisans de Bellezza et ma famille, sans parler de plusieurs Stravaganti. En agissant ainsi, vous avez mis toute notre confrérie en danger.

★

Ignorant tout des menaces qui pesaient sur le Bélier, Cesare s'était rendu au Campo pour examiner la piste. Il n'avait pas plu depuis plusieurs jours ; les conditions semblaient idéales. Quand il n'y avait pas d'éliminatoires, des groupes d'hommes en profitaient pour marcher sur la piste afin de tasser la terre. Cesare salua d'un signe de tête quelques Sagittaires qui se livraient à cette activité.

— Jolie course ! lui lancèrent-ils.

Leur cheval, Alba, monté par Topolino, avait fini troisième lors des éliminatoires du matin, et ils étaient heureux.

— Jolie course, en effet, intervint un petit homme vêtu d'une cape bleue.

Il portait les couleurs du Bélier, mais Cesare ne le connaissait pas. Ce n'était pas surprenant : à l'époque de la course, beaucoup de gens revenaient à Remora pour soutenir leur Douzième, même s'ils avaient quitté la ville depuis des années.

— Permettez-moi de vous offrir un verre, dit l'homme qui semblait très sympathique. J'aimerais que vous me parliez un peu de vous et de votre cheval... Angelo, c'est ça ?

— Arcangelo, rectifia Cesare avec fierté. Le meilleur cheval qu'on ait eu au Bélier depuis des années. À une exception près, ajouta-t-il d'un ton triste en pensant à Merla.

Il laissa l'inconnu lui offrir un verre. Et il ne remarqua pas que sa boisson avait un goût bizarre, occupé qu'il était à raconter ses exploits.

— Il est un peu tôt pour être ivre, non ? lança un des clients de la taverne, tandis que l'homme à la cape bleue emmenait Cesare en le soutenant car ses jambes semblaient se dérober sous lui.

— Hum, fit le serveur. D'autant que le gamin n'a pris qu'une limonade.

Un groupe de touristes réclamaient encore du vin et il n'y pensa plus.

★

Une voiture à cheval de location conduisit Francesca à Remora, le signor Albani n'étant pas assez riche pour posséder et entretenir un attelage. Elle s'en fichait. Elle se rendit directement à l'hôpital après avoir fait porter ses bagages au palais papal. Elle était certaine d'être bien reçue par le pape. Les Chimici se serraient les coudes, surtout dans les moments de crise.

Gaetano fit un bond en la voyant et il en oublia un moment son chagrin.

— Comment va-t-il ? s'enquit Francesca.

— Comme tu peux le voir, répondit Gaetano en montrant le lit où reposait le corps frêle, presque transparent, de son jeune frère.

Niccolo était assis à sa place habituelle et tenait la main de son fils. Francesca reçut un choc en voyant son visage mal rasé et ses yeux injectés de sang.

— Regardez qui est là, Père, dit Gaetano d'une voix douce. Francesca est venue de Bellezza.

Le duc se redressa un peu, juste assez pour la saluer, et il passa sa langue sur ses lèvres sèches avant de parler.

— Merci. C'est gentil d'être venue. Hélas, tu ne peux rien faire. Personne ne le peut.

Beatrice entra en coup de vent.

— Francesca ! Dieu soit loué, voilà une autre femme ! Tu m'aideras à m'occuper de Père, n'est-ce pas ? Père, maintenant que Francesca est ici avec nous, vous pouvez retourner au palais pour vous reposer. Vous savez bien que nous vous tiendrons informé s'il y a du nouveau.

Gaetano voulut protester – sa cousine devait être fatiguée après ce long voyage –, mais Francesca l'arrêta.

— Je serai ravie de veiller sur lui avec toi, Beatrice.

Au grand étonnement de Gaetano, Niccolo se leva et confia la main de Falco à Francesca.

— Je crois que je vais aller me reposer un peu. Tu es une brave fille, Francesca. Quant à toi, Beatrice, jure de m'envoyer Gaetano sur-le-champ s'il se passe quelque chose.

— Vous ne préférez pas que je rentre au palais avec vous, Père ? demanda Gaetano.

— Non, il faut que tu restes ici, s'il ouvre les yeux. Je peux rentrer seul.

★

— Comment ça, il n'est pas là ? s'exclama Paolo.

— Cesare n'est pas là, répéta Teresa. Il doit être au Campo.

— C'est bientôt l'heure des éliminatoires. Il faut qu'il soit là pour conduire Arcangelo au départ !

Aucune trace de Cesare dans les écuries. Nul ne l'avait vu depuis le matin. Alors, Paolo conduisit lui-même Arcangelo au Campo, entouré des habituels supporters du Bélier. Luciano et Georgia l'accompagnèrent.

Cesare n'était pas non plus sur la piazza.

Quelques supporters du Sagittaire, qui attendaient avec Alba et son jockey, s'approchèrent de Paolo, inquiets de voir Arcangelo sans son cavalier. En réponse à ses questions chuchotées, ils lui confirmèrent qu'ils avaient vu Cesare sur le Campo le matin.

— Il est allé boire un coup avec un homme vêtu d'une cape bleue, déclara l'un d'eux. C'était quelqu'un du Bélier... du moins, il portait vos couleurs.

Luciano tressaillit. Un homme avec une cape bleue. Ça ne pouvait signifier qu'une seule chose, et c'était une mauvaise nouvelle.

— Cesare a peut-être été enlevé, glissa-t-il à l'oreille de Georgia.

— Tous les chevaux sur la ligne de départ ! cria le starter.

— Oh, non ! Que va faire Paolo ? demanda Georgia.

Les chevaux et les hommes qui s'agitaient autour d'eux semblèrent hésiter un instant.

— Le Bélier est forfait ! annonça le starter. Les onze autres concurrents, en place pour les troisièmes éliminatoires, je vous prie.

La course se déroula sans le Bélier.

★

Cesare se réveilla avec une terrible migraine. Il ignorait où il se trouvait et comment il avait atterri là, dans cette pièce vide, étouffante et poussiéreuse, percée de hautes fenêtres à barreaux. En se dressant sur la pointe des pieds pour essayer de regarder au-dehors, il découvrit qu'il était très haut, au-dessus des collines et des bois. Quelque chose lui semblait familier dans ce décor, mais il avait l'esprit encore trop embrouillé pour mettre le doigt dessus.

À en juger par la lumière, il comprit qu'il était resté évanoui pendant plusieurs heures. Il allait louper les éliminatoires du soir ! Rongé par l'angoisse, il se mit à arpenter la pièce. Après avoir secoué furieusement la porte, il devina qu'elle était verrouillée de l'extérieur. Il était fait comme un rat !

— Georgia, annonça Ralph le lendemain, il y a une émission qui pourrait t'intéresser ce soir à la télé. C'est sur les chevaux.

Georgia faillit ignorer le journal qu'il lui montrait ; elle était encore sous le choc de ce qui s'était passé à Remora la veille, juste avant son départ. Pour un Douzième, ne pas participer à des éliminatoires était une terrible honte, mais Paolo n'avait pas de jockey de remplacement.

Cesare avait été enlevé, cela ne faisait plus aucun doute.

Georgia avait pris le risque de revenir très tard car elle savait que personne ne s'inquiéterait si elle ne descendait pas pour le petit déjeuner le lendemain matin. Aussi fut-elle surprise de découvrir que Ralph était encore là. Il attendait qu'on lui livre du matériel. Et maintenant, il lui agitait le supplément télé du *Guardian* devant les yeux.

Georgia sursauta.

« PALIO », avait-elle lu sur le journal. « Un documentaire sur la course de chevaux la plus folle au monde. Channel 4. 20 heures. »

— Je pensais bien que ça t'intéresserait, dit Ralph, ravi de voir sa réaction.

— Je voudrais bien inviter Fal... Nicholas. Il est fou des chevaux, lui aussi.

— Bonne idée, répondit Ralph. On regardera tous ensemble.

Ce n'était pas ce qu'avait espéré Georgia. Il faudrait qu'elle mette Falco en garde pour qu'il s'abstienne de faire des comparaisons avec la Stellata. Ce serait dur pour tous les deux.

— D'abord Merla, et maintenant Cesare, dit Paolo. C'est forcément un coup des Chimici.

— Je suis d'accord, déclara Rodolfo, qui avait été prié de se rendre chez le Maître d'écurie. Mais je m'étonne que le duc soit passé à l'action alors que son fils est toujours en danger.

— Il y a beaucoup d'autres membres de la famille en ville, fit remarquer Paolo.

— Que vas-tu faire ? demanda Teresa.

Maintenant que les jeunes enfants étaient couchés, elle pouvait s'inquiéter pour son beau-fils.

— À mon avis, ils ne lui feront pas de mal, Teresa, répondit Paolo. Ils vont simplement le garder prisonnier jusqu'après la course.

— Justement, que comptez-vous faire au sujet de la course ? demanda Luciano.

— Il n'y a qu'une seule solution. Georgia devra monter Arcangelo.

Ignorant tout des projets la concernant, Georgia regarda le documentaire à la télé, littéralement hypnotisée. Falco et elle étaient assis sur le canapé, avec un énorme saladier de pop-corn entre eux. Ralph leur tenait compagnie, Maura travaillait dans son bureau et Russell s'était réfugié ostensiblement dans sa chambre pour regarder une cassette d'arts martiaux.

— C'est très brutal, commenta Ralph en observant les chevaux galoper furieusement et les jockeys donner de grands coups de cravache.

— Ils montent à cru, Georgia, murmura Falco. Comme nos jockeys.

— Ça paraît beaucoup plus difficile que ce que je fais, répondit-elle en se demandant si la Stellata était aussi violente et rapide que le Palio.

Les cavaliers étaient beaucoup plus âgés que Cesare et il s'agissait apparemment de professionnels.

Après que Ralph eut raccompagné Falco chez lui, Georgia décida de se coucher tôt car elle voulait être à Remora pour les prochaines éliminatoires. Elle ignorait ce qu'avait décidé Paolo. Alors qu'elle se préparait un chocolat, Russell vint faire une razzia dans le réfrigérateur.

— Je sais pas comment tu fais pour fréquenter ce gamin, dit-il en feignant de frissonner. Avec sa jambe toute de traviole, moi, il me file les jetons.

Maura, arrêtée sur le seuil de la cuisine, paraissait scandalisée.

— Tu ne penses pas ce que tu dis, Russell, si ?

— Non, je plaisantais, répondit-il aussitôt.

— Eh bien, je ne trouve pas ça drôle.

Maura avait rarement été aussi sèche avec son beau-fils.

Russell jeta un regard meurtrier à Georgia en sortant.

— Viens, ma beauté, murmura Enrico à l'oreille de Merla au beau milieu de la nuit. Je t'emmène dans un endroit spécial.

La jument noire, qui avait maintenant atteint sa taille adulte, vola en direction de Remora, éperonnée par l'homme auquel elle s'était habituée. C'était un vol plus long qu'à l'accoutumée et elle était heureuse de pouvoir utiliser ses ailes.

Elle fendait la nuit étoilée, droit vers le sud. Au moment où elle passait au-dessus des murs d'une grande cité, un souvenir se réveilla en elle. Elle voulut virer vers l'ouest, mais son cavalier l'obligea à continuer vers le cœur de la ville, puis il tira sur les rênes en douceur pour qu'elle s'immobilise dans les airs, à la verticale d'un large cercle dégagé. Merla ne comprenait pas ce que l'homme attendait d'elle. Elle se souvenait juste que des personnes qui l'avaient traitée affectueusement vivaient quelque part non loin d'ici.

★

Cesare avait passé une nuit épouvantable. Il avait cru entendre hennir un cheval devant sa fenêtre. C'était certainement un rêve car aucun cheval ne pouvait s'élever à une telle hauteur. À part Merla, avait-il songé, avant de plonger dans un autre rêve dans lequel Arcangelo remportait la course sans lui. Il était parfaitement possible qu'un cheval gagne la Stellata *scosso*, sans cavalier. Sauf qu'il ne pouvait pas prendre le départ seul.

En entendant un bruit de verrous, Cesare se précipita vers la porte. Deux hommes costauds l'empêchèrent de sortir. L'un d'eux déposa sur le sol un panier contenant des petits pains et des fruits, et une timbale de lait. Puis il se retrouva seul de nouveau, libre d'assouvir sa faim, mais toujours rongé par l'angoisse.

★

— Je veux que tu montes Arcangelo pour le Bélier, déclara Paolo, qui attendait Georgia dans le grenier à foin avec la casaque de Cesare. Tu en es capable, n'est-ce pas ? Tu sais monter à cru ?

— Euh... oui, dit Georgia.

Elle déglutit avec peine.

— Et tu as déjà monté un cheval de cette taille, hein ?

Georgia repensa à Noisette. Elle fit oui de la tête.

— Alors, je t'en prie, enfile cette tenue et rejoins-nous dans la cour. On nous attend sur la piste.

La nouvelle s'était répandue comme une traînée de poudre à Remora : un événement surnaturel s'était produit. Le Campo était envahi de curieux, bien plus nombreux que d'habitude pour des éliminatoires du matin. Rassemblés en petits groupes, ils levaient tous les yeux vers le ciel.

Au centre de la piazza, la haute et fine colonne qui jaillissait de la fontaine n'était plus nue. Au sommet, si haut que nul ne pouvait l'atteindre, même avec une échelle, flottait l'étendard rose et blanc des Jumeaux, accroché autour du cou de la lionne.

— C'est un présage, disaient les gens en faisant le Signe de la Chance. Les Jumeaux vont l'emporter, c'est certain.

— Ça n'a rien d'étonnant, disaient les autres. Le plus surprenant, c'est comment l'étendard est arrivé là-haut.

— C'est la déesse, assurément, lança quelqu'un.

— *Dia ! Dia !*

Les cris résonnèrent sur le Campo.

C'est ainsi que naquit la rumeur selon laquelle un cheval ailé vivait à Remora, de nouveau.

CHAPITRE 21

Pars et reviens en vainqueur

— **O**n n'a pas le temps de s'occuper de ça, dit Paolo en jetant à peine un regard à l'étendard qui flottait au sommet de la colonne. Bon, tu as bien compris qu'il ne fallait pas utiliser la cravache aujourd'hui ? La seule chose que tu aies à faire, c'est d'effectuer trois tours de Campo. Ne te soucie pas de ta place à l'arrivée.

C'était un conseil judicieux car Georgia termina bonne dernière. Mais elle resta sur son cheval durant toute la course et l'arrivée fut très serrée. Le Verseau l'emporta d'une tête, sur un cheval baptisé Uccello. Son jeune jockey avait la réputation d'avoir toujours faim et, malheureusement pour lui, on le surprit en train de grignoter juste avant de monter en selle. C'est ainsi qu'il devint « Salsiccio », la Saucisse, pour toujours.

Georgia eut droit à un surnom elle aussi, et celui-ci n'avait rien de flatteur. Comme elle n'avait jamais vu d'éliminatoires, il fallut lui expliquer où elle devait attendre, quand elle devait monter sur son cheval et ce qu'elle devait faire. On la surnomma donc « Zonzo », l'équivalent talien de « empoté », mais c'était un sobriquet affectueux et tout le monde fut gentil avec elle, y compris ses rivaux.

La nouvelle de la disparition de Cesare s'était répandue à toute vitesse à Remora et nul ne doutait qu'il avait été mis sur la touche car il représentait une menace pour les Chimici. Ce n'était pas la première fois que ça se produisait.

— Pas de chance pour le Bélier, dit Riccardo à Enrico, tandis que les deux hommes assistaient aux quatrièmes éliminatoires.

— C'est affreux, confirma Enrico. Peut-être que leur remplaçant va s'améliorer.

Riccardo secoua la tête.

— Manquer des éliminatoires, c'est de mauvais augure. Ils ne s'en remettront pas.

Au moins, le Bélier possédait un cavalier maintenant. Les jockeys n'étaient pas obligés de donner leur nom aux arbitres avant le matin de la course. Ensuite, aucun changement n'était autorisé. Si Cesare avait été enlevé à ce moment-là, le Bélier aurait été obligé de se retirer de la Stellata. Toutefois Enrico ne voulait pas que le Bélier déclare forfait ; il voulait juste l'empêcher de gagner.

Bien que Georgia ait tremblé de peur durant toute la course, une fois celle-ci terminée, elle exulta. Ce n'était pas aussi terrible qu'elle l'avait imaginé. À vrai dire, c'était beaucoup moins violent que le Palio qu'elle avait vu à la télé. Mais ce n'étaient que les éliminatoires. Lors de la Stellata, c'était peut-être une autre histoire.

Arianna assistait aux éliminatoires de son balcon, en compagnie de Rodolfo.

— Que se passe-t-il ? demanda-t-elle. C'est la Stravagante qui monte le cheval du Bélier !

— Cesare a disparu, expliqua Rodolfo. On pense qu'il a été enlevé. Paolo a décidé que Georgia prendrait sa place.

— Elle ne semble pas très douée. Voilà qui va ravir le duc Niccolo : le Douzième de Bellezza terminera dernier.

— Il sera satisfait seulement si la Dame ou les Jumeaux l'emportent. N'oublie pas que cette course a pour but d'illustrer la domination des Chimici sur la Talie.

Arianna soupira.

— Pourquoi m'as-tu caché que le Stravagante de Remora était une fille ?

— Je ne t'ai pas dit non plus que c'était un garçon, me semble-t-il. Quelle importance ?

— Tu savais que c'était une amie de Luciano ?

— Le Pr Dethridge m'a dit qu'elle venait de la même école que Luciano. D'après lui, cette école a été construite à l'endroit où se trouvait son laboratoire jadis.

— Que penses-tu d'elle ?

— Pour l'instant, je suis furieux contre elle et Luciano, à cause de ce qu'ils ont fait à Falco. Mais elle est courageuse et loyale, et prête à faire tout ce qu'on lui demande.

— Tu la trouves jolie ?

Rodolfo ne répondit pas immédiatement. Il observa la Duchessa. Il était difficile de deviner ce qu'elle pensait sous son masque.

— Tout cela sera fini dans quelques jours, dit-il. Ensuite, Luciano, toi et moi, on rentrera à Bellezza. Et on oubliera bien vite ce qui s'est passé ce mois-ci.

— Ça veut dire que tu ne la trouves pas jolie, conclut Arianna.

— Elle est d'une beauté différente de la tienne. Les jeunes femmes du futur, dans l'autre monde, ont une beauté différente, si Georgia peut servir de référence. Mais elle est agréable à regarder.

— Moi, je n'aime pas la regarder, marmonna Arianna.

Si Rodolfo l'avait entendue, il choisit de ne pas répondre.

★

Cesare préparait son évasion. Il n'espérait pas vraiment réussir. Cependant il devait chercher un moyen de quitter cet endroit s'il ne voulait pas devenir fou. Les dernières fois où on lui avait apporté à manger, il n'y avait plus qu'un seul homme, mais il était armé d'un poignard. Si vif fût son désir de s'enfuir, Cesare savait qu'il gaspillerait ses forces en s'attaquant à un individu plus grand et plus fort que lui, et armé.

Son plan était difficile à exécuter. Il avait choisi de ne pas manger et de ne pas boire ce qu'on lui apportait. La faim lui rongeait l'estomac, sa gorge était sèche, et du fait de l'ennui né de l'inactivité forcée, il ne pensait qu'à la nourriture. Toutefois, son envie de rejoindre le Campo delle Stelle était encore plus forte, alors il serra les dents et il renversa d'un coup de pied le contenu de son assiette dans la poussière, pour ne pas être tenté.

★

Georgia était à cran. Paolo la ramena au Bélier et lui expliqua ce qui allait se passer au cours de la journée et demie qui allait suivre. Ce soir, il y aurait de nouvelles éliminatoires, et après cela, des banquets seraient organisés dans les rues des Douzièmes et la plupart des gens passeraient la nuit à boire et à parler de la course. Peu après l'aube, les jockeys assisteraient à une messe dans la cathédrale, puis, après les dernières éliminatoires, les noms de ceux qui participeraient à la course dans la soirée seraient annoncés officiellement.

Même si Cesare réapparaissait de manière miraculeuse, une fois que le nom de Georgia figurerait sur la liste, c'est elle qui devrait monter Arcangelo pour la Stellata. Il ne pouvait plus y avoir de changement de jockey. Elle pourrait se reposer un peu à l'heure du déjeuner. Dès quatorze heures, la tension monterait d'un cran lorsque tous les participants au défilé, dont les jockeys, endosseraient les couleurs de leur Douzième et que les porte-drapeaux et les tambours prendraient le chemin de la cathédrale.

— Ça veut dire que je vais devoir rester ici sans interruption ! s'inquiéta Georgia.

— Ce n'est pas si terrible. En effet, tu devras rester ici après la tombée de la nuit. Tu en es capable ?

— C'est dangereux ? demanda-t-elle, craignant de se retrouver coincée pour toujours en Talie, comme Luciano.

— Je ne pense pas, répondit Paolo. Je poserai la question au Pr Dethridge et à Rodolfo. C'est un risque que nous devons courir. C'est peut-être pour cette raison que tu es arrivée jusqu'à nous.

« Un risque que je dois courir », pensa Georgia.

Elle demanda :

— Ai-je le temps de stravaganter chez moi ? Il faut que je prenne certaines dispositions.

Elle grimpa dans ce qu'elle considérait maintenant comme son grenier à foin et sortit son talisman. Mais le sommeil se dérobait. Elle avait l'esprit en effervescence. Si Paolo avait raison, et si elle avait atterri ici à Remora pour participer à la Stellata afin que le Bélier ne soit pas déshonoré, cela voulait dire que son but n'était pas de venir en aide à Falco comme elle l'avait cru. Alors, peut-être que Rodolfo avait raison, lui aussi : elle devrait le ramener ici. Était-ce encore possible ? Gaetano leur avait dit combien son jeune frère était amaigri et affaibli ; il était maintenu en vie grâce au lait chaud et au miel qu'on versait dans sa bouche, goutte par goutte. Dans la Talie du XVIe siècle, les perfusions n'existaient pas.

★

Rodolfo rendit visite à Luciano dans le Bélier. C'était la première fois qu'ils étaient brouillés et tous les deux se sentaient mal à l'aise.

— Luciano, il faut qu'on reparle de Falco. Je sais que Georgia est accaparée par cette course, mais il faut absolument qu'elle fasse revenir Falco dans son enveloppe charnelle pendant que c'est encore possible. Je ne pense pas qu'il puisse tenir encore longtemps.

— Vous ne comprenez pas, répondit Luciano. C'est bien plus compliqué que ça. Falco vit maintenant avec mes parents.

Rodolfo le regarda d'un air hébété.

— « Compliqué », c'est un euphémisme ! s'exclama-t-il. Qui a eu cette brillante idée ?

— Georgia. Elle s'est occupée de tout dans l'autre monde. En fait, elle était convaincue que c'était la raison de sa présence ici.

Rodolfo semblait songeur.

— C'est une Stravagante, dit-il. Il serait étonnant qu'elle se trompe à ce sujet. Pourtant elle ne possède pas ton entraînement et ce genre de choses peut déstabiliser le portail.

Souviens-toi comme le temps a fait un bond en avant de trois semaines dans l'autre monde quand tu as été transféré. On s'est donné beaucoup de mal pour stabiliser les dates. Nous avons même réussi à aligner nos deux mondes afin que les dates correspondent d'un monde à l'autre, bien qu'ils soient séparés par plus de quatre cents ans. Qui sait ce qui va se produire si Falco meurt ici ? S'il meurt aujourd'hui ? L'autre monde risque de s'éloigner de nous à toute allure et Georgia pourrait être devenue une vieille femme quand elle y retournera. Or nous avons besoin d'elle ici demain, en forme pour la course.

— Quelle pagaille ! soupira Luciano. Je ne comprends pas pourquoi c'est devenu si compliqué. Pourquoi a-t-il fallu que nous sympathisions avec les Chimici ?

— Comment est-ce arrivé ?

Luciano réfléchit.

— C'est les Manouches. On a entendu leur musique et c'est là que tout a commencé.

— Les Zinti ? Dans ce cas, ça ne pouvait pas être néfaste.

Il poussa un profond soupir et ajouta :

— Il faut que j'aille parler à Georgia. Peut-être qu'il se passe des choses que j'ignore.

Sur ce, il entoura de son bras les épaules de Luciano.

Georgia se retrouva dans sa chambre au beau milieu de la nuit. Une fois de plus, elle élaborait des plans : comment trouver le temps de rester à Remora, comment faire pour s'absenter de chez elle, comment faire accepter son plan par Falco. Le lendemain, c'était vendredi et tout le monde travaillait ; elle pouvait donc rester absente sans éveiller les soupçons. Mais il lui fallait une excuse pour le soir et la journée du lendemain.

Sans un bruit, elle se leva et alluma sa lampe de bureau. Elle prit une feuille de papier et écrivit un mot à sa mère. Puis elle descendit à pas feutrés et le déposa sur la table, là où Maura le trouverait au petit déjeuner. La suite promettait d'être plus délicate. Il fallait qu'elle se rende chez les Mulholland. Son courage faiblit à l'idée de parcourir seule les rues de Londres dans l'obscurité.

À Remora, les préparatifs battaient leur plein en vue d'une des plus grandes soirées de fête de l'année. Le lendemain soir, un seul Douzième festoierait, mais la veille de la Stellata chacun pouvait vivre dans l'espoir. Dans tous les Douzièmes, les rues étaient envahies de tables installées sur des tréteaux et de bancs ; dans les cuisines, des sauces mijotaient, tandis que les femmes coupaient des pâtes de cent formes différentes. Des charrettes apportaient sur les marchés des salades et des légumes qui disparaissaient à peine posés sur les étals. Des hommes faisaient rouler dans les rues des tonneaux de bière et de vin, en vue des beuveries de la nuit.

Le plus grand banquet aurait lieu sur le parvis de la cathédrale, qui était également le lieu de rendez-vous privilégié des Jumeaux, et il serait présidé par le pape en personne.

En attendant, les Chimici s'étaient réunis à l'intérieur du palais pour décider de ce qu'il convenait de faire ce soir. L'idée première était que le duc Niccolo et la plupart de ses enfants dîneraient à la table de la Dame, avant d'effectuer une visite de courtoisie aux Jumeaux, en laissant à Carlo et à Beatrice le soin de représenter la famille dans le Douzième qui avait fait allégeance à Giglia. Maintenant, nul ne savait si Niccolo accepterait de quitter le chevet de son fils, le temps de prendre part aux festivités.

La Duchessa et son père dîneraient avec le pape dans le Douzième des Jumeaux, et puisqu'il fallait quelqu'un de la famille pour tenir compagnie à la jeune femme, Gaetano était tout désigné.

Rinaldo quant à lui dînerait dans le Douzième du Capricorne, avec son frère Alfonso, désormais duc de Volana. D'autres membres de la famille Chimici continuaient d'arriver pour assister à la course. Filippo, le frère de Francesca, serait là pour représenter Bellone et tous les deux assisteraient au banquet organisé par la Balance, tandis que deux jeunes princesses, Lucia et Bianca, venaient de Fortezza pour rendre visite au Douzième du Taureau. Le vieux prince de Moresco lui-même, accompagné de son fils célibataire et héritier Ferrando, avait fait le voyage jusqu'à Remora pour participer à la fête avec le Scorpion.

— La ville grouille de Chimici, commenta Rodolfo en entrant dans la chambre d'Arianna.

— On s'en doutait, répondit la Duchessa. Ils viennent assister à la victoire des chefs de leur clan et à l'humiliante défaite de Bellezza. Voilà la raison de leur visite.

— Pas uniquement, Arianna. Le moment est venu de donner ta réponse à Gaetano.

— Il ne m'a pas encore posé la question.

Georgia fut soulagée d'atteindre enfin la porte des Mulholland. Ce trajet dans l'obscurité était effrayant. Beaucoup de lampadaires étaient éteints et aucune lumière ne brillait dans les maisons.

Georgia ramassa une poignée de graviers et les lança contre la fenêtre allumée, sans pouvoir réprimer un sourire. C'était un classique des romans d'aventures qu'elle lisait enfant. Après plusieurs essais manqués (c'était beaucoup plus difficile que dans les livres), elle fut récompensée de ses efforts en voyant la fenêtre s'ouvrir et une tête brune apparaître.

— Falco ! Tu peux me laisser entrer ?

Elle n'osait pas crier.

Il s'ensuivit une longue attente, le temps que le jeune infirme descende ouvrir la porte. Georgia n'avait jamais été aussi heureuse de voir quelqu'un et de se faufiler dans une maison pour échapper aux ténèbres menaçantes. Elle posa son index sur sa bouche et fit signe à Falco de refermer le verrou.

Ils remontèrent en silence, et même une fois à l'abri dans la chambre de Falco, ils durent chuchoter pour ne pas réveiller Vicky et David.

Georgia balaya du regard la pièce éclairée par la lampe de chevet.

— Très bien, murmura-t-elle. Tu as un verrou. Il faut que tu nous enfermes.

Le Douzième du Bélier était paré de drapeaux rouge et jaune ; les tables installées dans les rues étaient recouvertes de nappes rouge et jaune et les murs des maisons décorés d'appliques en bois peint qui attendaient qu'on les enflamme à la tombée de la nuit. Le symbole du Bélier était représenté partout et les enfants portaient des casques munis de cornes.

Dans la maison de Paolo, les bébés dormaient et les fillettes avaient accepté d'aller se coucher à condition de pouvoir emporter leurs drapeaux. Georgia descendit du grenier à foin, vêtue de sa casaque de jockey. Paolo et Teresa l'étreignirent.

— C'est l'heure des éliminatoires, annonça Paolo.

— Bonne chance, dit Luciano, et il la serra dans ses bras.

À cet instant, Georgia décida qu'elle ne devait pas se contenter de rester sur son cheval. Les espoirs du Bélier reposaient sur ses épaules, et plus important encore, Luciano la soutenait.

Tout le monde affirmait que le résultat des éliminatoires importait peu. Il régnait cependant autour de cette dernière course préparatoire une ambiance qui prouvait le contraire. C'était la première soirée que Georgia passait à Remora et elle priait pour que le stratagème élaboré à Londres fonctionne. Elle chassa ces préoccupations de son esprit pour se concentrer sur la course.

Cette fois, elle ne termina pas dernière. Elle arriva dixième, devant le Capricorne et le Cancer. Tous les Béliers l'applaudirent et elle aurait pu se réjouir de ce résultat si les Poissons n'avaient pas remporté la course, en la personne de Il Re, leur jockey, sur un cheval nommé Noé. Plusieurs Poissons la huèrent quand elle quitta la piste et lui lancèrent des insultes.

Heureusement, elle fut escortée jusqu'au Bélier par une troupe de supporters enthousiastes qui clamaient « Zonzo ! Zonzo ! », « Montone ! Montone ! » et « Le Bélier ! Le Bélier ! ».

Pendant qu'on emmenait Arcangelo faire quelques pas dans son paddock pour récupérer, Georgia se trouva entourée d'inconnus exubérants qui lui tapaient dans le dos pour la féliciter. Elle avait sauvé l'honneur du Bélier et ils lui en étaient infiniment reconnaissants.

C'était un sentiment inhabituel pour Georgia qui n'avait jamais été très populaire, plus enivrant que le vin rouge qu'on lui servait avec générosité. On la conduisit à une table dressée devant la gigantesque église du Bélier, la Santa Trinita, et elle découvrit avec ravissement que Luciano et Dethridge étaient là eux aussi. Elle avait craint qu'on ne l'entraîne dans le Douzième des Jumeaux avec la Duchessa. Une autre invitée siégeait à la table d'honneur : Silvia Bellini. Où pouvait-elle dîner sinon dans le Douzième cher à Bellezza ?

Les habitants du Bélier remontaient en masse la rue principale, la Via di Montone. Peu à peu, toutes les places autour des immenses tables furent occupées, on alluma les appliques et le banquet débuta.

Paolo se leva pour réclamer le silence, en braillant :

— Montonaioli ! J'ai l'honneur de vous présenter notre jockey pour demain : Giorgio Gredi !

Il y eut un tonnerre d'applaudissements.

— Il a accepté de remplacer au pied levé mon fils Cesare et nous lui en serons éternellement reconnaissants.

Nouveaux applaudissements. Puis le prêtre de Santa Trinita apparut sur les marches de l'église et Georgia dut le rejoindre pour recevoir de ses mains un casque particulier. Celui-ci arborait les couleurs du Bélier. Il était en métal et non pas souple comme celui qu'elle avait porté durant les éliminatoires. Georgia étouffa un petit hoquet en comprenant pourquoi on lui donnait ce casque : demain soir aurait lieu la véritable course et, à cette occasion, les jockeys se serviraient de leurs cravaches en cuir, entre autres pour éloigner leurs adversaires.

Paolo se leva de nouveau et, en tant que Capitano, il fit un discours sur l'honneur du Douzième et l'importance de la Stellata dans leur vie. Georgia comprit avec effroi qu'elle était censée répondre. Elle n'avait jamais fait de discours en public. C'est alors qu'une chose extraordinaire se produisit. Paolo était à sa gauche, Luciano à sa droite et Dethridge à la droite de celui-ci. Quand elle se leva, un peu grisée par le vin, elle vit Luciano et le vieux professeur se donner la main. De sa main gauche, Luciano agrippa le bas de la tunique en soie qu'elle portait et Paolo fit de même de l'autre côté.

Au moment où elle ouvrit la bouche pour parler, elle se sentit traversée par une décharge d'énergie. Sa voix lui sembla étrangement grave et elle s'aperçut que les mots lui venaient sans difficulté ; elle faisait preuve d'éloquence, même si elle aurait été incapable, ensuite, de répéter ce qu'elle avait dit. Il était question de son amour pour Remora et pour le Bélier en particulier ; elle promettait de faire de son mieux le lendemain pour se montrer digne de la confiance qu'ils plaçaient en elle.

Quoi qu'il en soit, son auditoire parut apprécier son discours et elle se rassit sous une salve d'applaudissements. Les Stravaganti se lâchèrent la main pour applaudir à leur tour et Georgia sentit aussitôt cette étrange énergie l'abandonner. Silvia, assise à côté de Dethridge, se pencha vers elle et lui glissa :

— Tu sais, ils pourraient s'arranger pour te faire une petite barbe demain.

Georgia rit de bon cœur. Elle était entre amis.

Impossible d'oublier cette nuit. Se trouver à Remora à la nuit tombée et voir les rues éclairées par les flambeaux était déjà palpitant. Participer à la plus grande fête organisée chaque année dans cette ville, en tant qu'invitée d'honneur qui plus est, à côté de Luciano qui lui souriait, c'était un pur bonheur. Une pensée l'effleura : si les habitants de chaque Douzième fêtaient ainsi le simple fait de participer à la Stellata, qu'est-ce que ça devait être s'ils gagnaient ! Elle s'empressa de l'étouffer. Arcangelo était un excellent cheval et ils commençaient à s'habituer l'un à l'autre, mais elle n'avait pas le savoir-faire de Cesare. Mieux valait se contenter de ce qu'elle avait.

À mesure que la soirée avançait, les chansons se faisaient plus bruyantes et les rires aussi. On porta des toasts à Georgia, à Paolo, à Arcangelo, au Bélier... Il y eut un moment plus solennel quand Paolo demanda qu'on boive à la santé de Cesare, « où qu'il soit », dit-il.

Et Luciano ajouta, dans un murmure :

— Et à Merla.

C'était un véritable festin : les plats ne cessaient de se succéder.

Il y eut une pause, le temps de débarrasser les assiettes en bois, et une silhouette avec une capuche se faufila entre Georgia et Luciano. La capuche de velours tomba et Georgia put contempler les yeux violets d'Arianna. Elle ne portait pas de masque. Paolo sursauta et se leva aussitôt pour porter un autre toast. Il ne pouvait annoncer ouvertement la présence de la Duchessa (le fait qu'elle soit venue sans masque indiquait qu'elle était ici incognito) et il ne savait pas comment elle avait fait pour échapper au banquet des Jumeaux. Il réclama donc un toast en l'honneur de leur ville protectrice et « À Bellezza ! » résonna d'un bout à l'autre de la Via di Montone.

— À Bellezza ! répéta Georgia en portant à ses lèvres, d'une main hésitante, son gobelet en argent.

— Merci, dit Arianna, amusée. Et merci de ne pas avoir fini dernière aujourd'hui. Finalement, je crois que mon Douzième ne sera pas déshonoré demain.

Georgia était fascinée par cette jeune femme. Pas seulement à cause de sa beauté. Le plus fascinant, c'était son histoire avec Luciano, toute cette partie de sa vie que Georgia ne connaissait pas, et son rôle important, dangereux, de souveraine absolue d'une cité qui tenait tête aux Chimici.

— Rodolfo est avec toi ? lui demanda Luciano.

— Non, répondit Arianna sans détacher son regard de Georgia. Déjà que j'ai été obligée de me retirer... Une migraine soudaine, vois-tu. Il devait rester pour représenter la cité. Je ne pouvais quand même pas laisser passer cette soirée sans souhaiter bonne chance à mon jockey, n'est-ce pas ?

« Je ne rougirai pas », se dit Georgia, et elle s'aperçut que Paolo avait agrippé le bas de sa casaque, comme précédemment. Luciano, lui, paraissait très nerveux. Être près de la Duchessa, c'était un peu comme avoir un animal sauvage dans votre salon ; vous ne saviez pas ce qu'il allait faire. Pourtant, difficile d'imaginer plus éloigné d'un animal sauvage que cette suave et élégante Duchessa.

Arianna salua d'un hochement de tête à peine perceptible la présence de sa mère à la table ; l'une et l'autre jouaient un jeu très risqué. Le Bélier était un endroit sûr, se disait Georgia, mais il pouvait y avoir des espions. Des centaines de personnes dînaient sur cette place. Pour la première fois, Georgia cessa d'être jalouse d'Arianna pour admirer son courage.

Elle remarqua alors que la jeune Duchessa la regardait fixement.

— Nous sommes moins différentes que vous pourriez le croire, dit Arianna à voix basse. Nous portons toutes deux un déguisement et nous cachons peut-être un secret.

La journée de vendredi à Islington fut longue pour Falco. Rongé par l'angoisse, il craignait à chaque instant que Maura ne téléphone et ne demande à parler à Georgia. Et jamais il n'avait dû attendre si longtemps sans savoir ce qui se passait à Remora.

— Veux-tu qu'on aille quelque part ? demanda Vicky. Tu sembles triste aujourd'hui.

Le premier réflexe de Falco fut de dire non, puis il songea que c'était peut-être la couverture idéale : il ne pouvait pas mentir à la mère de Georgia s'il n'était pas là. Et s'ils étaient sortis, il n'aurait pas à craindre que Vicky veuille entrer dans sa chambre. Néanmoins, ce n'était pas facile de quitter la maison en sachant que Georgia, son corps du moins, semblait dormir paisiblement par terre à côté du lit. D'autant qu'il ne pouvait pas verrouiller sa porte de l'extérieur.

En cette belle journée ensoleillée, Vicky décida de conduire Falco au parc. Une petite fête foraine s'était installée temporairement et Falco était émerveillé.

Ils montèrent dans le train fantôme, sur la grande roue, les montagnes russes et d'autres manèges. Il mangea de la barbe à papa rose et but du soda bleu, mais il avait encore faim, même après les montagnes russes.

— Je pourrais avoir un chien chaud ? demanda-t-il.

Il fallut un moment à Vicky pour comprendre qu'il réclamait un hot dog. Elle ne savait jamais à quoi s'en tenir avec Nicholas. Parfois elle se disait qu'il faisait semblant d'être amnésique, parfois il semblait véritablement intrigué par son environnement. Dans ces moments-là, elle songeait que la théorie de Maura O'Grady sur les demandeurs d'asile était sans doute exacte.

Falco se lécha les lèvres et les doigts et poussa un soupir de bien-être. Il y avait tant de bonnes choses à manger dans ce monde, et c'était si facile de se les procurer.

Les Manouches étaient toujours debout avant l'aube, mais, le Jour de la Déesse, ils ne s'étaient même pas couchés. Ils avaient passé la nuit sur le Campo delle Stelle avec Grazia, leur vieille amie du Douzième de la Lionne, et quand la pleine lune s'était levée, ils s'étaient tournés vers l'est, silencieux. D'autres groupes d'individus aux vêtements de couleurs vives les avaient imités.

Les Manouches s'étaient mis à chanter. Aurelio n'était pas le seul musicien parmi eux et d'autres harpes, des flûtes et des tambourins s'étaient joints à ces odes à la gloire de la Déesse qui avait duré toute la nuit.

Les habitants de Remora qui étaient debout à l'aube purent voir les Manouches lever les bras face au soleil levant et les entendre entonner leur complainte adressée à la déesse et à son époux. Ainsi débutait la Stellata chaque année, par ce rituel antique et secret, connu seulement de quelques personnes, mais qui accompagnait tout ce qui se passait ensuite au cours de la journée.

★

Georgia avait dormi à peine plus que les Manouches et c'est avec soulagement qu'elle vit l'aube éclairer le ciel. Pour sa première nuit à Remora, on lui avait donné une chambre dans la maison de Paolo.

« Tu ne peux pas dormir dans ton grenier à foin, c'est trop dangereux, lui avait dit Paolo. On ne veut pas que notre deuxième jockey se fasse enlever. »

Et donc, après une longue fête dans les rues et deux petites heures de sommeil, Georgia se réveilla parmi les bruits d'une maison remplie de jeunes enfants et de plusieurs visiteurs. Ce jour-là, elle ne se joignit pas au joyeux chaos du petit déjeuner. Elle devait assister à la messe au Duomo en compagnie des onze autres jockeys et jeûner.

Georgia n'était pas habituée à se lever si tôt et à entreprendre quoi que ce soit sans avaler un petit déjeuner. Elle n'avait pas l'habitude, non plus, d'aller à l'église. L'imposant Duomo, avec ses bandes de marbre blanc et noir et ses nuages d'encens, l'écrasait. Quel contraste après les festivités de la veille ! Et comme si ça ne suffisait pas, bien qu'une foule de supporters de tous les Douzièmes soit rassemblée devant la cathédrale, seuls les douze jockeys assistaient à l'office.

Georgia observa avec attention ce que faisaient les autres pour copier leurs gestes. Elle entendit l'estomac de Salsiccio gargouiller et elle sourit en songeant que quelqu'un avait encore plus faim qu'elle. Néanmoins, la cérémonie se déroula dans une ambiance solennelle. Georgia observa le pape pendant qu'il célébrait la messe. Elle s'était rendue plusieurs fois dans son palais, mais elle n'avait encore jamais vu l'oncle de Falco et de Gaetano. Il était très différent du duc : mou et corpulent, pas antipathique. Voilà donc le sort auquel Falco avait voulu échapper, au risque de sa vie.

Elle quitta d'un pas mal assuré la fraîcheur de l'immense église pour émerger dans le soleil matinal. Elle crut entendre un son de harpe au loin. Soudain, les cloches du Duomo retentirent et tous les supporters massés à l'extérieur applaudirent. Le jour de la Stellata était arrivé pour de bon.

★

Dans le palais de Santa Fina, le garde s'inquiétait. Le jeune prisonnier était couché en boule dans un coin. Voilà presque deux jours qu'il n'avait pas touché à la nourriture qu'on lui apportait. De toute évidence, il était souffrant, et il n'y avait personne pour indiquer au garde ce qu'il devait faire. Enrico s'était rendu en ville et il ne reviendrait que dans l'après-midi.

Cesare raidit ses muscles. Quand le garde s'approcha de lui pour le réveiller en le secouant, il se leva d'un bond, s'élança vers la porte et dévala la première volée de marches avant même que son geôlier ait eu le temps de réagir. Cesare descendit les étages en courant, à l'aveuglette, tel un animal sauvage qui tente d'échapper à un piège.

Après plusieurs jours sans exercice et deux jours sans manger, il était faible et il avait la tête qui tournait, mais il possédait l'avantage de la surprise et sa frêle stature qui faisait de lui un si bon jockey lui permettait de distancer son poursuivant, beaucoup plus corpulent.

Il se trouvait dans un immense palais, même si l'escalier qu'il dévalait n'était pas l'escalier principal. Sans doute se trouvait-il dans les appartements des domestiques. Quand il atteignit enfin le rez-de-chaussée et parvint à trouver la sortie, il sut où il était. Au palais des Chimici, à Santa Fina.

Il traversa les jardins ventre à terre et ne s'arrêta qu'une fois dans les bois, à l'abri des regards. Il était griffé de la tête aux pieds, à bout de souffle et déshydraté. Mais il était libre.

★

Les éliminatoires organisées le matin de la Stellata n'étaient qu'une formalité pour la plupart des jockeys. Pas pour Georgia. Pour elle, c'était une occasion supplémentaire de chevaucher Arcangelo sur cette piste traître et elle était bien décidée à donner le meilleur d'elle-même. De fait, elle termina troisième. Le Douzième de la Lionne remporta la course grâce à son cheval La Primavera, le Printemps, et à son jockey qui hérita ainsi d'un surnom au tout dernier moment. Ses supporters le baptisèrent « Tesoro », le trésor, en le couvrant de baisers et d'embrassades.

— Bravo ! lança Luciano à Georgia, rayonnante de bonheur.

Les jockeys durent ensuite donner leur nom au maire et s'inscrire officiellement pour la course. « Giorgio Gredi » fut inscrit avec les onze autres. Impossible de faire marche arrière désormais.

Georgia grignota à peine au déjeuner ; elle était trop nerveuse. Les épreuves de l'après-midi approchaient et elle ne voulait surtout pas faire honte au Bélier. C'était une lourde responsabilité.

Peu après le déjeuner, on l'emmena voir Arcangelo. Reposé après sa course du matin, il la reconnut quand elle pénétra dans la stalle.

— Ça va, mon vieux ? murmura-t-elle dans sa crinière fauve. On va faire tout notre possible, d'accord ?

La première tâche de l'après-midi était de se rendre à l'église de la Santa Trinita pour la Bénédiction. Tous les habitants du Douzième, parés de larges écharpes rouge et jaune, étaient massés dans le petit oratoire. La foule s'écarta quand on fit entrer le cheval. Georgia marchait à ses côtés sur le tapis rouge conduisant à l'autel. Le tapis étouffait le bruit des sabots, et pourtant, c'était un bruit incongru dans un lieu de culte. Le public était silencieux, l'atmosphère lourde ; personne ne voulait effrayer le cheval.

Le prêtre entonna la bénédiction rituelle de la monture et

de son cavalier. Georgia sentit sa main se poser brièvement sur sa tête. Puis il se tourna vers le cheval.

— Arcangelo, pars et reviens en vainqueur !

Les habitant du Bélier attendirent que le cheval soit ressorti dans l'éclat du soleil. Et à ce moment-là, leur chant envahit l'église.

CHAPITRE 22

Chevaucher les étoiles

Le duc Niccolo fut réveillé par le martèlement des tambours. Comme tous les habitants de Remora, il avait vécu avec ce bruit pendant des semaines. Aujourd'hui, c'était différent. Cela se passait juste sous les fenêtres de l'hôpital et un déclic se fit dans l'esprit embrumé du duc. Falco adorait la sbandierata, cette parade d'étendards multicolores que les porte-drapeaux de chaque Douzième faisaient tournoyer et lançaient en l'air avec adresse pour créer des motifs complexes. C'était pour lui un immense bonheur d'assister à cette manifestation chaque année de sa courte vie, jusqu'à son accident.

Le duc comprit que ce devait être le jour de la Stellata, lorsque tous les Douzièmes venaient exécuter la sbandierata en l'honneur du pape, son frère. Niccolo marcha lentement jusqu'à la fenêtre et contempla la place. C'était une débauche de couleurs et de bruits. Les habitants des Douzièmes et les touristes venus assister au défilé de drapeaux avaient submergé les bonnes âmes qui priaient devant les portes de l'hôpital pour le rétablissement de Falco.

— La vie continue, murmura le duc d'un ton amer.

Mieux que quiconque, il savait combien les habitants de Remora aimaient leur course annuelle. N'avait-il pas eu l'intention d'exploiter leur crédulité et leurs superstitions cette année ? Désormais, ce plan lui semblait avoir été conçu par quelqu'un d'autre, il y a très longtemps.

Il retourna vers le lit et souleva son fils dans ses bras. Sans aucun effort, il était si léger ; il le porta jusqu'à la fenêtre.

— Regarde, Falco. Tu vois les beaux drapeaux ?

★

Cesare avait l'impression de marcher depuis des heures. Il avait reconnu le palais de Santa Fina où on l'avait retenu prisonnier et il savait à quelle distance se trouvait la ville, mais il ne s'était jamais aventuré dans ces bois et il avait perdu tout sens de l'orientation. Autour de lui, la forêt était silencieuse et ses pieds s'enfonçaient déjà dans un tapis de feuilles mortes, bien qu'on soit encore au mois d'août. Les fourrés étaient recouverts de chatons flétris et les arbres formaient une voûte verte ininterrompue au-dessus du sentier.

Était-ce le bon sentier ? À cause de l'épais feuillage, il avait du mal à apercevoir la direction du soleil, celui-ci semblait se trouver à la verticale de sa tête. Il espérait qu'il marchait toujours vers le sud. Il était fatigué, affamé et assoiffé ; le sursaut d'énergie qui lui avait permis de s'échapper s'était dissipé.

Pourtant, il ne pensait qu'à une chose : ce devait être le jour de la course et le Bélier n'avait pas de jockey. Alors, il continuait d'avancer, avec détermination, tout en sachant que même s'il arrivait à Remora à temps, il ne serait pas en état de monter à cheval.

★

Georgia avait été émue par la cérémonie de bénédiction du cheval. Les habitants de Remora étaient de drôles de gens, pensait-elle. Terriblement superstitieux, presque païens dans leur culte de la déesse, et pourtant, l'atmosphère de cet oratoire chrétien avait été électrique ; chacun voulait que les dernières paroles du prêtre se réalisent.

Paolo l'incita à se reposer, mais elle était trop énervée pour rester allongée. C'était la seule occasion pour elle d'assister à ce grand jour dans toute sa splendeur rituelle et elle ne voulait pas en manquer une miette. Elle se disait aussi qu'elle devrait essayer de stravaganter brièvement pour retourner voir comment ça se passait à Londres et elle finit par s'assoupir en serrant dans sa main le petit cheval ailé qui était son sésame pour rentrer chez elle.

Falco sursauta en voyant Georgia se redresser soudain sur le sol et lui prendre la main.

— Un problème ? murmura-t-il. Que se passe-t-il à Remora ?

— Tout va bien. Je suis censée me reposer avant la course, voilà tout. C'est fantastique ! Ces drapeaux, les tenues et les chevaux. Ce matin, j'ai fini troisième des éliminatoires, puis j'ai assisté à la Bénédiction d'Arcangelo et... (Elle ne trouvait pas les mots.) Il fallait que je revienne ici pour voir comment ça se passait. Et pour vérifier que je pouvais encore revenir, ajouta-t-elle d'une voix à peine audible.

— Ici, tout se passe bien, dit Falco. Mais j'aimerais assister à la course avec toi.

Georgia serra sa main dans la sienne.

— C'est le plus difficile pour toi, je sais. Sois patient, tiens bon, je te raconterai à mon retour. Il faut que je reparte.

Elle se rallongea par terre et se concentra sur le grenier à foin dans la maison de Paolo.

Très vite, sa respiration indiqua à Falco qu'elle s'était endormie ; il pouvait donc reprendre sa veille. Plusieurs heures s'écoulèrent avant qu'il ferme les yeux à son tour. Mentalement, il vivait chaque instant de cette grande journée et de cette course qu'il ne reverrait plus jamais.

Debout sur les marches de l'immense église, Georgia regardait les porte-drapeaux exécuter leurs acrobaties avec les étendards rouge et jaune. Comme tous les habitants du Bélier, elle retint son souffle lorsqu'ils lancèrent très haut leurs drapeaux au-dessus de la foule, pour ensuite les rattraper au vol après qu'ils se soient croisés en l'air.

— On appelle ça l'alzata, dit une voix dans son dos.

En se retournant, elle découvrit Paolo, magnifique dans sa tenue de parade. En tant que Capitano, il défilerait avec les porte-drapeaux et le tambour du Bélier, comme les capitaines de chaque Douzième. Il était en pleine conversation avec un homme grand aux cheveux gris qui était, d'après ce qu'elle pouvait entendre autour d'elle, le chef de la guilde des orfèvres.

Ils s'étaient alignés, dans leurs tenues de velours rouge et jaune, avec des capes de brocart et des chapeaux aux bords roulés et ornés de plumes recourbées. Paolo arborait quant à lui des éperons et une épée en argent. Plus tard, ils seraient rejoints par le char transportant des béliers vivants et par Arcangelo. Georgia elle aussi devrait participer à la procession, coiffée de son casque en métal et chevauchant un cheval de parade pour faire le tour du Campo car Arcangelo ne devait pas gaspiller une once d'énergie avant la course.

Ils se mirent en route pour rejoindre les autres Douzièmes qui déjà exécutaient la sbandierata sur la place devant le palais papal.

Aucun signe de Luciano. En revanche, Georgia aperçut Dethridge au milieu de la foule, en compagnie d'une femme vêtue de velours rouge et d'une cape en soie jaune qui devait être Silvia.

★

Enrico se trouvait sur la Piazza di Gemilli où il assistait au lancer de drapeaux. Il crut apercevoir le visage du duc à une des fenêtres de l'hôpital. Celui-ci semblait tenir dans ses bras une poupée ou une statue. Puis Enrico comprit, avec effroi, qu'il s'agissait en réalité du corps inanimé du jeune Falco di Chimici.

« Il est devenu fou », pensa-t-il. Le duc attachait-il de l'importance au résultat de la course désormais ? « Peut-être, se dit Enrico, que je devrais piocher dans l'argent que m'ont donné le duc et le pape pour conclure un pacte de dernière minute avec le jockey des Jumeaux, Casaque ? » Ses yeux perçants localisèrent les taches rose et blanc au milieu de cette palette changeante.

★

Le pape conduisit la Duchessa à sa place, entre Rodolfo et Gaetano, dans la tribune des Jumeaux, juste devant le palais papal. Fabrizio di Chimici était déjà là (Carlo représentait la famille dans la tribune de la Dame). Il restait plusieurs sièges inoccupés, dont ceux réservés aux autres visiteurs de Bellezza. Le vide le plus flagrant était celui laissé par le duc. Les murmures échangés entre ses fils firent clairement comprendre que nul ne savait s'il assisterait à la course.

C'était un après-midi chaud et ensoleillé. Barbara se tenait derrière la Duchessa avec une ombrelle en dentelle. Arianna était vêtue de soie blanche virginale et son masque était bordé de plumes de paon assorties. C'était un choix tactique : ainsi elle ne se démarquait pas du blanc et rose des Jumeaux et, en même temps, elle ne prenait parti pour aucun Douzième. Seules Arianna et sa femme de chambre savaient qu'elle portait sous son ample robe en soie des jarretières rouge et jaune éclatantes.

Les frères Chimici arboraient le mauve et le vert de la Dame et sans doute auraient-ils été plus à leur aise de l'autre côté du Campo, dans leur tribune. Mais comme pour les dîners précédant la course, ils devaient représenter leur père et défendre l'honneur familial devant leurs hôtes bellezzans. La maladie de Falco avait de vastes conséquences diplomatiques et aucun des frères ne savait ce qu'il en ressortirait. Ils naviguaient dans des eaux inconnues et seule leur éducation leur permettait de ne pas sombrer.

L'atmosphère était tendue et Rodolfo lui-même, vêtu de velours noir comme à son habitude, sans aucune touche de couleur, paraissait nerveux.

— Qu'y a-t-il ? lui glissa Arianna. Où est-il ?

— Il se passe quelque chose, répondit-il dans un souffle. J'aimerais mieux que Georgia ne participe pas à cette course. Elle devrait plutôt ramener le jeune garçon. Et je suis toujours inquiet pour Cesare.

— Et Luciano ? Où est-il ?

Rodolfo soupira.

— Je l'ignore. Là non plus, ça ne va pas. Je ne l'ai jamais vu aussi malheureux depuis son transfert... et je suis en partie responsable.

— Ah, voici le Pr Dethridge, dit Arianna.

Le vieil Élisabéthain prit place dans la tribune des Jumeaux en distribuant courbettes et baisemains. Il était seul.

★

Luciano était d'humeur agitée. Il avait traîné dans les écuries du Bélier pendant que Georgia assistait à la Bénédiction. Il avait le sentiment qu'il se trouverait forcément au mauvais endroit aujourd'hui, où qu'il soit. Il répugnait à se rendre sur le Campo, malgré son envie d'assister au défilé avant la course. Il ne voulait pas se retrouver dans la tribune des Jumeaux, en compagnie de tous les Chimici, entouré de dignitaires, sous les yeux de la foule, car, une fois là-bas, il ne pourrait plus s'échapper.

Cette idée d'évasion le fit penser à Cesare, sans doute enfermé quelque part jusqu'à ce que la course soit terminée. En imaginant son ami prisonnier, il se mit à arpenter avec rage la cour pavée ; il repensait à sa propre captivité un an plus tôt. Certes, Cesare ne courait pas le même danger que lui. Une fois libéré, le jeune Talien aurait pour seule séquelle la tristesse d'avoir manqué la course cette année. Alors que sa vie à lui s'en était trouvée changée pour toujours.

Et pourtant, chaque heure de captivité de Cesare lui faisait ressentir à nouveau cette souffrance qu'il avait lui-même éprouvée entre les mains de l'ambassadeur Chimici et de son espion à la cape bleue. Soudain, une chose qu'avait dite Falco avant de stravaganter lui revint en mémoire. « J'ai l'impression que quelqu'un m'observe. »

Luciano sut alors ce qu'il devait faire. Il se précipita dans les écuries pour voir si quelqu'un pouvait atteler un équipage, mais tous les palefreniers étaient sur la Piazza del Fuoco et il ne pouvait pas y arriver seul. Dondola mangeait du foin dans sa stalle. Il savait la seller et la brider. Quand ce fut fait, il monta dessus, en s'aidant du montoir qui se trouvait dans la cour. Ils prirent la direction du nord en traversant les rues désertes du Bélier, et seul le chat gris les vit passer.

★

L'honneur de marcher en tête de la procession revenait au Bélier, ce signe astrologique étant le premier de l'année. Le tambour donna le rythme de la marche et les porte-drapeaux baissèrent leurs étendards pour franchir l'arche sous la tribune des juges et pénétrer dans le cercle du Campo.

Ils en firent lentement le tour, jusqu'à la tribune de la Dame, prêts à exécuter leur première sbandierata rituelle. Montée sur le cheval de parade, Georgia s'immobilisa, elle aussi. À cause de l'énorme char qui les séparait, elle ne voyait pas la prestation du Bélier, à l'exception de l'alzata, quand les drapeaux montaient dans le ciel et redescendaient en spirale, sous les applaudissements des spectateurs.

« Ça me fiche les jetons », pensa-t-elle en observant cette foule immense.

Tout le milieu du Campo était envahi de gens vêtus des couleurs de leur Douzième. Certains d'entre eux, sans doute là depuis l'aube, étaient debout sur la couronne de pierre qui bordait la fontaine. Les couleurs des Jumeaux flottaient toujours au sommet de la colonne.

Georgia détacha son regard de la foule massée au cœur de la piste pour reporter son attention sur la tribune de la Lionne, devant laquelle une partie de la procession du Bélier s'était arrêtée. À son grand étonnement, au milieu des écharpes rouge et noir, elle aperçut les vêtements colorés des

Manouches. Aurelio et Raffaella étaient assis à côté d'une vieille femme de leur tribu.

Son regard croisa celui de Raffaella et elle sentit des salutations muettes dans cet échange. Si elle n'avait pas été obligée, à cet instant, de faire avancer son cheval, elle aurait constaté que cette marque de complicité émanait également du musicien aveugle.

Assise à la place d'honneur, Arianna assistait à ce spectacle d'un œil fasciné. Il n'existait rien de comparable dans sa cité bâtie sur les eaux, exception faite du Carnaval peut-être. Remora et ses chevaux lui paraissaient beaucoup plus prestigieux aujourd'hui. À ses côtés, Rodolfo était toujours aussi nerveux. Au lieu d'admirer la parade, il observait le ciel et ne cessait de jeter des coups d'œil par-dessus son épaule, en direction de l'hôpital dont on devinait la masse imposante derrière le palais papal. Au bout d'un moment, Arianna remarqua qu'il dissimulait dans les plis de sa cape un miroir à main. Et elle savait que ce n'était pas pour s'admirer.

★

Cesare était à bout de forces quand il atteignit une rivière au courant violent. Bénissant les dieux, il y plongea les mains et but jusqu'à ce que sa soif soit étanchée. Il n'avait rien pour transporter de l'eau, alors il s'en aspergea le visage et les cheveux et il en imbiba son col. Maintenant, il devait traverser cette rivière pour rejoindre le chemin qu'il voyait serpenter de l'autre côté entre les arbres.

Plusieurs grosses pierres aux formes irrégulières reposant au fond de la rivière pouvaient l'aider à traverser, mais en plongeant une branche dans l'eau, Cesare constata qu'elle était profonde, et il devinait qu'elle était glacée. Sans parler du courant. Il ressortit de l'eau et s'assit sur la rive en s'adossant à un arbre. Il ne savait pas nager.

★

Luciano chevauchait, content de pouvoir maîtriser sa monture avec une assurance qui grandissait à chaque pas. Tant qu'il suivit la Strada delle Stelle, il trotta à vive allure. Dès qu'il eut franchi la Porte du Soleil pour déboucher sur la route qui traversait la campagne, il lança Dondola au galop. La jument semblait à la fois surprise et heureuse de cette chevauchée inattendue alors que les écuries étaient désertées et c'est bien volontiers qu'elle conduisit son cavalier à Santa Fina.

Très vite, le grand palais surgit devant Luciano. C'était la première fois qu'il s'en approchait ainsi car, en général, sa voiture le déposait dans la cour après avoir franchi le porche. Le portail était ouvert et les domestiques semblaient en proie à la panique, comme le matin où ils avaient découvert Falco avec le flacon de poison.

L'un d'eux reconnut Luciano.

— Oh, Signore ! Je suis désolé. Je dois surveiller cette entrée. Pouvez-vous conduire vous-même votre cheval à l'écurie ?

— Bien sûr, répondit Luciano. Que se passe-t-il ?

L'homme grommela quelques paroles incompréhensibles ; il ne voulait pas répondre. Luciano haussa les épaules et contourna la demeure pour conduire son cheval à l'écurie. Celle-ci était déserte. Il mit Dondola dans une stalle et lui donna du foin et de l'eau.

— Je reviens tout de suite, lui dit-il. Je veux juste fouiller cette maison. Je suis sûr que Cesare est enfermé quelque part.

Merla, qui avait reconnu sa voix, ou bien le nom du garçon qui se trouvait près d'elle la nuit où elle était venue au monde, poussa un long hennissement au fond de l'écurie.

★

Arianna sentit Rodolfo se raidir à côté d'elle tout à coup.

— Qu'y a-t-il ? murmura-t-elle.

La procession occupait désormais toute la circonférence de la place. Georgia se trouvait en face de la tribune des Jumeaux, dont le défilé avait atteint la tribune du Bélier, avec deux jeunes jumeaux qui jouaient sur le char, sous une énorme lionne en papier mâché reposant sur un lit de fleurs roses et blanches en papier. Teresa les regardait d'un air approbateur en pensant à ses propres jumeaux.

Rodolfo et Dethridge échangèrent un regard et adressèrent un signe discret à Paolo qui longeait avec fierté la tribune. Le triangle formé par leur transmission de pensée était presque visible.

Le défilé des Poissons venait de pénétrer sur le Campo, suivi du dernier char qui transportait la Stellata : la bannière constellée d'étoiles, avec la représentation d'une femme en bleue.

La foule explosa en voyant la bannière. Les spectateurs ôtèrent leurs foulards et leurs écharpes pour les agiter devant le carré de soie peinte. Profitant de cette agitation, Rodolfo montra à Arianna ce qu'il voyait dans son miroir. Un jeune homme aux longs cheveux noirs bouclés, arborant les couleurs du Bélier, s'accrochait au dos d'un cheval noir. Il ne semblait pas très à l'aise. Tandis que l'image rétrécissait, Arianna remarqua qu'il montait à cru, entre une gigantesque paire d'ailes, et que le cheval s'élevait au-dessus de la cime des arbres.

★

Cesare se réveilla en sursaut. À en juger par la lumière, il devina que l'après-midi touchait à sa fin : des rayons de soleil verdâtres frappaient le sol de biais, entre les arbres. Malgré la faim qui le tenaillait, il s'obligea à avancer dans l'eau pour prendre un appui précaire sur les pierres.

Après avoir traversé un tiers de la rivière, son courage l'abandonna. Les pierres étaient glissantes et même les plus grosses remuaient dangereusement sous son poids. À chaque pas, il risquait de basculer dans l'eau grondante et d'être emporté.

Cesare s'arrêta, incapable de continuer, mais aussi de reculer car il avait oublié sur quelles pierres il devait poser les pieds et il avait des vertiges. Une libellule vint voltiger devant son visage. Ses deux paires d'ailes lustrées captaient la lumière. Cela lui rappelait Merla. En se concentrant sur l'insecte brillant, il retrouva des forces et du courage. La libellule alla se poser sur une des pierres couleur miel.

Sans la quitter des yeux, Cesare avança un pied et le posa sur la pierre. Elle ne bougea pas. La libellule s'envola de nouveau pour aller se poser sur une autre pierre ; elle y resta une seconde, puis revint vers Cesare avant de retourner sur la pierre qui se trouvait devant le garçon.

— Celle-ci, hein, ma beauté ? dit-il, et il avança d'un pas.

Pierre après pierre, avec une extrême lenteur, la libellule l'aida à traverser la rivière. Quand il se retrouva sur l'autre rive, les deux pieds sur la terre ferme, l'insecte agita trois fois ses ailes, puis s'envola en direction des arbres.

— Merci ! lui cria Cesare en levant la tête.

C'est alors qu'il vit Merla qui survolait la forêt, un cavalier sur le dos.

★

Luciano regardait à travers la cime des arbres le sol qui défilait sous lui à une vitesse qui lui soulevait le cœur. Il devinait que Merla pouvait voler beaucoup plus vite, mais elle semblait chercher quelque chose et il s'en réjouissait. Quand il avait décidé d'apprendre à monter à cheval, ce n'était pas du tout à ça qu'il pensait. Le simple fait d'enfourcher l'animal avait été une épreuve ; il n'avait jamais monté à cru et il y avait toujours quelqu'un, ou quelque chose, pour l'aider à monter. Assis en équilibre précaire entre les ailes de Merla, agrippé à sa crinière, il avait pressé ses flancs entre ses genoux et fait claquer sa langue.

Le cheval noir était parti au petit trot, puis au galop, avant de décoller en douceur pour monter dans le ciel en diagonale, en quelques battements de ses puissantes ailes. Pendant que Luciano fermait les yeux, en priant pour que tout se passe bien, Merla les avait conduits au-dessus de cette forêt.

Celle-ci s'étendait au sud de Santa Fina, vers Remora. La jument ailée semblait décidée à prendre la direction de la ville.

L'un et l'autre entendirent en même temps le cri venu du sol. Merla s'immobilisa dans le ciel en battant très légèrement des ailes. Luciano risqua un coup d'œil par-dessus son épaule, entre les poils de son épaisse crinière. Il y avait une trouée dans la voûte des arbres. Luciano aperçut une sorte de serpent bleu près duquel une petite silhouette faisait des bonds en agitant un objet rouge et jaune.

Tandis que la silhouette grossissait, Luciano comprit que Merla cherchait un endroit pour se poser. Il ferma les yeux de nouveau et adressa une prière à la déesse. Les arbres frôlaient sa tête en sifflant et il entendit un bruissement quand Merla replia ses ailes sur son dos afin de l'envelopper dans un nuage noir de plumes douces. Elle pencha la tête en avant pour qu'il puisse se laisser glisser sur son cou.

Luciano avait du mal à tenir debout tant ses jambes tremblaient. Soudain, il vit Cesare accourir au milieu des arbres.

Les deux garçons se jetèrent dans les bras l'un de l'autre.

— Cesare ! Comme je suis content de te revoir !

— Tu as retrouvé Merla !

— En te cherchant !

Cesare courut vers la jument ailée qui broutait l'herbe comme un simple cheval ordinaire. Il noua ses bras autour de son cou et colla sa tête contre sa joue. Le garçon et l'animal demeurèrent ainsi quelques instants, chacun respirant l'odeur de l'autre.

Puis Cesare se tourna vers Luciano.

— Nous devons nous rendre au Campo, déclara-t-il. C'est bientôt l'heure de la course.

— Ne t'en fais pas, répondit Luciano. Georgia va monter Arcangelo.

Cesare dut lutter avec des émotions contradictoires. Il savait que le Bélier avait le choix entre déclarer forfait ou engager un autre jockey. Et si un autre jockey s'était inscrit, il n'était plus possible d'en changer maintenant. Au moins, Georgia avait l'habitude de monter à cru et il était resté prisonnier assez longtemps pour qu'elle ait pu forger une véritable relation avec Arcangelo. Malgré tout, il ne pouvait s'empêcher d'être déçu et amer. La Stellata n'avait lieu qu'une fois par an et il se préparait pour cet événement depuis un long moment. Peut-être que l'année prochaine, il serait trop grand ou trop lourd pour être jockey.

Il soupira.

— Crois-tu qu'elle pourra nous transporter tous les deux ? demanda-t-il, en agrippant toujours la crinière de Merla.

Luciano secoua la tête.

— Sur une courte distance, peut-être. Mais pas jusqu'en ville. Heureusement, j'ai laissé mon cheval au palais, ce n'est qu'à deux ou trois kilomètres d'ici.

— Pas question de retourner là-bas, déclara Cesare. C'est là que j'étais prisonnier. Il m'a fallu plusieurs jours pour m'enfuir.

— Dans ce cas, pourquoi ne pas aller chez Roderigo ?

— Excellente idée ! C'est tout près d'ici, et Starlight y est encore. Merla sera ravie de la retrouver et l'un de nous d'eux pourra la monter jusqu'à Remora.

— Moi, dit Luciano.

Il tremblait déjà à l'idée d'effectuer ce court trajet aérien jusqu'aux écuries de Santa Fina et il avait hâte de chevaucher à nouveau sur la terre ferme.

Merla les laissa grimper tous les deux sur son dos. Après avoir aidé Luciano à monter en le poussant, Cesare sauta d'un bond sur l'animal, devant son camarade. Il se pencha en avant pour murmurer quelque chose à l'oreille de Merla. Celle-ci déploya ses ailes et s'élança dans la clairière afin de prendre assez de vitesse pour décoller. Il n'était pas certain qu'elle y parvienne avant d'atteindre la première rangée d'arbres à l'autre extrémité, mais, lentement, ses muscles puissants et sa grande envergure l'aidèrent à quitter le sol. Et elle s'envola avec grâce, pour rejoindre sa mère.

★

Georgia avait l'estomac noué. La procession avait effectué trois fois le tour du Campo et la Stellata avait été suspendue au-dessus de la tribune des Juges. Les porte-drapeaux des Douzièmes avaient exécuté une ultime et spectaculaire alzata devant la tribune des Jumeaux, et ils avaient eu la satisfaction de voir la belle Duchessa de Bellezza se lever d'un bond pour les applaudir.

Les jockeys avaient changé de chevaux dans le Cortile du palais papal ; ils étaient maintenant assis sur leurs véritables montures pour la course. Le cavalier du Sagittaire, Topolino, porta sa main à son casque pour saluer Georgia et elle lui rendit son salut. Elle n'aimait pas la tête du jockey des Poissons, surnommé Il Re, le Roi. Celui-ci lui jetait des regards menaçants et elle n'avait pas oublié son comportement durant les éliminatoires.

La grande cloche du palais se tut et Georgia s'aperçut alors qu'elle avait sonné tout l'après-midi, depuis la cérémonie de la Bénédiction. Le silence s'abattit sur le Cortile.

Soudain, un personnage hirsute s'avança devant les chevaux en traînant les pieds. À peine regarda-t-il son jockey, Chérubin, qui s'était penché en avant pour recevoir une sorte de bénédiction de sa part.

— Monseigneur, murmura Chérubin.

Le duc s'arrêta et le regarda d'un air vide. Il leva la main, péniblement, comme s'il était épuisé.

— Victoire et réjouissances, marmonna-t-il, suivant la formule consacrée, puis il ressortit sur le Campo.

★

Le cœur d'Arianna cognait dans sa poitrine. Elle savait que la course était truquée, de manière à ce qu'un Douzième lié aux Chimici l'emporte. Elle savait aussi qu'on l'avait amenée ici pour qu'elle assiste à une démonstration de pouvoir de la famille Chimici, et si possible à une humiliante défaite du Douzième du Bélier.

Dans quelques minutes, on la conduirait à la tribune des Juges afin qu'elle choisisse l'ordre des chevaux pour le départ.

Impossible de tricher, là : elle plongerait la main dans un sac en velours pour en sortir des boules de bois peintes aux couleurs de chaque Douzième. L'ordre dans lequel elle les tirait déterminait l'emplacement sur la ligne de départ, en partant de la corde, c'est-à-dire l'intérieur de la piste.

Arianna priait pour que le tirage au sort soit favorable à Georgia, près de la corde. Le duc était censé l'escorter jusqu'à la tribune des Juges, mais il n'était toujours pas réapparu et les rumeurs allaient bon train parmi ses fils. Soudain, un murmure parcourut la tribune. Il était là : Niccolo di Chimici. Semblable à un fantôme. Il lui adressa un sourire triste.

— C'est le moment du tirage au sort, madame la duchesse, dit-il en lui offrant son bras.

★

On remit un fouet à Georgia quand elle pénétra sur le Campo, à cheval sur Arcangelo. Les jockeys faisaient leur entrée en franchissant une arche sous les gradins des Jumeaux. La ligne de départ se trouvait dans la zone neutre qui partait de la Strada delle Stelle au nord, et à laquelle correspondait une autre zone neutre au sud, là où étaient assis tous ceux ayant participé à la procession, dans une tribune qui leur était réservée.

Georgia se dirigea vers la ligne de départ, face à la tribune des Juges, dans un état second. Elle remarqua que le starter tenait à la main une sorte de grosse trompette. Il s'agissait sans doute d'un mégaphone. Debout à ses côtés, la Duchessa ressemblait à un long verre d'eau glacée au milieu du Campo brûlant et étouffant. À côté d'elle se trouvait le duc. Georgia, qui ne l'avait pas vu depuis plusieurs jours, fut choquée par son apparence.

Arianna glissait une main élégamment gantée à l'intérieur d'un sac en velours noir. Elle en sortit une balle en bois rouge et mauve.

— Sagittaire, déclara-t-elle d'une voix claire.

Ce qui n'empêcha pas le starter de répéter l'annonce à travers sa « trompette ». Le mot « Saaaagittaiiire ! » résonna à l'intérieur du Campo clos. Topolino conduisit Alba vers la première place.

La boule du Sagittaire fut ensuite placée en position numéro un dans un objet ressemblant à un croisement entre un candélabre et un alignement de coquetiers en verre. La Duchessa piocha une autre boule.

« Bééééélier ! » résonna. Georgia était donc en deuxième position à la corde, une excellente place ! Et son allié était à ses côtés.

La boule bleue et rose des Poissons sortit juste après du sac et Georgia se retrouva coincée entre son plus grand allié et son plus grand ennemi. Le pire était à venir : la boule rose et blanche fut placée dans le quatrième support. Les Jumeaux seraient donc juste à côté des Poissons, prêts à se liguer contre elle pour lui faire prendre un mauvais départ.

Une partie des spectateurs se mirent à grogner en voyant que leurs Douzièmes hériteraient d'une mauvaise position de départ, près de la barrière extérieure. La Dame fut tirée en dernier. Ce cheval donnerait le signal du départ en arrivant au galop entre les cordes, et tous les autres l'imiteraient si le starter estimait que le départ était valable et que chacun était bien à sa place. Ils avaient appliqué la même règle au cours des éliminatoires.

Le duc, semblable à un spectre, reconduisit la Duchessa vers la tribune des dignitaires. Pendant ce temps, les chevaux tournaient autour de la ligne de départ ; il n'y avait pas de starting gates et plusieurs d'entre eux, dont Arcangelo, étaient dans le mauvais sens. Georgia balaya la tribune du regard. Luciano demeurait introuvable.

Après deux faux départs, la course démarra soudain et Georgia n'eut plus le temps de se soucier de quoi que ce soit, à l'exception de la pluie de coups de cravache qu'Il Re déversait sur son casque. Topolino donna un coup de collier pour se dégager et permettre à Georgia de longer la corde derrière lui. Cosaque poussa Benvenuto sur sa route pour la bloquer.

Georgia était furieuse. Elle avait pris un départ désastreux, mais les Poissons et les Jumeaux lui fichaient la paix maintenant. Ils pensaient l'avoir éliminée de la compétition et ils se concentraient désormais sur leur course. Au moins, elle était toujours en selle – façon de parler – et Arcangelo était un cheval rapide.

Elle rattrapa les autres et, à la fin du premier tour, elle était en sixième position, avec un groupe de concurrents. Quelque part dans un coin de son cerveau, elle savait qu'elle était passée devant Paolo et les autres ; elle avait parcouru tout le Campo dans le sens du soleil, en franchissant les douze signes du zodiaque. Les ducs et les princes, les bouchers et les boulangers ne formaient plus qu'une tache floue ; elle n'avait plus conscience de rien, hormis son cheval et ses adversaires.

Ils effectuaient le deuxième tour au triple galop lorsqu'une voix stridente se fit entendre parmi les hurlements de la foule :

— Le zhou voulou ! La chance du Bélier est revenue !

Georgia reconnut la voix d'Aurelio au moment même où elle entendait le battement d'ailes. Surpris, les autres cavaliers marquèrent un temps d'arrêt et ralentirent un peu. Arcangelo passa en troisième position, derrière le Verseau et les Jumeaux, alors qu'ils franchissaient à nouveau la ligne de départ pour attaquer le dernier tour.

— Ne lève pas la tête, marmonna Georgia entre ses dents.

Une tache rose et blanche passa furtivement devant ses yeux, mais elle tint bon. Elle dépassa Salsiccio sur Ucello et le sentit défaillir à ses côtés. Elle eut le temps d'entrapercevoir ses yeux immenses et effrayés, levés vers le ciel.

— Ne... regarde... pas, se répéta-t-elle d'une voix haletante.

Elle se trouvait presque à la hauteur de Casaque sur Benvenuto.

Le jockey des Jumeaux leva sa cravache pour la frapper de nouveau, mais elle tomba par terre. Georgia le vit faire le signe de la Main de la Chance en devenant blême.

Elle le dépassa au triple galop en gardant les yeux fixés sur le petit drapeau noir et blanc qui symbolisait la ligne d'arrivée.

Elle la franchit et, en ralentissant le grand alezan, elle n'arrivait toujours pas à y croire. Elle avait gagné ! Pour le Bélier.

Curieusement, tout était silencieux autour d'elle. C'était comme de se retrouver dans un arrêt sur image sur une vidéo. Tout le monde avait les yeux levés vers la colonne qui se dressait au centre du Campo. Les couleurs des Jumeaux avaient été baissées et Cesare lui faisait signe, perché sur le dos de Merla, qui flottait patiemment dans les airs. Il ôta de son cou une écharpe rouge et jaune crasseuse pour l'accrocher au sommet.

Il cria alors à Georgia :

— Victoire ! Victoire et réjouissances !

À cet instant, tout le Campo explosa et les acclamations fusèrent.

CHAPITRE 23

Le Bélier en délire

Luciano déboucha sur le Campo hors d'haleine, ayant chevauché d'une traite depuis Santa Fina. Il arriva longtemps après Cesare et Merla pour découvrir toutes les tribunes vides et les derniers spectateurs qui se dirigeaient vers la cathédrale. Il attacha Starlight à un des anneaux de fer dans une rue conduisant à la Piazza et se précipita à son tour vers le Duomo.

— Qui a gagné ? demanda-t-il à un passant.

La réponse fut engloutie par le vacarme provenant de la cathédrale blanche et noire.

Luciano parvint à se frayer un passage jusqu'à l'intérieur et ce qu'il vit répondit à sa question : un flamboiement de drapeaux rouge et jaune agités par les supporters du Bélier.

Au loin, près de l'autel, il apercevait le bleu et le blanc de la Stellata et deux personnes vêtues aux couleurs du Bélier portées en triomphe sur les épaules des Montonaioli en délire. L'immense nef résonnait de leurs acclamations. Impossible d'atteindre Georgia et Paolo.

Avec un sourire, Luciano ressortit de la cathédrale et ramena Starlight chez elle dans le Bélier.

★

De retour au palais papal, Arianna ne savait pas quoi faire. Un magnifique banquet aurait dû être organisé, en son honneur du moins, mais un calme étrange et inquiétant régnait dans le palais. Pour les Chimici, tout se terminait mal ; ils s'attendaient à célébrer la victoire des Jumeaux ou de la Dame.

La tradition voulait qu'après la Stellata le Douzième victorieux organise une grande fête dans la rue : on dînait à ciel ouvert et on festoyait jusqu'à l'aube. Les autres Douzièmes restaient plongés dans l'obscurité, les torches et les bougies éteintes, comme pour un deuil.

Les tables disposées devant le Duomo, avec leurs nappes rose et blanche, étaient vides.

Cependant, le pape n'était pas du genre à se priver d'un banquet. Même si les habitants des Jumeaux s'étaient fait voler leur fête, ce n'était pas une raison pour annuler le festin prévu à l'intérieur du palais. Ferdinando di Chimici décida soudain de prendre les choses en main, en sa qualité de deuxième membre le plus âgé de la famille. Il ne fallait pas compter sur le duc. Ferdinando ne pouvait pas le remplacer en tant qu'homme d'État et stratège, en revanche il connaissait ses obligations envers de nobles invités. C'était à lui qu'il incombait de sauver la réputation des Chimici en organisant la plus belle fête possible.

★

Le duc était retourné à l'hôpital aussitôt la course terminée. Il semblait à peine conscient de la victoire de Bellezza. Gaetano le rejoignit.

— Père, ne voulez-vous pas rentrer au palais pour le banquet ? proposa Gaetano. Vous avez besoin de reprendre des forces. Je resterai auprès de Falco.

— Non, répondit Niccolo. Ta place est là-bas. La Duchessa t'apprécie, je le sens. Profite de sa bonne humeur pour lui faire ta demande ce soir.

Gaetano était horrifié. Il avait prétexté la maladie de Falco pour écarter cette histoire de mariage. Et voilà qu'on lui forçait la main.

— Mais, Père... On ne peut décemment pas parler de mariage tant que le pauvre Falco est dans cet état.

— Il n'en a plus pour très longtemps, soupira le duc. Les médecins pensent qu'il ne passera pas la nuit.

Un nouveau chagrin s'abattit sur Gaetano. Il devrait pleurer la disparition de son frère sans pouvoir partager avec sa famille la seule chose qui pouvait le réconforter : la certitude que Falco vivait et s'épanouissait dans un autre monde. Les médecins avaient certainement raison ; Falco n'était plus que l'ombre de l'être qu'il avait été.

★

Dans le Douzième du Bélier, les torches flamboyaient et les tambours résonnaient. Les enfants avaient reçu l'autorisation de veiller, mais les jumeaux Montalbani s'étaient endormis sous une table. Teresa les avait découverts et couchés dans leur berceau en bois qu'elle balançait avec son pied, pendant que les fillettes couraient entre les tables en agitant leurs drapeaux et en criant : « Victoire ! Victoire ! »

Georgia fit un retour triomphal, juchée sur les épaules de deux costauds. Tout comme Paolo. Quant à Arcangelo, il était suivi par une foule de supporters survoltés qui voulaient le toucher et le caresser. Cesare, lui, s'occupait de Merla, docile car elle était heureuse de retrouver le Bélier et sa mère. Elle était entourée d'un petit espace vide – les admirateurs, impressionnés, s'étaient regroupés autour d'elle sans oser l'approcher. William Dethridge escortait Silvia et le porte-drapeau en chef avait remis à contrecœur son étendard à un compagnon pour brandir la Stellata.

Les chevaux demeurèrent à l'extérieur, tandis que les Béliers entraient dans leur église avec le trophée et leurs jockeys. Ils portèrent Georgia et Cesare jusqu'en haut des marches.

Quels que soient les vainqueurs, leur premier réflexe était d'aller remercier la Vierge, d'abord dans la grande cathédrale, puis dans leur propre église.

La Santa Trinita débordait de drapeaux et de gens fous de joie. Le prêtre qui avait remis son casque à Georgia et béni Arcangelo quelques heures plus tôt aspergea généreusement d'eau bénite la jeune cavalière, en même temps que ceux qui se trouvaient à proximité. Il régnait une atmosphère de carnaval dans cet édifice d'habitude si calme et solennel. Dans un Douzième qui venait de remporter la Stellata pour la première fois depuis vingt-cinq années, il n'existait plus aucune règle.

Les pieds de Georgia n'avaient littéralement pas touché le sol depuis qu'elle était montée sur le dos d'Arcangelo dans le Cortile du palais papal une heure plus tôt. Une fois la course terminée, elle avait été arrachée à son cheval par les étreintes enthousiastes de ses admirateurs et elle avait dû se battre pour les empêcher de lui arracher sa casaque. Enfin, ils la déposèrent sur les marches de l'église et elle put tomber dans les bras de Cesare.

— Quelle nuit ! s'exclama-t-il. Quelle victoire !

— Grâce à ta diversion. Sans toi et Merla, je n'aurais pas gagné. Je regrette que tu n'aies pas monté Arcangelo.

— Vraiment ?

— Non, pas vraiment, avoua-t-elle avec un grand sourire.

Un autre cheval fit son apparition sur la place et Merla l'accueillit par un hennissement. Luciano conduisit Starlight vers ses congénères au pied des marches. Il sauta à terre et lança les rênes à un habitant du Bélier. La nouvelle s'était vite répandue : cette jument grise était la mère du prodige ailé.

Georgia n'en revenait pas.

— Luciano ! Tu sais monter à cheval !

— C'est un véritable cavalier, maintenant, confirma Cesare

en riant. Il est allé jusqu'à Santa Fina sur un cheval et il est reparti sur un autre. Il a même fait quelques tours dans le ciel avec Merla !

— Veinard ! s'exclama Georgia en regardant avec envie le cheval ailé.

Toutefois, quand Luciano la prit dans ses bras, elle en oublia son désir de voler.

— Georgia, tu as réussi !

Il déposa un baiser sur sa bouche.

Elle se sentit devenir brûlante puis glacée. Jamais avant ce soir on ne l'avait autant touchée, étreinte et embrassée, mais là, c'était différent. Il s'agissait de Luciano. Elle lui rendit son baiser et elle perçut son étonnement. Alors, elle se dégagea et embrassa aussi Cesare, pour donner le change. Du coin de l'œil, elle vit Luciano se détendre, tout en enregistrant la réaction chaleureuse de Cesare.

★

Rodolfo avait braqué ses miroirs sur divers endroits : le palazzo de la Duchessa à Bellezza, l'hôpital où reposait Falco et sur le Bélier car il savait que Silvia s'y trouvait. Il l'apercevait au milieu de la foule devant la grande église. C'est alors qu'il vit Luciano embrasser la cavalière du Bélier, un peu plus longtemps qu'il ne convenait pour de simples félicitations après une victoire.

Il soupira. Encore des complications en perspective.

★

Georgia comprit qu'elle ne pourrait pas quitter le Bélier cette nuit-là. Encore plus que la veille, elle était la vedette du spectacle. Des personnes des deux sexes ne cessaient de venir la féliciter et l'embrasser ; certaines jeunes femmes, très jolies, semblaient fort désireuses de s'attarder pour connaître un peu mieux le jockey victorieux, mais Paolo et Cesare montaient la garde.

Qu'allaient penser sa mère et Ralph si elle ne retournait pas à Londres cette nuit ? Dans son message, elle expliquait qu'elle allait passer la journée et la nuit chez les Mulholland avec Nicholas. De quoi lui permettre de passer la nuit précédente et la journée d'aujourd'hui à Remora. Mais le ciel s'assombrissait ; cela signifiait qu'il faisait jour dans l'autre monde, et comme on était samedi, tout le monde serait à la maison, à se demander ce que fabriquait Georgia.

Ce n'était qu'une question de temps avant que sa mère appelle Vicky ; elle découvrirait alors que les Mulholland ignoraient où elle se trouvait. Le fait qu'elle se trouve véritablement chez eux ne changeait rien à l'affaire. S'ils la découvraient dans la chambre de Falco/Nicholas, dans un état comateux, ils la conduiraient d'urgence à l'hôpital comme Luciano un an plus tôt. Elle n'osait pas imaginer le choc ressenti par Maura et Ralph.

Mais après quelques gobelets de vin, Georgia décida qu'elle n'avait pas de raison de s'inquiéter ; Falco devrait se débrouiller pour la couvrir. Pas question de louper une seule seconde de cette nuit de fête en son honneur. De toute façon, même si elle avait réussi à s'esquiver, rien n'aurait pu l'obliger à s'endormir.

★

Au dîner, Gaetano se retrouva assis à côté de son oncle. Pour une fois, il n'était pas auprès d'Arianna, même si elle occupait toutes ses pensées. La Duchessa se trouvait de l'autre côté du pape, avec son père. Venaient ensuite Fabrizio et Carlo, qui se disputaient à voix basse pour savoir qui prononcerait le discours après le banquet : Fabrizio en tant qu'héritier du duché de Giglia ou Carlo en tant que prochain prince de Remora.

Beatrice vint s'asseoir en face de Gaetano.

— Du nouveau à l'hôpital ? lui demanda-t-il d'un ton inquiet.

Elle secoua la tête.

— Tu n'as pas laissé Père seul, j'espère ?

— Non, répondit Beatrice avec lassitude. Francesca est venue me remplacer. Elle a dit que j'avais besoin de faire une pause.

Ce dernier nom parvint aux oreilles du pape.

— Ah, Francesca ! s'écria-t-il. Une brave fille, n'est-ce pas ? Toujours soucieuse du sort de sa famille. Je me félicite de lui avoir accordé cette annulation. Elle mérite mieux qu'un vieux mari impuissant.

Gaetano s'étouffa avec une bouchée de faisan. Francesca était libre de se remarier ! Et dans quelques heures, il devait demander à Arianna d'être sa femme.

Pendant ce temps, à Londres, Falco était au supplice. La Talie, son père et Gaetano lui manquaient terriblement et c'était une souffrance de ne pas savoir ce qui arrivait à Georgia. Par-dessus le marché, il devait couvrir son absence. Elle dormait toujours au pied de son lit et il ne voulait pas l'abandonner, au cas où elle réintégrerait soudain son corps, comme la nuit précédente.

Vicky allait finir par se dire qu'il se passait quelque chose de bizarre s'il restait enfermé dans sa chambre. Chaque fois que le téléphone sonnait, il se précipitait pour répondre, mais son infirmité le ralentissait, et parfois, Vicky arrivait avant lui.

Ce n'était pas la seule chose qui le tracassait. Voilà douze jours maintenant qu'il avait stravaganté et il n'avait toujours pas d'ombre. Cela signifiait qu'il était toujours vivant, là-bas à Remora, et la tentation demeurait de réclamer son anneau à Georgia, tant qu'il pouvait regagner son corps. Il ne savait pas si elle avait détruit le talisman ou non. Falco avait hâte d'en finir pour pouvoir se concentrer sur sa nouvelle vie.

Le téléphone sonna. Vicky était à quelques pas de l'appareil.

— Georgia ? Non, elle n'est pas ici. Hier soir ? Non, non,

elle n'a pas dormi chez nous. Attendez un instant, je vais demander à Nicholas...

— Ça s'est passé exactement comme les cartes l'avaient prédit ! s'exclama le Pr Dethridge, un peu éméché, en s'adressant à Georgia. Tous les chiffres étaient des 2, votre position au départ de la course. Et vous étiez présente aussi : la Princesse des Oiseaux.

— La Princesse des Oiseaux ? répéta Georgia, perplexe.

— La jeune demoiselle, expliqua Dethridge avec patience. La princesse. Des oiseaux car ils vivent dans les airs... là où on trouve le cheval volant et la Cité des Étoiles.

— OK, si vous le dites. Que vous ont révélé les cartes, à part ça ?

— Que la Duchessa – Arianna est la Princesse des Poissons – était bien protégée par Luciano quand elle a assisté à la fête des Étoiles Filantes.

— Je ne vois pas ce qu'il a fait pour la protéger.

— Et que le Chevalier, le jeune Cesare, se retrouverait enfermé dans une tour, poursuivit Dethridge, indifférent à la remarque de Georgia. À vos côtés, on trouvait le Prince des Serpents, c'est-à-dire un des jeunes seigneurs de la Dame, mais j'ignore s'il s'agit du pauvre Falco ou du prince Gaetano.

— Comment en êtes-vous arrivé à cette conclusion ? demanda Georgia, mal à l'aise à l'idée que le vieil homme ait pu prédire son intervention dans la vie de Falco.

— La Dame est un signe de Terre, tout comme le Bélier est lié au Feu et les Jumeaux à l'Air, dit Dethridge comme si cela suffisait à tout expliquer.

« Peut-être que vous devriez effectuer un nouveau tirage », pensa Georgia. Elle ne voyait pas comment démêler le sac de nœuds que formaient Luciano, Arianna, Gaetano, Falco, Cesare et elle.

Une fanfare de trompettes annonça l'arrivée d'un visiteur. Contrairement à la nuit précédente, la Duchessa de Bellezza pouvait maintenant se déplacer comme elle le désirait et rendre visite au Douzième de sa cité pour féliciter ses habitants. Arianna pénétra dans le Bélier d'un pas décidé, la tête haute. Elle portait une cape violette par-dessus une robe en soie jaune et un masque de plumes rouge et jaune. Suivie de Rodolfo et de Gaetano, elle gravit la pente raide de la Via di Montone sous les acclamations de la foule et marcha jusqu'à la table principale.

Paolo alla chercher des chaises pour les visiteurs. Arianna ne s'assit qu'après être allée caresser les chevaux. La tradition voulait que le cheval victorieux soit l'hôte d'honneur du banquet ; le Bélier était allé plus loin en réunissant Merla et Arcangelo. Et là où se trouvait Merla, Starlight se trouvait également. Les trois chevaux occupaient donc un espace clôturé en toute hâte devant l'église. Sous la bannière en soie de la Stellata, attachée à un grand poteau.

La Duchessa tapota le flanc d'Arcangelo avec une certaine appréhension et caressa le nez de Starlight. Puis elle resta longuement en admiration devant Merla.

— Je n'aurais pas pu y croire, confia-t-elle à Gaetano. Jusqu'à la semaine dernière, je n'avais admiré des chevaux que sur des tableaux ou des gravures. Et voilà que je me retrouve face à une créature mythique comme on en voit seulement sur des fragments de poterie ancienne ou de vieilles mosaïques.

— Ce cheval est bien réel. Il a été volé au Bélier par ma famille, comme leur jockey.

Arianna posa la main sur son bras en un geste affectueux ; ce qui n'échappa pas à plusieurs convives autour de la table.

— Je ne vous ai jamais tenu pour responsable des agissements de votre famille, dit-elle.

— Il n'y a pas que les chevaux que tu dois remercier, lui glissa Rodolfo en la ramenant vers le centre de la fête.

— En effet, approuva Arianna, retrouvant son entrain.

Elle s'approcha de Georgia et lui prit les mains. D'une voix claire et forte qui portait d'un bout à l'autre de la place, elle déclara :

— Je félicite le Bélier et son excellent jockey, Giorgio

Gredi. Ce soir, vous avez défendu l'honneur de ma cité et Bellezza vous remercie. En modeste témoignage de ma gratitude, je donne à Giorgio un sac de pièces d'argent et ce baiser.

Stupéfaite, Georgia sentit les lèvres de la Duchessa frôler les siennes et elle vit les yeux violets se poser brièvement sur elle, avant qu'Arianna lui remette un sac en velours chargé de pièces. Elle bredouilla des remerciements, tandis que les témoins manifestaient leur approbation en frappant sur les tables et en tapant du pied. Voilà ce qu'ils appelaient un vrai divertissement.

Georgia se rassit, désorientée, pendant que la Duchessa acceptait la coupe de vin que lui avait servie Paolo. Arianna savait qu'elle ne pouvait pas emporter ces pièces en repartant dans son monde. Georgia décida de les donner à Cesare, dès qu'il aurait cessé de manger – il rattrapait sa période de jeûne.

Luciano, lui, était rongé par la jalousie. Arianna ne lui avait pas adressé un regard ni un sourire, et pourtant, il avait le sentiment que tout ce qu'elle faisait lui était destiné. Comme de flirter avec Gaetano. Qu'avait-il donc fait pour qu'elle soit fâchée contre lui ? Il repensa au baiser de Georgia. C'était une chose sans importance ! Elle avait embrassé Cesare aussi, et la moitié de la population du Bélier ; c'était la coutume à Remora après une grande victoire. Luciano lui-même avait été embrassé par des filles qu'il n'avait jamais vues.

Il flottait dans le Douzième du Bélier une ambiance d'abandon et d'audace. La Stellata avait été arrachée aux Chimici après un quart de siècle. Qui sait quand le Bélier pourrait la remporter à nouveau ?

Gaetano n'était pas insensible à cette ambiance ni à l'attention que lui accordait Arianna. Il but plus de vin qu'il n'aurait dû, pour se donner du courage en vue de la tâche qui l'attendait. Il avait presque fini par se convaincre : ce soir, il se disait une fois de plus qu'être l'époux de la belle souveraine de Bellezza ne serait pas une dure épreuve.

Ses réflexions furent interrompues par un cri.

— Regardez ! s'exclama Cesare. Les Manouches sont là !

Aurelio et Raffaella étaient arrivés discrètement et parlaient à Merla. Celle-ci semblait les écouter et les comprendre. Peu à peu, d'autres membres de leur tribu, reconnaissables à leurs tenues colorées, se répandirent sur la place. Quand Paolo vint leur offrir l'hospitalité du Bélier, ils sortirent leurs instruments de musique et improvisèrent un concert. Le tambour du Bélier se joignit à eux en reprenant les rythmes complexes et les hérauts eux-mêmes tentèrent de les accompagner avec leurs trompettes.

L'esprit embrumé par le vin, le manque de sommeil et la joie, les auditeurs ne risquaient pas de juger la musique d'une oreille trop sévère. Après une pause, Aurelio joua un morceau en solo. En écoutant cette mélodie suave et triste, Gaetano pensa à son frère, puis à sa cousine, à laquelle il allait bientôt devoir renoncer pour toujours.

— Voilà un air à vous briser le cœur, n'est-ce pas, *principe* ? dit une femme qu'il n'avait pas remarquée jusqu'à présent.

Elle portait les couleurs du Bélier et il constata qu'elle était très jolie. Pendant un court instant, elle lui rappela la Duchessa, puis il s'aperçut qu'elle était beaucoup plus âgée. Malgré tout, elle avait quelque chose d'Arianna. Peut-être était-ce une tante venue lui rendre visite ? D'ailleurs, il croyait se souvenir qu'une des tantes de la Duchessa, en effet, était mariée au Dottore Crinamorte.

— Oui, c'est une mélodie très émouvante, madame.

— Elle semble parler d'amour perdu et de devoir triomphant. De mauvais choix et d'une vie de sacrifices, conséquences de ces choix.

Gaetano était estomaqué. Cette femme possédait-elle des dons de voyance. Était-elle une Stravagante ?

— Vous voyez tout ça dans une simple mélodie ?

— La musique des Manouches n'a rien de simple.

Il tourna la tête vers le harpiste. Quand celui-ci eut fini de jouer et que Gaetano se retourna vers la femme, elle avait disparu. Le temps que les dernières notes s'évanouissent dans la nuit, un autre air débuta, entraînant celui-là, et on poussa les tables pour danser.

Gaetano dansa avec Arianna et, du coin de l'œil, il remarqua que le père de la Duchessa dansait avec la femme mystérieuse.

— Qui est avec le régent ? demanda-t-il. Cette femme vient de me dire des choses extraordinaires. Je pense que c'est une sorte d'enchanteresse.

Arianna ne put s'empêcher de rire.

— Vous n'êtes pas le premier à dire ça.

Mais elle ne répondit pas à sa question.

Luciano et Cesare étaient confrontés à un dilemme. Tous les deux avaient envie de danser avec Georgia. Sauf qu'aux yeux des habitants du Bélier, le jockey était un garçon. Or si nul ne s'étonnait que de jeunes hommes s'étreignent et même s'embrassent, surtout lors d'une grande fête, ils ne dansaient pas entre eux.

Résultat, les trois amis se retrouvèrent dans les bras de jeunes femmes aussi jolies qu'entreprenantes. Arianna foudroyait du regard Luciano dont la cavalière était une belle brune pleine de vie, tandis que Georgia jetait des regards désespérés en direction de Paolo. Celui-ci ne s'en aperçut pas car il dansait joyeusement avec Teresa.

Ce fut William Dethridge qui vola à son secours. Dès que la musique changea, il rassembla tous les jeunes hommes, parmi lesquels Georgia, pour les faire danser en cercle, pendant que les femmes tapaient dans leurs mains pour donner le rythme. Georgia se retrouva là où elle voulait, entre Luciano et Cesare, tandis que chacun chantait à tue-tête l'hymne du Bélier.

Gaetano tenait l'autre main de Luciano et, l'un comme l'autre, ils auraient voulu que cette ronde ne cesse jamais et que cette nuit dure éternellement. Car tous les deux savaient qu'au petit matin un événement allait décider de leur avenir. Mais pour l'instant, ils voulaient juste danser, boire et chanter.

★

Enrico était la seule personne de Remora, à l'exception des loyaux habitants du Bélier, qui avait gagné de l'argent en misant sur la course. Il lui restait encore une grosse partie de la somme que le duc et le pape lui avaient remise pour sceller des pactes avec d'autres Douzièmes et les paris lui avaient rapporté un joli magot supplémentaire. Maintenant, il hésitait à quitter la ville. Il ne savait pas trop où aller ; il aimait Remora et la proximité des chevaux, mais il ne serait pas prudent de rester. Il avait volé un cheval, enlevé et séquestré quelqu'un. Si jamais le Bélier l'apprenait, sa vie serait en danger.

Et tout ça pour rien ! Les Chimici avaient perdu la course et la gloire avait rejailli sur Bellezza. La nouvelle de la victoire allait bientôt se répandre aux quatre coins de la Talie, ce qui encouragerait d'autres cités à résister aux alliances et aux usurpations de pouvoir. Pour l'instant, le duc était fou de chagrin. Quand il retrouverait ses esprits, il se souviendrait peut-être que son espion l'avait trahi.

D'un autre côté, le duc était la personne la plus importante pour qui Enrico avait jamais travaillé et il hésitait à l'abandonner. Peut-être parviendrait-il à convaincre son employeur qu'il pouvait encore lui être utile ?

Dans l'immédiat, il lui fallait affronter les habitants du Bélier car il leur devait de l'argent. Enrico était une crapule, mais il était également très superstitieux. S'il leur avait volé leur porte-bonheur, il n'essaierait pas de les priver de leurs gains.

★

Les fêtards du Bélier commencèrent à se séparer quand les Manouches se rassemblèrent pour saluer l'aube à leur manière. Assise sur les marches de l'église, Georgia bâilla ; elle était épuisée, tout à coup. Elle vit Rodolfo et Gaetano escorter Arianna qui s'en allait. Ils s'arrêtèrent devant la fontaine et Rodolfo se retourna pour s'adresser à Silvia. Georgia regarda le jeune couple s'éloigner et elle vit Luciano qui les suivait du regard, l'air abattu.

Paolo s'approcha de Georgia.

— Tu tombes de fatigue, dit-il. Veux-tu que je te raccompagne ?

Sur la place, des chaises renversées et des drapeaux en lambeaux jonchaient le sol au milieu des flaques de vin et des restes de nourriture. Des chiens reniflaient les déchets, tandis que des hommes munis de longues mouchettes éteignaient les dernières torches. Soudain, une bagarre éclata et Georgia vit que Cesare ceinturait un homme portant une cape bleue. Paolo et elle, accompagnés d'autres jeunes gens du Bélier, coururent lui prêter main-forte.

— C'est l'homme qui m'a enlevé ! cria Cesare. Et qui a sans doute volé Merla ! Il ose mettre les pieds ici !

Enrico, quoique effrayé, se défendit avec vigueur :

— J'ai obéi aux ordres ! Ne me dites pas qu'il n'y a jamais eu des choses plus terribles au cours de la Stellata ! Si je suis là, c'est pour donner leur argent à ceux qui ont misé sur le Bélier.

Quelques-uns des jeunes gens qui le tenaient le relâchèrent. Aucun d'eux n'avait pensé à toucher ses gains, mais cette idée était séduisante. Néanmoins, pas question de laisser Enrico s'en tirer à si bon compte. Ils retournèrent ses poches et vidèrent son sac. L'espion se laissa faire sans protester. La plus grosse partie de son butin était en lieu sûr à Santa Fina. Cesare fut écœuré de découvrir les écharpes de toutes les couleurs dans le sac d'Enrico et il les confisqua.

C'est ainsi qu'Enrico put repartir sain et sauf, et beaucoup plus léger.

★

— Quelle belle nuit, fit observer Gaetano en ramenant la Duchessa au palais papal à travers les rues étroites.

— Quelle belle matinée, vous voulez dire, rectifia Arianna en posant avec soin ses pantoufles en soie rouge sur les pavés.

Soudain, Gaetano décida d'en finir.

— Madame la duchesse, dit-il en l'obligeant à s'arrêter sous une torche enflammée. Arianna... le moment et l'endroit sont peut-être mal choisis, mais vous allez bientôt rentrer à

Bellezza et je ne peux attendre plus longtemps. Nous avons passé presque un mois ensemble et nous nous connaissons bien maintenant. Je veux savoir ce que vous pensez de notre offre. Voulez-vous m'épouser ?

— Eh bien, voilà ! répliqua Arianna. Ce n'était pas si difficile, n'est-ce pas ? Ce n'était ni élégant ni romantique, mais efficace.

★

Georgia regagna l'écurie avec Cesare et Paolo. Les Montalbani estimaient que leur jockey victorieux ne devrait pas dormir dans le grenier à foin, mais tel était son choix. Cesare suspendit à un poteau le sac d'Enrico rempli de foulards et il étreignit Georgia une dernière fois avant de se traîner jusqu'à la maison pour se coucher. Paolo l'étreignit lui aussi.

— Merci, dit-il. Tu as autant de courage qu'un guerrier. Je sais que tu finiras par l'emporter sur ton demi-frère.

Sur ce, il s'en alla à son tour. Luciano et Dethridge avaient disparu et elle n'avait aucune idée de l'endroit où dormaient Rodolfo et Silvia. Elle s'allongea sur la paille. Elle entendait Arcangelo, Merla, Starlight et les autres chevaux remuer en dessous. Même Dondola était revenue. Roderigo l'avait récupérée au palais de Santa Fina et l'avait montée jusqu'ici afin d'arriver à temps pour les festivités.

L'esprit de Georgia était un kaléidoscope de couleurs et de formes tourbillonnantes : le défilé, les drapeaux, les chevaux, le bruit, la vision de Merla planant au-dessus du Campo, les rubans éclatants des Manouches, les baisers, la musique, le vin, le...

★

Gaetano fit irruption à l'hôpital. Le duc avait sombré dans un profond sommeil ; Francesca était réveillée. La chambre sentait les bougies éteintes. Gaetano prit le temps de vérifier que son frère respirait encore, puis il saisit les mains de Francesca dans les siennes et il l'entraîna hors de la chambre.

Dans le couloir, il s'agenouilla sur le carrelage froid et lui demanda de l'épouser.

Francesca accepta.

Georgia se réveilla dans la chambre de Falco. Le jeune garçon n'était pas là. Il y avait une feuille de papier sur l'oreiller, avec ces simples mots : « Tu es repérée ! » C'était le soir et la maison semblait déserte. Elle se leva lentement et descendit. Elle devait rentrer chez elle pour affronter les conséquences de son geste. Elle se consolait en pensant que, quoi qu'il lui arrive maintenant, ça en valait la peine.

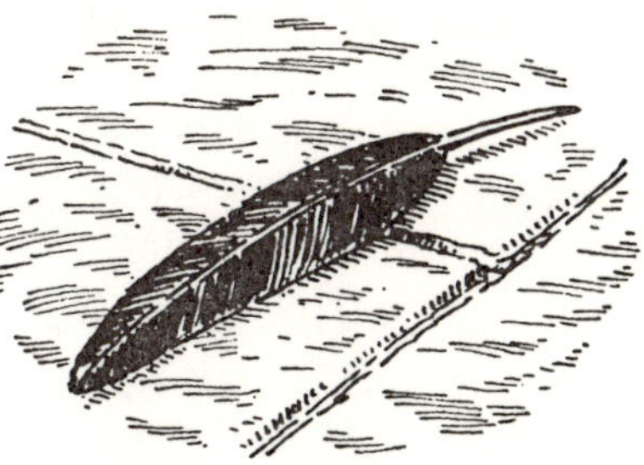

CHAPITRE 24

Des filets d'or

Georgia entra dans le salon. Il lui fallut plusieurs secondes pour reprendre ses esprits. Elle tombait de fatigue et les gens qu'elle venait de laisser, là-bas dans le Bélier, étaient pour elle bien plus réels que les membres de sa famille. Elle concentra son attention sur Falco, qui était d'une certaine façon la personne la plus familière dans cette pièce.

Pendant que les autres la dévisageaient, elle articula « J'ai gagné ! » et elle eut le temps de voir la surprise et la joie sur le visage de Falco avant que l'orage éclate. Il y avait là Maura et Ralph, les époux Mulholland, et un homme et une femme dont Georgia comprit vite qu'ils étaient de la police. Ils ne s'attardèrent pas ; pour eux, cette affaire de personne disparue venait de connaître un dénouement heureux et d'autres enquêtes les attendaient.

Aussitôt après leur départ, Ralph se rendit dans la cuisine pour faire du café, en entraînant Russell malgré ses protestations. Celui-ci voulait rester pour assister au feu d'artifice, mais son père se montra inflexible.

L'affrontement sembla durer des heures. Les mêmes questions revenaient sans cesse : où était-elle passée ? Avec qui était-elle ? Qu'avait-elle fait ? Nicholas était-il au courant ?

Mais elles ne menaient nulle part. Que pouvait-elle bien leur dire ? Qu'elle venait de participer à une course de chevaux dans un autre monde, qu'elle avait gagné, festoyé et dansé la nuit entière, embrassée par des nobles et des roturiers ? Qu'elle avait vu un cheval ailé ? Qu'elle avait déjoué un complot politique ? Qu'elle se trouvait avec le fils des Mulholland ? Que « Nicholas » était en réalité un aristocrate né il y a plusieurs centaines d'années et venu d'une autre dimension ? Dans laquelle elle-même était un héros nommé Giorgio ?

Alors, elle s'accrochait obstinément à ces quelques idées simples :

— Je ne peux pas vous le dire. Je n'ai rien fait de mal. Je tenais une promesse. Nicholas ne sait rien.

— Je parie que ce vieux pervers dans sa boutique de vieilleries sait quelque chose ! lança Russell.

Heureusement, il s'avéra que David Mulholland connaissait Mortimer Goldsmith. Il affirma que le vieil homme était incapable de la moindre vilenie.

— M. Goldsmith n'a rien à voir là-dedans, déclara Georgia avec lassitude. Je peux aller me coucher maintenant ? Je suis très fatiguée.

— Tu ne peux pas passer la nuit dehors et disparaître presque deux jours en espérant t'en tirer comme ça ! s'emporta sa mère. Je me suis fait un sang d'encre ! Je ne veux plus jamais revivre une journée pareille !

Elle éclata en sanglots.

Georgia se sentait affreusement mal. Ça n'aurait pas dû se terminer de cette façon, après la gloire et le triomphe. Elle ne supportait pas les larmes de sa mère et les regards inquiets des autres, à l'exception de Russell qui se réjouissait et de Falco qui savait où elle était.

— Je suis désolée, maman. C'était une chose que je devais faire. Ni illégale, ni dangereuse, ni stupide. Mais je ne peux pas t'en parler. Jamais. Il faut que tu me fasses confiance. Je t'ai dit que je serais chez les Mulholland pour que tu ne t'inquiètes pas. Ce que j'avais à faire m'a pris plus de temps que prévu, voilà tout. Ça ne se reproduira plus jamais, je te le promets. Maintenant, tu peux me punir de la manière que tu veux, mais il faut que j'aille me coucher. Je n'ai pas dormi depuis je ne sais pas combien de temps.

Ralph intervint.

— On reparlera de ça plus tard, Maura. Laisse-la se reposer.

— Comment ça, « fiancés » ? s'exclama le duc quand Gaetano et Francesca revinrent dans la chambre en se tenant par la main pour lui annoncer la nouvelle. Et la Duchessa, alors ?

— Je lui ai fait ma demande, Père, répondit Gaetano, qui avait tout expliqué à sa cousine au préalable. J'ai obéi à vos ordres, et elle a refusé. Elle a dit qu'elle resterait éternellement mon amie, mais que son cœur appartenait à un autre. Et elle m'a conseillé d'aller rejoindre Francesca.

— Je suis libre de prendre Gaetano pour époux, mon oncle, précisa la jeune femme. Mon mariage avec le Bellezzan a été annulé.

Le duc Niccolo les regardait d'un air hébété. Tous ses plans étaient tombés à l'eau. Mais il voyait bien que ces deux jeunes gens s'aimaient et son cerveau élaborait déjà de nouveaux stratagèmes. Gaetano ne mettrait pas la main sur Bellezza, en revanche il pourrait hériter du titre de Fortezza à la mort du vieux cousin Jacopo, étant donné que celui-ci n'avait que des filles. Et ces filles pourraient épouser ses autres fils ou neveux pour que d'autres époux sans titre ne viennent pas concurrencer Gaetano.

— Très bien, conclut-il. Vous avez ma bénédiction. Allez annoncer la nouvelle au palais, moi je dois rester auprès de Falco.

★

Au palais papal, Arianna avait de la visite. Incapable de trouver le sommeil, elle avait déjà enfilé sa tenue de la journée quand un domestique fit entrer sa mère dans ses appartements.

— La signora Bellini, annonça-t-il avant de se retirer.

— Silvia, dit Arianna.

Elle ne l'appelait jamais « Mère » car ce nom était réservé à la tante qui l'avait élevée dans le secret sur une île de la lagune, pendant que Silvia Bellini gouvernait Bellezza et repoussait les assauts des Chimici.

Silvia ôta son voile.

— Bonjour, ma chérie.

— Je n'ai pas besoin de te dire, je suppose, combien c'est dangereux pour toi de venir ici ?

— Absolument pas. Personne ici n'a vu mon visage, à part toi et ton père.

— Tu n'as quand même pas passé la nuit ici, j'espère ?

— La nuit était déjà presque finie, après cette fête. Rassure-toi, je suis restée dans le Bélier. Et j'ai parlé avec ton jeune homme.

— Lequel ? demanda Arianna avec une grimace.

— Celui qui va te demander de l'épouser, celui qui veut Bellezza.

— Ah, Gaetano. Que lui as-tu dit ?

— Je lui ai suggéré de bien réfléchir avant de renoncer à son vieil amour pour un nouveau.

— Apparemment, tu n'as pas été très convaincante. Il m'a fait sa demande sur le chemin du palais, à l'aube.

Silvia dévisagea sa fille.

— Il était beaucoup trop tôt pour tenir des propos sérieux. Que lui as-tu répondu ?

— J'ai refusé.

— Pour quel motif ?

— Au motif que je ne l'aimais pas et que je pensais qu'il aimait quelqu'un d'autre. Ce sont deux bonnes raisons, me semble-t-il.

— Oui, pour une simple fille de la lagune, peut-être. Mais

ce n'est plus ton cas. Tu sais bien que ton choix doit obéir à des considérations autres que les sentiments.

Arianna ouvrit de grands yeux.

— Es-tu en train de me dire que j'aurais dû accepter ? Un Chimici ? Il deviendrait duc de Bellezza et sa famille ne cesserait de me persuader de rejoindre leur République. Dès lors, il ne serait plus seulement duc consort, il gouvernerait à ma place. Bellezza perdrait son indépendance et ses traditions ; toutes les choses pour lesquelles tu as combattu, pendant si longtemps.

— Es-tu sûre que tu ne l'as pas repoussé pour des raisons moins nobles ? Pour pouvoir rester libre pour quelqu'un d'autre, par exemple ?

— Et même si c'était le cas ? répliqua Arianna, piquée au vif. Tu parles de devoir et de responsabilités, mais tu t'es mariée par amour ! Tu ne peux pas m'interdire de faire la même chose !

— Je ne te dis pas ce que tu dois faire ou ne pas faire. Je veux seulement que tu analyses tes raisons.

On frappa à la porte et un domestique fit entrer Gaetano. Celui-ci arborait un large sourire et tenait Francesca par la main.

— Pardonnez-moi, madame la duchesse, déclara-t-il d'un ton solennel, j'ignorais que vous étiez occupée.

Il regardait d'un air intrigué son interlocutrice de la veille.

— Voilà donc l'heureuse élue, dit Arianna en tendant la main à Francesca.

— Père nous a donné sa bénédiction, ajouta Gaetano. J'espère que vous en ferez autant.

— Certainement, répondit Arianna. Et je compte bien être invitée au mariage.

Georgia dormit six heures. À 2 h 30, le réveil qu'elle avait glissé sous son oreiller fit entendre sa sonnerie étouffée. Elle se redressa en bâillant et balaya du regard cette chambre qu'elle ne reconnaissait pas. Elle avait poussé la commode devant la porte pour remplacer le verrou qui avait sauté quand Ralph avait enfoncé le battant.

Elle sortit le petit cheval ailé de sa poche et se cala contre son oreiller ; elle n'eut aucun mal à se rendormir.

Personne ne se réveilla très tôt dans le Douzième du Bélier le lendemain de la course. Cesare avait l'impression qu'il aurait pu dormir une semaine entière après son emprisonnement, sa fuite et la fin époustouflante de la Stellata, sans parler de tout ce qu'il avait ingurgité lors des festivités. Mais il fallait bien s'occuper des chevaux et l'idée d'un petit déjeuner était alléchante, bien qu'il soit tard dans la matinée.

Il descendit d'un pas mal assuré. Teresa, dans la cuisine, disposait sur la table du pain, du fromage, des olives et des fruits.

— Où sont les autres ?

— Ton père est à l'écurie, avec Luciano et le Pr Dethridge. Les jumeaux jouent dans la cour. Les Bellezzans leur ont construit une sorte de cage, très ingénieuse, qui amuse aussi tes sœurs.

Cesare prit une tranche de pain et fila dehors. Ses demi-frères et demi-sœurs étaient assis ou debout dans un grand enclos en bois, muni de barreaux trop rapprochés pour qu'ils puissent en sortir. Dethridge et Luciano leur tendaient des sucreries entre les barreaux. Alors que Cesare observait la scène, Georgia émergea de l'écurie. Elle avait quitté la casaque jaune et rouge du Bélier pour retrouver ses vêtements ordinaires de jeune habitant de Remora.

— Oh, vous avez fabriqué un parc ! s'exclama-t-elle.

— C'est le jeune Lucien qui m'en a parlé et j'en ai construit un avec son aide et celle du signor Paul, dit Dethridge, très satisfait de son travail.

— Ils n'arrêtaient pas d'essayer d'entrer dans l'écurie pour voir Merla, expliqua Luciano. Et Teresa avait peur qu'ils ne se fassent piétiner.

— Aucun souci, ajouta Dethridge. Je veille sur eux.

Teresa les rejoignit avec un plateau ; elle apportait à manger et à boire pour le vieil homme et les enfants. Georgia et Luciano déjeunèrent à l'intérieur, en compagnie de Cesare et de Paolo.

Après les excès de la veille, il régnait une certaine gêne entre les jeunes gens.

— On dirait que le vieux professeur adore les enfants, commenta Cesare.

— Il ne parle jamais des siens, dit Luciano. Je pense que cela a été très dur pour lui de les quitter.

— Comment ça s'est passé chez toi, Georgia ? demanda Paolo.

Elle poussa un profond soupir qui leur fit lever la tête.

— Pas trop mal. Sauf que le gros de la tempête n'est pas passé. Il faut que je stravagante rapidement ce soir pour parler avec mes parents à la première heure demain. Ils m'ont laissée aller me coucher car je ne tenais plus debout, mais ils ne m'ont pas encore annoncé quelle serait ma punition.

— Je suis navré que tu sois punie à cause de nous, déclara Paolo. Au fait, tu as dit « mes parents », c'est la première fois que je t'entends parler d'eux de cette façon.

Georgia était surprise, elle aussi. Même si Ralph était resté en retrait pendant que sa mère lui passait un savon, il s'était montré préoccupé et compréhensif. Peut-être qu'un jour elle penserait à lui comme à un père ?

On frappa à la porte et Rodolfo entra.

— J'apporte des nouvelles, annonça-t-il en prenant place à table. Il va y avoir un mariage dans la famille Chimici.

Georgia vit que Luciano avait blêmi, alors qu'elle-même se sentait un peu mieux.

— Gaetano va épouser sa cousine Francesca, ajouta Rodolfo. Tu te souviens peut-être d'elle, Luciano ? C'est la jeune femme qu'avait choisie l'ambassadeur pour combattre Arianna lors des élections. Son mariage avec le conseiller Albani a été annulé.

— Je m'en souviens, répliqua Luciano avec un calme feint. C'est la fille du prince de Bellone.

— Exactement. Les deux jeunes gens sont amoureux l'un de l'autre depuis leur plus tendre enfance. D'ailleurs, ils sont en train de raconter leur histoire à la Duchessa.

— Arianna le sait ? s'exclama Luciano. Et ça ne lui fait rien ?

Rodolfo haussa un sourcil.

— Il faudra que tu lui poses la question. On repart tous pour Bellezza dans quelques jours.

Luciano sourit, de joie et de soulagement.

— Qu'est-ce qu'on attend ?

— Je suis au regret de dire que, à mon avis, on attend que Falco di Chimici meure. Ou se rétablisse. (Il regarda Georgia avec gravité.) Il fallait attendre que la course ait eu lieu. Maintenant, je te demande, une fois de plus, de faire revenir ce garçon.

★

Rinaldo di Chimici avait rendu visite à son frère dans le Douzième du Capricorne. Alfonso, le jeune duc de Volana, avait été déçu par la course. Le jockey du Capricorne, Papavero, n'avait pas su mener son cheval à la victoire et il n'y avait même pas eu une bonne bagarre ensuite. Alfonso avait dîné au palais papal. L'ambiance sinistre qui régnait dans le Douzième des Jumeaux interdisait toutes réjouissances et le duc envisageait maintenant de regagner sa cité. Mais comme tout le monde, il jugeait qu'il ne serait pas correct de quitter Remora alors que le plus jeune fils de Niccolo était à l'article de la mort.

Alfonso soupira.

— Je crois que je devrais aller voir oncle Niccolo à l'hôpital pour savoir où nous en sommes, déclara-t-il. C'est une tâche pénible.

— Je t'accompagnerai, proposa Rinaldo. J'ai besoin de connaître ses projets me concernant, maintenant que ses dernières tentatives pour mettre la main sur Bellezza ont échoué. Au fait, tu es au courant ? La demande de Gaetano a été rejetée. Il va épouser la cousine Francesca à la place.

— Vraiment ? Tu te rappelles quand nous étions enfants et que nous jouions à Santa Fina durant ces longs étés ? Déjà en ce temps-là, elle avait un faible pour lui. Et Fabrizio était toujours collé à Caterina.

— Peut-être qu'eux aussi finiront par se marier, rétorqua Rinaldo, ravi d'imaginer sa jeune sœur épousant l'héritier du titre et de la fortune des Chimici.

Alfonso semblait songeur.

— Ce n'est sans doute pas une mauvaise idée, pendant que Niccolo est si conciliant. Allons lui faire cette suggestion.

★

Georgia se retrouvait dans une situation délicate, comme chez elle à Londres, peu de temps auparavant. Rodolfo avait exigé de lui parler en tête à tête et ils étaient assis dans la chambre de Dethridge. Luciano n'était pas là pour l'aider ; elle devait affronter seule le redoutable Stravagante de Bellezza.

— Falco va subir une opération qui lui permettra de marcher normalement, dit-elle. Et il se plaît bien chez les Mulholland. Je pense même qu'ils vont l'adopter pour de bon.

— Et tout le monde sera de nouveau heureux, hein ? s'exclama Rodolfo. Ça ne fonctionne pas comme ça, Georgia. Personne ne peut remplacer Luciano.

— Vous croyez que je ne le sais pas ? fulmina-t-elle en refoulant ses larmes avec rage. On peut quand même puiser du réconfort ailleurs. Ces gens ont perdu leur fils et Falco a perdu sa famille. Je trouve ça bien.

— Je ne mets pas en doute tes sentiments, répliqua Rodolfo d'une voix douce. Uniquement ta connaissance des choses et peut-être ton bon sens. Falco n'a pas perdu sa famille, il l'a abandonnée. Quand il mourra, ce qui va arriver très bientôt si tu ne le sauves pas, tu ne peux pas imaginer quelles seront les conséquences. Pour la Talie, pour la porte, pour ceux d'entre nous qui voyageons d'un monde à l'autre. Si tu le désires, je t'accompagnerai... (Il marqua un temps d'arrêt.) Tu ne portes plus l'anneau qui lui a servi de talisman. Où est-il ?

— Dans le broyeur d'ordures de la cuisine.

Elle était encore plus effrayée que la fois où le duc Niccolo l'avait interrogée ou quand le jockey des Poissons lui avait assené des coups de cravache sur la tête. Mentalement, elle se prépara à affronter la réaction de Rodolfo. Mais celui-ci se contenta de se lever pour marcher jusqu'à la fenêtre.

Il se retourna vers elle. Il paraissait très fatigué et Georgia eut le sentiment qu'il était terrassé par le poids de ses responsabilités.

— Ça veut dire, je suppose, que tu l'as détruit. Tu m'as défié. Je pense comprendre pourquoi. Tu es convaincue que le réconfort donné et reçu dans un monde peut compenser le chagrin et la perte dans un autre. Et j'espère que tu as raison. Car maintenant, Luciano et toi, vous courez un terrible danger.

★

Le duc Niccolo sembla à peine reconnaître ses neveux. Assis dans son fauteuil, il tenait la main squelettique de son fils, comme il le faisait depuis presque deux semaines.

— Les médecins se sont trompés, dit-il. Falco est toujours en vie.

— Je suis navré, mon oncle, répondit Alfonso, sincère.

À l'image de tous les Chimici, il avait de l'affection pour le petit prince. Ils avaient tous partagé le même chagrin deux ans plus tôt, au moment de l'accident.

— Mais le mariage de Gaetano est une bonne nouvelle, ajouta-t-il. Il est bon que mes cousins et cousines puissent connaître le bonheur en ces temps de tristesse. Ils sont jeunes et en bonne santé, ils vous donneront des petits-enfants.

Le duc parut si surpris qu'Alfonso craignit d'avoir manqué

de tact. En réalité, il avait libéré un courant de pensées positives dans l'esprit du patriarche.

— Tu as raison, acquiesça le duc, et tu es gentil de le souligner. C'est une raison d'espérer. Mais pourquoi Gaetano se marie-t-il si jeune, alors qu'il a deux frères aînés toujours célibataires ? Et une sœur ? Il faut qu'ils se marient. Toi aussi, Alfonso. Et toi, Rinaldo, si tu le souhaites. Les Chimici ont besoin d'accueillir de nouveaux membres. Vous avez une sœur, n'est-ce pas ? Ma nièce. Comment s'appelle-t-elle... Caterina ? Une bien jolie personne, si ma mémoire est bonne. Seriez-vous disposés à la voir épouser un de mes fils ? Les Volana sont une branche forte de la famille, pas comme les Moresco qui ne vont pas tarder à s'éteindre.

Le duc discourait sans fin, son esprit complotait, il imaginait déjà une longue lignée de descendants et un arbre généalogique aux branches innombrables portant les fruits de la semence des Chimici. Alfonso était un peu déstabilisé, mais heureux de trouver son oncle dans des dispositions si favorables.

— Je crois que Caterina est assez attachée à mon cousin Fabrizio, risqua-t-il.

— Splendide ! Splendide ! Je lui parlerai d'elle dès ce soir. Ne perdons pas de temps. As-tu toi-même des projets d'ordre matrimonial ?

— Justement, je me demandais si vous aviez une suggestion à me faire à ce sujet, mon oncle. Je ne voudrais pas me marier sans votre approbation.

— C'est très bien, très bien, s'écria le duc, qui réfléchissait déjà à la question. Que dirais-tu de la fille cadette du vieux Jacopo, Bianca ? Je me disais que l'aînée, comment s'appelle-t-elle déjà ? Lucia ?... Je me disais qu'elle serait très bien pour Carlo. Je veux que Gaetano hérite de la principauté de Fortezza quand Jacopo mourra et il faut que ces filles aient de bons maris.

Alfonso hocha la tête. Il ignorait ce que Bianca penserait de cette proposition. En tout cas, il allait y avoir une épidémie de mariages chez les cousins et cousines Chimici cette année. À vingt-six ans, il se sentait prêt à avoir une épouse.

Bianca était une fille séduisante. Comme toutes les femmes de la famille Chimici. Seuls quelques spécimens mâles, tels Gaetano ou Rinaldo, n'étaient pas beaux. Malgré cela, Gaetano avait réussi à gagner la belle Francesca à la loterie du mariage.

— Et toi, Rinaldo ? demanda le duc, ravi de l'accueil réservé à son nouveau plan.

— Je... je n'ai aucune envie de me marier, mon oncle, bafouilla Rinaldo, gêné. Je vous supplie de me tenir en dehors de ces projets. Mais je ferai n'importe quoi d'autre pour vous servir, cela va de soi.

— Hmmm, fit le duc. Es-tu attiré par la religion ?

★

Après son entrevue avec Rodolfo, Georgia était désespérée. Comment avait-elle pu tenir tête au plus grand Stravagante de Talie ? Seule consolation : Luciano la soutenait, alors que la position de Paolo et de Dethridge était plus incertaine. Elle se rendit à l'écurie d'un pas traînant, désœuvrée maintenant que la course était passée et que ses missions à Remora semblaient terminées.

Cesare lui adressa un signe de la main ; il tenait le chat gris dans ses bras.

— Tu as besoin de te changer les idées, on dirait. Ça te plairait de monter Merla ?

Georgia n'en croyait pas ses oreilles. Chevaucher un cheval ailé ? Voilà qui l'aiderait à supporter n'importe quelle punition à son retour.

— C'est possible ? Je veux dire... Paolo veut bien ?

— C'est lui qui a eu l'idée. Il s'est absenté pour aller régler ses dettes liées à la Stellata. Il a dit que tu aurais besoin de te remonter le moral après ta discussion avec Rodolfo.

Georgia ne se le fit pas répéter. Cesare sortit le cheval noir de sa stalle et ils le pansèrent dans la cour. Ils devaient non seulement étriller sa crinière et sa queue, brosser sa robe luisante, mais aussi s'occuper de ses plumes. Merla déploya obligeamment ses ailes, l'une après l'autre, pour qu'ils puissent lisser chacune et en ôter avec délicatesse la poussière.

Hors de question, bien sûr, de seller Merla et Georgia décida de la chevaucher sans bride. Après tout, Luciano y était bien parvenu sans. Elle entraîna la jument à l'écart des écuries, jusqu'à ce qu'elle trouve un espace assez dégagé pour lui permettre de décoller. Cesare les accompagna et aida Georgia à monter sur le dos de l'animal. Elle scruta son visage jovial et chaleureux, et à cet instant, elle sentit combien elle avait de l'affection pour lui. C'était un véritable ami, comme Alice. Quelqu'un sur qui elle pouvait compter.

— Merci, Cesare.

— De rien. Ce n'est pas facile, à cause des ailes.

— Je voulais dire : merci pour tout, la course et le reste.

Cesare haussa les épaules.

— Il y aura d'autres courses. Et tu m'as donné les pièces d'argent de la Duchessa. Allez, vole !

Il donna une petite tape sur la croupe de Merla.

La jument noire dressa la tête en hennissant puis elle tendit le cou et s'élança. Elle prit de la vitesse et Georgia dut s'accrocher à sa crinière. C'était comme décoller à bord d'un avion, à cette différence près que vous étiez en contact direct avec les éléments. Après une dernière poussée sur le sol, les jambes de Merla cessèrent de remuer et les ailes prirent le relais pour transporter le cheval et sa cavalière. L'ascension fut rapide et brutale. Une fois que Merla se fut stabilisée à une altitude confortable pour elle, les ailes se mirent à battre plus lentement, juste assez pour les propulser dans le ciel azur au-dessus de Remora.

Elles volaient vers le nord, en s'éloignant de la ville. Une fois que Georgia eut assuré son assise, elle donna un petit coup de genou sur le flanc droit de Merla et la tira délicatement par la crinière pour lui signifier qu'elle souhaitait changer de cap. Le cheval volant obéit ; il n'avait pas envie de retourner là où il avait été emprisonné. Il aimait voler dans la journée et déployer ses ailes pour les chauffer aux doux rayons du soleil.

En dessous s'étendait Remora avec ses nombreuses séparations et factions qui, à cette distance, se mêlaient pour ne former qu'une seule ville grouillante d'activité. De minuscules citadins, arrêtés sur les piazzas, renversaient la tête en se protégeant les yeux pour scruter le ciel. Merla n'était plus un secret ; elle était devenue la fierté de la cité, même si la gloire rejaillissait en grande partie sur le Bélier. Le cœur des habitants des Jumeaux et des Poissons se gonflait d'orgueil en la voyant passer car c'étaient des Remorains, au fond, et aucune autre ville de Talie ne pouvait s'enorgueillir de posséder un cheval volant.

Merla et Georgia prirent alors la direction de Belle Vigne, là où la jeune fille s'était rendue à bord de la voiture des Chimici, le jour où les deux jeunes princes étaient devenus leurs amis. C'était à peine un peu plus d'un mois plus tôt. Falco vivait à présent dans un autre monde et Gaetano allait bientôt se marier. Georgia, Cesare et Luciano avaient tous les trois chevauché la jument ailée et le Bélier avait remporté la Stellata. Qu'allait-il leur arriver maintenant ?

Georgia devinait que la fin de ses aventures à Remora était proche. Dans une semaine, elle partait en vacances en France, si ses parents étaient toujours disposés à l'emmener. Les Bellezzans seraient sans doute repartis à cette date. Elle ne voulait même pas y penser, c'était trop triste.

Dans l'immédiat, elle aurait voulu continuer à voler éternellement, le visage enfoui dans le cou chaud de Merla, en écoutant le bruit régulier des ailes noires qui battaient dans l'air pur.

Dans l'ancienne chambre de Luciano, Falco ne dormait pas. Georgia lui manquait et il n'arrivait pas à trouver le sommeil car il se demandait ce qui lui était arrivé en Talie. Elle disait qu'elle avait remporté la Stellata, mais cela lui paraissait impossible. Falco savait quelles sommes d'argent son père et son oncle étaient prêts à débourser pour assurer la victoire des Jumeaux ou de la Dame.

Georgia était-elle repartie là-bas maintenant ? Il se sentait totalement coupé de son ancienne vie. Gaetano avait-il fait sa cour avec succès auprès de la Duchessa ? Que faisait son père à cet instant ? Tant qu'il n'aurait pas revu Georgia, il n'aurait aucune réponse à ces questions. Et jusque-là, il n'arriverait pas à dormir.

Georgia fit demi-tour au-dessus de la ville au moment où le jour déclinait. Alors que Merla volait vers la maison, une sentence que Maura aimait beaucoup traversa l'esprit de Georgia : « On ne peut pas enfermer l'instant dans ses filets d'or. » C'était vrai, se dit-elle. Et pourtant, si elle avait eu un filet d'or, c'est cet instant-là qu'elle aurait voulu conserver pour toujours.

Merla commença à redescendre, en douceur. Le vol magnifique était terminé. À partir de ce jour, quand la vie deviendrait difficile pour Georgia, elle n'aurait qu'à fermer les yeux pour se retrouver dans les airs, sur le dos du cheval ailé, en train de survoler la Cité des Étoiles entourée de ses prairies de safran mauve et doré.

Quand Georgia eut mis pied à terre, Merla secoua ses ailes et une plume noire vola jusque sur les pavés de la cour. Georgia la ramassa et la glissa dans sa poche, avec le cheval étrusque. C'était sans doute une erreur, mais elle ne voulait pas la laisser à Remora.

Luciano l'attendait lorsqu'elle ramena Merla dans sa stalle. Quand la jument ailée fut pansée et nourrie, il demanda à Georgia d'aller faire une petite promenade avec lui.

— D'accord, dit-elle. Pas longtemps. Je dois rentrer à l'heure, aujourd'hui.

Comme souvent, ils prirent la direction du Campo. Le foulard rouge et jaune de Cesare flottait toujours au sommet de la colonne. Les habitants de Remora et les touristes foulaient maintenant le sol où la course s'était déroulée moins d'une journée plus tôt. Beaucoup de passants reconnurent Georgia et la saluèrent par des cris et des applaudissements.

— Tu es devenue la vedette locale, plaisanta Luciano.

— La gloire pourrait me monter à la tête. Je vais m'attendre au même accueil quand je franchirai les portes du lycée à la rentrée.

— Et moi, je serai de retour à Bellezza, pour apprendre à devenir un meilleur Stravagante.

— C'est mieux que les cours de maths.

— Tu vas me manquer, avoua Luciano de manière tout à fait inattendue.

— C'est vrai ?

« Mon Dieu, faites que je ne rougisse pas et que je ne pleure pas ! » se dit Georgia.

— Ça m'a fait du bien de revoir quelqu'un de mon monde, ajouta-t-il. Au début, c'était douloureux. À présent, j'ai envie de savoir tout ce qui se passe, avec Falco et mes parents.

— Tu m'as dit que tu étais revenu quelquefois. Tu ne peux pas aller voir par toi-même ?

— Si, mais c'est dur. J'ai l'impression de manquer de substance quand je me retrouve là-bas. Et ça me fait bizarre de voir mes parents sans pouvoir vivre avec eux. Savoir qu'ils peuvent me voir, sans que je puisse leur expliquer ce qui m'est arrivé.

— Peut-être qu'à force ça deviendra plus facile. Et peut-être que moi aussi je pourrai te voir là-bas ?

— J'aimerais bien, répondit Luciano en lui prenant la main. Je n'arrive pas à expliquer ce que je veux dire... Je sens que tu comptes beaucoup pour moi. Tu es un lien avec mon ancienne vie , personne ici ne pourra jamais remplacer ça, pas même le Pr Dethridge. Le monde qu'il a quitté pour venir ici ne ressemble en rien à celui que j'ai connu.

— Il faut que je reparte. Je dois stravaganter.

— Dans ce cas, je préfère te dire au revoir ici, si ça ne t'ennuie pas. Je crois que je vais faire un saut au palais pour voir Arianna.

— Ce n'est pas risqué ? Si le duc est là ?

— Je ne peux pas vivre en permanence dans la peur du duc.

Luciano se pencha pour la serrer dans ses bras et ses lèvres frôlèrent la joue de Georgia.

Puis il s'éloigna et traversa le Campo d'un pas alerte.

CHAPITRE 25

L'ombre apparaît

Assis dans le fauteuil, Niccolo tenait sur ses genoux Falco qui n'était plus qu'une enveloppe vide. Ils étaient seuls ; les autres membres de la famille avaient regagné le palais pour parler de mariages avec le pape. Les dernières lueurs du soir entraient par la fenêtre, éclairant les particules de poussière qui dansaient dans le vide.

— Le moment est venu, déclara le duc.

Et, très délicatement, il étendit un pan de sa cape sur le visage du garçon et appuya.

Falco fut traversé par une décharge électrique. Comme un éclair qui le fit se lever d'un bond. Son corps lui paraissait lourd, plus compact. Il ne s'était jamais senti léger dans le monde de Georgia, mais maintenant, il comprenait qu'il n'était pas totalement présent jusqu'à cet instant.

— Ça y est, c'est arrivé, dit-il, étonné. Mon ancien corps est mort.

Il boita jusqu'à la fenêtre pour tirer le rideau. Le soleil se levait sur Islington et les premiers rayons se déversaient dans la chambre. Falco lui tourna le dos et vit son ombre s'étirer sur le lit.

— Je suis ici pour de bon, désormais.
Il se sentait plus seul qu'il ne l'avait jamais été.

★

Georgia se leva tôt, prête à affronter les épreuves que lui réservait cette journée. La première prit l'apparence de Russell, qui entra de force dans sa chambre en déplaçant la commode d'un coup d'épaule comme s'il s'agissait d'un accessoire de maison de poupée.

— Oh, zut alors ! fit-il. Ce truc était-il censé m'empêcher d'entrer ?

— Qu'est-ce que tu veux, Russell ? demanda Georgia avec lassitude.

— Je veux savoir où tu étais l'autre soir, dit-il en s'asseyant au bord du lit. Et épargne-moi tes histoires débiles de promesse. Je parie que tu étais quelque part avec l'autre infirme.

— Non, pas du tout.

Elle se sentait étrangement calme, alors que son ancien bourreau avait envahi l'intimité de sa chambre.

D'ailleurs, Russell semblait agacé par sa décontraction. Il allait devoir se montrer plus insistant pour obtenir une réponse.

— Tu étais avec un type, je parie. Un ringard quelconque.

— Gagné ! En fait, j'étais avec deux types, comme tu dis. Plutôt mignons d'ailleurs, à en juger par le nombre de filles qui leur tournaient autour.

Russell avait les yeux qui lui sortaient de la tête.

— J'ai bu plein de vin et j'ai dansé pendant des heures, ajouta-t-elle en repensant à sa dernière nuit à Remora. Tout le monde a porté des toasts en mon honneur et on m'a donné une fortune en pièces d'argent.

— Ah, je vois. Encore un de tes fantasmes dans le genre « je suis la fille la plus populaire du lycée » ou « j'ai un petit copain ». (Il haussa le ton, agacé.) Mais ça restera toujours du fantasme, pas vrai ? Tu es pitoyable et moche. Personne ne t'aime et personne ne t'aimera jamais, à part les tocards comme Alice et les infirmes comme Nicholas le naze !

— Russell ! s'écrièrent en chœur Maura et Ralph sur le pas de la porte.

Georgia n'eut pas besoin de parler. Leurs parents avaient entendu la fin de son discours haineux. Ils paraissaient choqués ; à tel point que Georgia eut presque de la peine pour eux. Pourtant, elle avait essayé, maintes et maintes fois, de leur faire comprendre qui était Russell.

Alors, elle se contenta de hausser les épaules avec un air fataliste. Russell se tourna vers elle, le visage empourpré par la fureur.

— Tu me paieras ça, murmura-t-il.

— Quoi donc ? répondit Georgia. C'est toi-même qui t'es mis dans cette situation. Moi, je t'ai écouté, c'est tout. Comme toujours.

Niccolo ôta la cape qui recouvrait le visage de Falco. La longue et douloureuse attente de sa mort était terminée. Son fils était enfin en paix et le duc pouvait l'enterrer avec magnificence. Il ramènerait le corps à Giglia pour l'inhumer dans le caveau familial des Chimici et il demanderait à cette femme – Miele ? – de lui sculpter un mémorial. Ou peut-être qu'il ferait bâtir une nouvelle chapelle. Ces pensées étaient plus faciles à supporter que la lente plongée de Falco vers la mort.

Il contempla son fils adoré, puis renversa la tête en arrière et se mit à hurler. Ses cris firent accourir Beatrice qui venait relever son père de sa longue veille. Elle comprit aussitôt ce qui s'était passé.

Malgré cela, en entrant dans la chambre, elle demeura bouche bée. Les cheveux noirs de Niccolo, auparavant striés de quelques mèches grises, étaient devenus entièrement blancs. Il avait vieilli de dix ans en une journée. Une fois ce premier choc passé, elle vit une chose qui l'incita à faire plusieurs fois le signe de croix.

La lumière du soir projetait sur le sol dallé l'ombre de la silhouette massive du duc. Le corps de Falco reposait sur ses genoux tel le Christ mort dans la cathédrale de Giglia... mais son ombre avait disparu !

En voyant ce que contemplait Beatrice, le duc se tut. Il se leva et déposa la dépouille de Falco sur le lit.

Le regard de Niccolo croisa celui de Beatrice. Cette fois, elle fit le signe de la Main de la Chance.

★

Luciano se trouvait dans la chambre de Rodolfo au palais, en compagnie de son maître et d'Arianna. Tous les trois étaient nerveux. Rodolfo et son apprenti avaient senti le sol vibrer sous leurs pieds, comme si la cité avait été frappée par un tremblement de terre.

— Que se passe-t-il ? demanda Arianna, qui n'avait rien perçu.

Rodolfo s'était dirigé vers les miroirs pour les réorienter. Luciano vint s'asseoir à côté de la Duchessa. Timidement, il passa son bras autour de ses épaules.

— Tout ira bien, affirma-t-il avec une assurance qu'il était loin d'éprouver.

Elle se laissa aller contre lui, soudain pleine de lassitude.

— Je veux rentrer chez moi, dit-elle d'une petite voix. Retournons à Bellezza.

— C'est une bonne idée, commenta Rodolfo.

Soudain, un inconnu survolté fit irruption dans la pièce sans être annoncé. Il leur fallut un instant pour reconnaître le duc, avec ses cheveux blancs et ses yeux rougis par le manque de sommeil.

— On m'a dit que je te trouverais ici, déclara-t-il à Luciano. Toi qui n'avais pas d'ombre autrefois ! Explique-moi ce que tu as fait à mon fils !

— Son état s'est aggravé, monseigneur ? demanda Arianna.

— Il est mort. Et son corps ne projette plus d'ombre ! Qui va m'expliquer ça, hein ? Le vieux sorcier ou son disciple ?

Soudain, Niccolo aperçut quelque chose dans un des miroirs de Rodolfo. Luciano découvrit avec effroi son ancienne chambre, et Falco assis sur le lit, la tête dans les mains. Le soleil du petit matin projetait une ombre bien nette sur le couvre-lit derrière lui.

Le duc ne put supporter cette vision. Sa raison et sa santé étaient trop ébranlées. Il s'écroula sur le sol, évanoui. Rodolfo s'accroupit près de lui et appuya sur ses paupières du bout des doigts en murmurant quelques paroles.

— Il va dormir plusieurs heures et ne se souviendra pas de ce qu'il a vu, dit-il. Néanmoins, il vaut mieux partir avant qu'il se réveille.

En toute hâte, Rodolfo démonta ses miroirs et les rangea dans sa valise, pendant qu'Arianna appelait les domestiques. Elle leur expliqua que le duc avait été terrassé par le chagrin alors qu'il venait leur annoncer la mort de son fils et qu'il s'était évanoui. Les domestiques l'emmenèrent dans sa chambre et allèrent avertir le pape.

Peu après, la cloche du campanile du palazzo se mit à sonner le glas et la ville prit le deuil.

Dès que Falco arriva chez Georgia, cette dernière comprit ce qui s'était passé. Comme il était accompagné des Mulholland, ils ne pouvaient pas se parler. Toutefois, elle voyait l'ombre à ses pieds et la lueur dans ses yeux.

— Comment ça va ? demanda-t-elle en mettant le maximum de sens dans sa question.

— Très bien, répondit Falco.

Et il était sincère.

Les adultes s'étaient rassemblés pour discuter à voix basse. Russell était allé voir des copains ; il était censé partir en Grèce le lendemain, et Ralph comme Maura voulaient se débarrasser de lui au plus vite. L'atmosphère avait changé depuis la veille, lorsque les mêmes personnes s'étaient réunies pour questionner Georgia. Maintenant, Russell était devenu le sujet de leurs préoccupations et l'escapade de Georgia se trouvait reléguée au second plan.

— Georgia, dit Ralph, tu veux bien aller faire du café ?

Elle comprit qu'ils voulaient discuter entre eux.

— Nicholas peut te tenir compagnie, ajouta Vicky.

Les deux amis obtinrent ainsi ce qu'ils voulaient : passer un instant seuls. Jamais personne ne mit si longtemps pour préparer du café. Georgia dut tout raconter à Falco : la course, Cesare, Merla, le banquet du Bélier. Puis elle lui parla de Gaetano et de Francesca. Enfin, Falco évoqua l'instant où il avait senti son ombre revenir.

— Je me demande ce que ça signifie pour Luciano, s'interrogea Georgia. Ton père nous a menacés, lui et moi, si jamais il t'arrivait quelque chose.

— Je ne pourrai plus jamais retourner là-bas, hein ?

— Pas sans talisman en provenance de Talie.

Il semblait si abattu qu'elle sortit la plume noire de sa poche et la lui tendit.

— Tiens. Je suis une Stravagante et je te donne ce talisman. Je suis sûre qu'il te ramènera là-bas un jour.

Plusieurs attelages étaient arrêtés devant l'écurie du Bélier pendant que leurs passagers faisaient leurs adieux. Rodolfo rentrait à Bellezza en compagnie de Silvia car il avait cédé sa place dans la voiture d'Arianna à Luciano. Dethridge n'était pas pour autant seul dans la sienne : Francesca retournait à Bellezza avec lui, afin de récupérer ses affaires au domicile du vieil Albani. Gaetano était venu lui dire au revoir.

On le chargea de transmettre un message à son père pour expliquer le départ précipité des Bellezzans. Il promit de faire de son mieux pour apaiser les soupçons du duc et sa fureur envers les Stravaganti.

Paolo et Teresa saluèrent leurs hôtes. Luciano, Cesare et Gaetano se donnèrent le bras ; ils étaient les trois derniers membres du quintette qui avait conclu un pacte sur la route de Belle Vigne. Ils entendaient encore le glas qui sonnait pour Falco et Luciano se demandait s'il pourrait un jour chasser ce bruit sinistre de son esprit.

— Vous saluerez pour moi le jockey remplaçant quand il reviendra, dit la Duchessa à Cesare. Mais je suis sûre que, l'année prochaine, c'est vous que je verrai défendre les couleurs du Bélier.

— Certainement, madame, répondit Cesare, toujours intimidé par cette belle jeune femme.

— Et surtout, ajouta Gaetano dans un murmure, qu'il prenne bien soin de mon frère. (Il haussa la voix pour s'adresser au groupe de Bellezzans.) Veillez sur Francesca à ma place dans votre Cité des Masques. Je compterai les jours jusqu'à ce qu'elle me rejoigne à Giglia.

— Vous voyez, s'esclaffa Arianna, vous pouvez être romantique quand vous faites un effort. Bien sûr que nous veillerons sur elle.

Les trois Stravaganti en partance étreignirent Paolo. Chacun d'eux puisait chez les autres des forces qu'il leur rendait à part égale. Sur ce, les attelages prirent la direction de la Porte du Soleil. En chemin, ils dépassèrent un groupe d'individus vêtus de couleurs vives et parés de rubans, qui transportaient des instruments de musique.

— Arrêtez ! cria Arianna au cocher. Voulez-vous monter avec nous ? proposa-t-elle à Raffaella. Il reste de la place sur le toit et dans la quatrième voiture, si ça ne vous gêne pas de voyager avec mes malles.

— Merci, duchesse, dit Aurelio en répondant en leur nom à tous les deux, mais pour nous autres, marcher fait partie de notre long périple. Je suis certain que nous nous reverrons, dans la Cité des Fleurs ou bien dans votre propre duché.

— Je l'espère. J'aimerais beaucoup entendre à nouveau la musique des Manouches.

En guise de punition, Georgia fut privée de cours d'équitation pendant un trimestre. C'était dur, mais elle savait qu'elle tiendrait bon. Elle avait fait beaucoup de cheval cet été et elle ne risquait pas d'oublier ce qu'elle avait appris à

Remora. D'ailleurs, d'une certaine façon, n'importe quel cheval lui aurait paru bien décevant après Merla, et elle préférait retarder l'instant où elle devrait faire la comparaison.

Et puis, il y avait des compensations. Elle irait quand même en France et Russell partait pour la Grèce le lendemain matin, comme prévu. Au moins, maintenant, Ralph et Maura prenaient au sérieux ses problèmes avec son demi-frère.

— Je comprends pourquoi tu tenais tant à avoir un verrou à ta porte, lui dit sa mère, tandis que Ralph en installait un nouveau. Et je regrette de ne pas t'avoir écoutée quand tu as essayé de me parler de Russell.

— Je suis déçu de voir que mon fils se comporte de cette façon, avoua Ralph.

— Il a toujours eu une dent contre moi, expliqua Georgia. Je pense qu'il était jaloux que tu épouses maman et il se vengeait sur moi.

— Ça ne se produira plus, déclara Ralph. Ta mère et moi, on pense qu'il a besoin d'être suivi par un spécialiste.

— Il est d'accord ?

Ralph et Maura échangèrent un regard.

— Pas vraiment, répondit Ralph. Sauf qu'on l'a laissé partir en vacances à condition qu'il accepte d'aller voir quelqu'un à son retour.

C'était un immense soulagement de pouvoir enfin parler de ce sujet librement, mais Georgia savait déjà que Russell avait perdu tout le pouvoir qu'il avait sur elle. Les paroles de Paolo lui revinrent en mémoire : « Il ne sera pas toujours là. Souviens-toi que rien ne dure jamais, les mauvaises choses comme les bonnes. »

Elle n'eut pas l'occasion de parler à Russell avant qu'il parte. Elle avait décidé de ne pas stravaganter cette nuit-là. « Peut-être que je suis lâche, pensa-t-elle, mais je ne veux pas affronter le duc avant d'avoir rattrapé le sommeil en retard. »

Le soir suivant, c'était trop tard. Russell était parti. Et le petit cheval étrusque aussi. Sans doute pour de bon, cette fois, se dit-elle.

Une des premières personnes à se rendre au palais papal pour transmettre ses condoléances, après la famille, fut Enrico l'espion. Il portait un brassard noir.

On lui apprit que le duc dormait. Le pape allait le recevoir. Enrico lissa ses cheveux et entra.

— Votre Sainteté, dit-il en se prosternant devant Ferdinando di Chimici pour embrasser son anneau.

Le pape lui fit signe de se relever.

— Vous savez quel terrible chagrin nous frappe ?

— Oui, dit Enrico. C'est affreux, affreux.

Il était sincère.

— C'est un drame insignifiant à côté de la mort de notre jeune prince, reprit le pape. Toutefois j'ai été très déçu qu'aucun champion de notre famille ne remporte la Stellata. C'était fort embarrassant pour mon frère et pour moi-même.

— Je le regrette, Votre Sainteté. Mais que peut un homme contre la force du destin ? Avouez que la déesse était contre nous.

— Je refuse d'admettre une idée aussi impie, pauvre insolent ! s'emporta le pape. En tant que chef de l'Église, je ne crois pas à l'existence de cette déesse !

— C'est une façon de parler, rien de plus, Votre Sainteté.

Enrico exécuta discrètement le signe de la Main de la Chance en faisant mine de se gratter et de tousser. Le pape tressaillit.

— Ce que je voulais dire, reprit l'espion, c'est que certaines choses sont inscrites, comme la mort du jeune prince. J'ai fait l'impossible pour truquer la course. Pourtant les gens de Remora sont superstitieux, et quand ils ont vu le cheval ailé, tous les cavaliers se sont effondrés, excepté celui du Bélier.

— Je sais parfaitement qui a gagné, grommela le pape. Je veux bien reconnaître que les éléments étaient ligués contre nous à partir du jour où ce cheval est né à Remora. À présent une question se pose : que faire de vous maintenant que la course est terminée ? Je suggère que vous accompagniez mon frère le duc à Giglia, dès qu'il sera en état de voyager avec le corps de son fils. Je suis sûr qu'il vous trouvera une occupation.

Falco avait enfin rendez-vous pour son opération et il avait hâte de téléphoner à Georgia afin de lui annoncer la nouvelle. Il lui téléphona. Il la trouva dans tous ses états.

— Comment ça, il a disparu ? s'exclama-t-il.

— Russell est parti en Grèce jusqu'à la fin des vacances et je pense qu'il a emporté le talisman, ou bien il l'a brisé en mille morceaux. Il a dit qu'il se vengerait et c'est le moyen qu'il a trouvé.

— Je suis désolé. Tu crois que tu peux te servir de ma plume ? Je te la donne, si tu veux.

Il y eut un long silence à l'autre bout du fil.

— Non, je ne crois pas, répondit enfin Georgia. On ne l'a pas apportée exprès pour moi. Ça ne marcherait sans doute pas.

Le duc Niccolo dormit pendant douze heures d'affilée et se réveilla avec une énergie nouvelle. Il fit venir son majordome pour que celui-ci le rase et taille ses cheveux blancs, puis il engloutit un copieux petit déjeuner, au grand soulagement de ses enfants. Le duc souhaitait oublier son chagrin et reprendre ses machinations habituelles. Il n'avait que de vagues souvenirs de la veille. Quelque part dans un recoin de son esprit, il savait que la mort de Falco ne correspondait pas tout à fait au récit qu'il en faisait, mais il enfouit cette pensée au plus profond de lui.

En revanche, il n'oubliait pas ce qui s'était passé ensuite. Il y avait quelque chose d'étrange dans la manière dont Falco avait quitté ce monde, et cela était lié aux Stravaganti, même s'il ne se souvenait plus de ce qu'il avait vu dans les miroirs de Rodolfo. Quoi qu'il en soit, il était bien décidé à redoubler d'efforts pour les combattre et tenter de découvrir quels étaient leurs pouvoirs.

Il convoqua donc tous ses fils encore présents à Remora pour un conseil de famille. Gaetano fut le premier à arriver et la nouvelle qu'il annonça à son père n'était pas la bienvenue.

— Partis ? Les Bellezzans sont partis ? s'exclama Niccolo, stupéfait. Sans même faire semblant d'avoir la politesse d'attendre les funérailles de mon fils ?

— La Duchessa a bien insisté pour que je vous transmette ses excuses les plus sincères, Père. Nous ne voulions pas vous réveiller alors que vous dormiez profondément pour la première fois depuis des jours. La date de son départ avait été fixée à hier et elle craignait d'avoir délaissé trop longtemps les affaires de sa cité. Celle-ci est restée privée de sa duchesse et du régent pendant deux semaines et vous savez combien un duché est vulnérable quand son dirigeant est absent.

— Moi-même j'ai quitté Giglia deux fois plus longtemps, répliqua le duc d'un ton méprisant.

— Personne n'oserait se dresser conte vous, Père. La Duchessa ne porte ce titre que depuis un an ; elle se sent encore menacée.

— Il est temps que nous regagnions tous nos villes respectives. Nous avons des choses importantes à organiser : un enterrement, des mariages et une guerre farouche contre les Stravaganti.

— Pourquoi ? demanda Gaetano. Parce que nous avons perdu Falco ? Ils n'y sont pour rien.

Niccolo le regarda d'un air perplexe.

— Je vous en supplie, Père. Falco repose en paix, désormais. Ne pourrait-on pas oublier cette vendetta et nous recueillir sur sa dépouille ?

— Tu ne comprends pas. Ce sont les Stravaganti les responsables, ou du moins Rodolfo. J'ai vu quelque chose... une chose contre nature. Il y a de la sorcellerie là-dedans et j'ai l'intention d'en avoir le cœur net.

M. Goldsmith prenait des vacances. Il avait accroché la pancarte « FERMÉ » à sa porte et était parti rendre une petite visite à Georgia chez elle. Maura était présente et elle s'étonna de le voir. Mais elle prépara du thé et s'assit avec le visiteur et Georgia.

— Je pars quelques semaines, annonça M. Goldsmith, et je voulais te prévenir, dit-il à Georgia. Mon neveu m'a appelé hier soir pour m'inviter à passer les vacances avec lui et sa famille à Norfolk.

Georgia s'en réjouissait. M. Goldsmith ne lui avait jamais parlé de sa famille et elle en avait déduit qu'il devait être seul.

— Je ne voudrais pas que toi ou Nicholas, vous trouviez porte close en venant à la boutique. Je ne pars pas souvent en été. Cette fois-ci, l'occasion était trop belle.

— Votre neveu vit à Norfolk ? demanda Maura.

— Non. Il vit à Cambridge. C'est de là qu'est originaire ma famille. Ma femme également.

— J'ignorais que vous étiez marié, dit Georgia.

— Elle est décédée il y a plusieurs années. Avant que nous puissions avoir des enfants. Mais j'ai trois petits-neveux et je serai heureux de faire de la voile avec eux.

Après son départ, Maura s'excusa auprès de sa fille.

— Je me suis trompée au sujet de M. Goldsmith. C'est un vieux monsieur très sympathique. C'est Russell qui a un esprit tordu.

Georgia serra sa mère dans ses bras.

— Ça n'a plus d'importance maintenant.

Enrico était en train de récupérer son argent au palais de Santa Fina quand il vit arriver le duc. Niccolo di Chimici traversait les pièces de la grande demeure comme s'il cherchait quelqu'un.

— Euh, monseigneur... ? murmura Enrico d'une voix timide.

Le duc sursauta, se retourna et se détendit.

— Ah, l'espion ! Il n'y a rien à espionner ici. Il n'y a qu'un vieillard dans un palais vide.

— Puis-je faire quelque chose pour vous, monseigneur ? Toutes mes condoléances pour le prince.

Le duc Niccolo réfléchit un instant.

— Dis-moi une chose : si tu devais enterrer ton enfant préféré, que déposerais-tu dans son cercueil ?

Enrico n'avait pas d'enfant et il n'espérait plus en avoir maintenant que sa Giuliana avait disparu. Il avait cependant une fertile imagination.

— Un souvenir d'enfance ? Un jouet ? Ou bien un tableau ?

— Un tableau ? Oui, tu as raison.

Le duc sortit une miniature de sous sa chemise.

— Je porte ça sur moi depuis que mon épouse, Benedetta, est morte. À elle maintenant de veiller sur notre enfant dans sa tombe. Pour moi, tout ça est terminé.

Georgia était allée dire au revoir aux Mulholland avant de partir pour la France.

— Tu crois que tu retourneras un jour à Remora ? lui demanda Falco.

— Je l'espère, répondit-elle avec un long soupir. C'est un endroit merveilleux. De plus, Cesare et sa famille vont me manquer.

— Je pense que la personne qui te manquera le plus ne se trouve pas dans cette ville.

Georgia ne répondit mot. Apparemment, elle avait moins bien réussi à dissimuler ses sentiments en Talie que dans son monde.

— As-tu été étonnée que la Duchessa refuse d'épouser mon frère ?

— Non, pas vraiment, avoua Georgia. Après tout, c'était un Chimici, même s'il était très sympathique.

— Et moi, alors ? Je ne suis pas sympathique ?

— Tu n'es plus un Chimici, je te rappelle. Tu es un Duc maintenant, et peut-être qu'un jour, tu seras un Mulholland.

— Mais tu ne me trouves pas sympathique ?

— Ne sois pas bête !

Qu'est-ce qu'ils avaient tous, d'un seul coup ? Depuis qu'elle avait remporté la Stellata, on aurait dit qu'elle était irrésistible, dans un monde comme dans l'autre.

— Bien sûr que si ! ajouta-t-elle en voyant l'air abattu de Falco.

Soudain, des paroles lui revinrent en mémoire :

— Je n'arrive pas à expliquer ce que je veux dire, mais tu compteras toujours beaucoup pour moi car tu es un lien avec ma vie dans un autre monde dont personne ne connaît l'existence.

Elle se pencha pour le serrer dans ses bras et déposer un baiser furtif sur sa joue.

ÉPILOGUE

Le treizième cavalier

Remora, septembre 1578

Le Campo delle Stelle était transformé en piste pour la deuxième fois cet été. Il arrivait de temps à autre qu'une course supplémentaire soit organisée, une Stellata Straordinaria, afin de commémorer un événement important. La dernière avait eu lieu vingt ans plus tôt, quand Ferdinando di Chimici était devenu pape et avait reçu le titre de prince de Remora.

Aujourd'hui, le frère du pape, Niccolo, avait décidé qu'une Straordinaria devait célébrer la trop courte vie du prince Falco di Chimici. Par conséquent, la ville entière s'affairait pour organiser une nouvelle course. Il fallait installer la piste, nommer des officiels, laver les tenues de parade et reprendre les entraînements de jonglage avec les drapeaux. Les tambours avaient à peine cessé de résonner que déjà leurs roulements permanents revenaient rythmer la vie quotidienne des habitants de Remora.

Il était encore plus important que la Dame ou les Jumeaux remportent cette course – la Stellata di Falco – et une récompense encore plus faramineuse fut promise au jockey victorieux.

Cesare bénissait sa chance : une nouvelle occasion lui était offerte de monter Arcangelo pour la Stellata, sans qu'il soit obligé d'attendre un an ! Cette fois, il avait bien l'intention de ne pas se faire enlever. Depuis un mois que les Bellezzans étaient repartis et que les Chimici avaient regagné Giglia, la vie était terne. La mort de Falco l'avait attristé, même s'il savait que celui-ci vivait maintenant dans un autre monde. Cependant c'était un monde qu'il n'espérait pas visiter un jour ; il était donc peu probable qu'il le revoie. Cesare s'était pris d'affection pour le jeune prince. Quant à Georgia, elle n'était pas revenue les voir depuis le lendemain de la course.

Viendrait-elle assister à la Straordinaria ? Elle devait être rentrée de vacances maintenant.

Londres, septembre 2004

En fait, Georgia était rentrée depuis un an. Beaucoup de choses s'étaient produites pendant ce temps. Elle n'était pas retournée en Talie car le talisman avait disparu. Quand Russell était rentré de Grèce, elle l'avait interrogé. Il avait tenu bon. Il avait nié lui avoir volé son cheval ailé.

Au grand étonnement de Georgia, il suivait ses séances de thérapie et la vie à la maison était devenue beaucoup plus agréable, à défaut d'être parfaite. Ralph et Maura, qui avaient accompagné Russell à quelques séances de groupe, étaient effarés par l'ampleur de ses problèmes.

Il n'aimerait jamais Georgia, et c'était réciproque, mais il avait cessé de la persécuter. Ils vivaient dans une ambiance de guerre froide et leurs parents veillaient à ce qu'il n'y ait pas d'escalade.

Ironie du sort : maintenant que Russell avait perdu le pouvoir de lui faire du mal et de la terroriser, elle n'avait plus à gérer ses agressions. Sa propre vie était très chargée. C'était l'année du brevet et elle avait des tonnes de cours et de devoirs.

Son amitié avec Alice s'était consolidée. Plusieurs fois elle était partie en week-end avec elle dans le Devon. C'était une diversion bienvenue au cours de ce premier trimestre, alors qu'elle se languissait de Remora et était privée de cours d'équitation.

Au deuxième trimestre, Georgia avait eu son premier petit copain, Dan, un garçon de la classe supérieure. Leur histoire s'était finie en queue de poisson au bout de deux mois, juste au moment où Georgia devait se concentrer sur ses examens. Les résultats étaient arrivés trois semaines plus tôt. Elle s'était bien débrouillée, assez pour que Ralph et Maura l'invitent au restaurant et lui achètent un appareil photo numérique.

La meilleure nouvelle, c'était le départ annoncé de Russell. Ses bons résultats lui avaient permis d'entrer dans une école d'informatique dans le Sussex. Il n'avait pas voulu fêter son succès avec sa famille ; il avait pris une sacrée cuite avec ses copains, et sa gueule de bois avait duré deux jours. Il devait partir s'installer à Brighton avant le début de l'année scolaire. « Rien ne dure toujours », pensa Georgia avec joie.

Elle avait passé la majeure partie de l'été dans le Devon avec Alice, à faire du cheval et à rencontrer de nouveaux amis. Parmi eux se trouvait un certain Adam, un garçon aux yeux et aux cheveux noirs, et Georgia espérait que de futurs week-ends lui permettraient de mieux le connaître.

Elle s'était fait d'autres amis au lycée également. Le fait de remporter la Stellata l'avait transformée, bien plus qu'elle ne pouvait l'imaginer. Elle affichait une plus grande confiance en elle, due à la satisfaction d'avoir réussi quelque chose, et cela influait sur sa conduite et même son apparence. Elle ne repoussait plus ceux qui tentaient de lui offrir leur amitié et elle s'aperçut ainsi qu'ils étaient nombreux. Et une fois que Russell eut cessé de la harceler à la maison, elle sentit sa personnalité s'épanouir.

Elle n'avait pas remis son anneau dans le sourcil. Elle avait maintenant un tatouage sur l'épaule, représentant un cheval ailé. Elle s'était laissé pousser les cheveux, qu'elle avait teints en roux foncé avec des mèches blanches et noires sur le devant. Et elle avait enfin des seins. Ce n'était pas une poitrine de playmate, mais on les remarquait quand même, et elle avait pris l'habitude de porter des T-shirts moulants et courts, au lieu de ses sweat-shirts informes. Plus personne ne pourrait la prendre pour un garçon désormais, dans un monde comme dans l'autre.

Si la vie de Georgia avait changé depuis sa dernière visite à Remora, celle de Falco avait été totalement transformée. Du fait de son âge et de la gravité de son état, il avait été opéré en priorité et on lui avait posé une hanche artificielle avant son premier Noël dans son nouveau monde.

Il y avait eu ensuite deux mois de soins, de physiothérapie et de rééducation pour qu'il apprenne à marcher sans béquilles. En février, il pouvait marcher seul, mais il boitait encore un peu. En mai, après deux nouveaux mois d'exercices à la salle de gym et à la piscine, la claudication avait disparu et il mesurait cinq centimètres de plus que lorsqu'il avait stravaganté neuf mois plus tôt.

Falco était maintenant élève au collège de Barnsbury et il était étonnamment populaire. Les filles admiraient sa beauté exotique et les garçons appréciaient la volonté avec laquelle il suivait son programme de rééducation. Pour couronner le tout, sa meilleure amie était une fille des grandes classes, qui avait la réputation de ne pas être commode.

En cette veille de Stellata di Falco, les Douzièmes de Remora resplendissaient de lumière une fois de plus. Un dicton local disait : « La Stellata se court toute l'année ». Sauf que, cette année, on leur offrait une deuxième chance de gagner. On avait fait exécuter en hâte une nouvelle bannière avec un petit portrait de Falco à cheval dans le coin inférieur droit.

Cesare ne croyait pas un instant que le Bélier pourrait gagner deux fois de suite, mais il savoura le plaisir d'être l'invité d'honneur du banquet de son Douzième, de recevoir le casque des mains du prêtre et de se lever pour faire son premier discours.

— Béliers ! dit-il en s'adressant aux convives, au milieu d'une mer de nappes et d'écharpes rouge et jaune. Je suis très honoré d'être votre jockey. Je n'ai pas pu participer à la dernière Stellata ; vous savez tous ce qui s'est passé, n'est-ce pas ?

Un grondement monta de l'assemblée.

— Alors, même s'il ne peut pas être avec nous ce soir, je vous demande de boire à la santé du dernier champion du Bélier : Giorgio Gredi !

Le nom résonna d'un bout à l'autre de la place.

Georgia s'était sentie bizarre toute la journée. Elle ne s'était pas encore habituée au rythme de la classe de première. Elle avait un nouveau professeur principal et n'avait plus que cinq matières au programme. Elle pouvait profiter de la salle de repos, un endroit avec des fauteuils, généralement squattés par les élèves de terminale, et un coin cuisine pour faire du café. En outre, elle avait des moments de temps libre pendant lesquels elle pouvait étudier à la médiathèque, ou même, quand il faisait beau, dehors dans l'herbe.

C'était une belle journée, comme une fin d'été, mais il ferait froid le soir venu. Georgia avait une heure de libre avant le déjeuner et elle était assise dehors avec Alice. Elle lisait un des livres inscrits au programme de littérature.

— Imagine un monde où les gens ordinaires ne pourraient pas avoir d'enfants, dit Alice.

— Tant mieux, s'ils deviennent comme Russell, répondit Georgia.

— C'est aujourd'hui qu'il déménage, hein ? Vous avez fait vos tendres adieux ?

Georgia renifla avec mépris.

— Bon débarras ! s'exclama-t-elle en se demandant si son sentiment de malaise venait de là. C'est le plus beau jour de ma vie.

C'était faux. Le plus beau jour de sa vie, c'était quand elle avait remporté la Stellata et que Luciano l'avait embrassée. Elle ne pouvait pas dire ça à Alice, ni à personne d'autre, et ça la rendait triste. De plus, elle était agitée. Quand le 15 août était arrivé, elle avait souffert en imaginant ce qui se déroulait à Remora. Elle avait passé la journée avec Falco – Nicholas, comme elle l'appelait maintenant –, à parler de la course, à se demander quels chevaux et quels jockeys allaient y participer et si les Chimici l'emporteraient cette année.

Puis il y avait eu l'anniversaire du « transfert » de Nicholas, qui avait rempli le garçon d'un vif sentiment de nostalgie. Très souvent, ils parlaient d'utiliser la plume de Merla pour voir s'il pouvait retourner en Talie, comme l'avait fait Luciano dans l'autre sens, mais Falco ne voulait pas partir sans Georgia et son talisman avait disparu.

Georgia soupira. Elle avait espéré qu'en l'espace d'un an elle aurait revu Luciano, qu'il aurait effectué une de ses difficiles stravagations pour revenir à Londres, voir sa famille. Elle continuait ses leçons de violon et, bien évidemment, elle allait souvent chez les Mulholland pour rendre visite à Nicholas. Mais aucun signe de Luciano.

Bien que Dan ait été parfait et qu'Adam soit très gentil, elle rêvait d'apercevoir Luciano.

— Dis-moi à quoi tu penses, murmura Alice. Que signifie ce long soupir ?

— Tu as entendu parler de ce garçon qui était au collège, dans la classe du dessus, et qui est mort il y a deux ans ? demanda-t-elle soudain.

C'était la première fois qu'elle parlait de lui à Alice.

— Oui, celui avec des boucles noires, qui faisait craquer toutes les filles, paraît-il ? Pourquoi me demandes-tu ça ?

— Pour rien. On jouait ensemble dans l'orchestre. Je l'aimais bien.

— Oh ! fit Alice, étonnée. Tu ne me l'as jamais dit.

— À quoi bon ? Ça ne change rien. Je ne le reverrai pas.

Elle comprit alors que c'était la vérité. Elle allait devoir porter le deuil de Luciano une fois de plus.

Alice semblait préoccupée. La cloche annonçant le déjeuner sonna.

— Ton ami Nicholas lui ressemble ? demanda Alice de manière inattendue.

Un groupe d'élèves étaient sortis dans la cour ; un garçon svelte avec des cheveux bouclés s'en détacha pour se diriger d'un pas nonchalant vers les deux filles assises dans l'herbe.

Georgia se protégea les yeux avec sa main pour regarder Nicholas. C'était bon de voir son ombre s'étirer derrière lui sur le bitume.

Luciano travaillait avec Rodolfo et Dethridge dans le laboratoire de son maître à Bellezza. Depuis leur retour de Remora, les Stravaganti redoutaient les conséquences de la mort de Falco. À cause des représailles éventuelles menées par le duc tout d'abord, mais aussi parce que Rodolfo était convaincu qu'il y avait eu un déplacement de la porte qui leur permettait d'accéder à l'autre monde.

Après la stravagation définitive de William Dethridge, le monde d'où venait Luciano s'était éloigné de la Talie du XVIe siècle, et l'écart s'était ralenti à l'époque de la première visite de Luciano. La porte était restée stable pendant des mois, puis le temps avait dérapé de nouveau. L'écart n'était alors que de quelques semaines, et grâce aux efforts conjugués des trois Stravaganti, il s'était stabilisé. Jour après jour, ils avaient réussi à « récupérer » ces semaines de décalage, jusqu'à ce que les dates dans les deux mondes coïncident de nouveau, même s'ils étaient toujours séparés par plus de quatre siècles.

Hélas, la mort de Falco avait provoqué une nouvelle embardée du temps dans l'autre monde. Et depuis, ils essayaient d'évaluer le décalage. Rodolfo avait braqué un de ses miroirs sur l'ancienne chambre de Luciano, comme il l'avait fait le jour de la mort de Falco, quand le duc avait semblé perdre la raison. Mais il avait déconseillé à Luciano de regarder.

Les deux Stravaganti adultes avaient donc assisté à la nouvelle vie du jeune Talien, sous forme d'images qui se succédaient brutalement. Ils remarquèrent l'absence de Falco pendant quelque temps, puis ils le virent réapparaître avec la jambe dans le plâtre. Ils l'observèrent reprendre des forces peu à peu et faire des exercices. Un jour, le plâtre disparut ; il marchait désormais avec une seule béquille.

Ils essayaient d'évaluer le passage des saisons d'après la lumière qui entrait par la fenêtre, mais ils avaient parfois besoin de Luciano pour interpréter ce qu'ils voyaient.

— Quelle est donc cette chausse rouge écarlate d'où sortent des paquets ? lui demanda Dethridge un jour.

— Une chaussette de Noël, répondit Luciano avec un pincement de nostalgie.

Ils n'en avaient pas à Bellezza et en Talie, on était encore fin août.

Ils suivirent ainsi Falco durant ses mois de convalescence, sans que celui-ci sache que ses vieux amis l'observaient. De temps à autre, ils découvraient Georgia assise sur le lit à côté de lui. Dans ces moments-là, ils appelaient Luciano et il était heureux de la voir. Le miroir qui les reliait à l'autre monde ne transmettait aucun son. Luciano aimait à croire que parfois Georgia et Falco parlaient de lui.

Lorsque Rodolfo entendit parler de la Stellata Straordinaria, grâce au miroir braqué sur Remora, l'autre monde semblait avoir ralenti de nouveau. Il estimait qu'une année s'était écoulée, à en juger d'après les transformations physiques de Georgia et de Falco.

— On va retourner à Remora pour la course de Falco ? demanda Luciano.

— Non, dit Rodolfo. Ce n'est pas nécessaire. Arianna ne s'y rendra pas et inutile de t'exposer à la fureur du duc s'il te voyait. Tous les Chimici seront présents, sans aucun doute.

★

Le clan des Chimici était rassemblé sur la place devant la cathédrale, dans le Douzième des Jumeaux, pour le dîner précédant la course. Ils avaient négligé les Douzièmes de leurs cités respectives afin d'afficher l'unité de leur famille. Le duc Niccolo, assis à côté de son frère le pape, contemplait ses fils, sa fille et ses nombreux neveux et nièces.

Ses projets de mariages avaient été bien reçus et il attendait avec impatience la venue d'une nouvelle génération de Chimici, un avenir où ses descendants gouverneraient toutes les cités de Talie, en tant que princes ou ducs. Il ferma les yeux en songeant à l'exaspérante et jeune Duchessa de Bellezza. Il trouverait bien un moyen de la faire céder ; ce n'était qu'une question de temps.

— Je peux passer te voir après l'école ? demanda Nicholas. Il faut que je te parle d'un truc.

— OK, répondit Georgia. À plus tard.

Elle demeura à cran toute la journée. C'est avec soulagement qu'elle se retrouva chez elle. La maison semblait habitée par un vide étrange qui hurlait : RUSSELL EST PARTI ! En montant dans sa chambre, elle remarqua que la porte de Russell était entrouverte. D'habitude, elle était fermée, sauf quand il était affalé à l'entrée de sa chambre pour la provoquer.

Georgia poussa la porte et entra. Le lit, la commode et le bureau étaient toujours là. Sa chaîne hi-fi, son ordinateur et sa télé l'avaient accompagné dans le Sussex. Le lit était nu. Et là, au milieu du matelas, il y avait le petit cheval ailé.

Aucun mot, aucun message, uniquement le cheval. Intact. Russell devait savoir qu'elle entrerait dans sa chambre pour se délecter de son départ et sans doute y était-il remonté en douce pour déposer le talisman, une fois que Ralph et Maura avaient tout emporté.

Timidement, elle le prit. Il était comme avant, lisse et chaud dans sa main, avec ses ailes si fragiles et la cicatrice à peine visible à la base. On sonna à la porte.

Nicholas se tenait sur le seuil et Georgia eut un choc en voyant qu'il était aussi grand qu'elle maintenant.

— Comment ça va ? demanda-t-il. Moi, je me suis senti bizarre toute la journée. Je pense que c'est lié à Remora et je voulais savoir si tu avais ressenti la même chose.

Elle vit alors ce qu'il tenait dans sa main.

Une aube claire et ensoleillée se leva sur la Stellata di Falco. Cesare accomplit tous les rites qu'il avait manqués un mois plus tôt : la messe pour les jockeys dans la cathédrale, les dernières éliminatoires du matin, l'inscription officielle. Puis il retourna au Bélier pour un déjeuner léger avant les épreuves de l'après-midi.

Il se rendit à l'écurie pour tenter d'apaiser ses nerfs, et là, il faillit succomber à une crise cardiaque. Dans la pénombre se trouvait une jeune fille mince, avec des cheveux zébrés, portant un petit maillot de corps étriqué et un pantalon ample.

— Georgia ? demanda-t-il, hébété.

— Cesare ! s'écria-t-elle en le serrant dans ses bras. (Il se dit qu'elle sentait très bon.) Trouve-moi quelque chose à mettre, mes vêtements de garçon ne sont plus là.

— Je crois qu'ils ne t'iraient plus, de toute façon, répondit Cesare en admirant la nouvelle silhouette de Georgia.

Celle-ci rougit et lui donna un petit coup de poing dans l'épaule.

— Attends de voir qui m'accompagne, dit-elle avec un grand sourire. On a mis un temps fou à s'endormir, tellement on était excités à l'idée de revenir !

Un garçon très fin avec des boucles noires, portant ces étranges vêtements amples de l'autre monde, avança dans la lumière.

Le jeune garçon de Remora fit le signe de la Main de la Chance. C'était Falco ! Un Falco plus âgé, plus grand aussi, et qui marchait sans cannes ! Aucun doute, cet autre monde était magique.

— Je suis de retour, déclara-t-il. Raconte-moi ce qui s'est passé au cours de cette année.

— Cette année ? fit Cesare. Un mois s'est écoulé depuis ton départ ! Comme tu as changé ! Je n'arrive pas à y croire ! Ni que tu aies choisi justement aujourd'hui pour revenir.

— Pourquoi ? demanda Georgia. Qu'y a-t-il de particulier aujourd'hui ?

— Une Stellata spéciale va avoir lieu. Et je monte Arcangelo pour défendre les couleurs du Bélier. La course a été organisée en l'honneur de Falco.

— Formidable ! s'exclama celui-ci.

— Nous viendrons te voir courir, déclara Georgia. Mais il nous faut des vêtements.

Cesare se précipita dans la maison pour annoncer la nouvelle à Paolo et à Teresa.

★

En l'honneur de Falco, le char de la Dame fut drapé de noir, en plus des habituelles couleurs violet et vert du Douzième. Il fut tiré par des chevaux noirs aux harnais argentés et coiffés de panaches noirs. Il transportait un cercueil vide frappé des armoiries des Chimici – le lys et le flacon de parfum – et un portrait peint par un maître de Giglia. Un petit orchestre juché sur le char exécuta un hymne funèbre.

Les porte-drapeaux avaient attaché des rubans noirs en haut de leurs hampes et tous les participants au défilé de la Dame portaient du noir sous leurs couleurs. Quand ils passèrent devant les tribunes, les gens ôtèrent leurs chapeaux et firent le signe de croix. On entendit des pleurs.

La grosse cloche du palais papal, qui faisait habituellement entendre sa note unique durant l'après-midi de la Stellata, évoquait désormais ce jour où elle avait sonné pour Falco, un mois plus tôt.

Georgia avait pris place dans la tribune du Bélier en compagnie de Teresa et des enfants. Elle portait une robe rouge appartenant à Teresa et une écharpe jaune et rouge. La robe et ses cheveux provoquaient des regards admiratifs autour d'elle. Elle se sentait très différente du jockey qui avait remporté la Stellata un an plus tôt.

Sauf qu'ici, ce n'était pas un an plus tôt. Difficile de se faire à l'idée qu'elle n'était pas partie assez longtemps pour que ses amis se soucient de son absence. Au début, ils avaient pensé qu'elle était en France et, depuis, même s'ils s'étonnaient de ne pas la revoir, ils n'étaient pas encore inquiets.

Peu de choses avaient changé à Remora depuis sa dernière visite. Il semblait y régner en permanence une ambiance de fête. Pourtant, cette Stellata n'avait rien de joyeux. Elle balaya la foule du regard, à la recherche de Falco. Il s'était attardé dans l'écurie du Bélier. Ils étaient allés voir les chevaux tous les deux et avaient passé un long moment avec Merla, et Falco rechignait à la quitter.

Georgia était convaincue qu'il ne prendrait pas le risque de s'asseoir dans la tribune de la Dame ou d'essayer de s'introduire dans les Jumeaux. Même s'il avait un an de plus, s'il n'était plus le Falco d'autrefois, il restait reconnaissable. Elle espérait que tout se passait bien. La première fois qu'on retournait dans son ancien monde, c'était impressionnant. Georgia se souvenait des confidences de Luciano ; il lui avait dit combien c'était difficile pour lui. Cependant Falco semblait émerveillé et plein d'énergie.

La procession s'arrêta et la cloche se tut, sans que Falco ait réapparu. Georgia décida de ne plus s'en préoccuper et de profiter pleinement de la course. Les douze chevaux pénétrèrent sur le Campo et elle repéra aussitôt Cesare sur le grand alezan. Il avait de la classe et semblait sûr de lui. Une aura de respect entourait toujours le cheval du Douzième ayant remporté la Stellata précédente, et peu importait que ce ne fût pas le même jockey.

On distribua les cravaches. Le duc lui-même tira les

boules de couleur dans le sac pour déterminer les places. Cela donna lieu à la bousculade habituelle autour de la ligne de départ.

Soudain, au moment où les chevaux allaient s'élancer, un cheval ailé apparut dans les airs. Cette fois, aucun Manouche ne poussa de cri pour alerter la foule. Il n'y eut que des battements d'ailes puis un atterrissage élégant au galop. Un treizième cheval venait de se joindre à la course.

La foule exultait. Qui était ce jockey vêtu de cet étrange costume ? Il n'arborait pas les couleurs d'une des factions : il avait noué toutes les écharpes de tous les Douzièmes pardessus sa tenue ordinaire de palefrenier. Il ne portait pas de casque et ses boucles brunes flottaient derrière lui. C'était un beau garçon et les filles de Remora se mirent à l'encourager aux cris de « Bellérophon ! Bellérophon ! ». Elles avaient aussitôt donné à cet inconnu le surnom d'un cavalier volant issu des vieilles légendes.

Merla et son cavalier effectuèrent le premier tour largement devant les douze autres chevaux. C'est alors que la rumeur prit naissance dans la tribune des Jumeaux et se propagea à travers tout le Campo, plus rapide que n'importe quel étalon. Un nouveau cri retentit : « Falco ! Falco ! » Bientôt, les spectateurs qui se trouvaient au bord de la piste tombèrent à genoux en se signant.

« C'est un fantôme ! disait la rumeur. Le prince Falco est venu assister à sa commémoration ! »

Pétrifié, pouvant à peine respirer, Gaetano serrait la main de Francesca dans la sienne. Personne ne l'entendit murmurer :

— Ça a marché !

Seul le duc s'était levé. Son visage blanc comme un linge était un masque de terreur, ou bien de fureur.

La peur s'était emparée de tous les jockeys, à l'exception de Cesare. Falco aurait aisément remporté la course de toute façon. Même sans voler, Merla était bien plus rapide que n'importe quel cheval. Falco fonçait maintenant vers la ligne d'arrivée, loin devant le Bélier et la Dame.

Dès qu'il l'eut franchie, il murmura quelques mots à l'oreille de Merla. Le cheval ailé s'envola alors vers le soleil couchant et l'ombre de ses ailes puissantes balaya les visages renversés des spectateurs. Soudain, tout le monde retint son souffle, puis des cris fusèrent. « *Dia !* » Le cheval ailé n'avait plus de cavalier fantôme.

Au moment où Merla passait au-dessus de la tribune de la Dame, une écharpe violette et verte tomba du ciel et le duc l'attrapa dans son poing serré.

Les gens mirent un certain temps à comprendre que la course était terminée. Cesare avait ralenti au dernier moment et le jockey de la Dame avait saisi sa chance. Chérubin avait éperonné Zarina pour lui faire franchir la ligne d'arrivée et agité sa cravache au-dessus de sa tête en signe de victoire. Ses supporters envahirent la piste pour étreindre le jockey et caresser le cheval. Georgia quitta la tribune du Bélier et se fraya un chemin en direction de Cesare, à contre-courant du flot des supporters de la Dame qui voulaient décrocher la Stellata suspendue à la tribune des Juges.

— Pourquoi as-tu fait ça ? glissa-t-elle à Cesare, qui transpirait à grosses gouttes, debout à côté d'Arcangelo.

— Regarde le duc. Il ne faut pas humilier la Dame.

— Falco va de toute façon être disqualifié et tu aurais gagné les doigts dans le nez ! Imagine un peu, deux Stellatas pour le Bélier la même année ! Arianna aurait été folle de joie.

— Règlement ou pas, c'est Falco le véritable vainqueur.

Ils observèrent le duc que l'on conduisait auprès de Chérubin pour qu'il le félicite. Il avait le regard vitreux et serrait dans son poing l'écharpe violette et verte, qui avait gardé la chaleur du corps de son fils. Malgré la clameur des spectateurs, il ne pensait pas avoir vu un fantôme. En descendant sur le Campo, il aperçut la jeune fille aux cheveux rouges à côté de l'alezan et il repensa au mystérieux jockey du Bélier qui avait privé sa famille de la victoire un mois plus tôt.

Le duc Niccolo savait parfaitement ce qu'il avait vu, même

s'il ne comprenait pas. Son fils, métamorphosé, valide comme avant, était revenu pour leur montrer, à lui et à toute sa famille, qu'il était toujours vivant, dans un autre monde. Les Stravaganti détenaient bel et bien un secret. À partir de ce jour, il remuerait ciel et terre pour le découvrir.

Note de l'auteur sur la Stellata et le Palio

Comme le découvre Georgia, la course de chevaux annuelle de Remora ressemble à celle organisée à Sienne. Certaines des différences sont liées à celles existant entre la ville réelle et la ville imaginaire. Remora est divisée en douze circonscriptions (appelées Douzièmes), alors que Sienne est séparée en dix-sept *contrade.*

Les Douzièmes portent les noms des signes du zodiaque version talienne, alors que les *contrade* portent des noms d'animaux, dont certains sont très lents comme le *bruco* (la chenille) et la *chiocciola* (l'escargot), et aussi de quelques objets : *nicchio* (le coquillage), *torre* (la tour), *onda* (la vague) et *selva* (la forêt).

Une seule circonscription est commune aux deux villes : le Bélier à Remora et le *Valdimontone* à Sienne. Les couleurs du *Valdimontone* sont également le rouge et le jaune, et on voit leur symbole du Bélier couronné partout dans le sud-ouest de la ville de Sienne, à San Martino.

Le Palio a lieu deux fois chaque été, sur la Piazza del Campo, le 2 juillet et le 16 août, alors que la Stellata n'est courue qu'une seule fois, le 15 août. Mais dans une ville comme dans l'autre, des courses supplémentaires peuvent être organisées pour commémorer des occasions particulières. Seules dix *contrade* participent à chaque Palio, sept de manière automatique car elles n'avaient ni cheval ni jockey dans la même course l'année précédente, et trois autres tirées au sort. Une *contrada* peut donc gagner deux années de suite, mais c'est très rare.

La Piazza del Campo est en forme de coquillage, et non circulaire. Cependant, il est exact que le Palio, précédé d'une procession de deux heures, le *Corteo Storico*, ne dure qu'une minute et demie environ (par contre, il peut s'écouler une heure, voire plus, avant qu'un départ soit jugé valable !).

À ses débuts, au XIVe siècle, le Palio se courait en ligne droite. Il fut transféré sur le Campo en 1650. À Remora, en 1578, la Stellata se courait sur le Campo circulaire depuis déjà un siècle au moins.

Je croyais avoir inventé trois caractéristiques de la Stellata, avant de découvrir qu'elles avaient fait partie du Palio siennois. Il y a des centaines d'années, les jockeys de Sienne étaient certainement de jeunes garçons ; une jeune fille participa même à la course en 1581. Elle se prénommait Virginia et chevauchait Drago (le dragon), mais elle ne gagna pas.

Je découvris également qu'il existait une vieille tradition d'allégeance entre les *contrade* et d'autres villes, bien après que j'eus établi cette coutume de Remora qui liait le Bélier à Bellezza, la Dame à Giglia et ainsi de suite. Comme l'écrivent Alan Dundes et Allessandro Falassi dans leur ouvrage *La Terra in Piazza* : « Nous ne devons pas oublier que chaque *contrada* se considère comme une République ou un État miniature... Beaucoup de *contrade* ont instauré des liens profonds avec d'autres villes italiennes, comme si elles étaient des entités politiques totalement séparées de la ville de Sienne. »

Du même auteur :

STRAVAGANZA
La cité des masques

Cet ouvrage a été imprimé par

FIRMIN DIDOT

GROUPE CPI

Mesnil-sur-l'Estrée

pour le compte des Éditions Pocket Jeunesse
en octobre 2006

POCKET - 12, avenue d'Italie - 75627 Paris Cedex 13
N° d'impression : 82108 – Dépôt légal : novembre 2006

Imprimé en France